Für Yannic
Weil du auch dann an mich glaubst, wenn ich es selbst nicht mehr tue.

Kapitel 1

Nora

»Der Nächste!« Die kratzige Stimme der mittelalten Frau schallt durch das Studienbüro, in dem ich nun schon seit fünfzehn Minuten ungeduldig warte. Geduld ist leider so gar nicht meine Stärke.

Die Reihe der Wartenden setzt sich in Bewegung, während die vorderste Person der unangenehmen Stimme folgt. Unruhig lasse ich meinen Blick durch den Raum schweifen und beende meine Visite wieder am Hinterkopf meines Vordermanns. Erleichtert stelle ich fest, dass dieser Hinterkopf als Nächstes an der Reihe ist.

Nur noch eine Person trennt mich von der Information, mit wem und in welchem Wohnheim ich die nächsten sechs Monate untergebracht sein werde. Und mit jedem kleinen Schritt, den ich dieser Auskunft näher komme, steigt meine Aufregung. Ich kenne an der Uni zwar niemanden, aber ich bin trotzdem gespannt, mit wem ich zusammenleben werde. Ich schicke ein Stoßgebet gen Himmel, mit der Bitte nach netten Mädels, die nicht jeden Abend Partys machen und ein paar Gemeinsamkeiten mit mir haben. Das dürfte doch eigentlich nicht zu viel verlangt sein, oder? Und wenn es das Schicksal ganz gut mit mir meint, habe ich vielleicht sogar eine begabte Köchin als Mitbewohnerin, die mir etwas über die Runden helfen kann.

Ich kann zwar ein wenig kochen, aber die Auswahl an Gerichten, die ich zubereiten kann, hält sich dann leider doch in Grenzen. Obwohl ich im Gegensatz zu meinem Bruder Ben wahrscheinlich als Fünf-Sterne-Köchin durchgehen könnte. Sein Talent in der Küche beschränkt sich darauf, Nudeln zu kochen, eine Pizza in den Ofen zu schieben oder sich ein Toast zu belegen.

Für einen kurzen Moment erlaube ich mir, das Hier und Jetzt zu verlassen und einfach nur an Ben zu denken. Obwohl ich ihn meistens absolut nervtötend finde, muss ich mir doch eingestehen, dass ich ihn vermisse. Es ist einfach komisch, wenn man jahrelang Tür an Tür lebt und dann erwachsen wird und seine eigenen Wege geht.

Plötzlich nehme ich wie durch dicken Nebel erst leise, dann immer lauter diese unangenehme und irgendwie viel zu aufdringliche Stimme wahr, bei der sich mir sofort meine Nackenhaare aufstellen: »Der Nächste!«

Vor mir steht niemand mehr und ich frage mich, wie lange ich gerade mit den Gedanken woanders war, doch der ungeduldige Blick der Frau sagt mir, dass jetzt nicht der richtige Zeitpunkt zum Nachdenken, sondern zum Handeln ist. Etwas unsicher gehe ich also vor und reiche ihr mein Formular mit Namen und weiteren Informationen, damit sie mir meine Wohnungsnummer mitteilen kann. Die Frau – ihrem Namensschild zufolge heißt sie Frau Mai – tippt meine Daten quälend langsam in ihr Programm ein, bevor sie mich nachdenklich mustert. »Sie haben offensichtlich keinen Wohnheimplatz. Haben Sie etwa vergessen, sich rechtzeitig anzumelden?« In ihrer Stimme schwingt jetzt eine gehörige Portion Gereiztheit und deutliche Ungeduld mit.

In mir spiegeln sich allerdings ganz ähnliche Gefühle wider, denn das läuft jetzt so gar nicht nach Plan. »Doch, ich habe mich angemeldet und auch eine Bestätigung bekommen.« Meine sonst so klare Stimme gleicht eher einem leisen Murmeln, während ich mein Handy rauskrame und die Bestätigungsmail suche. Meine Finger zittern vor lauter Aufregung leicht, aber eigentlich kann das alles nur ein Missverständnis sein. Kurze Zeit später habe ich die Mail trotz zitternder Finger gefunden, atme erleichtert auf und halte Frau Mai mein Handy zum Beweis unter die Nase.

Kein Wohnheimplatz – wäre ja noch schöner.

»Geben Sie mal her.« Ohne auf meine Reaktion zu warten, beugt sie sich vor und schon hat sie mir mein Handy unsanft abgenommen. Sie hält es sich noch etwas näher vors Gesicht und scrollt ungeschickt nach unten, bis sie gefunden hat, wonach sie sucht – was auch immer das sein mag. »Soo, da haben wir sie ja – mit dieser Nummer müssten wir Ihre Zuteilung auch rausfinden können«, erklärt sie mir und macht sich wieder wenig enthusiastisch an ihrer Tastatur zu schaffen.

Während ich hoffe und bange, dass sich jetzt alles aufklärt, lässt die Geräuschkulisse darauf schließen, dass die Wartenden hinter mir immer unruhiger werden, und ich kann es ihnen nicht mal verübeln. Ich drehe mich um, lächle entschuldigend und sehe etwas weiter hinten sogar einen Jungen, der wie ein unruhiges Pferd mit dem Fuß über den Boden scharrt.

Das Mädchen direkt hinter mir grinst mich allerdings breit an, ihr ist mein Unbehagen offensichtlich aufgefallen. »Mach dir nichts draus, vielleicht dauert es ja so lange, dass wir die Einführungsveranstaltung verpassen.« Ihre Stimme hat einen scherzhaften Unterton und sie wirkt so locker und entspannt, dass sie mir damit sofort ein wenig meiner Anspannung nehmen kann. Wahrscheinlich hätte sie sagen können, was sie will, mich beruhigt es gerade einfach schon, dass sich jemand mit mir unterhält, der nicht von meiner bloßen Existenz genervt ist.

»Ich bin übrigens Maja. Und wie heißt du?« Sie strahlt mich an und streckt mir zum Gruß die Hand hin. Unsicher greife ich danach, in der Hoffnung, dass sie nicht merkt, wie feucht meine Hände vor lauter Aufregung sind. Sie ist mir sympathisch und ich hoffe augenblicklich, dass sie eine meiner künftigen Mitbewohnerinnen wird.

»Schön dich kennenzulernen, Maja. Ich bin Nora.« Als Frau Mai mit einem demonstrativen Räuspern auf sich aufmerksam macht, hebe ich entschuldigend die Schultern und wende mich wieder von Maja ab.

Mit ziemlich mürrischem Gesichtsausdruck teilt die Sekretärin mir mit, was sie herausgefunden hat. »So Fredericke, da haben wir wohl ein Problem.« Ich frage mich noch, ob Maja mitbekommen hat, dass Frau Mai mich eben mit einem anderen Namen angesprochen hat, widme mich jetzt aber erst mal meinem sogenannten »Problem«.

Bevor ich mich weiter danach erkundigen kann, rückt Frau Mai allerdings von selbst mit der Sprache raus. »Sie haben Ihr Bewerbungsformular von Hand ausgefüllt. Die Formulare werden dann eingescannt und die Zuteilung erfolgt automatisch. Allerdings hat der Scanner Sie wohl als Mann – Frederick – zugeordnet. Deswegen sind Sie momentan mit drei Herren in einem Appartement. Ich werde nach einer Lösung suchen, aber das wird bis nach der Einführungsveranstaltung dauern, also kommen Sie doch bitte danach einfach noch mal hier vorbei.« Sie gibt mir mein Formular in die Hand und bevor ich die Möglichkeit habe, noch irgendwas zu fragen oder Einwände zu erheben, schallt ihre viel zu laute Stimme wieder durch den Raum. »Der Nächste!« Das Gespräch ist für sie offensichtlich beendet, also nicke ich und gehe stumm aus dem Raum. Das hatte ich mir definitiv anders vorgestellt. Draußen tue ich, was ich in solchen Situationen immer tue, ich texte Lilly und Paul.

Nora: SOS – der erste Tag ohne euch läuft schon richtig katastrophal. Ich hab kein Zimmer im Wohnheim bekommen. Und wer ist dran schuld? Richtig, Oma Ricke natürlich. Warum mussten meine Eltern mich nur mit diesem Namen strafen?

Ich lehne mich gegen die Wand vor dem Studienbüro und krame in meiner Tasche auf der Suche nach der Informationsbroschüre, um herauszufinden, wo die Einführungsveranstaltung stattfindet. Da meine Hände allerdings immer noch leicht zittrig sind, stellt sich das als komplizierter heraus als gedacht. Irgendwann bekomme ich sie allerdings zwischen meinem Block und meinem E-Book-Reader zu fassen und ziehe sie schwungvoll aus der Tasche. Doch bevor ich mir die Broschüre näher anschauen kann, vibriert mein Handy. Ein Blick auf das Display verrät das Übliche: Paul hat sofort geantwortet. Bei Lilly dauert das aktuell immer etwas länger. Während Paul in der Heimat geblieben ist und eine Ausbildung begonnen hat, ist Lilly vor zwei Wochen auf und davon nach Asien. Ich vermisse sie jetzt schon so unglaublich, schließlich haben wir bis vor drei Monaten jeden Schultag gemeinsam durchlitten, jedes Problem zusammen gelöst und alle Freuden geteilt. Uns gab s nur im Doppelpack – Lilly und Nora, Nora und Lilly. Doch seit sie in Asien ist, ist sie leider auch schwerer zu erreichen und so muss ich vorerst mit Paul vorliebnehmen.

Paul: Tja, es hat wohl seine Gründe, dass du dich seit Jahren nur

noch Nora nennst ;) Aber wie hat die gute Frau Oma dir denn jetzt wieder Probleme bereitet?
Nora: Darf ich vorstellen? Frederick, 19 Jahre alt und MÄNNLICH – der Scheißscanner hat das »e« bei Fredericke offensichtlich übersehen. Muss nachher noch mal kommen und werde dann hoffentlich irgendeinem Zimmer zugeteilt. Und sonst darfst du mich künftig auf der Straße besuchen kommen ;)

Ich lasse das Handy in meine Tasche gleiten und will mich gerade wieder der Broschüre widmen, als ich sehe, dass Maja vor mir steht und mich amüsiert betrachtet. »Also das ist mir tatsächlich noch nie passiert. Dass ich Jungs in Clubs falsche Namen oder eine falsche Handynummer sage, ist ja die eine Sache. Aber dass man mir einen falschen Namen sagt und das so offensichtlich und ohne rot zu werden, das, liebe *Fredericke* – ist mir tatsächlich noch nie passiert.« Meinen Namen spricht sie dabei betont deutlich aus und versucht entrüstet zu schauen, doch an ihren strahlenden Augen erkenne ich, dass sie nur einen Spaß macht und mir nicht wirklich böse ist.

»Lass uns zusammen den Raum für die Einführungsveranstaltung suchen und auf dem Weg dorthin erkläre ich es dir.« Während ich ihr meinen Vorschlag unterbreite, wedle ich demonstrativ mit meiner Broschüre vor ihrer Nase herum.

»Na dann bin ich aber mal gespannt! Und was die Einführungsveranstaltung angeht – folge mir, ich wohne hier in der Nähe und habe mich letzte Woche vorsichtshalber schon mal umgesehen, *Fredericke*.« Die Betonung liegt dabei wieder merklich auf meinem Namen. Es wird eindeutig Zeit, sie »einzuweihen«, damit sie endlich aufhört, mich beim Namen meiner Oma zu nennen. Dass es auch mein Name ist, lasse ich immer gerne unter den Tisch fallen. Während mir die Erleichterung ins Gesicht geschrieben zu sein scheint, läuft Maja los und ich folge ihr.

»Also erst mal nenn mich bitte nicht mehr Fredericke. So heiße ich nicht. Also doch, so heiße ich schon, aber ich verdränge es die meiste Zeit. Deshalb nenne ich mich schon seit Längerem Nora, das ist nämlich mein Zweitname.

Fredericke ist der Name meiner Oma, die ich zwar über alles liebe, aber deren Name ich nicht gerade sonderlich mag.«

»Normal nimmt man den Namen der Großeltern doch höchstens mal als Zweitnamen oder so, aber deine Eltern scheinen es echt nicht gut mit dir gemeint zu haben.« Als wir um eine Ecke biegen, sehe ich ein Toilettenschild und versuche mir wenigstens das einzuprägen.

»Du sprichst mir aus der Seele, also belassen wir es bitte bei Nora und erwähnen den Namen, den wir nicht mehr aussprechen werden, sonst niemandem gegenüber.« Mein Ton ist leicht flehend und sie scheint zu verstehen, dass es mir ernst damit ist.

»Abgemacht, aber dafür schuldest du mir einen ... mhmmm, einen Donut.« Sie dreht sich zu mir um, schenkt mir ein strahlendes Lächeln und zwinkert mir zu. Spätestens jetzt ist es um mich geschehen und ich weiß, dass man Maja einfach gernhaben muss. Während sie mich weiter durch die viel zu langen Gänge lotst, schaue ich sie mir etwas genauer an. Sie hat lange, gewellte orangene Haare und über das gesamte Gesicht und an den Armen Sommersprossen verteilt. Ihr breites Grinsen, das einfach nicht aus ihrem Gesicht weichen will, steht ihr super, genau wie die schwarze lange Latzhose, die sie mit einer eleganten weißen Bluse kombiniert hat. Während es an mir komplett falsch aussehen würde, steht es Maja hervorragend. Als ob sie bemerkt hätte, dass ich sie beobachte, schaut sie mich an.

»Na, woher kommst du eigentlich und kennst du schon jemanden hier?« Mit ihrer Frage bricht sie gekonnt das Schweigen zwischen uns.

»Ich bin nicht von hier, ich komme aus dem Allgäu. Und hier beim Studium kenne ich niemanden. Zumindest noch nicht. Und wie sieht' s bei dir aus?« Ich spiele den Ball zurück, um das Gespräch am Laufen zu halten, aber auch, weil es mich ehrlich interessiert.

»Ich komme zwar aus Ludwigsburg, aber ich kenne niemanden, der hier studiert. Aber jetzt kenne ich ja dich und du kennst mich – wenn das kein Fortschritt ist.«

Mittlerweile sind wir bei einem Raum angekommen, in dem die Einführungsveranstaltung stattfindet. Wobei Raum etwas untertrieben ist, Saal trifft es wohl eher. Während ich noch absolut überwältigt bin, übernimmt Maja weiterhin die Führung und schiebt mich durch eine Stuhlreihe, bis wir relativ mittig sitzen und den ganzen Saal damit gut im Blick haben.

»Sag mal, was war vorhin eigentlich im Studienbüro los? Hat ja unglaublich lange gedauert, bis dir dein Zimmer zugeteilt wurde«, fragt Maja, während wir uns auf die Stühle fallen lassen.

»Schön wär' s, mir wurde noch gar kein Zimmer zugeteilt. Die haben mich aus Versehen einem Jungs-Appartement zugeordnet. Ich muss nachher noch mal zu Frau Mai und bekomme dann hoffentlich meine Zimmerzuteilung. Und wie sieht' s bei dir aus? Warum bist du in einem Studentenwohnheim, wenn deine Eltern sowieso in Ludwigsburg leben?« Erst nachdem mir die Frage rausgerutscht ist, fällt mir auf, dass sie vielleicht doch etwas persönlich ist, doch Maja scheint kein Problem damit zu haben.

»Ach weißt du, ich verstehe mich nicht so sonderlich gut mit meinem Stiefvater und ein bisschen Abstand schadet uns beiden nicht. Außerdem will ich das Studiumgesamtpaket, mit schlechtem Mensaessen, alten Betten und spontanen Studentenpartys. Verstehst du, was ich meine?« Ihre Stimme klingt unbekümmert, obwohl sie etwas angespannt wird, aber wir kennen uns eindeutig noch nicht lange genug, um sie darauf anzusprechen, also belasse ich es dabei.

Der Gedanke an meine Familie schiebt sich in meinen Kopf und sofort vermisse ich sie. Ich habe das, was man wohl weitläufig als Bilderbuchfamilie bezeichnen würde: Meine Eltern sind seit siebenundzwanzig Jahren verheiratet und nach wie vor verliebt wie zwei Teenager. Dass sie bereits zwei Kinder, die neunzehn und dreiundzwanzig Jahre alt sind, haben, hat ihrer Beziehung dabei offensichtlich nicht den geringsten Abbruch getan. Da mir Majas Frage wieder einfällt, nicke ich und beobachte dann fasziniert das bunte Treiben um uns herum. Der Saal füllt sich langsam und immer mehr Studenten treffen ein. Die meisten von ihnen sehen so aus, wie ich mich fühle: überwältigt und noch ziemlich verunsichert.

Als ich mich wieder Maja zuwende, grinst sie mich nur wieder an, irgendwas scheint sie zu amüsieren. »Noch mal zurück zu deiner Wohnsituation.

Also ich weiß nicht, aber ich an deiner Stelle hätte kein Problem, mit drei Männern zusammenzuwohnen. Schau dich doch mal um, ein paar Schnuckelige sind da doch dabei!« Sie nickt in die Richtung eines Typen, der sich gerade zwei Reihen vor uns auf einen der Stühle fallen lässt und an dem sie scheinbar Gefallen gefunden hat. »Also den würde ich nicht von der Bettkante stoßen und langweilig wird es mit dem sicher auch nicht.« Maja raunt mir verführerisch zu und ich muss laut lachen. Genau diese Art von Humor habe ich jetzt gebraucht. Ich habe zwar nicht vor, in nächster Zeit etwas mit einem dieser Männer hier – oder mit irgendeinem anderen Mann überhaupt – anzufangen, aber Majas Worte und ihre lockere Art tun mir einfach gut. Mit meinem lauten plötzlichen Lachen habe ich allerdings die Aufmerksamkeit einiger Studenten auf uns gezogen, was mir so gar nicht recht ist, weil ich ungerne im Rampenlicht stehe. Maja hat damit offensichtlich deutlich weniger Probleme als ich. Während ich förmlich spüren kann, wie ich rot anlaufe, lächelt Maja nur seelenruhig vor sich hin, bevor sie ein Gespräch mit dem eben besagten Jungen beginnt, der sich ebenfalls zu uns umgedreht hat. »Meine liebe Freundin Nora und ich haben uns eben über die Vorteile des Zusammenlebens mit den männlichen Wesen hier unterhalten. Und wenn ich dich so anschaue, dann bin ich mir ganz sicher, dass es mit dir spannend wäre.« Ich starre mit offenem Mund zwischen Maja und dem Kerl hin und her. Diese Worte sind ihr ganz einfach über die Lippen gekommen, während sie ihm ein breites Lächeln schenkt. »Mein Name ist übrigens Maja, und du bist?«

Der Junge mit dem breiten Kreuz und den blonden Haaren grinst amüsiert, bevor er sich seinen Rucksack schnappt und lässig über die eine Stuhlreihe springt, die zwischen uns ist. Er sitzt jetzt genau vor uns. »Ich bin Louis. Schön, dich kennenzulernen, Maja. Und dich natürlich auch, Nora.« Er wirft mir einen kurzen Blick zu, doch seine Aufmerksamkeit fällt schnell auf Maja zurück. Kein Wunder, sie ist einfach wunderschön und strahlt solch eine Selbstsicherheit aus, dass ich mir dagegen wie ein richtiges Mauerblümchen vorkomme. Während die beiden sich weiter darüber unterhalten, woher sie kommen und in welchem Wohnheim sie untergebracht sind, lasse ich meinen Blick wieder durch den Raum schweifen. Fast alle Plätze sind inzwischen belegt.

»Ich bin in Gebäude B und wahrscheinlich mit zwei weiteren Jungs und einem Mädchen dort gelandet. Sollte es zwar eigentlich nicht geben, aber scheinbar ist etwas schiefgegangen. Die Frau vom Sekretariat hat mich gerade erst angerufen, um zu fragen, ob ich mit einer weiblichen Mitbewohnerin einverstanden sei. Sie sucht zwar noch händeringend nach einer anderen Lösung, aber ihr Vorhaben scheint nicht gerade von Erfolg gekrönt zu sein, so durcheinander, wie sie klang.«

Während mein Blick langsam zurück zu Maja und ihrer neuen Bekanntschaft Louis wandert, wird mir bewusst, was ich da gerade gehört habe. Das kann kein Zufall sein. Scheint so, als würde ich das nächste halbe Jahr mit drei Kerlen verbringen. Tschüss, begabte Kochmitbewohnerin. Tschüss, ruhige Lesestunden. Und vor allem tschüss, Stunden im Gammeloutfit, ungeschminkt und ohne Unterwäsche. Mit Männern als Mitbewohnern erscheint das alles ziemlich unmöglich. Während man meinem Gesicht ansehen muss, was in mir vorgeht, versucht Maja es mit einem aufmunternden Tonfall. »Wenn das so ist, Louis, darf ich dir wohl deine neue liebenswerte Mitbewohnerin Nora vorstellen. Und Nora, ist doch toll, oder? Jetzt kennst du immerhin schon mal deinen ersten und äußerst charmanten Mitbewohner.«

Auch Louis scheint bemerkt zu haben, dass ich mich sichtlich unwohl fühle. »Hey, keine Angst, ich bin ein ganz Lieber! Und als ich mein Gepäck vorhin schon mal in mein Zimmer gebracht habe, ist mir Elias begegnet. Er macht auf mich auch einen netten Eindruck.« Bevor ich darauf antworten kann, tritt ein älterer Herr vor das Rednerpult. Er wartet einige Momente, bis die meisten Studenten ihn erblickt haben und leise sind. Auch Louis wendet sich von uns ab und schenkt dem Mann seine Aufmerksamkeit.

»Meine sehr geehrten Damen und Herren. Ich begrüße Sie hiermit recht herzlich an unserer Hochschule für das Studium Recht und Steuern. Mein Name ist Herr Schwarz und ich bin der Direktor. Ich hoffe, Sie werden sich hier alle wohlfühlen und eine gute Zeit haben. Sollten Sie irgendwelche Probleme haben, dürfen Sie sich gerne an mich oder einen meiner Kollegen wenden. Bevor diese Ihnen nun aber einen kurzen Überblick über die einzelnen Lehrveranstaltungen und deren Inhalte sowie allgemeine Informationen geben, möchte ich Ihnen noch eins mit auf den Weg geben. Die meisten von Ihnen kommen direkt von der Schule und haben dort Ihr Abitur mit einem guten Abschluss beendet, andernfalls wären Sie nämlich gar nicht hier! Ich möchte aber gleich an dieser Stelle darauf hinweisen, dass dieses Studium und der Zeitaufwand, den das Lernen erfordert, ein ganz anderes Kaliber sind, als Sie es von der Schule gewohnt sind. Ich möchte Ihnen damit keine Angst machen, sondern nur ans Herz legen, die Dinge nicht schweifen zu lassen. Bemühen Sie sich von Anfang an, lesen Sie nach, arbeiten Sie selbstständig und vergessen Sie nicht, wenn Sie dieses Studium beendet haben, werden Ihnen alle Türen offenstehen. Ihre Anstrengungen und Mühen werden sich nach den drei Jahren Studium gelohnt haben. Damit möchte ich mich von Ihnen verabschieden, wünsche Ihnen einen guten Start und gebe weiter an Herrn Schmidt.« Genau das, was ich hören wollte. Nicht. In amerikanischen Filmen steht das College immer für die beste Zeit des Lebens, jeder hat Spaß und keiner muss lernen. Aber offenbar hat meine Zukunft wenig mit diesen Filmen gemein.

Während der nächsten drei Stunden lasse ich mich von den Stimmen der Dozenten und Dozentinnen berieseln, die erzählen, womit ich mich die nächsten sechs Monate quälen werde. Neben Bilanz und öffentlichem Recht werde ich in Fächern wie Einkommensteuer und Umsatzsteuer unterrichtet.

Kurz frage ich mich, ob dieses Studium wirklich das richtige für mich ist, denn zu meinem Traumberuf führt es sicher nicht. Welches Kind träumt schon davon, Beamtin zu werden und mit Steuern zu tun zu haben? Ganz genau, kein einziges. Aber meine Mutter arbeitet beim Finanzamt und ist dort sehr zufrieden. Während andere Kinder oft in der Nachmittagsbetreuung waren, weil ihre Eltern arbeiten mussten, war ich zu Hause. Meine Mutter konnte ihre Arbeitszeit frei einteilen, sodass sie nachmittags viel Zeit mit uns verbracht und abends noch mal gearbeitet hat, während mein Vater mich und meinen Bruder im Auge hatte. Als Kind war es für mich das Größte, dass meine Mutter für uns da war und trotzdem noch einer Arbeit nachgegangen ist. Und da ich selber mal Kinder haben will und das Beamtentum sehr familienfreundlich und das Einkommen sicher ist, hielt ich es irgendwie für eine kluge Idee, meiner Mutter beruflich zu folgen. Und damit man beim Finanzamt arbeiten kann, muss man eben erst dieses dreijährige Studium hier absolvieren. Und wer weiß, vielleicht macht mir das Studium ja sogar Spaß. Mit Zahlen konnte ich schon immer gut umgehen.

***

»Nora, worauf wartest du denn noch? Du musst zum Studienbüro wegen der Zimmerzuteilung und deines Schlüssels. Und da ich nicht will, dass meine neue Freundin sich verirrt und ich bald wieder allein dastehe, werde ich dich begleiten.« Majas Worte reißen mich aus den Gedanken und erst jetzt merke ich, dass alle um uns herum bereits dabei sind, den Saal zu verlassen. Louis ist auch schon verschwunden, aber sollte er recht behalten und Frau Mai keine Lösung gefunden haben, werde ich ihn künftig sowieso sehr oft, also eigentlich jeden Tag, sehen. Während mein Blick dem von Maja begegnet, bin ich etwas traurig, denn sie wäre wohl die perfekte Mitbewohnerin gewesen.

»Ja, lass uns gehen und schauen, was die gute Frau Mai für mich tun kann.« Ich schnappe mir meine Tasche und wende mich wieder Maja zu. »Und vielleicht können wir dieses Mal ein klein wenig langsamer laufen. Meine Orientierung ist nicht gut und ich würde mir den Weg gerne etwas genauer einprägen.«

»Geht klar. Und jetzt komm endlich. Ich bin schon total gespannt, ob du tatsächlich mit Louis in einer Wohnung gelandet bist. Er wirkt total cool und hast du seine Augen gesehen?« Maja beginnt zu schwärmen und ich werde von meinen Gedanken zurück in die Vergangenheit katapultiert. Denn sie hat recht, Louis sieht gut aus, aber wirklich interessiert bin ich nicht. Mein erster Freund Max und ich haben uns vor fünf Monaten getrennt und ich habe kein Bedürfnis, so schnell nach Ersatz zu suchen, denn Max hat mich mehr als nur ein wenig verletzt und mein Vertrauen in die Männer dieser Welt ist fürs Erste erschüttert.

Als wir vor dem Saal sind, richtet Maja das Wort erneut an mich: »Übrigens, wegen deiner Orientierung musst du dir keine Gedanken machen. In den Gängen und Treppenhäusern hängen überall Wegweiser und damit findet man sich eigentlich ganz gut zurecht.« Um ihre Aussage zu belegen, deutet sie hinter mich und tatsächlich, Wegweiser! »Und notfalls hast du ja noch mich, ich sorge schon dafür, dass du nicht verloren gehst. So, und jetzt versuch mal den Weg zum Studienbüro ohne meine Hilfe zu finden.«

Maja ist geduldig. Wirklich geduldig. Wir verlaufen uns zweimal, doch sie beschwert sich nicht und gibt mir die Chance, meine Fehler selbst zu bemerken. Nach einer Viertelstunde, die mir viel länger vorgekommen ist, stehen wir endlich vor dem Studienbüro und mich überkommt zumindest ein kleines Gefühl von Stolz.

»Kommst du mit rein oder gehst du schon zu den Wohnheimen?« Ich wende mich Maja zu und hoffe innerlich, dass sie hier wartet.

»Mich interessiert viel zu sehr, mit wem du deine Wohnung teilen musst, als dass ich jetzt so kurz vor dem Ziel einfach gehen würde.« Sie zwinkert mir zu und ich bin immer noch fasziniert von ihrem Zwinkern. Während so was bei mir aussieht, als hätte mein Gesicht Zuckungen, wirkt es an ihr so natürlich und authentisch, als hätte sie ihr Leben lang nichts anderes getan. Vielleicht kann sie mir das bei Gelegenheit ja mal beibringen.

»Also dann, auf geht' s.« Mit einem letzten Blick zu Maja, die mich ermutigend anlächelt, wende ich mich der Tür zu und klopfe. Kurz darauf betrete erst ich und mit etwas Abstand auch Maja den Raum.

»Fredericke, da sind Sie ja. Setzen Sie sich doch. Wir müssen kurz ein paar Dinge besprechen.« Frau Mai begrüßt mich und bedenkt Maja mit einem kurzen Nicken. Dabei wirkt sie gar nicht mehr so unfreundlich wie heute Morgen. Selbst ihre Stimme empfinde ich plötzlich als viel weniger kratzig. Ich setze mich und auch Maja zieht sich einen Stuhl heran, um nichts Wichtiges zu verpassen.

»Es tut mir unglaublich leid. Wir konnten an der Zimmerzuteilung leider nichts mehr ändern. Wir vertreten hier eigentlich die strenge Ansicht, dass die Wohnungen nicht geschlechtergemischt sein sollten, aber in Ihrem Fall bleibt uns wohl nichts anderes übrig. Die Herren habe ich nach unserem Gespräch sicherheitshalber direkt angerufen, um mir ihr Einverständnis zu holen, und von deren Seite spricht nichts dagegen. Nun die Frage an Sie: Können Sie sich ein Zusammenwohnen mit ihnen ebenfalls vorstellen? Ansonsten werde ich sehen, ob eine andere Dame eventuell mit Ihnen tauschen würde.« Ihre Stimme hat einen milden Unterton und sie lächelt mich unerwartet mütterlich an.

Nach kurzem Zögern antworte ich. »Nein, das geht schon klar. Danke für Ihre Bemühungen.« Schließlich ist es nur ein halbes Jahr und vielleicht wird es ja wirklich ganz nett mit den Jungs.

Erleichtert atmet Frau Mai auf. Offensichtlich habe ich ihr damit einiges an Arbeit erspart. »Sehr schön. Sie sind in Block B untergebracht und die Wohnung ist im Erdgeschoss. Ihr Zimmer ist das mit der Nummer eins und Sie teilen sich einen Balkon mit dem Herrn aus Zimmer zwei, sein Name ist ...« Sie blättert in den Unterlagen »Elias Müller. Hier sind die Schlüssel für die Haus- und die Wohnungstür. Nochmals zur Information: Die Zimmer sind jeweils Einzelzimmer, aber sie teilen sich zu viert die Küche, das Badezimmer und einen kleinen Gemeinschaftsraum.« Sie reicht mir die Schlüssel und ich schließe meine Hand um das kalte Metall, das mir endgültig bewusst macht, dass ich von nun an nicht mehr zu Hause wohne. Ich bedanke mich, stehe auf und reiche ihr die Hand zum Abschied.

»Gern geschehen. Ich wünsche Ihnen einen guten Start. Und sollten sich irgendwelche Probleme durch die Wohnsituation ergeben, scheuen Sie sich nicht, mit mir in Kontakt zu treten.« Ich bedanke mich noch mal und gemeinsam mit Maja verlasse ich das Studienbüro. Wir laufen zu den Wohnheimen und Maja bringt nochmals zum Ausdruck, wie sehr sie mich beneidet, mit Louis zusammenwohnen zu dürfen, und kündigt schon häufige Besuche an. Bei den Wohnheimen trennen sich unsere Wege allerdings, Maja ist nämlich in Block A untergebracht.

»Sollen wir morgen zusammen zu den Vorlesungen gehen?« fragt Maja.

»Klar, total gerne. Wann sollen wir uns denn treffen? Um acht gehen die Vorlesungen los, oder?« Ich bin beruhigt und unheimlich froh darüber, den ersten richtigen Vorlesungstag mit einem freundlichen Gesicht an meiner Seite beginnen zu können.

»Ja genau, dann gehen wir hier um zwanzig vor los? Damit wir gute Plätze nebeneinander bekommen.« Wir tauschen noch Handynummern aus und bevor wir in unsere jeweiligen Wohnheime gehen, umarmt sie mich kurz, aber herzlich. Scheint so, als hätte ich hier tatsächlich schon meine erste Freundin gefunden. Mit diesem Gedanken krame ich in meiner Tasche nach den Schlüsseln, um mein künftiges Zuhause in Augenschein zu nehmen.

Kapitel 2

Nora

Ich betrete die Wohnung, nachdem ich mehrmals geklopft habe, allerdings ohne eine Antwort erhalten zu haben. Eigentlich lächerlich, immerhin ist das jetzt auch mein Zuhause, zumindest für die nächsten sechs Monate. Aber ich dachte, dass ich – als einziges Mädchen – vielleicht ankündigen sollte, dass ich da bin. Scheint nur niemanden zu interessieren.

Ich schaue mich um und stehe in einem Raum, den ich für den Aufenthaltsraum halte. Er ist genau wie das gesamte Wohnheim schon etwas in die Jahre gekommen, sieht aber gemütlich aus. Neben einer Couch, einem Regal und einem kleinen Tischchen beinhaltet er einen Sessel, der farblich passend zur Couch ist. Vom Aufenthaltsraum sieht man direkt die erste Tür, auf der groß die Nummer 1 angebracht ist. Das ist dann wohl mein Zimmer.

Ich gehe auf die Tür zu und stecke den Schlüssel ins Schloss, das beim Aufschließen ein kleines bisschen klemmt. Voller Erwartung betrete ich mein künftiges Reich und versuche meine Enttäuschung zurückzuhalten. Die Möbel sind dunkel und alt, aber wenigstens ist das Zimmer relativ groß. Direkt gegenüber von der Tür steht vor dem Fenster ein großer Schreibtisch und rechts daneben an der Wand ein Regal. Links neben der Tür hängt ein Waschbecken mit einem kleinen Schränkchen und Spiegel und dahinter entdecke ich das Bett. An der Wand rechts vom Bett ist ein Kleiderschrank und das war' s auch schon. Ich stelle meine Handtasche auf den Schreibtisch, schmeiße meine Jeansjacke daneben und öffne die Balkontür, um die letzten Sonnenstrahlen noch etwas zu genießen. Es ist immerhin schon Anfang Oktober und die Sonne wird von Tag zu Tag schwächer. Ich strecke mein Gesicht der Sonne entgegen und genieße das leichte Prickeln auf meiner Haut. In solchen Momenten habe ich das Gefühl, förmlich spüren zu können, wie meine Sommersprossen an Farbe und Größe gewinnen. Ich mag dieses Gefühl unheimlich gerne, denn ich liebe meine Sommersprossen und je mehr, umso besser. Als jedoch eine Wolke vor die Sonne zieht, wird es frisch und ich gehe wieder nach drinnen und drehe die Heizung vorsichtshalber schon mal hoch. In den Nächten kühlt es schon merklich runter und ich bin so gar kein Wintermensch. Soll heißen, ich friere schnell und werde richtig ungemütlich, wenn mir kalt ist.

Ungemütlich ist aber genau das richtige Stichwort. Obwohl ich keine Lust darauf habe, wird es Zeit, meine Koffer und Taschen zu holen und mich einzurichten. Ich könnte am Wochenende außerdem noch zu Ikea fahren und mir ein paar Duftkerzen und Pflanzen holen, dann wird es hier vielleicht etwas wohnlicher. Außerdem liebe ich Duftkerzen einfach, egal, ob Himbeere, Pfirsich, Zitrone oder was ganz anderes. Ich bin so in die Gedanken an Duftkerzen versunken, dass ich beim Verlassen meines Zimmers fast in Louis reinrenne, der gerade durch den Gang läuft.

»Oh, hey, sorry!«, bringe ich hervor.

»Ist doch kein Problem, ist ja nichts passiert.« Er wirft einen Blick in den Karton, den er gerade trägt, und fügt merklich beruhigt hinzu: »Und meine kleinen Lieblinge sind zum Glück auch noch heil. Hast du schon ausgepackt?«

Mich interessiert zwar brennend, was das für »Lieblinge« in seinem Karton sind, aber das kommt mir dann doch etwas privat vor, immerhin kennen wir uns ja gar nicht. Also versuche ich den Teil des Gesprächs auszublenden und konzentriere mich auf seine Frage. »Nein, ich bin erst seit fünf Minuten hier. Ich habe mir die Wohnung noch gar nicht angeschaut und meine ganzen Sachen sind auch noch im Auto. Leider.«

»Na dann lass dich von mir nicht abhalten. Und viel Spaß beim Wohnungserkunden. Das Zimmer schräg gegenüber gehört übrigens mir. Das Zimmer neben deinem, die Nummer zwei, gehört Elias und das neben meinem, die Nummer vier, gehört Nick. Wenn du willst, stelle ich euch kurz vor.« Er deutet dabei erst auf seine, dann auf Nicks Zimmertür.

»Klar, wieso nicht?«, entgegne ich.

»Ich bring noch kurz den Karton in mein Zimmer. Ist zum Glück der letzte.

Komm doch kurz mit«, weist Louis mich an und ich folge ihm in sein Zimmer und stelle erneut fest, dass Maja absolut recht hatte. Er sieht wirklich richtig gut aus. Er ist einfach einer dieser Typen, denen man schon von hinten ansieht, dass einen vorne Gutes erwartet. Ein Blick in sein Zimmer zeigt, dass es meinem bis aufs kleinste Detail gleicht. Na ja, außer dass überall halb ausgeräumte Koffer und Kartons rumstehen. Als ich mich etwas genauer umsehe, fällt mir auf, dass in dem Regal neben dem Schreibtisch mehrere Weingläser stehen. Louis macht den Karton mit seinen »Lieblingen« auf und bringt eine Weinflasche zum Vorschein. Liebevoll legt er sie in das Regalfach unter den Gläsern, bevor er fünf weitere Flaschen aus dem Karton zieht und dazulegt.

»Schau mich nicht so vorwurfsvoll an. Das Regal ist groß genug, damit auch noch genug Platz für Studienzeug ist.« Er schmunzelt und ich muss lachen.

»Klar, verstehe ich. Man muss Prioritäten setzen und an etwas Wein gibt es ja auch nichts aussetzen.«

»Ach, Nora, ich glaube, wir beide werden uns wundervoll verstehen. Halte dich an mich und es wird dir nie an Wein fehlen.« Louis' lockere Art führt dazu, dass ich mich in seiner Gegenwart sofort wohlfühle, und ich bin wirklich froh, ihn als Mitbewohner erwischt zu haben.

»Auf das Angebot mit dem Wein werde ich eventuell zurückkommen.« Während die Worte meinen Mund verlassen, sehe ich uns vor meinem inneren Auge schon im Sonnenschein mit Wein auf dem Balkon sitzen und quatschen.

»Ich will' s hoffen, allein trinken macht einfach keinen Spaß. Und jetzt komm, dann stell ich dir die anderen vor.« Louis reißt mich mit seiner klaren Stimme aus meiner Tagträumerei. Ehe ich antworten kann, ist er schon aus seinem Zimmer gestürmt und ich höre bereits, wie er an eine Tür klopft. Als ich zu Louis in den Gang trete, unterhält er sich bereits mit einem anderen Jungen. »Ach übrigens, Nick, das ist Nora. Und Nora, das ist Nick.« Er deutet zuerst auf mich und dann auf Nick.

»Hey, schön, dich kennenzulernen.« Nick scheint freundlich, doch er meidet meinen Blick. Ich hoffe, es liegt nur daran, dass er schüchtern ist, und nicht an mir.

»Hey.« Mehr fällt mir in dem Moment aber auch nicht ein und so schütteln wir uns wortlos die Hände. Nick sieht nicht schlecht aus, fällt einem aber auch nicht direkt ins Auge. Er ist ungefähr so groß wie ich, hat braune Haare und eine Brille.

»So, genug Hände geschüttelt.« Dann wendet Louis sich Nick zu. »Ich werde Nora jetzt noch Elias vorstellen und ihr danach helfen, ihr Gepäck ins Zimmer zu tragen. Du darfst dich uns gerne anschließen.«

Wer hätte gedacht, dass ich so schnell Hilfe bei meinem Gepäck bekomme, und das auch noch, ohne fragen oder betteln zu müssen. So langsam finde ich wirklich Gefallen an meinen männlichen Mitbewohnern.

»Ja klar, ich kann euch mit dem Gepäck helfen«, sagt Nick sofort. »Aber bei Elias werdet ihr weniger Erfolg haben. Der musste vorhin noch mal los und meinte, es wird sicherlich später Abend, bis er wieder da ist.«

»Okay. Na dann, los geht' s. Hol deine Autoschlüssel und dann bringen wir deine Sachen ins Zimmer.«

***

Eine halbe Stunde später stehen tatsächlich alle meine Sachen in meinem Zimmer und ich bin begeistert, wie schnell es mit ein bisschen Hilfe erledigt war. Ich nehme Louis und Nick zum Dank beide kurz in den Arm und während Louis meine Umarmung liebevoll erwidert, scheint Nick etwas überfordert von der Berührung zu sein. Dann verspreche ich ihnen, dass wir heute Abend Pizza auf meine Kosten bestellen, und die beiden schlagen voller Vorfreude auf das Essen miteinander ein und verlassen das Zimmer, damit ich in Ruhe auspacken kann.

Meine Klamotten und die Sachen für die Hochschule sind relativ schnell aufgeräumt und nachdem ich das Bett bezogen und meine Hygieneartikel zum Waschbecken gestellt habe, mache ich mich mit meinem Besteck und Geschirr auf die Suche nach der Küche. Nachdem ich erst an den Zimmern der Jungs vorbeigelaufen bin, dort aber nur ein Badezimmer gefunden habe, mache ich mich auf den Weg zurück zum Gemeinschaftraum. Und da entdecke ich sie. Die Küche ist direkt an den Gemeinschaftsraum angeschlossen, geht allerdings in die andere Richtung wie die Schlafzimmer. Sie ist relativ klein, bietet aber dennoch genug Platz für alles Notwendige. Neben dem Üblichen wie Kühlschrank, Herd, Ofen und einigen Schränken steht an der Wand ein Tisch mit vier Stühlen. Gemütlich ist allerdings was anderes. Ich räume meine Sachen in einen Schrank, in dem noch etwas Platz ist, als mein Handy vibriert. Neugierig, ob die Nachricht wohl von Paul oder Lilly stammt, hole ich mein Handy aus der Tasche. Noch bevor ich sehe, von wem die Nachricht ist, überkommt mich mein schlechtes Gewissen. Ich habe vergessen, meinen Eltern Bescheid zu geben, dass ich gut angekommen bin, also schreibe ich ihnen zuerst. Dann öffne ich die Nachricht, die zu meiner Überraschung von Maja ist.

> Maja: Hey, Nora. Heute Abend steigt bereits die erste Studentenparty ein Wohnheim weiter. Ich habe gedacht, da könnten wir doch zusammen hingehen? Lust?

Eigentlich weiß ich, dass es keine gute Idee ist, zuzusagen. Ohne genügend Schlaf werde ich morgen in der Vorlesung nämlich unausstehlich und definitiv nicht aufnahmefähig sein. Aber ich habe mich gerade erst mit Maja angefreundet und will nicht gleich als Spaßbremse abgestempelt werden. Außerdem lebt man nur einmal und ein bisschen Spaß hat noch niemandem geschadet. Also sage ich Maja zu und bemerke beim Blick auf mein Handy, dass es bereits halb sieben ist. Und als ob mein Magen nur darauf gewartet hätte, knurrt er genau in diesem Moment wenig zurückhaltend los. Ich beschließe, Nick und Louis zu suchen, um nach ihrem Wunschbelag für die Pizza zu fragen. Da ich leider so gar keine Ahnung habe, welche Art von Kleidung für eine Studentenparty angebracht ist, schicke ich nochmals eine Nachricht an Maja, in der ich sie ebenfalls zum Pizzaessen einlade und ihr anbiete, dass wir uns dann gemeinsam bei mir für die Party herrichten können. Schnell setze ich noch einen Satz ans Ende meiner Nachricht, in dem ich mitteile, dass Louis beim Essen ebenfalls dabei sein wird. Nachdem ich nun auch diesen Joker ausgespielt habe, bin ich sicher, dass Maja zusagen wird. Noch während ich an Louis' Tür klopfe, vibriert mein Handy und Maja kündigt an, in zehn Minuten da zu sein, und wünscht eine vegetarische Pizza.

Nach dem dritten Klopfen öffnet Louis endlich die Tür und schaut mich total verstrubbelt und aus ganz kleinen Augen an. »Sorry, ich bin wohl eingeschlafen.« Sein Anblick bringt mich zum Schmunzeln, weil er so verschlafen viel jünger und unschuldiger aussieht.

»Ich wollte die Pizza jetzt bestellen und fragen, was du gerne draufhaben willst.«

Sein Blick klärt sich sofort. »Das ist einfach. Einmal Salami und einmal Thunfisch. Nick und ich haben vorhin schon geklärt, dass wir halbe-halbe machen, damit wir beide Beläge haben.« Er wirkt stolz auf seine geniale Idee und bei dem Gedanken an Essen scheint er auch gleich viel wacher zu werden.

»Sehr gut, dann bestelle ich die Pizzen und du sorgst dafür, dass du und Nick dann in circa einer halben Stunde in der Küche seid. Übrigens, Maja kommt auch gleich, also zieh dir lieber was Normales an.« Grinsend schaue ich an ihm herunter, bis er meinem Blick folgt und peinlich berührt merkt, dass er nur Boxershorts und ein Shirt trägt, und zwar beides mit dem Batman-Logo drauf.

Um ihm weitere Erklärungen zu ersparen, gehe ich in mein Zimmer zurück und bestelle die vier Pizzen.

Ein Blick auf mein Handy zeigt, dass Paul mir geantwortet hat und sich nach der aktuellen Situation erkundigt, also teile ihm mit, dass ich das nächste halbe Jahr mit drei Jungs verbringen darf, sie aber bisher ganz nett wirken. Dann schmeiße ich das Handy auf mein Bett und widme mich meinem neuen – obwohl sehr alten – Kleiderschrank. Bis Maja kommt, möchte ich zumindest eine grobe Vorauswahl getroffen haben, was die Kleidung für heute Abend angeht. Immerhin geht es hier um einen ersten Eindruck und der sollte möglichst positiv sein. Wenn ich mit Lilly feiern war, habe ich oft zu kurzen Kleidern oder bauchfreien Shirts gegriffen. Doch irgendwie erscheint mir das hier nicht angemessen, weil ich all diese Leute, die mich heute Abend sehen werden, auch Tag für Tag in den Vorlesungen treffen werde.

Ein schrilles Geräusch, welches ich als Türklingel identifiziere, reißt mich aus meinen Gedanken und schon bin ich auf dem Weg, um Maja Einlass zu gewähren.

»Oh, hey, ich wollte eigentlich zu Nora, aber schön, dich zu sehen. Kommst du heute Abend mit zu der Party?« Ich höre Majas Stimme und als ich auf den Flur trete, sehe ich, dass Louis ihr die Tür geöffnet hat. Tja, da war wohl jemand schneller als ich. Hat er neben der Tür auf Maja gewartet? Oder wie hat er es geschafft, vor mir an der Tür zu sein, obwohl mein Zimmer näher am Eingang liegt?

Da entdeckt Maja mich auch schon, drängt sich an Louis vorbei und nimmt mich in den Arm. »Hallo, Süße, bereit für den besten Abend deines Studentenlebens?«

»Na ja, bereit noch nicht. Aber nach der Pizza und einer Kleiderberatung deinerseits sieht das bestimmt ganz anders aus.« Dann wende ich mich an Louis. »Und, kommst du mit?«

Der ist allerdings immer noch damit beschäftigt, Maja verträumt anzuschauen, und reagiert gar nicht.

Majas Stimme reißt ihn dann allerdings aus seiner Trance. »Erde an Louis. Kommst du nachher mit?«

Endlich reagiert er. »Klar, euch zwei Hübschen kann man doch nicht ohne Begleitung auf eine Party lassen. Wie wäre es damit: Ihr setzt euch schon mal in die Küche und ich hole währenddessen Nick und meinen kleinen Liebling aus dem Zimmer.« Er zwinkert mir zu und ich muss grinsend an die Weinflaschen denken, die in seinem Zimmer stehen, während Maja mich verwirrt ansieht.

Louis macht sich auf den Weg zu Nicks Zimmer und ich versichere Maja, dass sie den Spruch mit dem Liebling gleich verstehen wird. Gemeinsam holen wir die Musikboxen aus meinem Zimmer, bevor wir es uns in der Küche gemütlich machen, und ich meine Lieblingsplaylist abspiele. Maja nimmt am Tisch Platz, während ich mich auf die Küchenanrichte setze. Schon als kleines

Kind war das mein liebster Platz in unserer Küche, wahrscheinlich sogar im ganzen Haus. Maja und ich unterhalten uns gerade über unsere Lieblingsmusik, als der Pizzabote klingelt. Nick und Louis kommen zum perfekten Zeitpunkt in die Küche und so verbringen wir das Abendessen gemeinsam mit guter Musik, noch besserem Wein und vielen Lachern.

Danach lassen Maja und ich die Jungs kurz allein, denn ich brauche ja noch ihren Rat bei der Kleiderwahl. Ich präsentiere meine Vorauswahl, bis ich mich mit Majas Hilfe für eine schwarze Hose und ein weißes Top entscheide. Nichts Besonderes, aber durch die richtigen Accessoires, wie meine dunkelrote Clutch und eine gold-schwarze Statementkette, sieht es trotzdem gut aus. Maja kommentiert das Ganze mit einem zufriedenen Nicken, bevor wir uns wieder zu den Jungs gesellen. Gemeinsam mit Louis und Nick, der sich kurzfristig entschieden hat, uns ebenfalls zu begleiten, machen wir uns auf den Weg.

Kapitel 3

Nora

Bei der Party angekommen fällt mir als Erstes auf, dass die Wohnung genau wie unsere aussieht. Mit dem kleinen, aber feinen Unterschied, dass die Lichter gedimmt sind, in der Ecke eine riesige Musikanlage steht, aus der lautstarke Musik zu hören ist, und überall massenhaft Bierflaschen und rote Becher rumstehen. Allein wegen der roten Becher bin ich begeistert, weil es einfach meiner aus amerikanischen Teenie-Filmen hervorgehenden Vorstellung einer Party entspricht. Ob ich mich zu leicht von Kleinigkeiten beeinflussen lasse? Vielleicht, aber es gibt wirklich Schlimmeres.

Kurz werde ich wehmütig bei dem Gedanken, dass ich diesen Abend nicht mit Lilly verbringen kann, und es fühlt sich immer noch merkwürdig an, dass sie so weit weg ist. Doch als ich das Treiben um mich herum wahrnehme, muss ich wieder daran denken, dass ich hier bin, um zu studieren. Um einen Neustart zu wagen. Um einfach den Spaß eines Studentenlebens auszukosten.

Und genau das habe ich auch vor, also lasse ich mich von der Atmosphäre einnehmen, genieße die Musik und freue mich auf den Abend mit meinen neuen Bekanntschaften.

Ich bin jung. Ich bin auf einer Party. Ich werde diesen Abend genießen.

»Der Wahnsinn, oder?«, raunt mir Maja zu, die offensichtlich meinen begeisterten Gesichtsausdruck bemerkt hat.

»Absolut, ich liebe die Musik und die roten Becher sind einfach klasse.«

»Sie sind besonders klasse, wenn was Gutes drin ist.« Wie aus dem Nichts klinkt sich plötzlich Louis in das Gespräch ein und reicht uns zwei Becher, damit wir mit ihm und Nick anstoßen können. »Bacardi Razz! Ich hoffe, das ist den Damen recht.« Ohne unsere Reaktion abzuwarten, plappert er munter weiter. »Und nun lasst uns anstoßen. Auf unseren ersten Abend als Studenten und die tollste WG, die man sich wünschen kann.« Er prostet uns zu.

»Auf die tollste WG, die man sich wünschen kann.« Nick und ich stimmen mit ein und prosten uns ebenfalls zu, während Maja kritisch zwischen uns hin- und herblickt.

»Und den tollsten VIP-Gast, den man haben kann«, fügt Maja hinzu und stößt ebenfalls mit an.

Wir müssen alle lachen und mich beschleicht das Gefühl, dass Maja tatsächlich sehr viel Zeit bei uns verbringen wird. Und wenn ich ehrlich bin, kann ich mir nichts Schöneres vorstellen.

Ich trinke einen kleinen Schluck und bin begeistert. Ich liebe Bacardi Razz – das himbeerige Aroma und die Süße der Sprite passen perfekt zusammen. Hier schmeckt man allerdings auch den Alkohol deutlich durch und ich frage mich, ob ich das einfach nicht mehr so in Erinnerung hatte oder ob Louis ein anderes Mischverhältnis an den Tag legt als ich. Aber mit dem Wissen, dass ich nur fünf Minuten nach Hause laufen muss und von lieben Menschen umgeben bin, genieße ich einfach meinen Drink und lasse mich auf den Abend ein.

Als der Alkohol seine Wirkung zeigt und die anfängliche Schüchternheit überwunden ist, stürmen Maja und ich die Tanzfläche, dicht gefolgt von Louis, der sich einfach wunderbar bewegen kann und durchgängig dafür sorgt, dass unsere roten Becher immer schön gefüllt sind. Nick ist uns ebenfalls zur Tanzfläche gefolgt, ist aber nicht ganz so in seinem Element. Er scheint sich nicht wohlzufühlen und wippt mehr hin und her, als wirklich zu tanzen. Aber Maja und ich haben Spaß, singen jedes Lied laut mit und grinsen uns dabei breit an. Das ist eins dieser Phänomene, das ich immer wieder beim Feierngehen beobachte: Man findet irgendwie plötzlich jedes Lied toll und singt laut mit, selbst wenn man es sonst gar nicht leiden kann und sofort den Sender wechseln würde.

Und so ziehen die Stunden vorbei, in denen wir die Musik genießen und uns wünschen, dieser Abend würde nie zu Ende gehen.

***

Doch der Abend geht leider zu Ende, und zwar schneller als gedacht. In einem Moment haben wir noch glücklich singend bei gedimmtem Licht getanzt, im nächsten Moment habe ich das Gefühl zu erblinden, weil plötzlich alle Lichter an sind und meine Augen sich erst an die Helligkeit gewöhnen müssen. Kurze Zeit später erblicke ich den Grund für diese Veränderung – an der Tür steht der Hausmeister, der offensichtlich für Ruhe sorgen will. Das entnehme ich zumindest dem Gespräch einer Gruppe von Mädchen, die neben uns steht. Und wenn ich mir den Mann so anschaue, der gerade zielstrebig auf die Musikboxen zugeht, um den Stecker zu ziehen, sieht er genauso aus, wie man sich einen richtigen Hausmeister vorstellt: mittelgroß, etwas dicklich, rotes Karohemd und ein grimmiger Gesichtsausdruck.

Nachdem er das Kabel gezogen hat, erhebt er seine Stimme: »So, die meisten von euch hatten noch nicht das Vergnügen mit mir. Ich bin Herr Anders, der Hausmeister. Ich gebe euch jetzt genau fünf Minuten, dann möchte ich außer den Bewohnern dieser WG keinen mehr hier sehen.«

Ein unzufriedenes Murmeln geht durch die Menge.

»Und als kleine Randinformation für die, die noch am Grübeln sind, ob sie meiner Bitte Folge leisten sollen oder nicht – tut es lieber, denn Alkohol ist in diesen Wohnheimen ebenso verboten wie das Betreten anderer Wohnungen nach zweiundzwanzig Uhr. Wer also keinen Rausschmiss riskieren möchte, macht sich jetzt schleunigst auf den Weg ins Bett.«

Ich kann vernehmen, wie sich die Leute immer noch vereinzelt beschweren, doch die meisten scheinen doch zu verstehen, dass Herr Anders nicht zu Scherzen aufgelegt ist.

»Kommt, gehen wir lieber, ich habe keine Lust auf Ärger«, sage ich zu Maja und Louis.

Nick hat uns schon vor etwa einer Stunde verlassen und ist zurück in unsere Wohnung gegangen, sodass nur wir drei geblieben sind.

Maja hat allerdings offensichtlich mehr getrunken als ich oder verträgt weniger, denn so im Hellen betrachtet wirkt sie deutlich betrunkener als gerade noch. Während es mir beim Tanzen nicht aufgefallen ist, ist ihr

Schwanken jetzt kaum zu übersehen. Sofort mache ich mir Sorgen, nicht genug auf sie achtgegeben zu haben.

Louis scheint offensichtlich denselben Gedanken zu haben. »Nora, geh schon mal vor in die Wohnung, ich kümmere mich darum, dass Maja sicher in ihrem Bett und nicht in irgendeinem Busch landet, und komme gleich nach.«

»Vergiss es, ich komme mit – immerhin ist Maja meine Freundin.« Ich hoffe, dass ich nicht zu voreilig bin und wir uns tatsächlich in ein paar Wochen als richtige Freundinnen und nicht nur als Kommilitoninnen bezeichnen können.

»Sei kein Dickkopf. Falls uns der Anders erwischt, müssen wir nicht beide Ärger bekommen, und allein kannst du sie nicht stützen. Also hau schon ab, ich komm in spätestens fünfzehn Minuten nach.« Etwas ungeduldig bringt er seine – tatsächlich sehr sinnvollen – Argumente vor und legt sich Majas Arm bereits über die Schulter.

Widerwillig begebe ich mich also allein auf den Weg zurück zu unserer Wohnung, doch bereits im Treppenhaus merke ich, dass wohl nicht nur Maja zu tief ins Glas – oder besser gesagt in den roten Becher – geschaut hat, und muss ein wenig lachen, als plötzlich alles anfängt, sich zu drehen. Jetzt nur ruhig bleiben, ermahne ich mich, mache die Augen zu, atme einmal tief ein und öffne die Augen wieder, bevor ich die Stufen hinabsteige. Unten angekommen spüre ich schon die kühle Abendluft, die mir durch die offene Haustür entgegenkommt und meinen Kopf ein wenig klarer werden lässt. Ich verlasse das Gebäude und gehe in die Richtung, in der ich unsere Wohnung vermute. Kaum habe ich das Gebäude entdeckt, das ich für das richtige halte, laufe ich freudig über meinen plötzlich so gut ausgeprägten Orientierungssinn darauf zu, bis ich kurz vor dem Haus erstarre. Irgendwas stimmt da nicht. Ich betrachte es genauer, bis mir plötzlich das große »F« ins Auge springt, das außen angebracht ist, und komme ins Stutzen. Ich ziehe meinen Schlüssel umständlich aus der Clutch, lasse ihn versehentlich fallen, bücke mich, um ihn aufzuheben, und entdecke dann voller Entsetzen das große »B« auf dem Schlüsselanhänger.

Als ich mich daraufhin etwas genauer umsehe, merke ich, dass es hier tatsächlich anders aussieht als vor meinem Wohnheim. Verdammt.

Verzweifelt lasse ich mich auf die nächste Bank sinken und beginne zu frösteln. Wieso bin ich auch ohne Jacke zu der Party gegangen? Die Antwort liegt auf der Hand. Weil es eigentlich nur fünf Minuten nach Hause sind, zumindest wenn man sich nicht verläuft. Ich will nur noch in mein Bett. Wo sind denn nur all die Studenten, die vorhin noch bei der Party waren? Irgendjemand muss doch hier unterwegs sein und mir helfen können. Doch natürlich ist jetzt keine Menschenseele zu sehen. Eigentlich sollte es nicht so schwer sein, das richtige Gebäude zu finden, aber der Alkohol steigt mir zu Kopf und ich schaffe es einfach nicht, einen klaren Gedanken zu fassen. Im nächsten Moment gibt mein Magen ein lautes Knurren von sich und mir fällt auf, dass ich einen wahnsinnigen Hunger habe. Das hat mir gerade noch gefehlt.

Ich erschrecke, als ich plötzlich eine Bewegung aus dem Augenwinkel wahrnehme, und drehe meinen Kopf ruckartig in die Richtung. Keine kluge Idee, denn sofort dreht sich alles nur noch mehr.

Ein wenig verschwommen sehe ich, wie ein junger Mann in meine Richtung läuft. Unentschlossen, ob ich dankbar sein soll, weil ich nicht mehr allein bin, oder ängstlich, weil ich nicht mehr allein bin und der Typ genauso gut ein Axtmörder sein könnte, beobachte ich ihn, während er näher kommt. Als ich bemerke, dass er seine Hände in den Hosentaschen vergraben hat, muss ich aus Erleichterung hysterisch auflachen, da er offensichtlich kein Axtmörder ist, denn dazu fehlt ihm eindeutig die Axt. Peinlich berührt schlage ich mir meine Hände vor den Mund. Ich fühle mich ertappt, obwohl er ja gar nicht wissen kann, was ich gerade eben gedacht habe. Tatsächlich sieht er sogar eher so aus, als hätte er mich jetzt erst wahrgenommen, denn er dreht den Kopf in meine Richtung und zieht verwirrt die Augenbrauen zusammen. Langsam kommt er näher, geht vor der Bank, auf der ich sitze, in die Hocke und seine Verwirrung wechselt zu offensichtlicher Sorge. »Hey, kann man dir irgendwie helfen?«

Für einen kurzen Moment versinke ich vollkommen in dieser warmen und weichen Stimme. Definitiv kein Axtmörder. »Ich suche Wohnheim B. Weißt du, wo das ist?« Ich bin froh, dass ich einen vollständigen Satz auf die Reihe bekommen habe und nicht allzu stark lalle.

»Da scheint wohl jemand etwas über die Stränge geschlagen zu haben heute Abend – kann das sein?« Der Fremde zieht mich mit einem Schmunzeln auf, doch ich kann ihm nicht böse sein. Wer könnte das bei diesem Lächeln schon? Meine Gedanken werden von meinem Magen unterbrochen, der nochmals laut knurrt. Ja super, gar nicht peinlich. Das Grinsen des Typen wird breiter und ich bemerke die Grübchen, die sich dabei zeigen. Entzückt stelle ich fest, dass das rechte Grübchen ein wenig breiter ist als das linke.

»Äh, sorry, die letzte Mahlzeit ist wohl auch schon etwas länger her. Also, weißt du, wo Haus B ist oder nicht?«, frage ich ungeduldig, denn mir ist kalt und ich kann es kaum erwarten, endlich in mein warmes Bett zu fallen. Und Essen. Essen wäre jetzt definitiv auch nicht schlecht.

»Komm, ich bring dich nach Hause.« Er reicht mir die Hand und ich lasse mich widerwillig von dem Fremden wieder auf die Beine ziehen. Als wir uns gegenüberstehen, mustere ich ihn noch mal genauer. Er hat dunkelbraunes, fast schon schwarzes Haar, das er oben etwas länger trägt und das ihm im Moment verwuschelt vom Kopf absteht. Was bei anderen den Eindruck erwecken würde, sie wären gerade erst aus dem Bett gekrochen, wirkt bei ihm lässig und gekonnt. Dazu trägt er einen Dreitagebart. Bisher war ich mir der Tatsache nicht bewusst, dass ich auf Kerle mit Bart stehe, aber nach diesem Anblick kann ich mir gar nicht mehr vorstellen, jemanden ohne Bart attraktiv finden zu können. Als mein Blick wieder auf seinen Lippen landet, bemerke ich, dass er mich schon wieder angrinst.

»Na, habe ich die Prüfung bestanden und bin als Begleiter akzeptabel oder soll ich lieber weitergehen und dich auf der Bank zurücklassen?«

Verdammt, offensichtlich war meine Musterung nicht so unauffällig, wie ich dachte. Ich schwöre mir, nie wieder Alkohol zu trinken, weiß aber schon im selben Moment, dass ich mich selbst belüge, denn mein Studentenleben hat ja eben erst begonnen.

»Denkst du etwa, ich gehe einfach so mit jedem mit? Ich musste ja erst mal prüfen, dass du nirgends Waffen versteckt hast und keine Gefahr für mich darstellst.« Ich recke mein Kinn in die Höhe, um mein Gesicht zu wahren und die Stimmung mit einem Witz aufzulockern, der überdecken soll, dass ich ihn tatsächlich genauer angestarrt habe, als ich sollte.

»Und? Irgendwelche Waffen in meinem Gesicht entdeckt?« Erneut zieht er mich auf und mir wird das Gespräch von Moment zu Moment unangenehmer, was auch daran liegen könnte, dass meinem vernebelten Gehirn gerade einfach keine gute Erwiderung einfallen will. Ich bin mir sicher, dass mir absolut treffende Argumente einfallen werden. Zu Hause. Unter der Dusche. Denn mal ehrlich: Leute, die immer eine gute Antwort parat haben, sind mir suspekt. Ich gehöre eher zu der Kategorie Mensch, die jede Diskussion in der Dusche noch mal Revue passieren lässt, nur um festzustellen, dass man eigentlich ganz gute Konter gehabt hätte und nur zu blöd war, sie zu äußern.

Im nächsten Moment meldet sich auch schon mein Magen wieder und ich könnte ihn dafür verfluchen, dass er sich nicht ein wenig leiser beschweren kann.

Mein Gegenüber schaut von meinem Gesicht zu meinem Bauch und dann wieder zu meinem Gesicht, scheinbar immer noch sehr amüsiert. »Ich mache dir einen Vorschlag. Keine fünf Minuten entfernt von hier ist das Campuscafé und das müsste seit ...«, er wirft einen kurzen Blick auf seine Uhr, » ... zehn Minuten offen haben. Du bist nicht die Einzige, die eine lange Nacht hatte, also komm, ich lade dich zum Frühstück ein. Dann kannst du dich in der Öffentlichkeit und mit ausreichend Licht davon überzeugen, dass ich keine Gefahr für dich darstelle.«

Auch wenn mich der Gedanke an Kaffee eher verscheucht, so geht es mir bei der Aussicht auf etwas Essbares gleich viel besser. Doch die wohlige Vorstellung wird sofort vertrieben, als mir auffällt, was er gerade gesagt hat. Ich erinnere mich vage daran, dass uns in der Einführungsveranstaltung erzählt wurde, dass das Campuscafé um fünf Uhr aufmacht. Das weiß ich noch so genau, weil Maja und ich herzhaft darüber gelacht haben, da diese Information für uns definitiv nicht von Bedeutung ist, weil keine von uns freiwillig so früh aufstehen würde, wenn die Vorlesungen doch erst um acht Uhr beginnen.

Wenn es also seit zehn Minuten geöffnet hat, dann haben wir bereits fünf Uhr zehn und in weniger als drei Stunden beginnt meine erste richtige Vorlesung. Shit. Dieser Gedanke ist so ernüchternd, dass ich förmlich merken kann, wie die Wirkung des Alkohols nachlässt.

»Scheiße. Ich sollte längst im Bett sein. Um acht Uhr beginnt meine erste Vorlesung. Scheiße. Scheiße. Scheiße.« Gut, an meiner Ausdrucksweise sollte ich wohl noch mal arbeiten, aber im Moment bin ich einfach zu aufgewühlt, um mir mehr Gedanken über meine Wortwahl zu machen.

»Ganz ruhig. Wenn du dich jetzt noch mal schlafen legst, wirst du nachher nur noch müder sein. Also frühstücken wir, dann bringe ich dich nach Hause, du kannst in Ruhe duschen und dich für deinen ersten Tag fertig machen. Klingt das nach einem Plan?« Er fragt das mit ruhiger Stimme und sein Blick ist nicht genervt, sondern einfach nur fürsorglich. Also nicke ich und er setzt sich langsam in Bewegung.

Ich folge ihm und nutze die Gelegenheit, ihn erneut, aber diesmal unauffälliger, zu betrachten, wenn auch nur von der Seite. Er trägt dunkelgraue Jeans, dazu ein schwarzes lässig sitzendes Stoffhemd und darüber einen dunkelgrünen Cardigan. Er sieht gut aus, verdammt gut sogar, aber das interessiert mich natürlich gar nicht, denn ich bin ja nicht auf der Suche. Das versuche ich mir zumindest einzureden, wenn auch wenig erfolgreich.

»Wo kommst du um die Uhrzeit eigentlich her? Auf der Party habe ich dich gar nicht gesehen. Oder bist du gar kein Ersti?« Ich frage, um die Stille zu durchbrechen, aber auch, weil es mich wirklich interessiert.

»Doch, doch, ich habe heute auch meinen ersten Tag hier. Aber ich war nicht auf der Party. Ich war anderweitig unterwegs.« Damit ist das Thema für ihn wohl erledigt.

Ich will nicht unhöflich sein, also bohre ich nicht weiter nach. Weil ich die Stille allerdings nicht ertragen kann, plappere ich munter drauflos: »Wie kannst du dann nur so ruhig bleiben? Ich bin schon total aufgeregt, wie der Tag morgen beziehungsweise heute so läuft, mit wem ich in den Kursen bin und vor allem, wie die anderen Studenten so sind. Immerhin studieren wir ja nicht nur zusammen, wir wohnen zusammen, essen zusammen und leben damit ja quasi zusammen. Wobei ich bisher unglaubliches Glück hatte. Obwohl eher Glück im Unglück …« Gerade als ich ihm von meinem Fredericke-Vorfall und der Tatsache, dass ich deswegen mit den Jungs zusammenwohne, erzählen will, renne ich in ihn rein, denn er ist ohne Vorwarnung stehen geblieben.

»Schau nur, wie schön der Mond aussieht.« Seine Stimme klingt verträumt und er deutet in die entsprechende Richtung. Es wird zwar langsam schon ein bisschen hell, aber der Mond strahlt trotzdem noch kräftig und in seiner vollen Pracht. Irgendwie wundert mich das gar nicht. Ich war bis in die Morgenstunden auf einer Party, habe mich verlaufen und folge einem vollkommen Fremden zu einem Café und das in meiner ersten Nacht auf dem Campus – natürlich passiert das in einer Vollmondnacht.

Ich glaube eigentlich nicht an diese Mondphasen. Meine Oma Ricke lebt aber danach – egal, ob Haare schneiden, Gemüse pflanzen oder wichtige Termine machen – nichts geschieht ohne einen Blick in den Mondkalender. Aber wie gesagt, »eigentlich«, denn beim Vollmond mache ich eine Ausnahme – oftmals ist mir nach einer Nacht voller merkwürdiger Träume und schlechter Stunden des Schlafens am nächsten Tag aufgefallen, dass Vollmond war.

»Du hast recht, es sieht wunderschön aus.« Ich wende mich wieder vom Himmel ab und sehe, dass sich der Unbekannte zu mir umgedreht hat und wir uns plötzlich verdammt nah sind. Er ist ein wenig größer als ich, deswegen neige ich meinen Kopf leicht nach oben, um ihm direkt in die Augen sehen zu können. Dunkelgrüne Augen, die mich aufmerksam betrachten. Um der Musterung zu entgehen, mache ich einen Schritt an ihm vorbei und öffne die Tür zum Campuscafé. Er betritt es, geht zur Theke, bestellt einen großen Latte Macchiato und einen Bagel mit Hühnchen und sieht mich wartend an. Ich habe mich zwischenzeitlich nach einem Blick auf die an der Wand hängende Karte für eine heiße Schokolade und einen Berliner entschieden. Die Bedienung nimmt unsere Bestellung auf, mein namenloser Begleiter zahlt, ich bedanke mich bei ihm und wir suchen uns einen Tisch am Fenster mit Blick nach draußen, wo es aufgrund der frühen Uhrzeit noch sehr ruhig ist. Ich sehe mich um und fühle mich direkt in einen amerikanischen Film hineinversetzt. Der Boden hat ein schwarz-weißes Schachbrettmuster, die Tische sind silbern und die Bänke und Stühle sind alle in einem knalligen Rot gehalten, sodass man sich wie in einem Retrocafé vorkommt. Ich wende mich wieder meinem Gegenüber zu und gerade, als ich ihn nach seinem Namen fragen will, kommt er mir zuvor und fragt: »Soso, heiße Schokolade und einen Berliner also? Bist du immer so süß unterwegs?«

Ich weiß nicht, ob sich diese Aussage nur auf das Essen bezieht oder ob er gerade versucht, mit mir zu flirten. Aber angesichts der Tatsache, dass ich nach dieser durchgemachten Nacht wahrscheinlich nicht mehr so frisch aussehe, tippe ich auf Ersteres und ignoriere jeden weiteren Gedanken, der in eine andere Richtung geht. Oder versuche es zumindest.

»Ich bin absolut kein Kaffeemensch, damit kann man mich wirklich jagen. Und Tee kann ich auch zu Hause trinken, deswegen die heiße Schokolade, denn die schmeckt zu Hause nie so gut wie auswärts. Und zu heißer Schokolade passt einfach nichts Deftiges. Und so kam es dann zum Berliner.« Voller Inbrunst verteidige ich meine Bestellung.

Doch ganz überzeugt ist er offensichtlich noch nicht. »Ein Mensch, der sein Essen nach dem Getränk aussucht. Läuft das nicht eigentlich andersrum? Man bestellt Essen und sucht sich dann das passende Getränk?« Ein Schmunzeln schleicht sich in sein Gesicht. »Aber ich sehe schon, hier ist eine Planerin unterwegs.«

»Normal kann jeder, das wäre ja langweilig.« Meine Entgegnung bringt ihn noch mehr zum Schmunzeln und ich nehme meinen Berliner entgegen, der mir von der lautlos herangetretenen Bedienung überreicht wird.

Als der Latte Macchiato vor ihm steht, greift er danach, als würde sein Leben davon abhängen, und nimmt einen großen Schluck. Dabei hat er die Augen geschlossen und seufzt genüsslich. »Du verpasst was. Koffein ist mein Lebenselixier. Ohne würde ich wahrscheinlich nicht einen einzigen Tag überleben.«

Für einen kurzen Augenblick bin ich eifersüchtig auf diesen Kaffee und rüge mich selbst für diesen Gedanken. Als er seine Augen wieder öffnet, komme ich nicht umhin, sie nochmals zu mustern. Sie sind nicht einfach nur dunkelgrün, wie ich es anfangs draußen im schwachen Licht der Laterne und des Mondes dachte. Ich würde sie als smaragdgrün bezeichnen und die ausdrucksvollen Grünakzente lassen seine Augen regelrecht leuchten. Sie sind ausdrucksvoll und geben mir das Gefühl, dass er damit direkt in meine Seele blicken kann. *Augen, in denen man sich verlieren kann,* flüstert mir eine leise Stimme zu. Aber das habe ich nicht vor, also wende ich schnell den Blick ab, schiebe den Gedanken beiseite und wechsle zu etwas Unverfänglicherem. »Was ist deine Lieblingsserie?«

»Ganz klar *Modern Family*«, verkündet er, ohne groß nachzudenken.

»Das gibt' s ja nicht. Das ist auch meine Lieblingsserie. Sie ist perfekt für zwischendurch und man kann einfach mal abschalten.« Ich merke, wie Begeisterung in meiner Stimme mitschwingt, und hoffe, dass er es mir abkauft und nicht denkt, ich würde ihn auf den Arm nehmen. Lilly sagt immer, es sei faszinierend, wie ich mich für Kleinigkeiten begeistern könne, aber manchmal bin ich einfach so euphorisch, dass andere denken, ich würde es ironisch meinen und mich über sie lustig machen. Was eindeutig nicht der Fall ist. Besonders nicht bei *Modern Family.*

»Absolut. Auch wenn man mal länger nicht geschaut hat, findet man sich sofort wieder in die Geschichte ein. Es ist wie nach Hause kommen. Wer ist deine Lieblingsperson?« Seine Frage überrascht mich, doch ich kann problemlos darauf antworten.

»Claire.« Die Erwiderung platzt förmlich aus mir raus, als warte sie schon viel zu lange darauf, endlich ausgesprochen zu werden. »Sie ist einfach toll. Sie ist superorganisiert, kümmert sich um alle und ist wie der Leim, der die Familie zusammenhält. Nebenher macht sie Karriere, ist gut aussehend und fit und auch wenn sie anfangs immer wieder von Phils Ideen genervt ist, so steht sie schlussendlich doch immer hinter ihm und ist für jeden Spaß zu haben. In manchen Punkten erkenne ich mich darin selbst wieder. Ich bin auch ein absolutes Organisationstalent, bin ehrgeizig und für jeden Spaß zu haben. In anderen Dingen ist sie wie eine Art Vorbild für mich ...« Wasserfallartig sprudelt es aus mir heraus, doch ich bringe mich zur Besinnung und stoppe mich selbst. Da ich mich allerdings einfach ewig über diese Serie unterhalten könnte, spiele ich den Ball an ihn zurück. »Wer ist dein Favorit?«

»Phil.« Seine Antwort schwebt zwischen uns, aber er spricht nicht weiter. Er sieht aus, als ob ihm was auf der Seele brennen würde, er aber noch nicht weiß, ob er es wirklich sagen soll. Nach einem kurzen Blick zu mir, den ich mit einem aufmunternden Lächeln quittiere, spricht er weiter. »Phil ist einfach so humorvoll und optimistisch. Egal, was kommt, Phil sieht in allem und jedem das Gute und egal, was das Leben zu bieten hat, er macht das Beste daraus. Er genießt sein Leben in vollen Zügen, völlig unabhängig davon, was andere von ihm denken oder ob er sich damit absolut lächerlich macht. Er hat einfach diese Leichtigkeit, mit der er durchs Leben geht. Darum beneide ich ihn.«

Für einen kurzen Moment habe ich das Gefühl, so etwas wie Traurigkeit in seinen Augen zu sehen, aber innerhalb von wenigen Sekunden ist der Ausdruck wieder verschwunden und er schenkt mir wieder ein breites Lächeln. »Außerdem hat er mit Claire eine bezaubernde, kluge und sexy Ehefrau – wer wäre da nicht gerne Phil?« Er grinst mich an und schon wieder bin ich mir nicht sicher, ob er gerade versucht, mit mir zu flirten, oder ob ich mir das alles nur einbilde.

»Na ja, aber eigentlich ist Gloria doch die sexy Ehefrau mit der atemberaubenden Figur, der kein Mann widerstehen kann. Selbst Phil nicht. Müsstest du dann nicht ihr Mann Jay sein wollen?«

»Für so oberflächlich hältst du mich also?«, erwidert er mit einem Stirnrunzeln. »Klar, Gloria ist hübsch, das lässt sich nicht bestreiten. Aber wie du gesagt hast – Claire ist klug, selbstbewusst, ehrgeizig und steht in allem hinter Phil. Ist das nicht viel wichtiger als große Brüste und ein runder Arsch?« Dabei schaut er mich mit einem solch intensiven Blick an, dass mir fast die Luft wegbleibt. Insgeheim beschleicht mich das Gefühl, dass es hier nicht mehr wirklich um *Modern Family* geht.

Vielleicht spricht der Alkohol aus mir, vielleicht ist es aber auch einfach die Müdigkeit, die mich unvorsichtig werden lässt, und so frage ich: »Und – hast du deine Claire schon gefunden?« Allerdings ist mir die Frage dann doch so unangenehm, dass ich auf meine Hände schaue, mit denen ich meine heiße Schokolade umklammere, als wäre sie mein Anker auf hoher See.

»Vielleicht.« Er klingt nachdenklich und eine seiner Hände schiebt sich in mein Sichtfeld. Langsam bewegt sie sich auf meine zu und streichelt mit einer unglaublichen Sanftheit über meinen Daumen bis hin zu meinem Handgelenk, wo sie verweilt und gemächliche kleine Kreise zieht. Zögerlich wende ich den Blick von unseren Händen ab und lasse ihn zu seinen Augen wandern. Der Ausdruck, mit dem er mich betrachtet, ist so zärtlich und liebevoll, dass es Glücksgefühle durch meinen ganzen Körper schickt.

»Ich …«, setzt er an, doch er wird von einem Vibrieren unterbrochen. Blitzschnell zieht er seine Hand zurück und an der Stelle, an der eben noch sein Finger über meine Haut gestreift ist, fühlt es sich plötzlich unglaublich kalt an.

Er holt sein Handy, den Ursprung der Störung, aus der Hosentasche und seine Züge verändern sich schlagartig, während sich seine Schultern verkrampfen. »Sorry, ich muss los.« Als er diese Worte sagt, ist er schon halb aufgestanden und erklärt mir noch schnell den Weg zu meinem Wohnheim, der wirklich nicht sonderlich kompliziert ist.

Ich will mich gerade noch mal für das Frühstück bedanken und nach seinem Namen fragen, doch dazu komme ich nicht, denn er ist quasi schon zur Tür raus. Etwas vor den Kopf gestoßen trinke ich den letzten Schluck meiner heißen Schokolade, stehe auf und gehe zurück zu meinem Wohnheim.

Auf dem Weg dorthin ziehe ich mein Handy aus der Tasche und sehe vierzehn verpasste Anrufe und ungefähr dreißig neue Nachrichten. Ups. Die Nachrichten sind teilweise von den üblichen Verdächtigen – also Paul, Lilly und ein paar anderen Freunden, aber der Großteil der Nachrichten und die Anrufe sind von Maja und Louis.

Verdammt, da war ja was.

Ich schreibe Maja kurz, dass es mir gut geht, entschuldige mich, dass ich mich nicht gemeldet habe, und tippe noch schnell, dass es nachher bei unserem Treffen um sieben Uhr vierzig bleibt. Louis sehe ich sowieso gleich im Wohnheim, also spare ich mir diese Nachricht und gehe schnellen Schrittes weiter, bis ich vor Wohnheim B stehe.

Kapitel 4

Unbekannter

Sechs Uhr dreißig. Das zeigt die große Uhr am Bahnsteig, die ich von meinem Fensterplatz in der S-Bahn sehe. Der Sekundenzeiger bleibt ständig hängen und springt dann plötzlich ein ganzes Stück nach vorne. Draußen rennen eine Menge Passanten rum, wahrscheinlich sind die meisten davon Pendler, die gestresst ihrem Alltag nachgehen.

»Alltag« – ein Wort, das für viele langweilig klingen mag. Ich dagegen würde einiges dafür geben, auch endlich mal wieder so etwas wie einen geregelten Alltag zu haben, statt es immer allen recht machen zu müssen und meinen Verpflichtungen nachzujagen.

In eineinhalb Stunden geht meine erste Vorlesung los. Doch statt im Wohnheim zu sein und mich fertig zu machen, sitze ich hier und warte darauf, dass die Bahn sich endlich wieder in Bewegung setzt. Eigentlich ist mir diese Vorlesung egal. Ich will kein Steuerrecht studieren. Nicht wirklich. Alles, was ich immer wollte, war Anwalt werden. Deswegen sind Noah und ich gemeinsam nach Würzburg gegangen, um Jura zu studieren und uns unseren Traum zu erfüllen. Weg aus Ludwigsburg und die große weite Welt – oder für den Anfang eben mal Würzburg – erkunden und das mit meinem besten Freund an meiner Seite. Was gibt es Besseres?

Ich habe mich in Ludwigsburg immer wohlgefühlt, aber ich wusste auch, dass Noah aus dieser Stadt wegwollte. Aus der Stadt, in der wir gemeinsam aufgewachsen sind, die er aber immer mit dem Tod seiner Eltern in Verbindung bringen wird. Jura und Würzburg – das sollte für ihn endlich die Möglichkeit sein, sein Leben selbst in die Hand zu nehmen und ein unbeschriebenes Blatt zu sein.

Ludwigsburg ist keine typische Kleinstadt, in der jeder jeden kennt. Aber die Tragödie, die Noahs Familie erleiden musste, ging wochenlang durch die Medien und kaum einer kam umhin, sich damit auseinanderzusetzen. Wer hätte ahnen können, dass seine Geschichte Jahre später ebensolch große Wellen schlagen würde?

Mein Handy vibriert im selben Moment, in dem sich die Bahn in Bewegung setzt, und reißt mich aus meinen düsteren Gedanken. Ein Blick auf das Display verrät, dass es wieder Vanessa ist, die wissen will, ob ich schon auf dem Weg bin. Ich weiß, ich sollte ihr antworten. Doch im Moment habe ich keinen Nerv dafür. Ich habe alles stehen und liegen lassen, um mit ihr Noah im Krankenhaus zu besuchen, und sobald ich Stuttgart erreicht habe, werde ich voll für sie da sein. Aber im Moment will ich mich nicht mit ihr auseinandersetzen.

Mit ihrer letzten Nachricht hat sie mir schon den schönen Moment genommen, den ich mit der Unbekannten geteilt habe. Traurig, ich weiß nicht mal, wie sie heißt. Und dabei war es einer der schönsten Momente seit Langem. Wenn nicht sogar der schönste Moment, seit das mit Noah passiert ist.

Sofort schießen mir wieder Bilder durch den Kopf, wie sie in sich zusammengesunken und lachend auf der Bank saß, die Arme um den spärlich bekleideten Oberkörper gelegt und dabei leicht schaudernd. In ihrem Blick lag eine Mischung aus Verzweiflung, Müdigkeit und gleichzeitig etwas wie ... Belustigung? Obwohl ich ihren Blick nicht deuten konnte, werde ich ihren Anblick wahrscheinlich niemals vergessen, denn in diesem Augenblick ist irgendwas mit mir passiert, das ich gar nicht genau beschreiben kann. Seit mich die Nachricht über Noahs Unfall erreicht hat, fühlt es sich an, als ob ich in Watte gepackt wäre und alle Empfindungen einfach nicht mehr zu mir durchdringen würden. Alles, was mir früher Freude und Spaß bereitet hat, fühlt sich plötzlich nur noch wie ein billiger Abklatsch dessen an und entringt mir maximal noch ein kleines Lächeln. Doch der Anblick der Unbekannten hat irgendwas in mir berührt, von dem ich nicht mehr wusste, dass es überhaupt noch existiert, und plötzlich schien wieder Licht am Ende des Tunnels zu sein. Ich wollte zu ihr gehen, sie in den Arm nehmen und wärmen.

Sofort muss ich an den Duft denken, der sie umgeben hat. Obwohl sie scheinbar die ganze Nacht unterwegs war, hat sie trotzdem noch ein leichter Hauch von Rosen umgeben. Prompt habe ich das Gefühl, den Duft wieder in der Nase zu haben.

Als sie dann zugestimmt hat, mich ins Campuscafé zu begleiten, habe ich wieder so etwas wie aufrichtige Freude gespürt und das, obwohl ich sie ja nicht mal kannte. Was ist nur los mit mir?

Aber mein Instinkt schien mich nicht ganz im Stich gelassen zu haben, denn je länger wir uns unterhalten haben, umso wohler habe ich mich mit ihr gefühlt. Ohne, wie normalerweise, alles zu filtern, was ich sage, habe ich ausgesprochen, was mir in den Sinn kam, und als ich nicht weitersprechen wollte, hat sie das akzeptiert und nicht nachgehakt.

Bei dem Gedanken an das Gespräch über *Modern Family* muss ich lächeln und frage mich, ob sie meine Claire sein könnte. Doch dafür müsste ich sie erst mal wiederfinden, was bei einem Campus mit mehreren Hundert Studenten gar nicht so einfach werden dürfte, und in ihrem Wohnheim an jeder Tür zu klopfen scheint mir auch nicht der richtige Weg zu sein. Außerdem weiß ich gar nicht, ob ich sie wiedersehen will.

Der Morgen mit ihr war schön, doch ich befürchte, dass die

Situation bei Tageslicht betrachtet ganz anders aussehen könnte.

Heute Morgen hat sie nur eine Facette meines Ichs kennengelernt und ich weiß nicht, ob ich schon bereit bin, mich wieder jemandem zu öffnen und jemanden in mein Herz zu lassen. Allein die Vorstellung, erneut einen Menschen zu verlieren, der mir viel bedeutet, lässt mir das Blut in den Adern gefrieren. Es ist wohl einfacher, nicht nach ihr zu suchen, und den Morgen in Erinnerung zu behalten, wie er war.

Als wollte das Leben mir zustimmen, fährt die Bahn gerade an meiner Haltestelle ein. Ich muss sie jetzt aus meinen Gedanken verbannen, denn Vanessa braucht mich. Ich schicke ihr schnell eine Nachricht, dass ich in fünf Minuten da sein werde, steige aus der Bahn und mache mich auf den Weg.

Kapitel 5

Nora

Eine Stunde später stehe ich frisch geduscht vor der Tür und warte gemeinsam mit Louis und Nick auf Maja. Elias – den Vierten im Bunde – habe ich auch heute Morgen nicht zu Gesicht bekommen. Aber ich bin noch lange genug hier. Früher oder später werde ich seine Bekanntschaft sicher machen. Und selbst wenn nicht, ich habe Maja, Louis und Nick. Mehr brauche ich nicht. Während sich die Jungs über Fußball unterhalten, stehe ich etwas betreten neben ihnen und versuche mein Gähnen zu unterdrücken. Ohne Erfolg. Alles in allem fühle ich mich trotz des fehlenden Schlafes heute Nacht aber ganz gut, wäre da nicht die Nervosität, die mir in allen Knochen steckt. Ich weiß, ich bin jung und sollte eigentlich auf der Suche nach Abenteuern sein und vor Unbekanntem nicht zurückschrecken. Aber in Momenten wie diesen merke ich, wie sehr ich Routine und einen gleichbleibenden Alltag schätze. Neues macht mir Angst, denn es kann einfach so viel schiefgehen und ich bin kein sonderlich spontaner Mensch.

Mein Blick schweift wieder zu Louis und Nick und ich bin heilfroh, diesen ersten Tag wenigstens nicht allein bezwingen zu müssen. Ich schaue auf die Uhr und bemerke, dass Maja bereits drei Minuten Verspätung hat, doch schon einen Moment später kommt sie mit einem Affenzahn um die Ecke geschossen. Ihre rote Haarpracht hat sie zu einem seitlichen Zopf gebunden, der durch die Locken schön füllig aussieht. Dazu trägt sie einen engen schwarzen Pullover mit weißen Punkten und eine weiße Jeans. Sie begrüßt mich mit einem Küsschen auf die Wange.

»Du siehst einfach klasse aus«, sage ich und meine es zu hundert Prozent ernst, denn ich bin kein Mensch, der leichtfertig mit Komplimenten umgeht.

»Danke, das kann ich definitiv nur zurückgeben. Die Jacke ist der Wahnsinn«, erwidert sie. Ich fühle mich direkt noch ein bisschen wohler in meiner Haut und hoffe, dass mein Outfit die Augenringe und meinen müden Blick irgendwie ausgleichen kann. Ich habe eine schwarze enge Jeans und ein schwarzes Shirt mit rundem Ausschnitt an. Damit das Ganze aber nicht zu farblos wirkt, trage ich einen weißen dünnen Gürtel und meine geliebte Jeansjacke. Nachdem Maja Louis und Nick jeweils mit einer schnellen Umarmung begrüßt hat, machen wir uns auf den Weg zur Hochschule. Unterwegs berichte ich den anderen auf deren Nachfrage, was sich bei mir ereignet hat, nachdem sich unsere Wege heute Nacht getrennt haben. Dabei lasse ich den Teil, wie der Unbekannte meine Hand gestreichelt hat, bewusst aus.

Ein Schauer jagt über meinen ganzen Körper, als mein Blick kurz die Stelle an meinem Handgelenk streift, an der sein Finger Kreise gezogen hat. Hoffentlich sehe ich ihn wieder. Klar, wir studieren beide hier im ersten Semester, aber da gibt es neben uns eben auch noch ungefähr fünfhundert weitere Personen, die genau dasselbe tun, also dürfte es gar nicht so einfach werden, ihn zu finden.

Mittlerweile sind wir an der Hochschule angelangt, betreten das Gebäude und gehen zu dem Aushang, an dem wir laut Herrn Schwarz unsere Zuteilung finden sollten. Bitte, bitte, bitte lass mich mit einem der dreien in einem Kurs sein, bete ich inständig und bevor ich meinen eigenen Namen überhaupt gefunden habe, quiekt mir Maja freudig ins Ohr: »Nora, wir sind in einem Kurs. Das ist sooo cool. Und Nick, du auch. Oh, nur Louis ist scheinbar nicht bei uns.« Sie wendet sich uns zu und dabei wird ihr Lächeln ein klein wenig schmaler.

In der Zwischenzeit habe auch ich endlich die besagte Liste gefunden und überfliege die Namen der anderen Teilnehmer. Ob wohl einer der Männernamen zu meiner namenlosen Bekanntschaft gehört? Verdammt, ich muss diesen Gedanken loswerden. Ich bin hier, um zu lernen, und nicht, um fremden Frühstückshelden hinterherzuschmachten.

Wir verabschieden uns von Louis und machen uns gemeinsam auf den Weg zu unserem Kursraum. Leider hatten wohl andere auch die Idee, früher zu kommen und sich gute Plätze zu sichern, und waren in der Umsetzung dieses Plans erfolgreicher als wir. Denn als wir in den Kursraum laufen, sind die hinteren Reihen schon besetzt und so entschließen wir uns für die zweite Fensterreihe, damit wir wenigstens zusammensitzen können. Ich ergattere mir den Platz direkt am Fenster, neben mir nimmt Maja Platz und dann kommt Nick. Ein Blick durch den Raum bestätigt meine Vermutung, dass ich natürlich nicht mit dem Unbekannten in einem Kurs bin. Ist wahrscheinlich besser so, dann konzentriere ich mich wenigstens auf die Kurse. Während ich meinen Block, meinen Kugelschreiber und vier verschiedenfarbige Textmarker vor mir platziere, kommt ein älterer Herr in den Raum – das ist dann wohl der Dozent.

***

Nachdem ich den ganzen Tag mit Bilanzen, Umsatzsteuer und öffentlichem Recht gequält wurde, bin ich um dreizehn Uhr heilfroh, dass der Tag fast geschafft ist. Normalerweise haben wir immer nur bis dreizehn Uhr Vorlesung und die Nachmittage zum Selbststudium, aber dienstags haben wir in den ersten Wochen noch ein Tutorium. Drei Studenten aus höheren Semestern leiten einen Kurs und sollen unsere organisatorischen Fragen beantworten, mit uns Übungsaufgaben zu den verschiedenen Fächern machen und uns den Einstieg erleichtern. Aber jetzt ist zum Glück erst mal Mittagspause und die habe ich auch mehr als nötig. Nachdem ich den Morgen trotz der schlaflosen Nacht verhältnismäßig gut überstanden habe, merke ich langsam, wie mich die Müdigkeit überkommt, und eine kleine Pause sorgt hoffentlich dafür, dass ich mich nachher wieder einigermaßen konzentrieren kann. Gemeinsam mit Nick und Maja mache ich mich also auf den Weg zur Kantine, wo wir uns mit Louis treffen wollen. Schon nach wenigen Momenten dort wird mir allerdings bewusst, dass ich diesen Ort nicht so häufig aufsuchen werde – meine mittelmäßigen Kochkünste hin oder her, aber das hier ist definitiv genauso unangenehm. Die Kantine ist absolut überfüllt und es ist so wahnsinnig laut, dass man sich kaum anständig unterhalten kann. Das Essen selbst ist allerdings gar nicht so schlecht, auch wenn ich mit der Erwartung auf grottiges Kantinenessen hergekommen bin. Ich konnte also quasi nur positiv überrascht werden. Aber die

Gemüselasagne, für die ich mich entschieden habe, schmeckt nach etwas Nachsalzen wirklich gut. Louis erzählt uns dem Lärm zum Trotz ein wenig von seinem Tag und seinen Dozenten und wir stellen fest, dass der Dozent, der uns gleich zu Anfang mit Bilanzen gequält hat, direkt im Anschluss in Louis' Kurs weitergemacht hat. Dann berichtet er von den anderen Mitstudierenden und dass er wenigstens Elias in seinem Kurs hat und damit schon jemanden kennt. Ich frage mich, wann ich Elias endlich mal zu Gesicht bekomme, und hoffe, dass er genauso umgänglich wie Louis und Nick ist. Als wir nach dem Essen aufstehen und die Mensa verlassen, um uns auf den Weg zu dem Tutorium zu machen, bin ich froh, den Lärm endlich hinter mir lassen zu können, auch wenn das bedeutet, dass ich mich gleich wieder in einen Kursraum begeben muss.

Wir verabschieden uns wieder von Louis und ich schicke Maja und Nick schon mal vor, weil ich noch einen kleinen Abstecher zur Toilette machen will. Kaum habe ich die Toilette verlassen, komme ich keine drei Schritte weit, da bleibe ich abrupt stehen, weil mir auffällt, dass ich gar nicht weiß, in welche Richtung ich noch mal muss. Verdammt, blöder Orientierungssinn. Im nächsten Moment werde ich unschön von hinten angerempelt.

»Entschuldige, ich habe nicht schnell genug reagiert, nachdem du hier mitten im Gang eine Notbremsung hingelegt hast.« Ein Typ lächelt mir breit entgegen, nachdem ich mich nach dem Verursacher des Zusammenstoßes umgedreht habe. »Ist alles in Ordnung mit dir?« Er klingt besorgt, legt seine Hand auf meinen Arm und strahlt mich dabei voller Selbstsicherheit an. Ein Blick auf sein Äußeres erklärt, woher er diese Selbstsicherheit nimmt. Er ist etwas größer als ich, hat hellbraune Haare und einen Dreitagebart, dazu trägt er eine dünne Brille, die ihn seriös wirken lässt. Die Ärmel seines dunkelblauen Pullis mit V-Ausschnitt hat er ein Stückchen nach oben geschoben, sodass die Hälfte seiner Unterarme und am linken Handgelenk eine teuer aussehende Uhr sowie ein paar Armbänder zu sehen sind. Alles an ihm sieht gepflegt und teuer, aber auch verdammt gut aus.

»Sorry, meine Schuld. Ich hätte nicht mitten im Gang stehen bleiben sollen.« Meine Stimme klingt ein bisschen dünn und ich hoffe, dass er mir nicht ansehen kann, dass ich verunsichert bin. »Aber kannst du mir vielleicht helfen? Ich finde meinen Kursraum nicht und gleich fängt mein Tutorium an. Ich suche Raum Nummer 211.«

Sofort beginnt er noch breiter zu strahlen. »Heute ist wohl mein Glückstag. Erst stolpere ich im Gang in eine wunderhübsche Frau rein und dann stellt sich auch noch heraus, dass diese Frau Teilnehmerin bei meinem Tutorium ist. Hey, ich bin Julius.« Er nimmt die Hand von meinem Arm und streckt sie mir nun zur Begrüßung hin. Obwohl ich mich von seinen Worten geschmeichelt fühle, bin ich auch peinlich berührt, denn *wunderhübsch* ist definitiv nicht der Ausdruck, den ich für mich verwendet hätte. Ich sehe nicht schlecht aus, das stimmt. Aber mit meinen langen braunen Haaren, den Sommersprossen und der schlanken und großen Statur bin ich eben absolut nichts Besonderes, sondern einfach Durchschnitt. Trotzdem bin ich froh, dass er mir wenigstens mit dem Weg behilflich sein kann, und so folge ich ihm, als er sich langsam in Bewegung setzt. »Und du bist?« Im Weiterlaufen dreht er sich zur Seite und lächelt mich weiterhin an.

»Sorry, an dem Punkt, an dem ich vorhin meine Orientierung verloren habe, muss ich auch meinen Anstand vergessen haben.« Ich hoffe inständig, die Situation durch den kleinen Witz etwas auflockern zu können, auch wenn er nicht so wirkt, als wäre sie ihm auch nur annähernd so unangenehm wie mir. »Ich bin Fredericke, aber nenn mich bitte einfach Nora.« Ich sage ihm meinen richtigen Namen, weil er als Tutor wahrscheinlich sowieso eine Teilnehmerliste haben wird. Also wozu unnötige Verwirrung schaffen? Mittlerweile haben wir den Raum erreicht. »Vielen Dank fürs Mitnehmen.« Ich will mich gerade abwenden und zu Maja und Nick setzen, als Julius' warme Hand nach meinem Arm greift und mich sachte zurückhält.

»Es würde mich brennend interessieren, wie man von Fredericke auf Nora als Spitznamen kommt. Außerdem habe ich doch was gut für das Finden und Hierherbringen – findest du nicht?« Er lächelt schelmisch und ich hoffe, dass nicht der komplette Kurs dieses Gespräch zwischen Tür und Angel mitverfolgt.

»Ähm – ja, ich denke schon. Also Fredericke ...« Ich setze an und will ihm gerade meine Leidensgeschichte erzählen, als er mich unterbricht.

»Nein, nicht hier. Wie wäre es mal mit einem Kaffee? Ich lade dich ein und dann erzählst du mir die ganze Geschichte rund um deinen Namen. Wie klingt das für dich?«

Huch, innerhalb von vierundzwanzig Stunden von zwei gut aussehenden Typen zum Kaffee eingeladen zu werden – vielleicht wird das wirklich die beste Zeit meines Lebens, denke ich halb im Scherz. Allerdings bin ich nicht wirklich auf der Suche nach einer Beziehung und bin daher unentschlossen, was ich Julius antworten soll. Andererseits spricht doch eigentlich nichts gegen einen Kaffee beziehungsweise eine heiße Schokolade und da ich hier außer Maja, Nick und Louis niemanden kenne, schadet es sicher nicht, ein paar neue Kontakte zu knüpfen. Und wenn dieser neue Kontakt zwei Semester über mir ist, mich mit Insiderwissen versorgen kann und dazu noch unverschämt gut aussieht, kann ich mir diese Chance ja eigentlich nicht entgehen lassen.

»Klar, gerne.«

»Super, wie wäre es heute nach dem Tutorium?« Julius strahlt mich weiterhin an. Müssten ihm davon nicht langsam mal die Mundwinkel wehtun? Der lässt ja wohl wirklich nichts anbrennen. Hoffentlich bin ich hier nicht an den größten Aufreißer der Hochschuhe geraten. Weil ich ihn ein ganz kleines bisschen warten lassen will und ich heute allein wegen meiner Müdigkeit kein Treffen schaffen würde, tauschen wir schnell Handynummern aus, um uns für einen anderen Tag verabreden zu können, und betreten dann gemeinsam den Raum. Ich drehe mich zu Julius um und schenke ihm ein kleines Lächeln. Was ich dabei dummerweise nicht bedacht habe, ist der Tisch der ersten Reihe, in den ich leider reinstolpere, weil ich ja unbedingt noch mal zu Julias schauen musste, der jetzt scheinbar sein Bestes gibt, um ein Lachen zu unterdrücken. Allerdings mit eher mittelmäßigem Erfolg. Ich wende meinen Blick sofort von ihm ab, gehe um den Tisch herum und versuche so zu tun, als wäre gar nichts gewesen, auch wenn mich ungefähr der halbe Kurs anschaut, weil mein Zusammenstoß mit dem Tisch nicht gerade leise war. Mit hoch erhobenem Kopf laufe ich weiter in meine Reihe, um neben Maja meinen Fensterplatz einzunehmen.

»Junge Dame. Heute Nacht warst du Kaffee trinken mit einem Unbekannten und schon kommt der nächste Herr ins Spiel. Was war das denn gerade eben?« Maja zieht mich sofort auf, als ich auf meinem Stuhl Platz genommen habe. Verdammt, ihr entgeht auch gar nichts.

»Ich habe nur den Weg nicht gefunden und dann hat Julius mir weitergeholfen.« Ich weiche dem Thema aus und hoffe, dass sie nicht weiter nachfragt. Zum einen, weil Julius keine zwei Meter von uns entfernt vor dem Pult steht und mich von dort aus beobachtet, wie ich durch einen Blick zu ihm bemerke. Zum anderen, weil ich nicht weiß, was ich von ihm und der Kaffeeeinladung halten soll. Doch ich kann den Gedanken nicht zu Ende denken, denn im nächsten Moment ergreift Julius das Wort und stellt sich und die anderen beiden Tutoren, die schon im Raum gewartet haben, vor und die nächsten beiden Stunden ist Julius auch genau das für mich – ein Tutor und nicht mehr.

Am Ende des Tutoriums weiß ich, wie man Gesetzestexte sinnvoll markiert – aufgeteilt nach Tatbestandsmerkmal, Rechtsfolge und Ausnahme –, wo man hier in der Nähe das beste Essen und Trinken findet – im Campuscafé, einer Pizzeria namens Antonios und einer Bar namens Blue – und bei welchen Dozenten man was beachten sollte. Ich bin zwar dankbar über die ganzen Informationen, aber mittlerweile platzt mein Kopf fast und ich merke den fehlenden Schlaf mit jeder Faser meines Körpers. Eilig packen wir unsere Sachen zusammen und verlassen den Raum, um diesen ersten richtigen Vorlesungstag endlich hinter uns zu lassen. Beim Rausgehen werfe ich noch mal einen Blick zu Julius und nicke ihm zum Abschied zu, worauf er sein Handy in der Luft rumschwingt und mich bedeutungsvoll anschaut, als wollte er mich daran erinnern, dass er sich melden wird. Damit entlockt er mir ein Lächeln, bevor ich den Raum endgültig verlasse, Maja und Nick wie ferngesteuert in Richtung der Wohnheime folge und mich schon auf mein Bett und einen langen Nachmittagsschlaf freue.

Zurück beim Wohnheim trennen wir uns von Maja und dann betreten Nick und ich die Wohnung. Zur Verabschiedung bekommt auch der schüchterne Nick eine Umarmung von mir, bevor ich in mein Zimmer verschwinde und mir meinen Lieblingsschlafanzug anziehe. Er besteht aus kurzen Shorts und einem Spagettiträger-Top, beides in Hellrosa und aus Satin, verziert mit einer kleinen schwarzen Schleife und einem schwarzen Spitzenrand. Obwohl ich sonst immer die Erste bin, die friert, schlafe ich sogar im tiefsten Winter lieber in kurzen Sachen anstatt in langen. Ich stecke meine Kopfhörer in die Ohren und greife nach meinem Handy, um die passende Musik zum Einschlafen auszusuchen und mir einen Wecker auf halb sechs zu stellen, damit ich nicht bis morgen früh durchschlafe, als ich mehrere Nachrichten auf meinem Handy entdecke. Eine von Paul, der gerne über die neuesten Entwicklungen meines Studentenlebens informiert werden möchte und von seiner Ausbildung als Schreiner berichtet, eine von Lilly, die mich mit ein paar Bildern aus Bali direkt neidisch macht, und eine von meinem Vater, ob ich denn schon brav lernen würde – wenn der wüsste. Und dann ist da noch eine von Julius. Das ging aber schnell.

Julius: Du warst nach dem Tutorium so schnell weg :' (Donnerstag, fünfzehn Uhr im Campuscafé? :)
Nora: Ich werde da sein – sofern mein Orientierungssinn das zulässt ;)
Julius: Super, ich freu mich. Und notfalls werde ich den ganzen Campus absuchen, um dich zu finden!
Julius: Video

Ich öffne das Video, das Julius mir geschickt hat. Es zeigt einen Hund, der mit geschlossenen Augen dasitzt und ganz langsam zur Seite kippt, bis er umfällt und aufwacht. Das Ganze sieht einfach so unglaublich süß und gleichzeitig witzig aus, dass ich lachen muss – offensichtlich habe ich meine Müdigkeit beim Tutorium doch nicht so gut überspielt, wie ich dachte. Ich schaue das Video noch mal an und beim Gedanken an Balu, meine einjährige französische Bulldogge, wird mir das Herz schwer. Ich vermisse ihn einfach. Ganz langsam überkommt mich der Schlaf und ich träume von den dunkelgrünen Augen des Fremden, von Julius' strahlendem Lächeln und schlafenden Hunden.

Kapitel 6

Nora

Der Mittwoch und der Donnerstag vergehen wie im Flug. Jeden Morgen laufe ich mit Maja, Louis und Nick zur Hochschule, wir verbringen die Pausen gemeinsam, halten uns mit dem neuesten Tratsch auf dem Laufenden und klagen unser Leid über Dozenten, Mitbewohner (zumindest Maja) und Bilanzen. Nur Elias ist mir immer noch nicht über den Weg gelaufen. Wenn man Nick und Louis Glauben schenken darf, ist er zwar ab und zu bei uns in der Wohnung, aber wirklich dort wohnen tut er irgendwie nicht. Alles sehr merkwürdig, aber eigentlich kann es mir auch egal sein – lieber einen Mitbewohner, den man nie sieht, als einen, der immer laut ist.

Am Donnerstag mache ich mich nach der Vorlesung allein auf den Weg zurück zur Wohnung, da Nick, Maja und Louis zum Mittagessen und Bummeln in die Stadt gehen. Da ich nachher allerdings mit Julius verabredet bin – was mir übrigens ein paar aufgeregte »Ohs« und »Ahs« von Louis und Maja eingebracht hat –, habe ich entschieden, sie nicht zu begleiten. Zurück in der Wohnung schmeiße ich meine Tasche in meinem Zimmer aufs Bett, öffne die Balkontür und trete hinaus. Ich schließe meine Augen und strecke mein Gesicht Richtung Sonne, um noch etwas von der leichten Wärme auf meiner Haut zu spüren. Plötzlich höre ich links von mir ein Räuspern und reiße erschrocken die Augen auf, um nach der Herkunft des Geräusches Ausschau zu halten, und schaue geradewegs in ein Paar dunkelgrüne Augen. Ein Paar dunkelgrüne Augen, die mir verdammt bekannt vorkommen. Ich erstarre für einen kurzen Moment. Nachdem mich diese Augen letztens sogar im Traum verfolgt haben, würde ich sie überall wiedererkennen – die Augen meines Frühstückshelden. In einem Moment frage ich mich noch, wie um Himmels willen er auf den Balkon gekommen ist, doch als ich im nächsten Moment hinter ihm eine geöffnete Balkontür sehe, macht es klick. Das Zimmer neben mir gehört Elias. Dem Elias, den ich noch nie in der Wohnung angetroffen habe. Und scheinbar dem Elias, der mich zum Frühstück eingeladen hat.

Während ich ihn noch fassungslos anschaue, kommt er einen Schritt näher. »Tja, so sieht man sich wieder. Du musst dann wohl Nora sein.«

»Ja … ich … ähm …« O ja, super, Nora, bist du jetzt nicht mal mehr der deutschen Sprache mächtig? Ich räuspere mich und starte einen neuen Versuch. »Ja, das bin ich. Und du bist demnach Elias.«

»Exakt. Nachdem ich bei unserem letzten Treffen so schnell abhauen musste und dich weder nach deinem Namen noch nach deiner Nummer gefragt habe, dachte ich schon, ich sehe dich so schnell nicht wieder. Dabei warst du die ganze Zeit nur eine Wand entfernt.« Ein verschmitztes Lächeln stiehlt sich in sein Gesicht und als ich realisiere, was er da sagt, wird mir ganz warm ums Herz. Er wollte mich also wiedersehen.

»Ja, vom ersten Date bis zum Zusammenziehen ging' s bei uns tatsächlich ziemlich schnell.« Ich sage es im Spaß, aber kaum ist der Satz raus, bereue ich ihn auch schon wieder. Ich habe unser frühmorgendliches Frühstück gerade ernsthaft als *Date* bezeichnet – wie peinlich. Erde, tu dich auf. Er hat mich total fertig auf einer Bank gefunden und war so nett, sich um mich zu kümmern, und ich mache gleich eine Riesensache draus.

»Das war kein Date.« Er stellt es mit ernster Miene fest und mir wird das Ganze noch peinlicher. Warum kann ich denn auch nie einfach mal die Klappe halten? »Glaub mir, wenn wir ein Date hätten, dann würdest du es merken.« Mit einem Grinsen schiebt er die Aussage hinterher und ich realisiere, dass er mich nur aufziehen will. Ich bemerke wieder die Grübchen und muss lächeln, weil sie unterschiedlich groß sind. Shit, jetzt habe ich ihn schon wieder angestarrt. Ich sollte damit aufhören, immerhin wohnen wir jetzt quasi zusammen. Zumindest wenn er sich in Zukunft öfter als einmal die Woche sehen lässt.

»Wo warst du eigentlich die ganze Zeit? Ich habe dich nie in der Küche, im Badezimmer oder auch nur mal im Flur gesehen.« Es rutscht mir etwas unüberlegt raus, aber so abwegig ist die Frage ja eigentlich gar nicht. Doch sofort verändert sich sein Gesichtsausdruck und ich habe Schwierigkeiten, ihn zu deuten. Ist er traurig? Oder einfach nur verärgert, weil ich ihm diese Frage gestellt habe? Kurz muss ich an den Moment im Café denken, als er mit einem ähnlichen Gesichtsausdruck gesagt hat, er würde gerne so optimistisch durch das Leben gehen wie Phil, und ich frage mich, was ihn davon abhält.

»Ach, nirgends. Ich bin nur ein viel beschäftigter Mann.« Er versucht dabei locker zu wirken, aber ich habe das Gefühl, dass da mehr dahintersteckt, lasse ihn aber in Ruhe. Schließlich geht mich die Sache auch nichts an. Er dreht sich weg, geht einen Schritt nach vorne und lehnt sich an das Balkongeländer. Ich schaue derweil auf mein Handy, um die Uhrzeit zu checken, und sehe dabei eine neue Nachricht.

Julius: Video

Wir haben uns seit dem Tutorium am Dienstag nicht gesehen. Er hat mir allerdings immer mal wieder süße oder witzige Hundevideos mit ein paar lieben Worten geschickt und ich bin gespannt, was in diesem zu sehen ist. Ich öffne das Video und zu sehen sind zwei junge Bulldoggen. Eine von ihnen fährt Skateboard und dann will die zweite mitfahren, schubst die erste versehentlich vom Board und am Ende des Videos quetschen sie sich zusammen drauf. Ich lache auf, was direkt dafür sorgt, dass ich wieder Elias' Aufmerksamkeit habe. Wortlos drücke ich auf Neustarten und halte ihm mein Handy hin, woraufhin er es mir abnimmt und das Video ebenfalls anschaut. An seinem Gesichtsausdruck kann ich ablesen, dass er das Video genauso unterhaltsam findet wie ich, denn seine Grübchen kommen wieder zum Vorschein. Doch dann verändern sich seine Züge binnen weniger Sekunden. Kurz sehe ich Ärger aufblitzen, doch dann merkt er, dass ich ihn beobachte, und setzt einen gezwungen neutralen Gesichtsausdruck auf.

»Du bist wohl noch verabredet.« Er schleudert mir die Worte entgegen, dann drückt er mir mein Handy in die Hand, geht zurück in sein Zimmer und schließt die Balkontür schwungvoll hinter sich. Und als könnte er gar nicht genug Abstand zwischen uns bringen, zieht er dann auch noch mitten am Tag die Vorhänge zu. Verwirrt starre ich auf die geschlossene Tür und die dunklen Vorhänge. Was um Himmels willen war das denn? Ein Blick auf mein Handy zeigt, dass ich eine neue Nachricht habe.

Julius: Ich freu mich auf dich. Bis gleich.

War er deswegen gerade so komisch? Weil er die Nachricht von Julius gesehen hat? Aber das würde ja bedeuten, dass es ihn stört, dass ich einen anderen Mann treffe, und das wiederum würde ja bedeuten, dass er mich irgendwie mag. Das ist absurd. Das kann doch gar nicht sein, oder? Wir haben uns neulich beim Frühstück über eine Stunde gut unterhalten und die Zeit ist wie im Flug vergangen. Aber das reicht doch nicht, um jemanden zu mögen, oder nicht? Andererseits habe ich seit Dienstagmorgen auch öfters an ihn gedacht und ich würde lügen, wenn ich sagen würde, dass mir bei seinem Anblick gerade nicht sämtliche Insekten des Erdballs im Bauch rumgeflogen sind. Dennoch habe ich jetzt keine Lust, mir meinen Tag von Elias' merkwürdigem Abgang versauen zu lassen, also verlasse ich den Balkon ebenfalls, gehe durch mein Zimmer und steuere geradewegs die Küche an. Dort greife ich zu den Resten des Abendessens vom Vortag im Kühlschrank, brate den Reis mit Gemüse an und lade mir alles auf den Teller. Da ich Elias nicht noch mal über den Weg laufen will, nehme ich den Teller mit in mein Zimmer, starte eine Folge *Gilmore Girls* und esse am Schreibtisch, in der Hoffnung, ihn vollends aus meinem Kopf zu bekommen.

Nachdem ich fertig gegessen und das Geschirr wieder gespült und aufgeräumt habe, ist es vierzehn Uhr. Es lohnt sich zeitlich nicht mehr, Zusammenfassungen für das Studium zu schreiben, allerdings ist es auch noch zu früh, um sich für das Treffen mit Julius umzuziehen. Kurzerhand entschließe ich mich dazu, mir einfach eine kurze Pause zu gönnen. Ich nehme die Kopfhörer vom Nachttisch, starte das neue Album von Imagine Dragons, beantworte Lillys und Pauls Nachrichten und scrolle dann einfach ein wenig durch Instagram. Gerade als ich die App wieder schließen will, sehe ich, dass Max ein neues Bild hochgeladen hat. Max, mein Freund vom Gymnasium. Max, mein Freund vom Gymnasium, der nicht einfach nur mit mir Schluss gemacht hat. Der Max, der mich mit seiner besten Freundin Lisa betrogen hat und dann meinte, es hätte ihm nichts bedeutet und er wolle weiter mit mir zusammen sein. Für mich war das ein absolute No-Go, insbesondere, weil es nicht nur eine einmalige Sache war, sondern die beiden hinter meinem Rücken über ein halbes Jahr was am Laufen hatten. Als ich eines Tages eher zufällig auf sehr eindeutige Bilder von ihr auf seinem Handy gestoßen bin, hat er es widerwillig zugegeben und wollte die Sache mit ihr sofort beenden, wenn ich ihm nur noch mal eine Chance geben würde. Vertrauen ist für mich allerdings das Allerwichtigste und weil man bei einer Affäre über mehrere Monate wohl kaum von einem Versehen sprechen kann, habe ich die Sache sofort beendet. Das ist jetzt fünf Monate her und mir ging es wirklich dreckig danach. Die erste große Liebe auf so eine Art und Weise zu verlieren, tut weh. Und zwar richtig. Es fühlt sich an, als wäre einem das Herz rausgerissen, in tausend Teile gebrochen und dann auf den Scherben herumgetreten worden. Ohne Lilly und Paul hätte ich diese Zeit niemals überstanden, aber viele Abende mit Eis, Chips, Schokolade und ab und zu Alkohol mit Freunden können einiges wieder reparieren. Mittlerweile weiß ich, dass das mit Max sowieso keine Zukunft gehabt hätte, und komme einigermaßen damit klar. Aber ich verabscheue ihn für diesen Vertrauensbruch. Wie kann man nur so grausam wie er und Lisa sein?

Eher würde ich mir meine Hand abhacken, als was mit einem vergebenen Kerl anzufangen. Das Bild, das Max hochgeladen hat, zeigt ihn und Lisa, wie er in die Kamera lächelt und sie ihm einen Kuss auf die Wange gibt. Darunter steht als Bildbeschreibung: »Ich liebe dich, mein Schatz.« So viel zum Thema, es habe ihm nichts bedeutet. Immer wenn ich an Max und unsere gemeinsame Geschichte denke, merke ich, wie ein klitzekleiner Teil in mir kaputtgeht. Fünf Monate und viel Eis hin oder her – wahrscheinlich wird mich der Gedanke an Max und unsere gemeinsame Zeit immer ein wenig schmerzen. Aber diesen Schmerz will ich nicht an mich ranlassen, also schließe ich Instagram und rufe mir noch mal in Erinnerung, dass er nicht einen traurigen

Gedanken wert ist. Er ist ein Heuchler und Lügner und ich bin ohne ihn besser dran. Das haben mir Lilly und Paul mehrfach gesagt und mittlerweile glaube ich auch selbst dran.

Ein Blick auf die Uhr zeigt, dass es sowieso Zeit ist und ich mich für mein Treffen mit Julius herrichten sollte. Damit schiebe ich jeglichen Gedanken an Max, Lisa und Fremdgehen ganz weit von mir weg und gehe zu meinem Schrank. Ich ziehe meinen schwarzen dicken Wollpulli heraus und kombiniere ihn mit einer schwarzen Strumpfhose und meinem Jeansrock. Gekonnt knote ich ein Haarband in meine Haare. Schnell greife ich noch zur Wimperntusche und schminke meine Augen nach, bevor ich Lipgloss auftrage und mich zufrieden im Spiegel betrachte. Ich schlüpfe in meine Schuhe und greife zu meiner schwarzen Handtasche, in der ich alles Wichtige wie Handy, Geldbeutel, Taschentücher, Kopfhörer, Bürste und Schlüssel verstaue. Dann verlasse ich beschwingt das Zimmer.

Ich habe die Wohnungstür noch nicht erreicht, da tritt Elias aus der Küchenecke und abrupt bleibe ich stehen. Mit einem eher unfreundlichen Blick mustert er mich. »Viel Spaß bei deinem Date.« Sein Tonfall ist schroff und das Wort *Date* klingt dabei schon fast abfällig. Was ist nur in ihn gefahren?

»Das ist kein Date. Ich treffe mich nur mit Julius in Campuscafé.« Kaum ist der Satz raus, fällt mir selber auf, wie lahm das klingt.

»Ach, also hast du dich nicht extra für das *Treffen* mit dem Kerl schick gemacht, weil du ihn beeindrucken willst?« Elias zieht die Augenbraue hoch und deutet bei dem Wort *Treffen* die Gänsefüßchen mit den Fingern in der Luft an.

»Mein Gott, ja, ich habe mich umgezogen, so wie ich es auch getan hätte, wenn ich mit Maja in ein Café gegangen wäre. Und selbst wenn es ein Date wäre, würde es dich gar nichts angehen.« Meine Erwiderung ist bissig, aber langsam verliere ich die Geduld mit ihm. Was bildet er sich eigentlich ein? Beim Frühstück im Café gab es vielleicht einen kurzen intimen Moment zwischen uns, falls man das Streicheln eines Handgelenks überhaupt so nennen kann, aber dann ist er ja abgehauen, als wäre der Teufel hinter ihm her. Also was soll das jetzt? Ich bin ihm keine Rechenschaft schuldig. Diesen Gedanken führe ich mir immer wieder vor Augen, denn ich muss endlich damit aufhören, es immer allen recht machen zu wollen.

Seine dunkelgrünen Augen sehen mich forschend an und ich warte schon auf die nächste unfreundliche Entgegnung, doch sie bleibt aus. »Tut mir leid. Du hast recht. Es geht mich nichts an. Ich hatte die letzten Nächte einfach zu wenig Schlaf und bin wohl etwas überreizt. Ich wünsche dir auf jeden Fall viel Spaß.« Seine Stimmt klingt versöhnlich und in seinem Gesichtsausdruck liegt eine unerwartete Milde.

»Danke. Man sieht sich.« Ich will schon weitergehen, doch dann belehre ich mich eines Besseren und bleibe stehen. Obwohl mir mindestens tausend Gründe durch den Kopf schießen, warum ich es nicht tun sollte, schiebe ich diese Bedenken einfach beiseite. »Seit ein paar Tagen ist die neue Staffel von *Modern Family* draußen und ich habe sie noch nicht angefangen. Wir könnten die Tage ja mal die erste Folge anschauen. Was hältst du davon?« Ich kann gar nicht genau sagen warum, aber irgendwie habe ich das Bedürfnis ihn zu trösten. Obwohl er letztens einfach gegangen ist und heute nicht gerade die Freundlichkeit in Person ist, merkt man doch deutlich, dass ihm irgendwas auf der Seele liegt und ihn belastet und er nicht einfach nur ein unfreundlicher Arsch ist. Ich verstehe mich selbst nicht, aber ich würde einfach alles tun, um das unbeschwerte Lächeln von neulich Nacht wiederzusehen.

Als könnte er meine Gedanken lesen, bekomme ich einen kleinen Vorgeschmack darauf, denn ein kleines Lächeln huscht über sein Gesicht. Und auch wenn es seine Augen nicht ganz erreicht, habe ich doch das Gefühl, dass er das Angebot zu schätzen weiß. »Das wäre wirklich schön.« Seine Erwiderung kommt mit weicher Stimme, bevor er es selbst zu bemerken scheint, seine Stimmlage ändert und neutral hinzufügt: »Du warst schon auf dem Sprung. Ich wollte dich nicht aufhalten. Tut mir leid. Du solltest wohl los.« Damit wendet er sich ab und geht zurück in die Küchennische, ohne mir die Möglichkeit auf eine weitere Erwiderung zu geben. Einen kurzen Moment starre ich noch perplex auf die Stelle, an der er eben gestanden hat, dann wende auch ich mich ab, verlasse die Wohnung und laufe zum Campuscafé.

Davor wartet Julius bereits auf mich und als er mich näher kommen sieht, erhellt sich sein Gesicht. Zur Begrüßung zieht er mich in eine leichte Umarmung. Damit hat sich die Frage, ob ich ihn mit einem Handschlag, einer Umarmung oder einem einfachen Hey begrüßen soll, die mich auf dem Weg hierher beschäftigt hat, also auch erledigt. »Schön, dich zu sehen. Für einen kurzen Moment hatte ich schon die Befürchtung, dass du mich versetzt. Das hätte dann wohl zu einer schlechten Note im Tutorium geführt.«

Entgeistert starre ich ihn an, denn ich muss daran denken, wie müde und unaufmerksam ich am Dienstag war. »Es gibt beim Tutorium Noten?«

Julius Mundwinkel zucken verdächtig. »Das war ein Witz. Natürlich gibt es keine Noten. Allerdings bin ich trotzdem froh, dass du da bist.«

Ich boxe ihm leicht gegen den Arm, weil ich hier wegen ihm fast einen Herzinfarkt erlitten hätte, doch auch das ändert nichts an seiner Laune. »Gott sei Dank. Wollen wir reingehen?«

»Die haben eigentlich auch alles to go und ich dachte, bei dem schönen Wetter könnten wir einen Spaziergang durch den Favoritepark machen. Was hältst du davon?«

Ich liebe den Herbst mit all seinen Farben und das Rascheln des Laubes, wenn man es mit den Füßen durcheinanderwirbelt, also willige ich erfreut ein und wir holen uns zwei Tees zum Mitnehmen. Gemeinsam verlassen wir den Campus und ich folge Julius zum Favoritepark, der seinen Ausführungen zufolge nur fünf Minuten entfernt ist. Dabei versuche ich mir den Weg genau einzuprägen, damit ich künftig nicht immer so orientierungslos unterwegs bin, doch ich habe die böse Ahnung, dass es sowieso nichts bringt.

Als wir den Park erreichen, passieren wir ein Drehkreuz, da es frei laufende Rehe und Hirschen gibt, und meine Begeisterung steigt noch mal ein wenig. Der Weg ist rechts und links von Bäumen gesäumt und die Umgebung ist in warmes goldenes Licht getaucht. Während wir den Weg entlanglaufen und ich nach Tieren Ausschau halte, erzählt Julius mir, dass er hier in Ludwigsburg aufgewachsen ist und im Park früher oft Kastanien gesammelt und dann versucht hat, die Tiere damit anzulocken. Er erzählt mir auch vom

Schloss und dem dazugehörigen Märchengarten und wie er ihn als Kind einfach nicht verlassen wollte, bevor Rapunzel von ihrem Turm heruntersteigt.

»Und was ist dann passiert? Hat Rapunzel ihren Turm für dich verlassen?«, frage ich lächelnd.

»Nein, leider nicht. Meine Mutter hat mir erzählt, Rapunzel hätte eine Erkältung und würde deshalb lieber oben bleiben, damit sie mich nicht ansteckt. Ich habe ihr geglaubt und bin nach Hause gegangen, damit ich nicht auch noch krank werde.«

Ich muss lachen. »Das ist natürlich schade.«

»Ja, erst ein gutes Jahr später habe ich es dann mal infrage gestellt, weil doch niemand so lange am Stück krank sein kann. Dann habe ich herausgefunden, dass da oben niemand sitzt und nur eine künstliche, sehr lange Haarsträhne herunterbaumelt.«

Ich lache auf.

»Ja, lach du nur. Für mich war das damals ein harter Schicksalsschlag.« Obwohl wir nebeneinander herlaufen und ich sein Gesicht nicht sehen kann, höre ich an seiner Stimme, dass er nicht sauer, sondern selbst amüsiert ist.

»Ich wette, wenn dort oben ein Mädchen gewesen wäre, wäre sie zu dir runtergekommen«, sage ich.

Jetzt ist Julius der, der lacht. »Nein, sicher nicht. Du wirst es nicht glauben, aber ich war nicht immer so charmant und gut aussehend wie jetzt.« Die Worte klingen arrogant, aber die Art, wie er es sagt, nimmt alles Überhebliche aus dem Satz. »Tatsächlich war ich ein ziemlich pummeliges Kind und meine Haare waren unglaublich hell. Alles in allem kein schöner Anblick.«

»Dafür hast du dich aber prächtig entwickelt.« Einen Moment wundere ich mich über mich selbst und meine direkten Worte, aber es ist einfach so schön, mit ihm herumzualbern, dass ich das Gefühl habe, kein Blatt vor den Mund nehmen zu müssen.

»Das hört man gerne. Und jetzt bist du dran.«

»Mit was?«

»Ich möchte eine peinliche Kindheitsgeschichte von dir hören.«

Ich nehme mir einen Moment, um nachzudenken. Ich will schließlich nichts komplett Peinliches erzählen, aber auch nicht langweilig wirken. Dann macht es klick und ich habe die perfekte Geschichte für ihn. »Okay. Aber wehe, du lachst.«

»Ich kann nichts versprechen. Außerdem hast du mich auch ausgelacht, also wären wir dann quitt.« Er hat recht, außerdem rechne ich fest damit.

»Also ... Als ich klein war, haben mein Bruder und ich oft zusammen Playmobil gespielt«, beginne ich zu erzählen. »Doch dann hat er eines Tages eine Lego-Burg bekommen und wollte nicht, dass ich mitspiele, weil ich noch zu klein dafür wäre. Ich war sauer, denn mein Bruder war mein Held und die Tatsache, dass er mich für zu jung hielt, hat mich natürlich sehr verletzt. Doch ich hatte einen Plan. Ich habe abgewartet, bis er zur Toilette musste, und dann bin ich zur Ritterburg geschlichen, habe die Prinzessin genommen und den Lego-Kopf vom Rest des Körpers getrennt. Wenn ich die Prinzessin nicht spielen durfte, dann sollte es keiner tun. Gerade als ich mich mit dem Kopf wieder heimlich aus dem Staub machen wollte, kam Ben zurück. Ich wollte nicht, dass er mich beschuldigen kann, und wollte daher alle Beweise verschwinden lassen. Da ich allerdings nicht wusste, wo ich den Lego-Kopf auf die Schnelle verstecken soll, habe ich ihn mir einfach in die Nase gesteckt.«

Julius bricht in Gelächter aus. Wir laufen weiter durch den Park, die Leute schauen uns schon komisch an, aber Julius ist es egal und mir ausnahmsweise auch. Nach einer gefühlten Ewigkeit – die wahrscheinlich nur fünf Minuten gedauert hat – erholt sich Julius dann endlich wieder und grinst mich schelmisch an.

»Es tut mir leid. Aber so was darfst du nicht erzählen, wenn die andere Person nicht lachen soll«, meint er.

»Alles gut, ich bin diese Reaktion ehrlich gesagt schon gewohnt.«

»Wie ging es weiter? Hat Ben gemerkt, dass der Kopf fehlt?«

»Ehrlich? Ich weiß es bis heute nicht. Er hat kein einziges Wort gesagt und ich auch nicht.«

»Willst du damit sagen, dass du nach all den Jahren noch einen Lego-Kopf in der Nase hast?« Julius zieht mich auf, doch ich bin noch nicht am Ende meiner Geschichte.

»Ich bin aus dem Zimmer gelaufen und wollte den Lego-Kopf dann wieder aus der Nase holen. Aber ich hatte ihn scheinbar so tief reingeschoben, dass ich ihn nicht mehr rausbekommen habe. Ich bin weinend zu meinem Vater gelaufen und habe ihm alles gebeichtet. Er musste mir versprechen, Ben nichts davon zu erzählen. Dummerweise hat er den Kopf auch nicht rausbekommen, weswegen wir tatsächlich ins Krankenhaus fahren mussten, damit ein Arzt sich darum kümmert.«

Ich merke, wie Julius neben mir versucht, den nächsten Lachanfall zu unterdrücken, und fühle mich gerade einfach rundum wohl mit ihm. Während wir weiter diesen schönen Herbsttag genießen und durch den Park und die Stadt schlendern, erzähle ich ihm dann noch wie versprochen meine Fredericke-Nora-Geschichte und wir unterhalten uns über Belanglosigkeiten. Obwohl Julius quasi ein Fremder ist, kann ich mich so offen und gut mit ihm unterhalten, als würden wir uns schon ewig kennen. Bei ihm kann ich einfach sagen, was ich denke, ohne groß darüber nachdenken zu müssen. Die Zeit fliegt nur so dahin und als wir zurück am Drehkreuz sind, verrät mir ein Blick auf meine Uhr, dass wir über zwei Stunden spazieren waren.

Als ob Julius' ähnliche Gedanken gehabt hätte, dreht er sich zu mir um und schenkt mir sein breitestes Lächeln. »Das war wirklich schön. Ich weiß nicht, wann ich mich mit einem Mädchen das letzte Mal so gut unterhalten habe.« Als ich den Sinn seiner Worte realisiere, wird mir ein wenig mulmig zumute. Warum hat er das mit dem *Mädchen* jetzt so explizit hervorgehoben? Habe ich ihm falsche Hoffnungen gemacht? Julius ist definitiv gut aussehend und der Nachmittag war einfach schön, aber nach der Sache mit Max will ich erst mal keine Beziehung. Ich bin noch nicht bereit, mich einem Menschen wieder auf diese Art und Weise hinzugeben, denn damit macht man sich verletzlich und ein weiteres Mal würde ich einen solchen Schmerz nicht ertragen. Man sagt ja, die Zeit heile alle Wunden, und ich bin mir sicher, dass es mit der Zeit besser wird und ich wieder Vertrauen fassen kann, aber so weit bin ich einfach noch nicht. Außerdem ist der Funke bei Julius und mir nicht wirklich übergesprungen. Weil ich gerne mit Julius befreundet wäre, spreche ich meine Gedanken direkt aus.

»Julius, ich fand den Nachmittag auch schön und hoffe, wir können das mal wiederholen, aber ich bin im Moment nicht auf der Suche nach einer Beziehung.« Auf seinem Gesicht erscheint ein schiefes Grinsen und sofort bin ich peinlich berührt. O Gott, für ihn war das auch gar kein Date und ich habe alles überbewertet und mich damit total zum Idioten gemacht. Das ist so typisch für mich. Wieso passiert mir das schon wieder? Als ich ihm in die Augen schaue, kann ich allerdings etwas erkennen, das wie Wehmut aussieht. Vielleicht habe ich doch nicht alles überbewertet?

Endlich setzt Julius zu einer Antwort an und erlöst mich aus meiner Ungewissheit. »Das ist schon okay. Ich will nicht lügen, ich mag dich. Du bist unglaublich hübsch, hast Humor und man kann sich gut mit dir unterhalten. Ich habe das Gefühl, dich schon viel länger als erst seit Dienstag zu kennen. Aber wenn du keine Beziehung willst, dann verstehe ich das. Es ist nur irgendwie typisch. Kaum mag ich mal eine Frau, mag sie mich nicht genug.«

Ich schaue ihn entsetzt an. »Nein, so ist das nicht. Es liegt nicht an dir.« Ich sage es und schon im nächsten Moment wird mir klar, wie abgedroschen dieser Spruch wirkt. Ich wage einen zweiten Versuch. »Julius, ich mag dich gerne und fand den Nachmittag wirklich schön mit dir. Ich bin im Moment einfach nicht bereit für eine Beziehung …« Ich schlucke und Julius schaut mich erwartungsvoll an. Ich wende den Blick Richtung Boden, bevor ich weiterspreche. »Weil mein letzter Freund mich über ein halbes Jahr mit seiner besten Freundin betrogen hat. Ich habe so viel Zeit in diese Beziehung investiert und hätte alles für ihn getan und das war der Dank. Im Moment brauche ich einfach Zeit für mich, um herauszufinden, wer ich ohne ihn bin und was ich mit meinem Leben anfangen möchte.« Meine Stimme bricht und ich traue mich nicht, Julius wieder in die Augen zu sehen. Das Thema ist mir unangenehm und dass ich mich gerade einem quasi Fremden geöffnet habe, ruft ein Gefühl der Unbehaglichkeit in mir hervor. Gleichzeitig fühlt es sich aber auch unerwartet gut an, es so offen ausgesprochen zu haben.

Obwohl ich meinen Blick weiterhin auf den Boden gerichtet habe, sehe ich, wie Julius einen kleinen Schritt auf mich zukommt und die Lücke zwischen uns schließt. Sachte berührt er mein Kinn mit seiner Hand, hebt meinen

Kopf an und zwingt mich damit, ihm in die Augen zu schauen. »Hör mal, Nora. Du bist mir keine Rechenschaft schuldig, wenn du keine Beziehung möchtest. Das ist in Ordnung. Und wenn du willst, können wir gerne ab und zu – rein freundschaftlich – was unternehmen. Und wenn dein Ex dich nicht zu schätzen wusste, dann ist er einfach ein Idiot – okay?« Der Klang seiner warmen Stimme beruhigt mich und ich nicke dankbar. Er nimmt mich in den Arm und drückt mich vorsichtig an sich.

»Danke.« Ich lasse mich in die Umarmung sinken, froh, die Sache gleich von Anfang an geklärt zu haben.

»Kein Problem«, nuschelt Julius in meine Haare und schiebt noch schelmisch hinterher: »Und falls du irgendwann so weit bist und dich wieder auf eine Beziehung einlassen willst – du hast meine Nummer.«

Ich weiß, dass er das nur als Scherz gemeint hat, denn ich erwarte nicht, dass er jetzt wochen- oder monatelang auf mich wartet, aber trotzdem tun mir seine Worte gut und ein Lächeln schleicht sich in mein Gesicht. Wir lösen uns langsam aus der Umarmung und ich schaue ihm noch mal tief in die Augen und lege all meine Dankbarkeit in diesen Blick. Oder versuche es zumindest.

»So, dann bringe ich die Dame jetzt wieder nach Hause, wenn' s recht ist.« Er deutet in die Richtung, in der ich mein Wohnheim vermute.

»Das wäre lieb. In welchem Wohnheim wohnst du eigentlich?«

Julius stutzt, bevor er sagt: »Ich bin in keinem Wohnheim untergebracht. Ich komme doch ursprünglich aus Ludwigsburg und wohne in der Stadt.« Seine Stimme hat einen unbehaglichen Unterton angenommen.

»Ach dann wohnst du also noch mit deinen Eltern zusammen. Ist bestimmt auch praktisch, wenn man sich nicht um den Haushalt und so weiter kümmern muss.« Meine Gedanken schweifen zu meinen Eltern ab und ich nehme mir vor, sie heute Abend anzurufen, einfach, weil ich ihre Stimmen hören will.

»So was in der Art«, murmelt Julius in sich hinein. Ob er sich wohl nicht so gut mit seiner Familie versteht? Ich überlege nachzufragen, belasse es dann aber dabei und hoffe, dass er es mir irgendwann von selbst erzählt. Auf dem

Weg zurück zum Wohnheim machen Julius und ich aus, dass wir den Spaziergang bald wiederholen, und bei dem Gedanken daran freue ich mich jetzt schon unglaublich. Als wir vor der Tür stehen, bin ich dazu geneigt zu fragen, ob er mit hochkommen will, da das aber falsche Signale senden könnte, umarme ich ihm kurz, bedanke mich noch mal für den Tee und betrete dann das Gebäude.

Kapitel 7

Nora

Nachdem der Freitag wie im Flug vergangen war, saß ich direkt um Viertel nach eins schon in meinem Auto auf dem Weg nach Hause. Eigentlich wollte ich das erste Wochenende zur Eingewöhnung in Ludwigsburg bleiben, aber ich habe meine Eltern und Balu zu sehr vermisst und tatsächlich einiges wie zum Beispiel das Ladekabel meines E-Readers zu Hause vergessen, also habe ich mein Eingewöhnungswochenende einfach verschoben. Am Freitagabend haben mein Vater und ich gekocht und dann gemütlich *Harry Potter* geschaut, am Samstag habe ich den Tag mit Paul verbracht und ihm von meinem ach so aufregenden Studentenleben erzählt und den Sonntag habe ich dann mit meiner Mutter verbracht.

Mittlerweile ist es allerdings schon Sonntagabend und ich bin nur noch zehn Kilometer von Ludwigsburg entfernt. So schön das Wochenende zu Hause auch war, ich freue mich tatsächlich schon wieder auf meine eigenen, wenn auch sehr kleinen, vier Wände. Erfasst von guter Laune und Unternehmungslust drehe ich die Musik noch etwas lauter und singe die Texte eher schlecht als recht mit, als das Wohnheim in Sicht kommt. Beladen mit meinem Rucksack, meiner Handtasche und einem Korb, gefüllt mit Proviant wie Reiswaffeln, Schokolade und Nüssen, mache ich mich auf den Weg. Jedes Mal, wenn ich den Korb sehe, muss ich schmunzeln, weil meine Mutter mich offensichtlich wirklich nicht für überlebensfähig hält und mir einen Jahresvorrat mit meinen liebsten Knabbersachen zusammengestellt hat, damit ich notfalls wenigstens darauf zurückgreifen kann. Ich gehe durch die Eingangstür, welche untertags unverschlossen ist, doch vor der Wohnungstür beginnt das große Suchen nach dem Schlüssel. Da ich von innen allerdings Stimmen höre, entschließe ich mich, einfach zu klingeln und den Schlüssel dann drinnen in Ruhe zu suchen. Ich klingle einmal. Und dann ein zweites Mal, weil einfach niemand aufmacht. Doch dann höre ich zusätzlich zu den Stimmen auch endlich Schritte, die sich der Tür nähern.

Genervt öffnet Louis die Tür, doch sein Gesichtsausdruck ändert sich sofort, als er mich sieht. »Hereinspaziert.« Seine Stimme strotzt nur so vor guter Laune und als ich in die Wohnung trete und Maja auf dem Sofa entdecke, wird mir auch klar, wieso er so gut gelaunt ist und ihn mein Klingeln gestört hat.

»Hey, ihr beiden.« Ich nicke ihnen nur schnell zu, weil ich noch viel zu überladen bin. Schnell bringe ich meine Sachen ins Zimmer. Meinen Schlüssel finde ich tatsächlich in meiner Jackentasche und kann nur den Kopf über mich selbst schütteln. Dann gehe ich zu Louis und Maja und begrüße nun beide richtig mit einer Umarmung. Gerade als ich mich wieder aus dem Staub machen und die beiden ihrer Zweisamkeit überlassen will, höre ich Schritte und schon sind wir zu viert.

»Hey, wie sieht' s aus, hättet ihr Lust auf ein bisschen Uno, oder so? Es ist ja gerade mal zwanzig Uhr und mir fällt die Decke jetzt schon auf den Kopf in meinem Zimmer«, sagt Nick. Tja, das war' s dann wohl mit der Zweisamkeit für Louis und Maja, wobei es sie nicht zu stören scheint, denn beide stimmen sofort zu. Jetzt fehlt nur noch Elias. Ob wir ihn auch fragen sollten? Vielleicht würde ein gemeinsamer Spieleabend die Situation zwischen uns noch mal etwas entschärfen.

»Sollen wir Elias auch fragen? Dann lernen wir ihn auch mal etwas besser kennen«, schlägt Louis vor. Ich mache mich schon auf den Weg zu seiner Tür, bevor mir jemand zuvorkommen kann.

»Ich frage ihn schnell.« Die Worte rufe ich nur noch über meine Schulter, denn ich will ihn kurz allein sehen, damit ich weiß, ob zwischen uns alles entspannt ist. Ich weiß zwar selbst nicht wieso, aber ich habe den anderen nicht erzählt, dass Elias derjenige war, der mich nach der Party zum Frühstücken eingeladen hat. Vor seinem Zimmer hole ich noch mal kurz Luft und mache mich schon auf den schlecht gelaunten Elias gefasst, doch nachdem ich geklopft habe, öffnet mir ein zufrieden dreinschauender Elias die Tür. Als er mich sieht, wird sein Gesichtsausdruck sogar noch mal ein Stück zufriedener und die Anspannung löst sich von mir. Scheint ganz so, als ob zwischen uns alles in Ordnung wäre und der WG-Frieden nicht schief hängt.

»Hey, Nora.« Beim Klang meines Namens aus seinem Mund wird mir direkt ein wenig warm ums Herz, doch ich versuche diesem Gefühl keine Aufmerksamkeit zu schenken und eröffne Elias schließlich, warum ich überhaupt vor seiner Tür stehe.

»Die Jungs, Maja und ich wollen Uno spielen. Hast du vielleicht Lust, dich zu uns zu setzen und mitzuspielen?« Innerlich bete ich, dass er Ja sagt, denn ich würde gerne mehr Zeit mit ihm verbringen und fände es schön, wenn unsere WG sich etwas näherkommt.

»Klar, gebt mir fünf Minuten, dann komme ich zu euch.« Elias scheint ehrlich erfreut und mit einem Lächeln im Gesicht gehe ich zurück zu den anderen. Scheinbar wurden meine Gebete erhört. Die anderen haben bereits zwei Stühle aus der Küche an den kleinen Couchtisch gestellt, sodass wir alle drum herumsitzen können, ohne uns gegenseitig in die Karten zu schauen, und irgendjemand hat auch schon das Uno hervorgezaubert. Maja und Louis haben sich bereits die Plätze auf dem Sofa gesichert, also schnappe ich mir den Sessel und bin ein klein wenig enttäuscht, als sich Nick auf den Stuhl neben mich setzt, weil ich eigentlich auf Elias gehofft hatte. Der kommt just in diesem Moment in den Wohnbereich und nachdem er sich bei Maja vorgestellt hat, nimmt er auf dem Stuhl mir gegenüber Platz.

Obwohl er heute nur eine schwarze Jogginghose und ein dunkelgrünes locker sitzendes Shirt trägt, komme ich nicht drum herum, ihn kurz zu mustern. Das Grün seines Shirts bringt die Farbe seiner Augen noch mehr zum Ausdruck. Mag er die Farbe Grün einfach nur gerne oder ist ihm bewusst, wie verdammt gut sie ihm steht?

Als würde Elias spüren, dass ich ihn mustere, schaut er von den Karten auf, die Nick zwischenzeitlich ausgeteilt hat, und unsere Blicke treffen sich. Unangenehm davon berührt, dass ich wieder beim Starren erwischt wurde, schenke ich Elias ein unschuldiges Lächeln, das er nur mit einer hochgezogenen, fragenden Augenbraue quittiert. Schnell wende ich mich den Karten zu, denn ich will Elias jetzt definitiv nicht vor versammelter Mannschaft erklären, dass ich gerade über die Farbe seiner Augen philosophiert habe.

»Spielen wir mit reinwerfen und draufhauen?« An den Gesichtern der anderen erkenne ich, dass nicht nur ich verwirrt bin und keine Ahnung habe, wovon Nick gerade spricht. Diesem scheint unsere Verwirrung nicht entgangen zu sein, denn schon erklärt er, worum es geht. »Reinwerfen bedeutet, dass man seine Karte dazwischenwerfen darf, wenn ein anderer Spieler die genau gleiche Karte gelegt hat.« Er schaut fragend in die Runde und wir nicken alle brav, um zu zeigen, dass wir es verstanden haben. »Und draufhauen bedeutet, dass immer, wenn eine Neun gelegt wird, alle ihre Hand auf die Karte drauflegen, also quasi draufhauen müssen. Der, der als Letztes draufhaut, muss als Strafe eine Karte aufnehmen.«

»Also von mir aus geht das klar, dann bleibt es wenigstens etwas spannend«, sagt Louis und wir nicken.

Während wir Runde um Runde spielen, hat sich ein lockeres Gespräch zwischen uns allen entwickelt, das allerdings nicht über das übliche Geplänkel hinausgeht, schließlich müssen wir wegen dem Reinwerfen und Draufhauen ziemlich aufpassen. Das Spiel ist durch diese zwei Zusatzregeln tatsächlich viel lebhafter und lustiger und ich weiß nicht, wann ich das letzte Mal so viel Spaß beim Unospielen hatte. Das könnte allerdings auch daran liegen, dass die meisten Spiele Nick und ich gewinnen, was mir natürlich gute Laune macht. Maja und Louis sind viel zu beschäftigt damit, sich von der Seite verstohlene Blicke zuzuwerfen und Elias scheint ein bisschen abgelenkt zu sein, also haben Nick und ich es auch nicht allzu schwer.

Nick legt gerade eine Karte und lässt seine Hand direkt liegen, Maja haut im nächsten Moment drauf und auch Louis ist dieses Mal verdammt schnell. Da ich bereits nur noch eine Karte auf der Hand habe, will ich mir meinen Sieg durch eine zusätzliche Karte nicht versauen lassen, also landet meine Hand in Windeseile als Viertes auf dem Stapel und kurz danach legt Elias seine Hand auf meine.

Obwohl er sie gar nicht mehr hätte drauflegen müssen, es war schließlich schon ersichtlich, dass er der Letzte ist, hat er es dennoch getan. Und nicht nur das. Seine Hand liegt für einen Sekundenbruchteil zu lange auf meiner und als ich in seine Richtung schaue, begegne ich seinem Blick. Während ich noch komplett von seinen Augen gefesselt bin, merke ich, dass er seine Hand mittlerweile zurückgezogen hat. Sofort fühlt sich meine Haut kalt an, obwohl es in der Wohnung sicher fünfundzwanzig Grad sind. Ich nehme meine Hand ebenfalls vom Stapel, doch ich kann meine Augen einfach nicht von ihm lösen. Langsam und bedächtig nimmt er eine Karte auf, betrachtet mich allerdings weiterhin. Ich weiß nicht, was das zwischen uns ist und ob es überhaupt irgendwas ist, aber in diesem Moment, gefangen in seinem Blick, spielt die Welt um uns herum plötzlich gar keine Rolle mehr.

Ab da geht es, was das Spiel angeht, allerdings abwärts, denn während ich mich nur noch auf Elias konzentrieren kann, räumt Nick einen Sieg nach dem anderen ab und lässt mich weit hinter sich zurück. »So, Leute, für heute habe ich genug. Das ist mir hier zu wenig herausfordernd.« Nicks Stimme reißt mich aus meiner Trance und schnell wende ich mich von Elias' Händen ab, die ich in den letzten Sekunden betrachtet habe. Sie sind schön. Anders kann man es gar nicht ausdrücken. Sie sind wie der Rest seines Körpers eher hell, als hätte er im Sommer zu wenig Sonne abbekommen, und dünne braune, fast schon schwarze Härchen säumen seine Finger. Seine Nägel sind kurz geschnitten und sehen gepflegt aus und an der rechten Hand zwischen Daumen und Zeigefinger hat er zwei Leberflecke. Ich muss sofort daran denken, wie er mit diesem Daumen Kreise über meine Handfläche gezogen hat, und ein wohlig warmer Schauer läuft mir über den Rücken und lässt eine prickelnde Spur zurück. Es sind Hände, die so aussehen, als könnten sie anpacken und doch waren sie so unglaublich sanft und liebevoll. Bei dem Gedanken muss ich unwillkürlich lächeln. Ich glaube, ich habe mich noch nie so intensiv mit den Händen einer anderen Person befasst. Nick ist währenddessen aufgestanden, wünscht uns allen eine gute Nacht und geht dann in sein Zimmer.

»Ja, für mich wird' s auch Zeit. Ich packe es dann mal.« Damit verabschiedet sich auch Maja und Louis springt sofort mit auf und besteht darauf, sie zu ihrem Wohnheim zu begleiten. Majas Einwände, dass es nicht mal fünf

Minuten Fußweg sind, ignoriert er einfach und ich glaube, er würde sie selbst begleiten wollen, wenn sie nur eine Tür entfernt wohnen würde. Doch bevor Maja mit Louis' Begleitschutz unsere Wohnung verlässt, zieht sie mich in eine liebevolle Umarmung und wir verabreden uns für den nächsten Tag bei ihr im Wohnheim.

Nachdem ich mich wieder auf dem Sessel niedergelassen habe, bleiben nur noch Elias und ich zurück. Wir sitzen uns gegenüber und obwohl im Moment keiner was zu sagen hat, will ich trotzdem noch nicht ins Bett und Elias scheint es genauso zu gehen, denn auch er bewegt sich nicht vom Fleck.

»Und hast du schon mit der neuen *Modern Family* angefangen?«, frage ich, doch im genau gleichen Moment ergreift Elias ebenfalls das Wort. Wir schauen uns kurz an und können uns ein Lachen nicht verkneifen. Leider habe ich kein Wort von dem verstanden, was er gesagt hat, also deute ich mit dem Kinn auf ihn, um ihm zu verstehen zu geben, dass er zuerst sprechen soll.

»Ich wollte nur noch mal sagen, dass es mir leidtut, wie das am Donnerstag gelaufen ist. Ich hatte kein Recht dazu, so unfreundlich zu dir zu sein. Ich hatte nur Stress und war deswegen unhöflich. Das hatte nichts mit dir zu tun.« Er wirkt dabei ehrlich und aufrichtig und ich rechne es ihm hoch an, dass er das Thema angeschnitten hat, obwohl die Sache für mich nach dem Spieleabend sowieso vergeben und vergessen war. Immerhin hat jeder mal einen schlechten Tag. Trotzdem stolpere ich ein wenig über den letzten Satz. Er war unfreundlich, aber es hatte nichts mit mir zu tun. Das ist ja eigentlich gut. Aber das bedeutet auch, dass ich falschlag mit meiner Vermutung, seine schlechte Laune könnte von der Nachricht von Julius ausgelöst worden sein, weil er mich irgendwie mag. Und das versetzt mir einen kleinen Stich. Um mir nichts anmerken zu lassen, mache ich schnell eine wegwerfende Handbewegung.

»Ach Quatsch. Alles gut, mach dir keine Gedanken.« Obwohl ich bisher nicht mal bemerkt habe, dass Elias angespannt war, kann man nach meiner Aussage förmlich sehen, wie die Anspannung von ihm abfällt.

»Und was wolltest du sagen?« Für einen kurzen Moment ist mein Kopf wie leer gefegt. Ich? Was sagen? Ach ja, da war ja was.

»Nichts Wichtiges. Ich wollte nur wissen, ob du schon die erste Folge der neuen Staffel von *Modern Family* gesehen hast.«

»Nichts Wichtiges? Also bitte, wir sprechen hier von *Modern Family,* das ist ja wohl überlebenswichtig.« Ein Lächeln ziert seine Lippen, bevor er weiterspricht. »Nein, die habe ich mir extra für dich aufgehoben.« Das Geständnis scheint ihm etwas unangenehm zu sein, denn sein Blick lässt mein Gesicht los und wandert zu Boden. Gleichzeitig fährt er sich mit der Hand durch die Haare und ich würde es ihm am liebsten gleichtun. Also nicht durch meine Haare fahren und betroffen zu Boden schauen, sondern durch seine Haare wuscheln, die verführerisch weich aussehen und förmlich nach der Berührung meiner Hand schreien.

»Ich habe sie auch noch nicht angeschaut, dann können wir das ja wirklich bald zusammen machen.«

Meine Aussage scheint ihn zufriedenzustellen und er schafft es auch endlich wieder, mir in die Augen zu sehen. »Ich freue mich schon darauf.« Seine tiefe Stimme sorgt für ein wohlig warmes Gefühl in mir und gleichzeitig bekomme ich eine leichte Gänsehaut.

»Ich glaube, ich sollte jetzt schlafen gehen«, sage ich.

Er sieht etwas enttäuscht aus, aber es ist mittlerweile schon spät, also steht er auch auf und wir gehen gemeinsam die wenigen Schritte zu meiner Tür, wo er mich zur Verabschiedung in eine kurze, aber innige Umarmung zieht. Bevor er sich wieder ganz von mir zurückzieht, haucht er mir noch ein »Gute Nacht« ins Ohr. Obwohl ich eben noch erschöpft war, scheint plötzlich alles in mir in freudiger Erwartung zu sein, denn von Müdigkeit spüre ich gerade gar nichts mehr. Trotzdem erwidere ich seinen Gutenachtgruß und schon Sekunden später hat sich Elias umgedreht und schlendert betont lässig die paar Meter zu seiner Tür weiter. Er öffnet sie, dreht sich allerdings nochmals zu mir um und als er sieht, dass ich immer noch an der gleichen Stelle stehe und ihm hinterherstarre, schleicht sich ein selbstzufriedenes Grinsen auf seine Lippen. Dabei zeigen sich wieder deutlich die zwei unterschiedlich großen Grübchen. Mit einem letzten Lächeln verabschiede ich mich von Elias, bevor ich mich abwende und mein Zimmer betrete.

Kapitel 8

Nora

»Ich kann dir Früchte-, Pfefferminz-, Kräuter- oder Kamillentee anbieten.« Maja wühlt kurz in ihrem Schrank herum und zieht ein weiteres Päckchen hervor. »Und hier hätte ich noch schwarzen Tee, wenn dir das lieber ist.«

»Danke, von mir aus hättest du schon beim Früchtetee haltmachen können.«

Maja nickt, macht die Beutel in die Tassen und gießt sie mit heißem Wasser auf. Fröhlich pfeifend kommt sie zum Tisch. Vor mir stellt sie eine große grüne Tasse ab, an deren Rand eine Krone aufragt. Auf der Seite steht der Spruch »*Manchmal muss man viele Frösche küssen, bevor man einen Prinzen findet …*«. Ihre Tasse ist weiß und übersät von unendlich vielen kleinen bunten Punkten, in der Mitte ist allerdings ein großes M. Sie muss gemerkt haben, dass ich ihre Tassen mustere, denn sofort folgt die Erklärung. »Ich habe eine kleine Schwäche für Tassen.«

»Sie sehen richtig schön aus«, sage ich.

Maja lächelt mich breit an. »Ich liebe meine Tassen, weil einfach alle eine Geschichte haben. Die hier hat meine Mama mir geschenkt, als ich das erste Mal richtig Liebeskummer hatte.« Sie deutet dabei auf die Tasse, die vor mir steht, und an ihrem Blick erkenne ich, dass sie gerade für einen kurzen Moment in die Vergangenheit abgedriftet ist. Dann deutet sie auf die Tasse vor sich. »Und die hier habe ich selbst gemalt. Das war an meinem vierzehnten Geburtstag. Damals war es mir anfangs total peinlich, in dem Alter noch einen Kindergeburtstag zu feiern. Aber irgendwann habe ich gemerkt, wie viel Spaß es meinen Freundinnen gemacht hat, und dann habe ich mich auch auf die Sache eingelassen und gemerkt, dass es mir genauso geht. Und was soll ich sagen? Seitdem bemale ich alles von Tassen über Teller bis hin zu

Vasen und lasse meiner Kreativität dabei freien Lauf.« Ihre Begeisterung ist so ansteckend, dass ich trotz mangelnder Kreativität direkt das Bedürfnis bekomme, selbst irgendeine Tasse anzumalen. Sie zeigt mir auch ein paar Bilder ihrer neusten Werke auf dem Handy. Während sie durch die Galerie wischt, erscheint plötzlich ein Foto von Louis und ihr. Sie sitzen nebeneinander, haben sich einander zugewandt und lachen. Sie sehen beide unglaublich glücklich aus. Bevor ich etwas dazu sagen kann, wischt Maja aber auch schon weiter.

»Das war ja ein schönes Bild. Kann ich es noch mal sehen?«, frage ich. Ich muss nicht sagen, welches ich meine, denn sie weiß es ganz genau. Sie schenkt mir kurz einen Blick, den ich nicht ganz deuten kann, doch dann öffnet sie wieder die Aufnahme von sich und Louis. Ich nehme ihr das Handy aus der Hand und schaue es noch mal genauer an. »Wann und wo war das?« Ich mustere sie aufmerksam, bemüht darum, keine Gefühlsregung in ihrem Gesicht zu verpassen.

»Ach, das war, als ich letztens mit Nick und Louis in der Stadt war. Da hast du dich doch mit unserem Tutor getroffen. Justus?«

Ich muss lachen. »Julius. Aber fast.«

»Ja genau, Julius, sage ich doch. Na ja, auf jeden Fall waren wir dann noch in einem Café und ich weiß gar nicht mehr genau, was so witzig war, aber wir mussten einfach so laut loslachen, dass uns die anderen Gäste schon ganz schräg angeschaut haben. Und dabei hat Nick dann eben das Foto gemacht.« Damit scheint die Sache für sie wohl erledigt zu sein, denn sie will gerade ansetzen und wieder von ihren Tassen reden, aber ich lasse sie gar nicht erst das Thema wechseln.

»Du magst ihn, oder?«

»Ja, ich mag Nick und Louis total gerne. Sie sind einfach superlustig. Du hast echt Glück, sie als Mitbewohner zu haben.« Sie ist der Frage offensichtlich aus dem Weg gegangen, trotzdem wage ich einen letzten Versuch.

»Ich meine Louis. Er konnte gestern Abend kaum die Augen von dir lassen. Deswegen war er ja so verdammt schlecht beim Uno.«

Maja macht große Augen, doch sie hat sich schnell wieder gefangen. »Ach

Quatsch. Wir verstehen uns einfach nur gut. Mehr ist da nicht. Und was ist mit dir und Elias?« Ich muss ertappt aussehen, denn Maja lächelt wissend. »Wie hast du es gerade so schön ausgedrückt? Er konnte die Augen kaum von dir lassen? Genau das trifft nämlich auch auf Elias und dich zu. Hast du das denn nicht gemerkt?«

Jetzt bin ich diejenige, die große Augen macht, denn bis auf den Moment, in dem er seine Hand zu lange hat auf meiner liegen lassen, ist mir gestern nichts aufgefallen, was darauf hindeutet, dass er mich irgendwie mehr mögen könnte. Doch ihre Worte sorgen dafür, dass die Schmetterlinge in meinem Bauch direkt wieder losfliegen, und ich habe das Gefühl, schier zu platzen, wenn ich ihnen nicht etwas mehr Raum gebe. Also fange ich an zu erzählen. Davon, dass Elias der Fremde im Campuscafé nach der Party war. Davon, dass er meine Hand berührt hat und ich dabei so aufgeregt war wie ein kleines Schulmädchen. Und davon, dass er letztens total komisch drauf war, als er die Nachricht von Julius gesehen hat. Und obwohl es jetzt, da ich es erzähle, noch lächerlicher klingt als in meinem Kopf, weil genau genommen eigentlich gar nichts zwischen uns passiert ist, lacht Maja nicht oder bringt keinen dummen Kommentar.

»Klar, es war nicht viel«, setzt Maja an. »Aber es war trotzdem nicht nichts. Ich würde einfach mal abwarten, was sich zwischen euch ergibt, und nichts überstürzen. Immerhin wohnt ihr in einer WG und eine Liebesgeschichte zwischen euch könnte das Ganze extrem verkomplizieren, insbesondere, wenn es schiefgeht. Also versuch dich zu entspannen und die Sache ruhig angehen zu lassen. Und wo wir es gerade von Julius hatten – hat Elias denn Grund, eifersüchtig zu sein?«

Also erzähle ich Maja auch von meinem Spaziergang mit Julius und dass da ein kurzer komischer Moment zwischen uns war, ich ihm aber klargemacht habe, dass ich nicht auf der Suche nach einer Beziehung bin. Das zwischen Julius und mir könnte sich zu einer tollen Freundschaft entwickeln, aber mehr auch nicht. Denke ich zumindest. Wobei ich zugeben muss, dass Julius die letzten Tage mehrfach dafür gesorgt hat, dass sich meine Laune gebessert hat. Immer wieder schickt er mir lustige Hundevideos und -bilder und wir schreiben eigentlich jeden Tag.

Maja nickt und schaut mich verständnisvoll an. »Wenn du Elias wirklich magst, dann solltest du ihm irgendwann vielleicht mal beiläufig klarmachen, dass Julius nur ein guter Freund ist. Aber was willst du denn von Elias, wenn du selber sagst, dass du keine Beziehung willst?«

»Ganz ehrlich? Ich weiß es nicht. Ich bin eigentlich wirklich nicht auf der Suche. Ich dachte tatsächlich, ich wäre im Moment zufrieden mit meinem Single-Dasein. Aber irgendwas macht Elias einfach mit mir. Wir werden sehen ...« Der angefangene Satz bleibt in der Luft hängen. Mehr kann ich dazu im Moment nicht sagen und Maja versteht es und wechselt gekonnt das Thema zu den neuesten Filmen im Kino.

***

»Es ist wirklich schade, dass Julius nicht dieselben Gefühle in dir weckt wie Elias. Es ist kaum zu übersehen, wie sehr er dich anhimmelt.« Maja stößt mich in die Seite und deutet dann mit einem leichten Kopfnicken in Julius' Richtung, der mir während des Tutoriums immer wieder Blicke zuwirft und mir sein breitestes Lächeln schenkt. »Und noch dazu ist er wirklich heiß.«

Ich kann Maja nur zustimmen. Heute hat er eine graue Hose an und dazu ein hellblaues Hemd mit braunen Flicken an den Ellenbogen. Die Ärmel hat er hochgekrempelt. Julius scheint schon gemerkt zu haben, dass wir ihn mustern, denn er blickt mich erwartungsvoll und mit nach oben gezogener Augenbraue an. Na klasse, wie soll ich ihm das denn nachher bitte erklären? Gestern Abend hat Julius mich noch per Nachricht gefragt, ob wir heute nach dem Tutorium ins Campuscafé gehen wollen, und da ich keine Lust auf Lernen oder Lesen hatte, habe ich sofort zugesagt.

»So, die letzten zehn Minuten können wir noch mal die Bedeutung von Debitoren und Kreditoren durchgehen.«

Julius steht auf, schaut den Tutor an, der das gerade gesagt hat, und wendet sich dann an uns. »Ja, oder was haltet ihr davon, wenn wir heute einfach mal ein bisschen früher Schluss machen? Ihr seht alle ein bisschen überfahren aus und für die zehn Minuten lohnt es sich ja wirklich nicht, noch was Neues anzufangen.« Julius erntet für seinen Vorschlag einen leicht säuerlichen Blick seines Mittutors, aber hauptsächlich Zustimmung aus der Reihe der Studenten und so werden wir heute zehn Minuten früher in die Freiheit entlassen. Während ich meine Sachen zusammenpacke und auch um mich herum alle ihre Bücher und Stifte in ihre Taschen schmeißen, um der Hochschule schnellstmöglich entkommen zu können, schlendert Julius lässig auf meinen Tisch zu.

»Hey.« Er beugt sich über den Tisch zu mir rüber und zieht mich zur Begrüßung in eine Umarmung, die ich erwidere.

»Hey, du. Du bist heute mein Held. Ich hätte es wirklich nicht noch länger ausgehalten.«

»Für dich doch immer.« Sein Ton ist dabei scherzhaft und er zwinkert mir zu.

Maja rammt mir auffällig den Ellbogen in die Seite. Julius beobachtet uns belustigt.

»Julius, das ist Maja. Maja, das ist Julius.« Die beiden geben einander die Hand.

»Freut mich, dich kennenzulernen, Maja.«

»Oh, die Freude ist ganz auf meiner Seite. Ich habe ja schon so viel von dir gehört.« Während ich Maja, die nur selig vor sich hin grinst, für diese Aussage ohrfeigen könnte und mich frage, was das soll, wirft Julius mir einen fragenden Blick zu.

»Hoffentlich nur Gutes.« Er sagt das zwar zu Maja, doch sein Blick ist weiterhin auf mich gerichtet und ich würde am liebsten im Erdboden versinken. Hoffentlich hat Maja ihm damit jetzt nicht doch irgendwelche Hoffnungen gemacht, die er nicht haben sollte.

»Nur das Beste. Ich lass euch dann mal allein«, säuselt Maja, zieht sich ihre Jacke an und nimmt mich noch kurz in den Arm. Nach einer kurzen Verabschiedung von Julius geht sie gemeinsam mit Nick, der bereits auf sie gewartet hat, aus dem Raum. Gemeinsam brechen Julius und ich auf und machen uns auf den Weg zum Campuscafé.

Dort angekommen bestellen wir uns zwei große Tees und zwei Stückchen Kuchen, die wir beabsichtigen zu teilen, weil wir uns beide nicht zwischen dem Schokoladenkuchen und dem Bienenstich entscheiden konnten. Bevor ich auch nur meinen Geldbeutel in der Hand habe, hat Julius bereits seine Kreditkarte vor das Kartenlesegerät gehalten und gezahlt. Auf meinen Einwand, dass er bereits das letzte Mal gezahlt hat und dieses Mal ich dran wäre, geht er gar nicht ein und ich muss mich geschlagen geben. Wir nehmen an einem Tisch im Eck Platz. Die Teller stellen wir mittig zwischen uns und dann herrscht erst mal gefräßige Stille.

»Hmm ... Ischt das gut.« Zwischen zwei Bissen breche ich das Schweigen, aber nur bis die nächste Kuchengabel ihren Weg zu meinem Mund findet.

»Achtung, ab dreißig Gramm wird' s undeutlich«, zieht er mich auf. Dann steckt sich Julius die nächste vollbeladene Kuchengabel in den Mund und ich sehe ein, dass ein Gespräch keinen Sinn ergibt, wenn Kuchen auf dem Tisch steht. Nachdem beide Kuchenstücke verschlungen sind, wendet sich Julius zufrieden an mich. »Das sollten wir immer machen. Das Tutorium früher beenden und gemeinsam zum Kuchenessen gehen.«

»Bei der Sache mit dem Tutorium habe ich leider kein Mitspracherecht, aber bei dem Kuchen danach bin ich auf jeden Fall dabei.« Julius wirft einen Blick an mir vorbei und seine Mundwinkel bewegen sich augenblicklich nach oben. Ich drehe mich um und frage mich, was er hinter mir entdeckt hat, doch da ist lediglich die Kuchentheke, die er freudestrahlend betrachtet. »Was erfreut dich so?«

»Ich habe mir nur gerade gedacht, dass wir jeden Kuchen probieren könnten.« Sein Ton klingt dabei spitzbübisch und ich muss sofort grinsen. Ich drehe mich nochmals der Theke in meinem Rücken zu und begutachte die verschiedenen Sorten Kuchen und Torte, bevor ich mich wieder zu unseren leeren Tellern umdrehe.

»Das können wir gerne machen. Aber ich habe das Gefühl, dass wir da relativ schnell durch sein dürften.«

»Na ja, wir probieren uns einmal durch alle Kuchen durch. Und wenn wir fertig sind, dann fangen wir eben von vorne an. So einfach ist das«, schlägt Julius vor. »Und jetzt hätte ich eigentlich Appetit auf noch etwas Kuchen. Lust auf eine zweite Runde?«

Damit stößt er bei mir auf Zustimmung und ich ergreife die Chance, springe auf und bestelle und vor allem bezahle nochmals zwei Stückchen Kuchen. Bevor ich allerdings dazu komme, einen Bissen zu nehmen, holt Julius sein Handy hervor. »Jede Woche ein Selfie von uns und unseren Kuchen. Diese Tradition muss definitiv für die Nachwelt festgehalten werden«, sagt er. Gemeinsam grinsen wir mit unseren Gabeln in der Hand und dem Kuchen vor uns in die Kamera, bevor wir die beiden Stückchen wieder in stillem Einvernehmen teilen. Erst nachdem auch von der zweiten Runde Kuchen kein einziger Brösel mehr übrig ist, beginnen wir wieder ein Gespräch.

»Wie kommst du eigentlich zurecht? Macht dir das Studium bisher Spaß?«, fragt Julius.

»Schwer zu sagen. Es ist einfach so viel Neues auf einmal. Ich glaube schon, dass es mir einigermaßen Spaß macht, aber warten wir mal ab.« Julius nickt zustimmend. »Und du? Gefällt dir das Studium immer noch? Immerhin bist du bereits im dritten Semester. Da müsstest du doch mehr dazu sagen können.« Gespannt blicke ich ihn an und frage mich, ob ich die Antwort überhaupt hören will. Was ist, wenn es ihm gar nicht gefällt und er sagt, dass das Studium die Hölle ist?

»Ach, Spaß ist übertrieben. Ich meine, wir studieren Steuerrecht, wie spaßig kann das schon sein? Aber ich bin gut darin, ziemlich gut sogar und ich kann mir schon vorstellen, dass es später mal interessanter ist, wenn man Praxisfälle hat und nicht nur Gesetze wälzen und Theorie lernen muss. Also nein, ich bereue das Studium nicht, falls es das ist, was du eigentlich wissen wolltest.«

Erleichtert stoße ich die bisher unbewusst angehaltene Luft wieder aus. »Genau das musste ich jetzt hören. Danke.«

»Zurück zu den bedeutenden Themen des Lebens.« Julius macht eine bedeutungsschwangere Pause und ich bin schon gespannt, was als Nächstes kommt. »Also Schokoladenkuchen und Bienenstich sind deine Lieblingskuchen. Welches ist deine Lieblingsschokoladensorte?«

Kapitel 9

Julius

Nora überlegt einen Moment. »Ich denke, ich mag die Milka-Schokolade mit Smarties am liebsten. Aber die mit Erdbeeren gefüllte steht auch weit oben im Kurs.«

Hier mit Nora zu sitzen und über alles Mögliche zu reden, tut einfach unglaublich gut. Sie ist authentisch und unverstellt, und das mag ich. Und dann hat sie auch noch die zweite Runde Essen gezahlt. Das bin ich einfach nicht gewohnt. Normalerweise wird von mir erwartet, nahezu schon verlangt, dass ich zahle. Aber Nora? Für sie ist es nicht selbstverständlich, dass ich für sie zahle, und sie hat auch kein Problem, selber mal zum Geldbeutel zu greifen. Außerdem ist es zur Abwechslung mal ganz schön, dass sie nicht weiß, wer meine Eltern sind und wie viel Geld sich auf meinem Konto häuft. Bei den meisten Menschen fällt es mir schwer zu vertrauen, weil ich nicht weiß, ob sie mich wollen oder nur mein Geld. Aber Nora mag mich wegen dem, was ich bin, und nicht wegen dem, was ich habe.

»Erde an Julius? Hörst du mir überhaupt zu?«, fragt Nora.

»Sorry. Was hast du gesagt?«

»Ich habe dich gefragt, welches deine liebste Schokoladensorte ist?«

»Gilt Snickers auch?«

»O mein Gott. Ich liebe Snickers. Besonders die kleinen Riegel. Da habe ich weniger schlechtes Gewissen, auch wenn ich mir am Schluss so viele davon reinhaue, dass ich auch gleich einen großen hätte essen können.«

»Ist das ein Ja?«

»Das ist ein klares Ja. Als ich im Sommer mit meiner besten Freundin nach Kreta geflogen bin, haben wir unglaublich viel zu essen mitgenommen, denn jede Reise ist nur so gut wie der Proviant.«

»Natürlich.« Ich muss schmunzeln, denn diese Aussage passt einfach zu einhundert Prozent zu Nora, doch sie lässt sich dadurch nicht verunsichern.

»Wir hatten zum Beispiel ein Glas Nutella und ein komplettes Brot dabei. Das Brot war geschnitten und dann haben wir die Brotschreiben direkt in das Nutella getunkt. Du hättest sehen sollen, wie neidisch alle geschaut haben.«

»Sicher, dass sie nicht eher irritiert geschaut haben?« Ich kann mir förmlich vorstellen, wie die beiden Mädels sämtliche Aufmerksamkeit auf sich und das Nutellaglas gezogen haben, denn so wie ich Nora kenne, war es mindestens das Ein-Kilo-Glas.

»O nein. Der Neid war ihnen ins Gesicht geschrieben. Auf jeden Fall hatte ich an dem Tag ein weißes Shirt an und war superstolz, dass die Nutella-Aktion ohne Flecken vonstattengegangen ist. Zum Nachtisch wollten wir dann beide noch ein Snickers essen und dreimal darfst du raten, wer sich geschmolzene Schokolade aufs Shirt geschmiert hat.«

»O nein. Wie schlimm war es?« »Katastrophal. Sprechen wir nicht mehr darüber. Und jetzt wird es Zeit für eine chaotische Urlaubsgeschichte von dir.«

***

Ich liege bereits im Bett und will mir gerade meinen Wecker stellen, als mir einfällt, dass ich Nora noch schreiben sollte. Inzwischen schicke ich ihr täglich mindestens ein lustiges Hundevideo oder -bild und auch heute will ich sie nicht enttäuschen. Da ich leider kein passendes Video finde, entscheide ich mich für ein Bild von einem Hund, der mit weit heraushängender Zunge, strahlenden Augen und einem Partyhütchen vor einem Hundekuchen sitzt und ihn begierig mustert. Perfekt.

Julius: Bild
Julius: Danke für den schönen Nachmittag. Ich freu mich schon auf den nächsten Kuchendienstag.

Ich warte noch kurz ab, ob sie antwortet, und scrolle in der Zwischenzeit ein wenig durch meine Mediathek, in welcher ich als Erstes auf das Bild von Nora und mir heute Mittag stoße. Mit einem breiten Grinsen strahlt sie in die Kamera und als ich ein wenig näher heranzoome, kann ich erkennen, dass sie einen Kuchenkrümel an der Wange hängen hat. Warum ist mir das heute Mittag nicht aufgefallen, als ich ihr gegenübergesessen habe? Andererseits kann ich wahrscheinlich auch froh sein, denn ich bin mir ziemlich sicher, ich hätte meine Hand nur schwer bei mir behalten können. Ich weiß, dass sie nach der Sache mit ihrem Ex-Freund nicht auf der Suche nach einem Neuen ist. Und das verstehe ich. Wirklich. Das heißt allerdings nicht, dass ich die Anziehung, die sie auf mich auswirkt, sofort abschalten kann.

Kapitel 10

Nora

Ich blättere verzweifelt in meinen Gesetzen auf der Suche nach der richtigen Stelle, aber noch hat sich zwischen mir und meinem Gesetzbuch keine Einigkeit ergeben. Das Ding ist einfach zu dick, zu unübersichtlich und mit zu kleiner Schrift versehen. Wie soll man da denn bitte irgendwas verstehen? Ich gehe noch mal meine Notizen aus der Vorlesung durch, in der Hoffnung, dass mir diese bei der Lösung behilflich sind, aber Fehlanzeige. Wäre auch zu schön gewesen. Ein Klopfen an der Tür reißt mich aus meinen Gedanken und ist eine gar nicht so unerwünschte Störung.

»Herein.« Erleichtert hebe ich den Kopf und drehe mich zur Tür, die zögerlich ein Stückchen aufgeht, bevor Louis seinen Kopf reinstreckt. Er hält sich demonstrativ die Hand vor die Augen.

»Kann ich schauen oder bist du nackt?« Sein Ton ist neckisch und ich schüttle belustigt den Kopf. Ja genau, weil ich mitten am Tag nackt in meinem Zimmer sitze. Idiot.

»Du kannst schauen, ich bin natürlich nicht nackt.«

»Habe ich da gerade nackt gehört?«, fragt Nick und die Tür geht einen Spalt weiter auf und neben Louis' Gesicht schaut mich nun auch Nick erwartungsvoll an. Während er anfangs noch eher schüchtern war, blüht er in unserer Gesellschaft immer mehr auf und legt seine Unsicherheit ab.

»Kann man euch irgendwie helfen?«, frage ich grinsend.

»Nein, aber vielleicht können wir dir helfen. Wir gehen den Hochschulsport testen und danach in die Stadt zum Abendessen. Und du siehst nicht gerade begeistert aus, hier an deinem Schreibtisch zu versauern. Daher unsere Frage, ob du uns begleiten möchtest?«, meint Louis.

Mein Blick wandert auf die Unterlagen vor mir. »Danke für das liebe

Angebot. Aber ich muss noch Hausaufgaben machen und bleibe lieber hier.«

»Immer fleißig, die liebe Nora. Aber so kennen und lieben wir dich halt. Mach nicht mehr zu lange.« Louis schenkt mir eine Kusshand, dann verabschieden wir uns und sie lassen mich mit meinen Hausaufgaben und meiner Verzweiflung wieder allein zurück.

Ich höre noch, wie Louis und Nick sich im Hausgang unterhalten, dann knallt die Wohnungstür zu und es bleiben Stille und Verzweiflung. Ein Blick über meine Schultern zeigt allerdings, dass sie meine Zimmertür offen stehen lassen haben. Einen Moment bin ich versucht, aufzustehen und sie zu schließen, aber die Faulheit überwiegt und ich lasse sie einfach offen, während ich versuche, diese blöde Aufgabe zu lösen.

Doch die Ruhe währt nicht lange, denn wenige Minuten später wird ein Schlüssel im Schloss umgedreht und die Wohnungstür öffnet sich. Nahezu erfreut von der erneuten Störung beim Lernen richte ich sofort das Wort an sie. »Habt ihr irgendwas vergessen oder habt ihr nur die Hoffnung, dass ihr mich jetzt nackt erwischen könnt?« Ohne den Kopf von meinen Aufgaben zu heben, warte ich gespannt auf eine dumme Antwort, als eine andere, tiefere und sehr belustigte Stimme erklingt.

»Nackt? Habe ich irgendwas verpasst?« Ein Schauer jagt mir über den Rücken und ich drehe mich langsam um. Doch auch bevor ich ihn sehe, weiß ich bereits, dass ich mich gerade vor Elias lächerlich gemacht habe. Der steht nur lässig in meinem Türrahmen und ein Grinsen zieht sich von der einen Seite seines Gesichtes zur anderen.

»Insider.« Ich murmle die Antwort und schwöre mir, künftig erst zu schauen, ob die erwarteten Personen durch die Tür kommen, bevor ich etwas Peinliches von mir gebe. Aber hey, ich wäre nicht ich, wenn ich mich nicht ins nächste Fettnäpfchen schmeißen würde.

»Da habe ich wohl den besten Teil mal wieder verpasst. Was treibst du?« Ohne zu fragen, tritt Elias in mein Zimmer und mit einem schnellen Blick vergewissere ich mich, dass es nicht zu unordentlich ist. Aber meine dreckige Wäsche ist allesamt im Wäschekorb gelandet, staubgesaugt habe ich gestern erst und auch ansonsten liegt nicht viel im Zimmer rum. Glück gehabt.

»Ich mache Hausaufgaben. Beziehungsweise ich versuche es, denn ich habe bisher nicht wirklich viel geschafft.« Ich gebe mir größte Mühe, nicht allzu verzweifelt zu klingen, doch besonders erfolgreich bin ich dabei nicht. Elias ist mittlerweile vor meinem Schrank stehen geblieben und mustert die Bilder und Karten, mit denen ich den alten Kleiderschrank dekoriert habe. Ich stehe auf und geselle mich zu ihm.

»Schönes Foto. Wo war das?« Er deutet auf ein Bild von Lilly und mir am Strand und ein Lächeln schleicht sich in mein Gesicht, als ich an den Urlaub mit ihr denke.

»Kreta. Das war sogar erst dieses Jahr nach dem Abi. Warst du schon mal in Griechenland?«

»Nein, obwohl ich unbedingt mal nach Athen reisen möchte. Ist das dein Freund?« Wow. Der Themenwechsel kam unerwartet. Sein Blick ist auf ein Bild von Paul und mir gerichtet, auf dem er in die Kamera grinst und ich neben ihm stehe, beide Arme um ihn schlinge und ihm einen Kuss auf die Wange drücke. Ich muss ein Lachen unterdrücken, denn Paul ist für mich mehr wie ein Bruder und die Vorstellung, dass zwischen uns mehr sein könnte, ist einfach absurd.

»Nein, das ist Paul. Er ist nicht mein Freund, sondern mein bester Freund und das schon seit Kindergartenzeiten.«

Elias wendet sich wieder mir zu, schaut mir tief in die Augen und ein Lächeln huscht über sein Gesicht. »Das ist schön.«

»Ja.« Mehr bekomme ich im Moment nicht über die Lippen. Warum ist das jetzt bitte schön? Findet er es schön, dass ich keinen Freund habe, weil er selbst an mir interessiert ist? Oder findet er es einfach nur schön, dass ich einen besten Freund habe? Ach, keine Ahnung. Ich weiß schon, wieso ich eigentlich keine Lust auf Jungs hatte. Die sind mindestens genauso kompliziert wie meine Hausaufgaben. Egal, wie alt man ist, wenn man jemanden mag, dann wird' s knifflig. Dann werden jede einzelne Handlung, jeder Blick und jedes Wort, ja sogar jedes Schweigen analysiert, nur damit man am Ende genauso wenig weiß wie davor. Ob er wohl eine Freundin hat? Kann ich ihn das einfach so fragen oder kommt das komisch? Interessieren würde es mich ja schon.

»Na dann zeig mal, was dir solche Probleme bereitet.« Elias reißt mich aus meinen Gedanken und unsicher schaue ich ihn an. Von welchen Problemen spricht er? Doch dann läuft er zu meinem Schreibtisch und schaut über meine Aufgaben. Stimmt. Die Hausaufgaben. Da war ja noch was. Widerwillig folge ich ihm, setze mich auf den Stuhl und lese die Aufgabenstellung vor. Er gibt ein verständnisvolles Grummeln von sich und ehe ich mich versehe, beugt er sich über meine Schulter zu meinem Gesetzesbuch, um den richtigen Paragrafen zu suchen. Während er in meinen Gesetzen blättert, verabschieden sich meine Motivation und Konzentration endgültig, denn sein Geruch steigt mir in die Nase und zieht meine volle Aufmerksamkeit auf sich. Irgendwie riecht er nach Holz und ich kann auch eine würzige Note erkennen. Für einen Moment schließe ich meine Augen und der Geruch katapultiert mich gedanklich mitten in einen herbstlichen Wald hinein und ich kann förmlich spüren, wie mir eine kühle Brise durch die Haare fegt.

»Hier haben wir' s doch.« Erschrocken erwache ich aus meiner Trance und reiße die Augen auf, doch zu spät, scheinbar hat Elias schon gemerkt, dass ich kurz weggetreten war. »Ich störe dich ja ungerne bei deinem Schläfchen, aber soll ich dir nun helfen oder nicht?« Seine Stimme klingt belustigt und ich wünschte mir, der Erdboden würde sich auftun.

»Entschuldige. Wenn du mir helfen könntest, wärst du für mich definitiv der Star des Abends«, sage ich schnell.

Also beginnt Elias zu erklären und obwohl ich seinen Oberkörper an meinem Rücken spüre und ich mir seiner Nähe mehr als bewusst bin, versuche ich mich auf seine Worte zu konzentrieren, denn scheinbar weiß Elias deutlich mehr über das Thema als ich.

»... und das war' s auch schon. Ist doch eigentlich ganz einfach, oder?« Und es stimmt, nachdem Elias mir die letzten zehn Minuten alles erklärt hat, ergibt alles Sinn. Warum habe ich das vorher nicht verstanden?

»Danke, du bist definitiv mein Held.« Ich lächle ihn breit an und im nächsten Moment gibt mein Magen ein lautes Knurren von sich und erinnert mich daran, dass nach dem mager ausgefallenen Mittagessen jetzt eindeutig Zeit für etwas Nahrhaftes wäre. Trotzdem wäre es mir lieber gewesen, mein Magen hätte mich nicht so auffällig und nicht wieder direkt vor Elias auf seine Leere aufmerksam gemacht.

An Elias' Grinsen bemerke ich, dass auch er an unser erstes Zusammentreffen denken muss. Nachdem mein Magen ein weiteres – noch lauteres – Knurren von sich gibt, kann er sich nicht mehr halten. Ein warmes Lachen entschlüpft seiner Kehle und das Geräusch sorgt dafür, dass statt Essen erst mal nur Schmetterlinge in meinem Bauch landen. Ich würde am liebsten die Augen schließen und diesen Klang für immer in meinem Kopf abspeichern, denn es ist womöglich eins der schönsten Geräusche, das ich je gehört habe.

»Wie du eventuell gehört hast, wird es bei mir dringend mal wieder Zeit für etwas Essbares. Ich würde gefüllte Paprika machen. Möchtest du mitessen?«

»Das ist lieb, aber hast du denn überhaupt genug? Ich möchte mich ungern zwischen deinen Magen und das Essen drängen.« Ein leises Lachen kommt ihm wieder über die Lippen und die Entscheidung ist gefallen. Es ist nicht eins der schönsten Geräusche, es ist *das* schönste Geräusch.

»Ach Quatsch. Nach deiner Hilfe ist ein Abendessen das Mindeste. Und ich habe genug, das sollte kein Problem sein. Ich muss allerdings erst kochen, also dauert es noch circa fünfundvierzig Minuten.« Mein ursprünglicher Plan war zwar, heute die Paprikas vorzubereiten und eine Hälfte für morgen aufzuheben, aber die Vorstellung, den Abend mit Elias zu verbringen, wirft alle Pläne in Windeseile über den Haufen.

»Dann nehme ich das Angebot gerne an. Und wir können ja zusammen kochen? Was hältst du davon?« Das Lächeln, das er mir dabei schenkt, schickt ein Kribbeln durch meinen gesamten Körper, das in den Zehen beginnt und sich bis zur Kopfhaut zieht.

»Gerne.« Als könnte ich ihm etwas abschlagen, wenn er mich so anlächelt. Ich hätte wahrscheinlich sogar grinsend und voller Inbrunst zugestimmt, wenn er mir den Vorschlag gemacht hätte, gemeinsam Haferbrei zu essen. Und ich hasse Haferbrei aus tiefstem Herzen. Aber dieses Lächeln …

Gemeinsam verlassen wir mein Zimmer und beginnen unter meiner Anleitung mit der Zubereitung des Essens. Zwanzig Minuten später ist alles so weit fertig. Ich schiebe das Backblech in den bereits vorgeheizten Ofen und will den Tisch decken. Doch kaum habe ich mich umgedreht, stehe ich nur Zentimeter entfernt vor Elias.

»Na hoppla. Nicht so schnell.« Seine Stimme klingt rau und unwillkürlich hebe ich den Kopf, um ihm in die Augen zu sehen, denn wegen seiner Größe starre ich im Moment nur seine Brust an.

»Entschuldige, ich habe nicht gemerkt, dass du hinter mich getreten bist«, erkläre ich und weiß danach nicht mehr, was ich sonst noch sagen soll. Elias bewegt sich nicht vom Fleck. Vor lauter Nervosität beginne ich leicht an meiner Unterlippe zu kauen, als sich eine Strähne löst und mir direkt vor die Augen rutscht. Ich will meine Hand heben und die nervige Strähne wieder an Ort und Stelle bringen, doch Elias ist schneller. Behutsam greift er danach und schiebt sie wie in Zeitlupe und sehr bedacht hinter mein Ohr. Dabei streift er meine Stirn und diese simple Berührung fühlt sich nach so viel mehr an. War es beabsichtigt, dass er meine Stirn nicht nur gesteift, sondern viel mehr gestreichelt hat?

Seine Hand verharrt für einen Moment an meinem Ohr und ohne den Blick von mir abzuwenden, legt er sie an mein Kinn und streichelt mit dem Daumen unglaublich behutsam über meine Wange, als hätte er Angst, dass ich zerbrechen könnte. Mit der anderen Hand streicht er über meinen Arm und hinterlässt dabei eine leichte Gänsehaut. Eine Gänsehaut der guten Sorte. Ich muss hart schlucken und mein Blick wandert von seinen Augen zu seinem Mund. Zu diesen wahnsinnig vollen Lippen, die ich so gerne auf meinen spüren würde und die mir so nahe sind. Soll ich den ersten Schritt machen und die Lücke zwischen uns schließen? Diese Lippen sehen einfach viel zu einladend aus. Als ich noch mal den Blick hebe, in der Hoffnung, Elias' Absichten in seinen Augen lesen zu können, ist sein Blick voller Verlangen. Genau in dem Moment, in dem Elias sich langsam vorbeugt, hören wir ein Poltern vor der Tür und schrecken auseinander. Keine Sekunde zu früh macht Elias einen Schritt von mir weg und setzt sich scheinbar lässig auf den

Küchenstuhl, als Louis und Nick die Wohnung betreten und zu uns in die Küchennische treten.

»Nora, alles okay bei dir?« Louis' Stimme klingt ein wenig besorgt. Sieht man mir etwa an, dass meine Beine quasi nur noch aus Wackelpudding bestehen und ich ihm und Nick am liebsten den Hals umdrehen würde, weil sie mir diesen Moment versaut haben?

»Ähm, klar. Alles bestens. Wieso auch nicht?« Meine Stimme klingt unsicher und Louis durchbohrt mich mit einem forschenden Blick, während Nick an den Ofen tritt und hineinschaut.

»Ach nichts. Du siehst nur irgendwie anders aus. Eigentlich wollten wir nur fragen, ob du beziehungsweise ihr sicher nicht mit zum Pizzaessen kommen wollt. Der Sport war echt anstrengend und ich brauche dringend was zu essen. Aber so, wie es aussieht, habt ihr bereits gekocht«, sagt Louis. Sein Blick wandert zwischen Elias und mir hin und her und ich würde einen Zehner für seine Gedanken geben.

»Ja, und ich muss sagen, das sieht sogar noch besser aus als Pizza«, meint Nick und schaut sehnsüchtig die Paprikas an. Er will doch jetzt nicht mit uns essen, oder? Denn dann werden wir ganz sicher nicht alle satt. Außerdem hatte ich mich auf den Abend mit Elias gefreut. Und so sehr ich Nick und Louis mag, sie würden bei diesem Abendessen schlichtweg stören. Louis scheint meinen Blick allerdings richtig gedeutet zu haben, denn er zieht Nick vom Ofen weg.

»Das reicht doch niemals für uns vier. Komm wir müssen los, Maja wartet schon auf uns.« Damit verabschieden sich die beiden und ich werfe Louis noch einen dankbaren Blick zu, den er aber gar nicht mehr richtig wahrnimmt. Keine fünf Minuten, nachdem sie Elias und mich wie scheue Rehe auseinandergetrieben haben, sind sie nun auch schon wieder weg, aber Elias macht keine Anstalten, wieder zu mir zu kommen, und bleibt stattdessen am Tisch sitzen.

»Erzähl mir was von dir. Aber nichts Langweiliges wie Alter, Wohnort oder so. Erzähl mir irgendwas von dir, das nicht so viele Leute von dir wissen«, sagt er und schaut mich forschend an.

»Erwartest du jetzt etwa, dass ich dir mein größtes Geheimnis anvertraue?«, ziehe ich ihn auf.

»Quatsch. Es kann auch eine Nichtigkeit sein. Egal, wie groß oder klein, ich will einfach mehr über dich erfahren.«

Ich schaue zu Boden und denke nach. Ich könnte von Balu erzählen, aber was, wenn er Hunde nicht mag? Oder ich könnte von Lilly erzählen. Aber er will ja eigentlich was über mich erfahren. Unruhig verknote ich meine Finger und betrachte meine dunkelrot lackierten Nägel. Das ist es!

»Du wolltest was wissen, auch wenn es nur eine Nichtigkeit ist. Hier also ein eher uninteressantes Detail über mich, von dem aber tatsächlich gar nicht so viele Menschen wissen. Als Kind habe ich immer an meinen Fingernägeln herumgekaut. Um der Sache entgegenzuwirken, hat meine Mutter mir oft die Nägel mit Klarlack lackiert, denn glaub mir, darauf rumzukauen ist so eklig, da gewöhnt man es sich schnell ab.« Ich muss lächeln bei der Erinnerung an meine Mutter, die anfangs noch versucht hat, mich mit Tierpostkarten zu bestechen, um mich vom Kauen abzuhalten, aber es war zwecklos. Ich spreize meine Finger und betrachte sie selbst noch mal, bevor ich sie mit der Handoberfläche zu Elias hindrehe und weiterspreche. »Und irgendwie habe ich solchen Gefallen an bunten Nägeln gefunden, dass ich, seit ich vierzehn bin, nur selten unlackierte Nägel habe. Ich habe auch sicher dreißig verschiedene Farben und wechsle immer gerne durch, wobei alle möglichen Schattierungen von Dunkelrot mir am besten gefallen. Irgendwie gibt mir das ein Gefühl von Weiblichkeit.« Ich lache schüchtern, dann spreche ich weiter. »Okay, so ausgesprochen klingt es tatsächlich noch dümmer als in meinem Kopf. Aber egal, was man trägt, irgendwie fühle ich mich mit lackierten Nägeln einfach wohler. Und das Allerbeste an lackierten Nägeln ist das Gefühl, wenn man darüberstreicht.« Ich fahre mit dem Daumen meiner linken Hand über den Ringfinger und ich weiß nicht warum, aber dieses glatte Gefühl macht mich einfach ein Stückchen zufriedener. Ich hebe den Blick und schaue in ein verwirrtes Gesicht.

»Moment mal, du hast also gerade gesagt, dass du es magst, dich selbst anzufassen?« Elias grinst mich breit an und die Zweideutigkeit ist kaum zu überhören. Ich stoße mich von der Küchenanrichte ab, an die ich mich zwischenzeitlich gelehnt habe, gehe zu Elias und boxe ihm freundschaftlich in die Seite.

»Idiot.« Dann halte ich ihm meine Hand vor die Nase. »Hier, du kannst dich gerne selber überzeugen. Fahr mal mit deiner Fingerkuppe über einen lackierten Nagel, dann verstehst du vielleicht, was ich meine.«

»Aha. Jetzt willst du also doch, dass ich dich anfasse?« Ich sage nichts und wedle weiter mit meinen Fingern vor seiner Nase herum. Elias grinst immer noch, in seinem Blick ist aber auch Unsicherheit zu entdecken. Statt einmal kurz über einen meiner Nägel zu fahren, nimmt er meine rechte Hand voller Bedacht in seine und fährt mit dem Daumen der anderen über jeden einzelnen meiner Nägel. Ich kann meinen Blick nicht von ihm abwenden, denn er tut es mit voller Aufmerksamkeit und folgt jeder seiner Bewegungen mit den Augen, sodass er es auch nicht merkt, dass ich ihn gerade mit offenem Mund anstarre. Wie kann man selbst aus so einer Situation etwas so Vertrautes und Zärtliches machen? Ich wünschte mir, er würde niemals damit aufhören, doch dann legt er meine Hand zärtlich auf den Tisch und schaut mich wieder an.

»Du hast recht. Es fühlt sich wirklich unglaublich gut an.« Wie meint er das jetzt? Reden wir noch von meinen lackierten Fingernägeln? Denn ich kann zwar nur für mich sprechen, aber das Gefühl von meiner Hand in seiner toppt das meiner glatten Nägel definitiv. Aber vielleicht meinte er ja gar nicht mehr und ich interpretiere wieder mal viel zu viel in seine Worte hinein? Um den Gedanken an die Wärme seiner Hand aus meinem Kopf zu verscheuchen, setze ich zum Gegenangriff an.

»So, ich würde sagen, jetzt bist du an der Reihe. Erzähl mir was über dich.«

Obwohl er mit der Frage hätte rechnen müssen, denkt Elias erst mal nach, bevor er mir endlich was über sich verrät. Zwischen seinen Augenbrauen hat sich eine kleine Falte gebildet und man kann förmlich hören, wie es in seinem Kopf rattert. »Ich habe eine Geschichte bekommen, die in deiner Kindheit anfängt, also bekommst du auch eine aus meiner Kindheit. Einverstanden?« Er schaut mich fragend an und ich nicke, denn ich dürste nach Informationen und bin bereit, alles zu nehmen, was er mir anvertrauen will. »Als ich klein war, waren wir in den Ferien immer auf einem Bauernhof und ich mochte es total gerne. Ich wollte sogar Bauer werden, weil ich die Arbeit draußen und mit den Tieren einfach genial fand. Die Tiere dürften das allerdings anders gesehen haben, denn bei unserem ersten oder zweiten Besuch dort – man muss sagen, ich war da vielleicht gerade mal vier Jahre alt oder so – habe ich die Katzen wohl versehentlich etwas gequält.« Ein Lächeln huscht über sein Gesicht. Er scheint ganz in der Erinnerung gefangen zu sein, während ich von seinem wunderschönen Gesicht gefangen bin, das zur Abwechslung mal vollkommene Zufriedenheit ausstrahlt. »Noah und ich haben die Katzen immer in den Anhänger des Spieltraktors gequetscht und sind dann mit ihnen über den Bauernhof gerast. Es waren allerdings sicher fünf Katzen und der Anhänger viel zu klein, also haben wir sie einfach hinten drin gestapelt.«

Ich muss lachen bei der Vorstellung, wie der jetzt vor mir sitzende Elias einen Bauernhof mit einem Spieltraktor und einer Menge Katzen im Schlepptau unsicher macht. »Das klingt nach einer schönen Kindheitserinnerung. Ist Noah dein Bruder?«

Der eben noch so friedliche Gesichtsausdruck verschwindet und zurück bleiben nur Schmerz und Trauer. »Nein, ich bin Einzelkind. Noah ist mein bester Freund.« Die Worte kommen ihm nur langsam und schwer über die Lippen und sein Tonfall gibt zu verstehen, dass er keine weiteren Rückfragen akzeptiert. Trotzdem habe ich einige. Ob er und Noah im Moment Streit haben? Was ist passiert, dass er so reagiert? Ich würde gerne mehr wissen, aber ich weiß, dass jetzt nicht der richtige Zeitpunkt ist, also schlucke ich all die Fragen und Vermutungen mit einem bitteren Beigeschmack hinunter. Über was könnten wir reden? Während ich meinen Kopf nach einem passenden Gesprächsthema durchforste, ergreift Elias wieder das Wort.

»So, du bist wieder an der Reihe.«

Da ich froh bin, dass Elias offensichtlich daran interessiert ist, das Gespräch weiterzuführen, denke ich dieses Mal nicht zu lange nach und erzähle das Erstbeste, das mir einfällt. »Ich liebe Postkarten.«

»Ja, Postkarten sind schon ganz cool. Aber zu Zeiten von WhatsApp schickt doch kaum noch jemand eine Postkarte aus dem Urlaub.«

»Ja, und genau das ist ja das Schöne an Postkarten. Heutzutage kann man alles immer und überall mit den anderen teilen und die meisten tun das auch. Aber eine Nachricht auf WhatsApp ist nichts Besonderes. Man muss sich damit keine Mühe geben und man wird sich auch nicht Jahre später mit einem Lächeln im Gesicht eine Nachricht auf WhatsApp anschauen. Bei Karten ist das was anderes. Und ich meine damit jetzt auch nicht zwangsläufig Postkarten aus dem Urlaub. Ich meine eher Postkarten mit schönen Motiven oder Sprüchen drauf. Wir leben in einer so schnelllebigen Welt, da ist es doch schön, einfach mal von einem anderen Menschen eine Postkarte zu bekommen, auf der ein paar liebe Worte stehen. Für mich gibt es einfach nichts Persönlicheres als einen Brief oder eine Postkarte, weil es bedeutet, dass sich jemand die Mühe gemacht hat, sich hinzusetzen und ganz oldschool was zu Papier zu bringen. Und deswegen liebe ich Postkarten.«

Elias nickt leicht und dann erscheint ein Lächeln in seinem Gesicht, das wieder so schön zeigt, dass seine Grübchen unterschiedlich groß sind, und mir damit selbst ein Lächeln ins Gesicht zaubert. »Verstehe. Deswegen hängen auch so viele Karten an deinem Kleiderschrank.«

»Richtig. Ich liebe Karten und meine Freunde wissen das auch. Und jedes Mal, wenn ich an dem Schrank vorbeilaufe und die Bilder und Karten anschaue, dann schleicht sich ein Lächeln in mein Gesicht, egal, wie scheiße der Tag gewesen sein mag. Die Karten sind für mich einfach auch ein Zeichen dafür, dass ich niemals allein bin, und das gibt mir dann wieder Mut. Klingt kitschig, aber so ist es.«

»Notiz an mich: Das nächste Mal werde ich mir die Karten in deinem Zimmer etwas genauer anschauen.«

»Mach das. Und damit bist du jetzt wieder an der Reihe.« Erwartungsvoll schaue ich ihn an. Was wird er mir wohl als Nächstes erzählen? Irgendwie macht mir dieses »Spielchen« Spaß, denn auch wenn man nicht die üblichen Dinge über den anderen erfährt, so ist es doch interessant und sagt viel über den anderen aus.

»Okay, dann erzähle ich dir jetzt etwas, das sogar einigermaßen zum Thema Karten schreiben passt«, setzt Elias an. »Ich habe eine unglaublich schöne Schrift.« Irritiert schaue ich ihn an. »Das mag jetzt eingebildet klingen, aber schon in der Grundschule waren meine Lehrerinnen immer fasziniert davon, wie ordentlich und schön meine Handschrift ist, und das, *obwohl ich ein Junge bin*. Anfangs fand ich das ziemlich nervig, weil ich in der Grundschule immer das Gefühl hatte, dass es sich für einen Jungen nicht gehört, schön schreiben zu können. Eine Zeit lang habe ich dann auch versucht, krakelig zu schreiben und das Ganze so hässlich wie möglich zu gestalten. Aber auf dem Gymnasium habe ich dann die Vorteile des Schönschreibens für mich entdeckt. Irgendwie konnte ich damit Eindruck bei den meisten Mädchen schinden und außerdem war es bei Gruppenarbeiten immer sehr praktisch. Die anderen haben die Texte zusammengeschrieben und dafür habe ich die Gestaltung des Plakates übernommen.«

»Jetzt bin ich aber gespannt. Das möchte ich bei Gelegenheit mal sehen.«

»Das wirst du. Vielleicht schreibe ich dir ja auch mal eine Karte und mir wird die Ehre zuteil, an deinem Schrank verewigt zu werden.« Die Vorstellung, eine Karte von Elias an meinem Schrank hängen zu haben, erfüllt mich mit Freude. Wie würde sie wohl aussehen und was würde er draufschreiben? Bevor ich mich allerdings weiter dazu äußern kann, beginnt der Ofen zu piepen. Unser Essen ist fertig und das Fragespielchen vorerst unterbrochen.

Die gefüllten Paprikas sind einfach zu gut und Elias sieht das scheinbar ähnlich, denn kaum sind die Teller auf dem Tisch, herrscht gefräßige Stille. Während ich auf die letzte Hälfte meiner Paprika nochmals etwas Salz gebe, geht die Tür auf und Louis und Nick betreten gefolgt von Maja die Wohnung.

»Ihr hattet wohl Sehnsucht nach uns. Kann das sein?«, ziehe ich sie auf.

»Vielleicht ein bisschen.« Louis lächelt uns entschuldigend an. »Außerdem dachte ich, wir könnten den Abend doch gemeinsam verbringen«, fügt er hinzu. Maja kommt zu mir und zieht mich in eine Umarmung, bevor sie Elias mit einem knappen Kopfnicken begrüßt.

»Wie wäre es dieses Mal mit Phase 10?«, fragt Nick. Alle sind einverstanden. Während Elias und ich fertig essen, machen es sich die anderen schon mal im Aufenthaltsbereich bequem und teilen die Karten aus.

Kapitel 11

Nora

»Piep. Piep. Piep.« Das Geräusch des Backofens erklingt und ich renne los, um meine mit Frischkäse gefüllten Kartoffeltaschen nicht verbrennen zu lassen. Es ist Freitagabend und ich bin allein in der WG. Maja, deren Eltern ja sowieso in Ludwigsburg wohnen, bevorzugt am Wochenende einfach ihr eigenes Bett und Louis und Nick kommen von weiter weg und sind das Wochenende über auch nach Hause gefahren, um Zeit mit ihren Familien und Freunden zu verbringen. Und Elias? Tja, den habe ich heute weder gesehen noch gehört, deswegen gehe ich davon aus, dass auch er nach Hause gefahren ist, wo auch immer das sein mag. Einerseits habe ich das Gefühl, Elias schon viel länger zu kennen, als ich es tue, andererseits fällt mir immer wieder auf, wie wenig ich tatsächlich über ihn weiß.

Theoretisch hätte ich auch nach Hause gehen können, aber ich habe mir vorgenommen, dieses Wochenende hierzubleiben, damit ich mich besser einleben kann. Heute werde ich einen gemütlichen Abend verbringen, morgen will ich die Innenstadt ein bisschen erkunden und zum Ikea gehen, um mein Zimmer wohnlicher zu gestalten, und am Sonntag möchte ich vielleicht die nähere Umgebung nochmals genauer unter die Lupe nehmen. Da ich allein bin, habe ich bereits meinen rosa Spitzenpyjama an und genieße die Freiheit, die sich mir durch die Abwesenheit der Jungs bietet. Ich schaufle mir die Kartoffeltaschen auf den Teller und setze mich damit im Schneidersitz auf den Sessel im Aufenthaltsbereich. Schnell greife ich zum Handy und lasse laut *Machine* von Imagine Dragons laufen, bevor ich mich wieder meinem Essen widme. Ich wäge gerade ab, ob ich heute Abend lieber früh ins Bett, lesen oder etwas anschauen will, als ich ein Räuspern vernehme. Schnell drehe ich meinen Kopf nach links und erstarre. Da steht Elias und beobachtet mich mit amüsiertem Grinsen.

»Himmel! Hast du mich erschreckt. Was machst du hier?«, frage ich leicht beschämt, weil es mir unangenehm ist, dass ich hier so leicht bekleidet sitze, gierig eine Kartoffeltasche nach der anderen esse und nicht weiß, wie lange er mich schon beobachtet.

Sein Grinsen wird breiter, er deutet in Richtung seiner Zimmertür und sagt: »Ich wohne hier, schon vergessen?«

»Nein, natürlich nicht. Ich habe dich nur den ganzen Tag nicht gesehen, deswegen dachte ich, du wärst wie die anderen nach Hause gefahren.« Erst jetzt kommt mir die Idee, dass ich ja auch einfach bei ihm hätte klopfen können, um herauszufinden, wie seine Pläne aussehen. Obwohl ich mich auf ein entspanntes und männerfreies Wochenende gefreut habe, kann ich nicht verhindern, dass ein kleiner dummer Teil meines Herzens anfängt, Saltos zu schlagen und vor Freude zu jubeln, weil ich Zeit habe, Elias besser kennenzulernen.

»Ja, ich war den Tag über unterwegs. Hatte noch einiges zu erledigen und bin jetzt einfach froh, dass ich meine Ruhe habe.« Elias klingt erschöpft und langsam lässt er sich auf das Sofa gleiten. *Ruhe haben*. Die Saltos und Jubelschreie in meinem Herz werden eingestellt. Er hat wohl kein so großes Interesse am gegenseitigen Kennenlernen wie ich. Ich schiebe das Gefühl der Enttäuschung beiseite und betrachte ihn, wie er zusammengesackt dasitzt. Bekommt er genügend Schlaf, obwohl er oftmals erst spät abends wieder ins Wohnheim kommt?

»Noch einiges zu erledigen?«, setze ich vorsichtig an, da ich mir Sorgen mache. »Hattest wohl einen stressigen …«

»Ach, alles okay, so schlimm war' s nicht.« Elias unterbricht mich. Was beschäftigt ihn nur so sehr? Und warum will er nicht darüber reden? »Aber wenn die anderen weg sind, dann haben wir ja den Abend nur für uns. Wollen wir denn jetzt endlich die erste Folge der neuen Staffel von *Modern Family* schauen?«, fragt er mich.

Die Saltos in meinem Herz gehen weiter und ich muss mich zusammenreißen, nicht überschnell zu antworten. Ich lasse mir also mit Absicht einen Moment Zeit, dann sage ich gekonnt gelassen: »Klar, wieso nicht?«

Da Elias erst noch schnell duschen und ich fertig essen muss, machen wir aus, dass wir uns in einer halben Stunde in meinem Zimmer treffen. Zehn Minuten vor der verabredeten Zeit stehe ich jetzt also vor meinem Spiegel und überlege, ob ich noch was anderes anziehen soll, da mir mein Pyjama irgendwie zu intim vorkommt. Aber eigentlich hat er mich gerade sowieso schon gesehen, also käme es mir auch lächerlich vor, wenn ich mich jetzt extra wegen ihm wieder umziehen würde. Ich betrachte mein offenes Haar, beuge meinen Kopf nach vorne, ziehe alle Haare zusammen und mache einen Dutt. Dann begutachte ich nochmals mein Spiegelbild, bin allerdings immer noch nicht zufrieden, ziehe den Haargummi wieder heraus und schüttle meine Haare aus.

Ein Klopfen an der Scheibe lässt mich erstarren und ich sehe schon wieder Bilder von einem Axtmörder vor meinem inneren Auge. Ein Blick zum Fenster zeigt allerdings, dass es lediglich Elias ist, der da lässig und ganz ohne Axt vor meiner Balkontür steht. Mit dem Gedanken, dass ich definitiv weniger Horrorfilme schauen sollte, gehe ich auf ihn zu und lasse ihn in mein Zimmer.

»Also für mich hättest du dich nicht extra hübsch machen müssen.« Er klingt vergnügt und lässt seinen Blick einmal von oben nach unten und dann wieder zurück zu meinem Gesicht wandern und schenkt mir sein breitestes Lächeln. Hätte es nicht doch ein Axtmörder sein können, der mich bei meinem kleinen Umstyling beobachtet hat? Aber wer kommt denn auch über den Balkon, wenn der Weg durch die Wohnung genauso weit wäre? Bevor ich dazu komme, ihm die Frage zu stellen, setzt er sich in Bewegung und geht an mir vorbei. Dabei streift er meinen Arm und sofort spüre ich ein Kribbeln. Während ich die Stelle an meinem Arm böse anschaue und ihr innerlich befehle, sie solle sich normal verhalten und auf einfache Berührungen nicht so reagieren, hat Elias mein Bett erreicht und ohne nachzufragen, zieht er seine Schuhe aus und schmeißt sich darauf.

»Mach es dir gemütlich«, sage ich überflüssigerweise und hole mein iPad vom Schreibtisch, um damit die Serie schauen zu können. Vor Elias bleibe ich allerdings unschlüssig stehen und frage mich, wie ich mich jetzt hinlege, ohne Elias zu nahe zu kommen. Ich will ihm nicht auf die Pelle rücken, aber das Bett ist leider nicht wirklich breit. Während er auf der Wandseite liegt, setze ich mich zaghaft an den Rand und stelle das iPad zwischen unsere Beine, sodass es eine angenehme Entfernung fürs Serieschauen hat.

Zögerlich wende ich ihm den Blick zu. Soll ich Netflix gleich starten oder unterhalten wir uns erst noch ein wenig? Eigentlich ist er zum Serieschauen hier, aber es gibt so viel, was ich noch nicht über ihn weiß. Sein ganzes Verhalten ist mir rätselhaft und ich bin mir nicht sicher, was ich von seinen anfänglichen Stimmungsschwankungen halten soll. Da unsere letzten Begegnungen allerdings alle angenehm waren und er mir heute offensichtlich wohlgesinnt ist, wage ich einen vorsichtigen Versuch, in der Hoffnung, zumindest ein bisschen was über ihn zu erfahren.

»Ich weiß, du stehst anscheinend nicht auf so allgemeine Infos und erfährst lieber merkwürdige Dinge von anderen Menschen. Aber du liegst in meinem Bett und bist mir quasi vollkommen fremd. Willst du mir nicht ein wenig von dir erzählen?«, frage ich und versuche dabei gleichzeitig interessiert, aber nicht zu interessiert zu wirken und schaue ihm geradewegs in die Augen.

Sein offener, klarer Blick erwidert meinen, bevor er scheinbar neutral runterleiert: »Elias Müller, zweiundzwanzig Jahre alt und aus Ludwigsburg. Meine Hobbys sind Schwimmen, Joggen und Fotografieren. Ich studiere hier im ersten Semester Steuern und Recht.« Seine Stimme verändert sich und wird weicher, als er weiterspricht. »Und ich würde mich sehr freuen, den Job als Netflix-Partner zu bekommen. Ich glaube, ich wäre genau der Richtige für diese Stelle, da ich bereits umfangreiche Kenntnisse zur Serie habe, bereit bin, künftig Süßes zu weiteren Netflix-Sitzungen mitzubringen, und ich aktuell sowieso der einzig verfügbare Netflix-Partner bin.« Er beendet seinen kurzen Lebenslauf samt Bewerbung und bringt mich damit zum Lachen.

»Umfangreiche Kenntnisse also«, antworte ich mit gespielt ernster Miene. »Soso. Und künftig Süßes zum Netflix schauen. Herr Müller, ich beglückwünsche Sie hiermit zur Stelle als Netflix-Partner. Sie können sofort anfangen.«

Mit eindringlicher Miene mustert er mich. »Da gibt es allerdings noch etwas, über das wir sprechen sollten. Wir haben uns noch nicht über meine

Bezahlung unterhalten.« Neugierig beobachtet er mich, offensichtlich gespannt, wie ich darauf reagieren werde.

Etwas unsicher beiße ich auf meiner Lippe rum, wie ich es immer tue, wenn ich aufgeregt bin, dann nehme ich meinen Mut zusammen und gehe einfach in die Offensive. »Bezahlung? Und an was hatten sie da so gedacht, Herr Müller?«

»Ach, da lasse ich mir schon was einfallen.«

»Da bin ich aber gespannt«, erwidere ich leicht aufgekratzt, was mir ein weiteres schelmisches Lächeln seinerseits einbringt. »Aber wieso bist du hier im Wohnheim, wenn du in Ludwigsburg wohnst?«, erkundige ich mich.

Sein Lächeln wird schmaler. »Ich bin bereits vor zwei Jahren zu Hause ausgezogen und danach hat es sich irgendwie falsch angefühlt, wieder in mein Kinderzimmer zurückzuziehen. Ich habe mich einfach zu sehr an die Vorteile des Alleinlebens gewöhnt und möchte die damit verbundenen Freiheiten schlichtweg nicht mehr missen.«

»Das ergibt Sinn. Und warum bist du vor zwei Jahren schon ausgezogen? Was hast du denn in der Zwischenzeit gemacht? Warst du im Ausland oder so?«, bohre ich nach.

Elias scheint das Thema etwas unangenehm zu sein, denn sein Blick strahlt einen gewissen Widerwillen aus. Dennoch antwortet er mir geduldig. »Ich war vor zwei Jahren mit dem Abi fertig und habe dann in Würzburg mein Jurastudium angefangen. Das habe ich im zweiten Semester dann allerdings abgebrochen, weil ...« Seine Stimme wird brüchig und er wendet den Blick ab, bevor er weiterspricht. »Weil sich die äußeren Umstände geändert haben.« Er räuspert sich. »Danach war ich nicht in der Lage, dort weiter zu studieren, und habe erst mal eine Pause gemacht, bevor ich das Studium hier begonnen habe.«

Nachdenklich betrachte ich sein vor Trauer verzerrtes Gesicht. Bin ich zu weit gegangen? Andererseits habe ich ja nur gefragt, was er die letzten zwei Jahre gemacht hat. Ob er wohl darüber sprechen will? Vielleicht sollte ich ...

»Aber jetzt zu dir. Ich weiß nämlich auch nichts über dich, meine liebe Nora. Was gibt es über dich zu wissen?« Er unterbricht meinen Gedankengang und ich beschließe, der Sache vorerst nicht weiter auf den Grund zu gehen.

»Ach, da gibt es nicht sonderlich viel. Ich bin neunzehn Jahre alt und habe erst dieses Jahr mein Abi gemacht. Ich komme aus dem Allgäu und verbringe unglaublich gerne Zeit in der Natur.« Ich denke kurz weiter nach. »Außerdem gehe ich ab und zu joggen, verbringe aber auch gerne mal einen ganzen Tag mit einem guten Buch im Bett.«

Elias' Blick schweift durch mein Zimmer, dann schaut er mich wieder an. »Den ganzen Tag mit einem Buch im Bett verbringen? Ist *Buch* etwa ein Codewort für irgendwas anderes?«, fragt er belustigt und macht eine ausladende Bewegung durch den Raum, bevor er weiterspricht. »Ich entdecke hier nicht ein einziges Buch.«

Entrüstet schaue ich ihn an. »An was denkst du denn bitte? Dass du hier kein Buch entdeckst, liegt daran, dass ich alle Bücher auf meinem E-Reader habe«, erkläre ich und drehe mich im Liegen zu meinem Nachttisch um, damit ich ihm das Beweisstück unter die Nase halten kann. Ich habe allerdings vergessen, wie weit am Rand ich liege, und wäre aus dem Bett gefallen, hätte Elias nicht sofort seinen Arm um mich geschlungen und mich wieder zurück ins Bett gezogen.

»Hiergeblieben«, sagt er und zieht mich noch mehr in seine Richtung. Hier liege ich nun. In meinem Bett. In Elias' Armen. Ich bin mir der Stellen an meinem Körper, die er mit seinem berührt, nur allzu bewusst. In meinem Kopf schwirren die Gedanken wie ein wilder Schwarm Bienen umher und ich bin ratlos, wie ich mich jetzt verhalten soll. Eigentlich sollte ich mich zurückziehen, immerhin will ich keine Beziehung und für was Lockeres bin ich nicht gemacht. Ganz abgesehen davon, dass ich Elias seit gerade mal zwei Wochen kenne. Obwohl *kennen* wohl etwas übertrieben wäre, denn was weiß ich schon wirklich von ihm? Aber ein anderer, unvernünftiger Teil von mir fühlt sich seltsam geborgen in seinen Armen und möchte die Nähe zu ihm nicht missen. Und dieser Teil überrascht mich immer wieder aufs Neue. Wie kann es sein, dass ich bei Elias jegliche Bedenken über Bord schmeiße?

Obwohl ich mir diese Frage beim besten Willen nicht beantworten kann, entschließe ich mich, mir ausnahmsweise mal nicht den Moment kaputtzudenken und einfach nur im Hier und Jetzt zu leben. Ohne ein weiteres Wort befreie ich mich aus seiner Umarmung und höre ein leises enttäuschtes Seufzen von ihm. Ich bin mir seines Blickes in meinem Rücken mehr als bewusst, als ich mich zu meinem iPad vorbeuge, das Display entsperre und *Modern Family* starte. Dann wende ich mein Gesicht wieder Elias zu und lächle ihn schüchtern an, bevor ich mich erneut in seine Umarmung sinken lasse und Elias ein zufriedenes Grummeln von sich gibt.

Die Gedanken in meinem Kopf, die mir sagen, dass ich das lieber bleiben lassen sollte, schiebe ich beiseite. Der Moment ist zu schön und einmal in meinem Leben will auch ich einfach mal was Unvernünftiges tun und sei es nur, in der Umarmung eines quasi Unbekannten in meinem Bett zu liegen und den Moment zu genießen. Elias gibt zum wiederholten Mal einen wohligen Laut von sich und zieht mich noch ein kleines bisschen näher an sich, sodass ich schließlich meinen Kopf auf seine Brust gebettet habe und meinen Arm um ihn lege, während er mich mit beiden Armen umschließt. Wir sagen nichts, denn dieser Moment ist auch ohne jegliche Worte einfach nur perfekt und so schauen wir gemeinsam die neuen Folgen von *Modern Family*.

***

Als ich aufwache, spüre ich etwas Hartes unter mir, das sich so gar nicht wie mein Kissen anfühlt. Leicht benommen versuche ich mich aufzusetzen, um herauszufinden, wo ich bin, als ich die zwei Arme spüre, die mich fest umschlossen halten. Blitzschnell weicht die Müdigkeit der Aufregung und ich erinnere mich wieder daran, wie ich mich in Elias' Umarmung gekuschelt habe und wir Serie schauen wollten.

Scheinbar bin ich allerdings relativ schnell eingeschlafen, denn bis auf den Anfang erinnere ich mich an gar nichts. Ich sehe mich vorsichtig um und erkenne, dass Elias auch eingeschlafen ist und ich noch in seinen Armen liege. Auf meinem iPad ist Claire zu sehen, die mit ihrer Tochter Hailey streitet. Wie lange habe ich geschlafen? Vorsichtig, um Elias nicht zu wecken, winde ich mich aus seiner Umarmung, schnappe mir das iPad und drücke auf Pause. Ein

Blick auf die Anzeige zeigt, dass wir mittlerweile bei der fünften Folge angekommen sind. O Mist, das heißt, ich habe über eine Stunde geschlafen. Die Uhr am oberen Rand des Displays bestätigt meine Vermutung – es ist bereits einundzwanzig Uhr. Elias' Gesichtsausdruck ist allerdings so entspannt, dass ich es noch nicht über mich bringe, ihn zu wecken. Ich schnappe mir also meinen E-Reader vom Nachttisch – dieses Mal, ohne das Gleichgewicht zu verlieren – und lege mich wieder mit etwas Abstand neben Elias ins Bett. Dann widme ich mich dem Buch *Der Seelenbrecher* von Sebastian Fitzek und innerhalb kürzester Zeit bin ich so in dieser gruseligen Geschichte gefangen, dass ich alles um mich herum, einschließlich Elias, ausblende.

Ein Vibrieren reißt mich plötzlich aus der Geschichte. Da ich bei meinem Handy vorhin den Flugmodus eingestellt habe, kann es eigentlich nur das von Elias sein. Ein Blick in Richtung seiner Hosentasche bestätigt meine Vermutung, denn wenn nicht zufällig sein Oberschenkel vibriert, dann muss es sein Handy sein. Elias ist noch nicht aufgewacht, also überlege ich, das vibrierende Handy zum Schweigen zu bringen. Andererseits könnte es wichtig sein. Unentschlossen rücke ich etwas näher zu ihm und will gerade das Handy aus seiner Hosentasche ziehen, als ich seine verschlafene Stimme vernehme.

»Was genau tust du da, Nora?« Er sieht auf meine Hand, die schon halb in seiner Hosentasche steckt. Ertappt wandert mein Blick von seinem Gesicht zu meiner Hand.

»Dein Handy hat vibriert und ich wollte nicht, dass du aufwachst, deswegen wollte ich es aus der Hosentasche nehmen.« Das Handy hat zwischenzeitlich aufgehört zu vibrieren. Schnell ziehe ich meine Hand aus seiner Tasche, woraufhin er selbst das Handy rausholt und mit schläfrigem Blick auf das Display sieht.

Innerhalb des Bruchteils einer Sekunde verändert sich sein Gesichtsausdruck und hektisch springt er mit den Worten »Sorry, ich muss los« auf, zieht sich seine Schuhe an und ist schon halb zur Tür raus, bevor ich überhaupt aufgestanden bin. Irritiert laufe ich ihm hinterher und bekomme ihn gerade noch zu fassen, während er schon die Wohnungstür ansteuert. Ich schließe meine Hand um sein Handgelenk und zwinge ihn damit zum Stehenbleiben.

»Elias. Was ist los mit dir? Wo musst du denn jetzt so spät abends hin? Ist irgendwas passiert? Soll ich dich begleiten?« Ich mache mir wirklich Sorgen, denn ich ertrage seinen angespannten Gesichtsausdruck kaum. Der Kontrast zu seiner ausgelassenen Miene, als er vor fünf Minuten noch in meinem Bett geschlafen hat, könnte kaum größer sein.

Aber Elias schüttelt nur unwirsch meine Hand ab. »Ich habe jetzt keine Zeit für so was.« Dann dreht er sich um und verschwindet durch die Wohnungstür.

Was war das denn bitte? Für einen kurzen Moment spiele ich noch mit dem Gedanken, ihm einfach hinterherzurennen, doch dann schaue ich an mir herunter und beschließe, dass es keine gute Idee ist, im Pyjama die WG zu verlassen. Es bringt auch nichts, weiter im Flur stehen zu bleiben, also kehre ich in mein Zimmer zurück. Dort nehme ich mein Handy vom Nachttisch und lasse mich ins Bett sinken. Ich kann nicht genau erklären, woran es liegt, aber in diesem Moment muss ich mich stark zusammenreißen, um meine Tränen zurückzuhalten. Genau wie bei unserer ersten Begegnung hat ein einziger Blick auf sein Handy gereicht, um ihn komplett aus der Verfassung zu bringen und ihn dazu zu veranlassen, alles stehen und liegen zu lassen. Zwischen uns hat sich noch nichts Richtiges entwickelt, immerhin haben wir uns noch nicht mal geküsst und wir kennen uns gerade mal seit zwei Wochen, daher ist er mir eigentlich keinerlei Rechenschaft schuldig. Dennoch fühle ich mich seltsam verletzt und zurückgelassen. Immerhin lag er vor wenigen Minuten noch an mich gekuschelt in meinem Bett. Und letztens in der Küche, da war doch auch etwas zwischen uns, das über das normale Verhältnis von zwei Mitbewohnern hinausgeht. Irgendwie kann ich ihm dann doch nicht komplett egal sein, oder? Andererseits war er gerade ziemlich abweisend und hat mich einfach ohne Erklärung stehen lassen.

Verzweifelt und entmutigt vergrabe ich meinen Kopf im Kissen, nur um Sekunden später festzustellen, dass es nach Zedernholz riecht. Wütend schmeiße ich es in die nächste Ecke. Ich lasse meinen Kopf zurück auf die nackte Matratze sinken und verfluche mich selbst für die Situation, in die ich mich gebracht habe. Innerhalb kürzester Zeit habe ich Elias so nah an mich rangelassen, dass mir sein Fehlverhalten direkt nahegeht. Ich wünschte, ich wäre bei Elias so unnachgiebig wie bei Julius gewesen und hätte klare Grenzen gesetzt. Aber nein, die Dame wollte ja einfach den Moment genießen und hat sich die Scheiße damit selbst eingebrockt. In Zukunft sollte ich mich von ihm fernhalten. Besser, ich ziehe jetzt einen Schlussstrich, wo noch nicht viel passiert ist, statt mich noch weiter in die Situation reinzusteigern und am Schluss noch mehr verletzt zu werden.

Gefrustet greife ich zu meinen Kopfhörern, stecke sie in meine Ohren und wähle das Lied *Pocketful of Sunshine* – mein ganz persönliches Gute-Laune-Lied, seit ich den Film *Leicht zu haben* gesehen habe. Es hebt meine Laune merklich und damit schiebe ich jeglichen Gedanken an Elias zur Seite, hake den Abend als Fehler ab und wende mich meinem Handy zu. Ich mache den Flugmodus wieder aus und sehe, dass ein paar Nachrichten eintrudeln.

Lilly hat geschrieben, dass sie sich mittlerweile nicht mehr in Bali aufhält, sondern nach Thailand weitergereist ist und nachdem ich mir das Video von ihr am Strand angeschaut habe, überwältigen mich das Fernweh und die Wehmütigkeit, weil ich sie so sehr vermisse. Ich scrolle durch meine Galerie und finde ein Bild von uns beiden in den Bergen, auf dem ich breit in die Kamera lächle und dabei die Augen verdrehe, während Lilly frech die Zunge rausstreckt und mir mit den Fingern Hasenohren andeutet. Ich schicke ihr das Bild und schreibe dazu, dass ich sie unglaublich vermisse und mich freue, wenn sie endlich wieder in Deutschland ist. Dann füge ich aber noch hinzu, dass ich mich natürlich trotzdem für sie freue und sie das Abenteuer in vollen Zügen genießen soll.

Vor lauter Gefühlsdusseligkeit schreibe ich direkt noch eine Nachricht an Paul, in der ich ihm mitteile, dass ich ihn unglaublich liebhabe und er mich unbedingt mal besuchen muss, und erkundige mich, wie es bei ihm läuft. Meinen Eltern gebe ich auch noch kurz ein Update, dass ich mich super eingelebt habe, als mein Handy eine neue eingehende Nachricht anzeigt. Für einen kurzen Moment macht mein Herz einen Purzelbaum und ich denke, dass es vielleicht Elias ist, um mir alles zu erklären, aber Fehlanzeige. Stattdessen ist es eine Nachricht von Julius, der mir eine gute erste Nacht allein in der Wohnung wünscht. Sekunden später kommt auch schon das nächste Hundevideo. Es zeigt einen Welpen, der auf dem Rücken liegt und schläft. Dabei stehen die großen Ohren vom Kopf ab und der Welpen schaut total friedlich. Dann schiebt sich eine Hand ins Video und kitzelt den Welpen immer wieder am Ohr, woraufhin dieser mehrfach total süß zuckt und die Schnauze verzieht, aber einfach nicht davon aufwacht. Dann schickt Julius noch mal eine Nachricht hinterher.

Julius: Ich hoffe du schläfst genauso gut und friedlich wie dieser Welpe.

Ich hätte nie gedacht, dass ich mal zu diesen Menschen gehöre, die sich über Hundevideos so sehr freuen, aber sofort stiehlt sich ein Lächeln in mein Gesicht. Wie kommt es, dass Julius gerade jetzt schreibt, da ich diese Ablenkung mehr als alles andere brauche? Wieso konnte ich mich nicht wenigstens für Julius entschieden, wenn ich schon meine Ich-brauche-keine-Beziehung-Meinung ändere?

Nora: Danke! Das Video hat mir gerade eindeutig den Abend gerettet – du bist mein Held. Schlaf auch gut :)

Keine Minute später erreicht mich auch schon die nächste Nachricht von Julius.

Julius: Schlechten Tag gehabt? Und das, obwohl Wochenende ist? Gibt' s doch gar nicht. Wie sehen deine Pläne für das restliche Wochenende aus?
Nora: Ach, so schlimm ist' s nicht, war nur alles ein bisschen merkwürdig heute. Ich will morgen in die Stadt zum Bummeln und außerdem zum Ikea fahren. Ich brauche dringend Deko und Kerzen, um mein Zimmer wohnlicher zu machen.
Julius: Begleitung gefällig?
Nora: Hast du da etwa an jemand Bestimmten gedacht? ;)

Julius: Wenn du mich so fragst: Ja. Hab zufällig Connections zu einem ziemlich gut aussehenden Kerl, der dir liebend gerne die Innenstadt zeigen und bei der Wahl der Duftkerzen zur Seite stehen würde.
Nora: Wenn das so ist, sehr gerne. Richtest du dem gut aussehenden Kerl bitte aus, er kann mich zwischen zehn und elf Uhr hier am Wohnheim abholen?
Julius: Wird erledigt. Gute Nacht, Nora!
Nora: Schlaf gut, Julius!

Lächelnd lege ich mein Handy zur Seite und freue mich auf morgen. Zusammen wird das bestimmt viel spaßiger und da Elias ja offensichtlich doch noch nach Hause gefahren ist, schadet etwas Gesellschaft nicht. Vielleicht schaffe ich es dann, mir nicht ständig nur Gedanken über Elias und sein Verhalten zu machen. Da die Ereignisse des Abends mich allerdings noch nicht komplett loslassen, ist an Schlaf nicht zu denken, also greife ich zu meinem E-Reader, denn was kann romantische Gefühle schneller abkühlen lassen als ein blutrünstiger Thriller?

Kapitel 12

Nora

Lautstark schallen mir die Worte von Kanye Wests Lied *Stronger* ins Ohr und ermutigen mich, die letzten drei Minuten noch mal alles zu geben. Ich beschleunige und spüre, wie die Worte mich beflügeln und die Pflastersteine schneller unter meinen Füßen dahinschwinden. Ich lege allen Frust des letzten Abends in diese Schritte und spüre, wie mich der Schmerz langsam, aber sicher verlässt. Das Vibrieren meiner Fitnessuhr bedeutet mir, dass die halbe Stunde geschafft ist, und ich laufe den Schwung aus, bis ich nach ein paar Metern normale Gehgeschwindigkeit erreicht habe. Ein Blick auf meine Uhr zeigt, dass ich heute 5,15 Kilometer gelaufen bin. Ich bin zufrieden mit mir und die Glücksgefühle strömen langsam durch meinen Körper. Auch wenn es nur eine halbe Stunde war, fühle ich mich nach dem Sport immer unbezwingbar. Wieder im Einklang mit mir und der Welt laufe ich die verbleibenden Meter zurück zum Wohnheim, um unter die Dusche zu springen und mich herzurichten, bevor Julius mich nachher abholt.

In der WG empfängt mich die unveränderte Stille. Ich gehe in mein Zimmer und trinke aus der Wasserflasche ein paar große Schlucke. Dann schnappe ich mir mein Handtuch und frische Unterwäsche und mache mich auf den Weg zum Badezimmer. Dort ziehe ich aus meinem Schrankabteil mein Duschgel und meine Shampoo-Bar hervor, beides nach Rose duftend, und will beides in die Ablage in der Dusche legen, als ich dort ein Männerduschgel entdecke. Ich greife danach und will es eigentlich nur zur Seite stellen, als ich den Schriftzug auf dem Duschgel sehe: »Von der Natur inspirierte Düfte – angenehmer Zedernholzduft«. Das erklärt dann wohl, wieso Elias immer von dem Geruch von Zedernholz umgeben ist, und leider muss ich der Packung recht geben. Der Duft ist angenehm. Ich könnte ja mal kurz … Sofort verdränge ich den Gedanken wieder. Bin ich denn jetzt vollkommen verrückt geworden? Ich rieche doch nicht an Elias' Duschgel. Wie tief kann man eigentlich sinken?

Schnell lege ich es auf das Waschbecken, greife wieder nach meinen Duschutensilien und verschwinde in die Dusche. Als ich fertig bin, ziehe ich mir meine Unterwäsche über und wickle mich in mein Handtuch. So verlasse ich das Badezimmer und tipple vorbei an Elias' Zimmer bis hin zu meiner Zimmertür, die ich vorsichtig hinter mir schließe. Dort lasse ich mein Handtuch sinken und gehe zu meinem Kleiderschrank, um ein passendes Outfit für den Tag zu finden, als sich ein anderer Gedanke in meinen Kopf drängt. Verdammt, ich habe vergessen, das Badezimmerfenster zu öffnen. Schnell verlasse ich mein Zimmer wieder, um das nachzuholen. Doch kaum bin ich auf den Flur getreten, schon höre ich das Geräusch eines Schlüssels im Schloss.

Verdammt. Ich sehe mich nach einem Fluchtweg um, aber zu spät. Elias steht in der Tür und damit keine zwei Meter von mir entfernt und schaut mich geradewegs mit großen Augen an. Und was mache ich? Ich stehe in Unterwäsche vor ihm, unfähig, mich zu bewegen oder etwas zu sagen. Elias scheint es ähnlich zu gehen, denn er rührt sich nicht und starrt mich einfach an. Wobei er keine Sekunde seinen Blick von meinem abwendet, obwohl ich halb nackt bin. Wahrscheinlich läuft mein komplettes Gesicht gerade vor Peinlichkeit rot an.

Elias löst sich als Erster aus seiner Schockstarre und hebt sich demonstrativ eine Hand vor die Augen. »Ich glaub, du solltest dich lieber anziehen gehen, denn viel länger habe ich mich nicht im Griff. Ich bin schließlich auch nur ein gewöhnlicher Mann und du eine Frau, die nur in Unterwäsche vor mir steht.«

Etwas wirsch sage ich »Guten Morgen«, dann mache ich auf dem Absatz kehrt und ohne ein weiteres Wort verschwinde ich in meinem Zimmer und knalle die Tür hinter mir zu. Irgendjemand wird das blöde Fenster im Badezimmer schon aufmachen. Hoffentlich. Ein Blick in den Spiegel bestätigt meine Vermutung. Meine Wangen sind gerötet. Als wäre die Situation mit Elias nicht schon unangenehm genug gewesen. Aber nein, ich muss natürlich noch in Unterwäsche vor ihm rumrennen. Wieso muss ich nur ausgerechnet mit Elias in einer Wohnung wohnen? Und das bin ich für ihn? Einfach nur eine Frau in Unterwäsche? Keine Ahnung, was ich erwartet hatte, aber gut zu wissen, dass ihm unser Abend scheinbar gar nichts bedeutet hat. Wie so oft versuche ich den Gedanken an ihn zu verdrängen und wende mich wieder meinem Kleiderschrank zu.

***

Eine halbe Stunde später sind meine Haare geföhnt und ich habe mich für ein einfaches Outfit aus Jeans, Oversize-Pulli, Jacke und Schal entschieden. Da Julius mir eine Nachricht geschrieben hat, dass er in fünf Minuten da ist, will ich mich gerade auf den Weg machen, als es an der Zimmertür klopft.

»Herein«, rufe ich und schon steht Elias in meinem Zimmer. Er tritt unruhig von einem Fuß auf den anderen und schaut mich nur schüchtern an. Zaghaft beginnt er zu reden.

»Hey, Nora. Das mit gestern Abend tut mir leid. Ich hätte nicht einfach so wegrennen sollen.« Er holt kurz Luft. »Aber da gab es einfach einen kleinen Notfall und deswegen musste ich wirklich dringend gehen. Aber ich hätte nicht so abweisend sein sollen. Ich hoffe, du verzeihst mir, denn ich habe den Abend und deine Nähe sehr genossen.« Den letzten Satz flüstert er nur noch und schaut mich schuldbewusst an.

Unsicher, wie ich darauf reagieren soll, spiele ich die verschiedenen Möglichkeiten in meinem Kopf durch. Abweisend und sauer sein, weil er mich gestern einfach stehen lassen hat? Nicht sehr empfehlenswert, wenn man bedenkt, dass wir das nächste halbe Jahr Tür an Tür leben werden. Ihm verzeihen, die Sache einfach vergessen und so weitermachen wie bisher? Auch nicht die beste Idee, denn er könnte sich wieder so verhalten und ich würde damit nur zulassen, dass er mich nochmals verletzt.

Ich entscheide mich also für die goldene Mitte und sage so gleichgültig wie nur möglich: »Ist schon okay. Du bist mir ja keine Rechenschaft schuldig.« Elias ist mein Mitbewohner und genau so möchte ich ihn auch sehen. Wir müssen ja kein enges Verhältnis haben und können trotzdem freundlich und respektvoll miteinander umgehen. Und vielleicht werden wir irgendwann so was wie Freunde. *Wer' s glaubt, wird selig. Du wirst in ihm nie nur einen Freund sehen ...*, flüstert mir eine kleine hinterhältige Stimme aus den Tiefen meines Kopfes zu, aber ich schiebe sie bestimmt zur Seite und wende mich wieder an Elias. »Ich hoffe, dein kleiner Notfall war nicht zu schlimm. Ich habe jetzt leider keine Zeit zu plaudern, ich will noch in die Stadt.« Dann wende ich mich demonstrativ von ihm ab, in der Hoffnung, er versteht den Wink mit dem Zaunpfahl und geht wieder. Aber Fehlanzeige.

Stattdessen kommt er sogar noch näher und legt seine Hand an meinen Arm. Er streicht behutsam darüber. »Ach, was für ein Zufall«, sagt er freudig. »Ich wollte auch gerade in die Stadt gehen. Wir könnten den Tag doch zusammen verbringen. Was hältst du davon?«

Ich versuche mir nicht anmerken zu lassen, wie sehr diese kleine Berührung alles in mir durcheinanderbringt, dann schüttle ich seine Hand von meinem Arm ab. »Das ist wirklich ein ganz lieber Vorschlag. Aber leider bin ich schon mit Julius verabredet. Entschuldige. Vielleicht wann anders«, sage ich betont freundlich.

Elias' Mundwinkel rutschen nach unten und Sekunden später ist von seinem Lächeln nichts mehr übrig. Würde man das Wort *Enttäuschung* im Wörterbuch nachschlagen, wäre da wahrscheinlich ein Bild von Elias mit seinem aktuellen Gesichtsausdruck abgedruckt. Ihn so zu sehen, versetzt mir einen kleinen Stich, sodass ich den Blick abwenden muss und kurz überlege, ihm anzubieten, Julius und mich zu begleiten. Aber er hat mich gestern ohne ein weiteres Wort stehen lassen, also wieso sollte ich es anders machen? Als ich Elias wieder ins Gesicht schaue, hat er sich schon wieder gefangen und seine Züge zeigen keinerlei Regungen und Gefühle mehr. Wie oft am Tag setzt er sich diese Maske auf? Was steckt nur hinter seinem Verhalten?

Egal, ich habe jetzt weder die Zeit noch die Nerven dafür, mich mit Elias und seinen Problemen auseinanderzusetzen. Ich straffe die Schultern, dann laufe ich hoch erhobenen Hauptes an Elias vorbei aus meinem Zimmer und rufe ihm über meine Schulter einfach zu: »Zieh bitte die Tür zu, wenn du aus meinem Zimmer gehst. Danke.« Damit verlasse ich die Wohnung und vor der

Haustür entdecke ich auch schon Julius, der mich mit einem freundlichen Lächeln empfängt.

***

Vier Stunden später sitzen wir beide vollkommen fertig in einem Eiscafé und gönnen uns zwei Eisschokoladen. Neben uns stapeln sich die Einkaufstüten und der Gedanke an meine ganzen Einkäufe lässt mein Portemonnaie bluten und mein Herz höherschlagen. In einem kleinen süßen Laden mit Dekoartikeln habe ich zwei Kissen gefunden, deren Bezug weiß mit grünem Dschungelmuster ist, und habe mich sofort in sie verliebt. Passend dazu habe ich dann auch noch eine Kuscheldecke gekauft, die denselben Grünton hat wie die Blätter auf den Kissen. Außerdem habe ich mir einen Schal, eine Jeans und ein Paar Ohrringe gegönnt. Julius hat alles brav ertragen und stand mir beratend zur Seite, von daher hat er sich die Pause jetzt mehr als verdient. Er hat mich sogar die ganze Zeit so gut unterhalten und abgelenkt, dass ich gar nicht an Elias denken musste. Okay, das ist gelogen. Aber ich musste fast nicht an ihn denken und das ist schon mal ein Fortschritt. Mir wird noch mal bewusst, dass ich Elias und auch Julius, Maja, Louis und Nick gerade mal seit einem halben Monat kenne und doch kommt es mir so viel länger und im Fall von Elias viel intensiver vor.

»Nora, hörst du mir überhaupt noch zu?« Julius' Stimme reißt mich schlagartig aus meinen Gedanken.

»O Gott, Julius, es tut mir leid, ich war kurz mit den Gedanken woanders.« Ich klinge beschämt, weil ich wirklich kurz komplett abgeschaltet habe. »Was hast du gesagt?«, frage ich und schenke ihm ein entschuldigendes Lächeln.

»Mensch, Nora, ich hoffe du schämst dich.« Er sagt es gespielt böse, bevor er weiterspricht. »Wollen wir nachher noch zum Ikea fahren oder hast du genug vom Shoppen?«

»Ich brauche auf jeden Fall noch Duftkerzen vom Ikea. Aber wenn du den Rückzug antreten willst, dann verstehe ich das absolut.« Kaum habe ich die Erwiderung ausgesprochen, werde ich traurig, weil ich schon damit rechne, dass sich Julius hier verabschiedet.

»Machst du Witze? Natürlich komme ich mit. Ich will nachher schließlich noch dein Zimmer sehen und wie es nach dem kleinen Makeover aussieht.« Er klingt begeistert und entringt mir damit wieder ein Lächeln.

»Hast du dich gerade selbst eingeladen, mein Lieber?«

Julius schaut kurz nachdenklich. »Vielleicht – wäre es denn schlimm?«

»Aber nein. Ich will deine Meinung hören, außerdem kannst du mir dann beim Tütenschleppen helfen.«

»Dann ist es also abgemacht. Ich darf nachher noch dein Zimmer sehen.« Er schenkt mir sein bestes Siegerlächeln und sofort fühle ich mich wie etwas ganz Besonderes. Wie hat Julius das mit einem einzigen Lächeln jetzt schon wieder geschafft?

***

Nachdem wir unsere Getränke leergetrunken haben, gehen wir Richtung Campus, biegen dann aber zum dazugehörigen Parkplatz ab. Bevor es ins Wohnheim geht, wollen wir ja erst noch kurz – oder vielleicht auch etwas länger – beim Ikea vorbeischauen. Hier stehen nicht viele Autos, scheinbar sind nicht nur Louis, Nick und Maja an diesem Wochenende nach Hause gefahren. Gemeinsam steuern wir Oskar, meinen kleinen, aber sehr geliebten VW Polo an. Obwohl er bereits fünfzehn Jahre auf dem Buckel hat und ich ihn gebraucht von meinem Onkel abgekauft habe, ist er mein ganzer Stolz. Der Parkplatz ist ausgestorben, aber direkt neben meinem Oskar steht ein weiteres Auto – eine weiße S-Klasse, die nicht nur verdammt neu, sondern auch verdammt teuer aussieht. Bei dem Anblick der beiden Autos, die unterschiedlicher nicht sein könnten, entschlüpft mir ein leises Kichern.

»Was ist so lustig?«, fragt Julius.

»Ach nichts eigentlich. Ich finde mein alter VW Polo und der überteuerte Mercedes sehen witzig nebeneinander aus. Wenn man sich hier auf dem Parkplatz aber mal umschaut, dann passt mein Auto hier definitiv besser hin als die Bonzenkarre«, sage ich und mache dabei eine ausladende Geste über den Parkplatz, auf dem wohl die wenigsten Autos jünger als zehn Jahr sind. Tja, das spiegelt das Leben als armer Student wohl ganz gut wider.

Julius schaut mich irritiert an. »Aber eigentlich ist der Mercedes doch auch ganz schön, oder etwa nicht?«, fragt er und ich bereue es jetzt schon, mit einem Mann ein Gespräch über Autos angefangen zu haben. Schon klar, Autos müssen schnell, teuer und cool sein, damit sie einen Mann glücklich machen.

Aber ich habe das Gespräch angefangen, selber schuld, also entgegne ich: »Ja, das Auto ist hübscher als meins und der Fahrkomfort ist bestimmt mindestens zehnmal angenehmer als bei meiner Schrottlaube.« Sofort hat Julius wieder ein zufriedeneres Lächeln im Gesicht, doch ich bin noch nicht fertig. »Aber ich kann von mir wenigstens behaupten, dass ich mein Auto selbst bezahlt habe und es damit auch mein Verdienst ist, dass ich einen fahrbaren Untersatz habe. Und ich bin mir ziemlich sicher, dass das Auto hier eher ein Geschenk von Papi war und der Besitzer dafür keinen Cent lockermachen musste. Und dann habe ich meine selbst bezahlte Schrottlaube zehnmal lieber als dieses teure Teil.« Ich wende mich erneut Julius zu und lächle entschuldigend, denn Autos im Beisein von Männern zu beleidigen, ist meist keine sonderlich gute Idee. Und offensichtlich hatte ich recht, denn seine Mundwinkel sind gehörig nach unten verrutscht und ich kann mir ein Augenrollen nicht verkneifen. »Lass uns jetzt nicht über Autos streiten«, sage ich beschwichtigend.

Immer noch etwas verstimmt erwidert Julius einsilbig: »Okay.«

Als wir vor den beiden Autos stehen, greife ich nach meiner Handtasche und will meinen Autoschlüssel rausholen, doch meine Hand ertastet alles, nur nicht meinen Autoschlüssel. Typisch. »Ähm, du, Julius. Kannst du vielleicht fahren? Ich habe meinen Autoschlüssel heute Morgen im Zimmer liegen lassen.« Vorsichtig wende ich mich ihm wieder zu und lächle unschuldig. Erst predige ich voller Stolz, wie toll mein Auto ist, und dann bitte ich ihn zu fahren. Das kommt jetzt auch gar nicht doof. Aber meine Lust, zurück ins Wohnheim zu gehen und Elias zu begegnen, geht gegen null und ich würde das nächste Zusammentreffen gerne noch möglichst weit nach hinten schieben.

»Ja ... ähm ... theoretisch schon, aber ...«, stottert er unsicher rum und sieht dabei irgendwie unangenehm berührt aus. »Mein Auto steht gar nicht hier, sondern auf einem Parkplatz etwas weiter weg.« Bevor ich dazu komme, mich zu erkundigen, wo auf dem Campus ein weiterer Parkplatz ist, redet Julius schnell und etwas verstimmt klingend weiter. »Lass uns doch einfach zum Wohnheim laufen und deinen Schlüssel holen.«

Also gut, die Sache mit Elias kann ich sowieso nicht ewig aufschieben. Wir wohnen zusammen, da werde ich ihm wohl kaum den Rest des Semesters aus dem Weg gehen können. Ob es jetzt allerdings eine gute Idee ist, mit Julius in der Wohnung aufzutauchen, ist die andere Frage. Ich könnte Julius bitten, draußen zu warten. Doch schon im nächsten Moment würde ich mich für diesen Gedanken am liebsten ohrfeigen. Was zwischen Elias und mir passiert ist, war für ihn offensichtlich nicht von Bedeutung, sonst wäre er nicht einfach so gegangen. Also muss ich auch kein schlechtes Gewissen haben, wenn ich Julius mit in die Wohnung nehme. Außerdem wollte er mein Zimmer nachher sowieso noch sehen und wenn ich Elias jetzt mit Julius treffe, dann habe ich dadurch vielleicht einen kleinen Puffer zwischen uns.

Fünf Minuten Fußmarsch später stehen wir vor der Wohnung und obwohl ich versuche, mir einzureden, dass Elias nicht zu Hause ist und es nicht schlimm wird, ihn zu sehen, selbst wenn er da ist, fällt mir der Schlüssel vor lauter Aufregung runter. Versuch Nummer zwei ist dann allerdings erfolgreich und so betreten wir die Wohnung. Während Julius interessiert im Hausgang stehen bleibt und sich umsieht, husche ich schnell in mein Zimmer, stelle die Einkaufstaschen ab, greife nach meinem Schlüssel und stehe im Handumdrehen wieder neben Julius. Ohne Elias gehört oder gesehen zu haben, verlassen wir die Wohnung wieder und ich versuche mir vor Julius die Eile nicht anmerken zu lassen, auch wenn ich nichts gegen das beruhigte Aufatmen tun kann, als wir die Wohnung hinter uns lassen.

***

»Du … ich muss dir was beichten …«, setzt Julius mit zerknirschtem Gesichtsausdruck an, gerade als wir wieder in die Einfahrt zum Campusparkplatz abgebogen sind. Ich warte darauf, dass er weiterspricht, doch irgendwas scheint ihn zurückzuhalten. Ich lenke Oskar wieder neben den Mercedes – vielleicht haben sich die beiden ja schon angefreundet – und schalte den Motor aus.

»Sag mir jetzt bitte nicht, dass du gelogen hast und den Apfelduft meiner neuen Duftkerzen doch nicht so gut findest?«, frage ich mit gespielt entsetzter Stimme und schaue ihn entrüstet an. Ich versuche die Situation etwas aufzulockern, aber nicht nur Julius zuliebe, sondern auch, um meine eigene Unsicherheit zu überspielen, denn ich habe Angst vor dem, was Julius mir beichten will.

Er schaut mich erst an, schluckt einmal heftig und wendet dann den Blick schnell wieder ab, bevor er nach draußen durch die Windschutzscheibe blickt, wo es mittlerweile nicht mehr ganz so gemütlich aussieht. Es hat sich zugezogen und dicke dunkle Gewitterwolken bedecken den Himmel. Hoffentlich schaffen wir es rechtzeitig ins Wohnheim, bevor es richtig losgeht. Aber ich will nicht aussteigen, bevor die Sache mit Julius noch nicht geklärt ist. Die Unsicherheit und die Ängste nagen von Sekunde zu Sekunde mehr an mir. Will er in Zukunft weniger Zeit mit mir verbringen? Habe ich irgendwas falsch gemacht? Ich weiß wirklich nicht, was sein könnte, denn wir hatten im Ikea viel Spaß und auf dem Rückweg hierher waren wir sogar noch kurz einkaufen und haben alles mitgenommen, was wir nachher für einen Lillet Wild Berry benötigen, denn ich liebe das Getränk und auch Julius hat eine kleine Schwäche dafür, wie er mir bereits gestanden hat. Und jetzt will er mir was beichten?

Besorgt wende ich ihm meinen Blick zu, doch seiner ist immer noch stur geradeaus gerichtet, als läge hinter meiner Windschutzscheibe eine spannende und unerforschte Welt und nicht nur der halb leere Parkplatz. Zögerlich hebe ich die Hand und lege sie auf Julius' Arm. »Julius, was auch immer es ist, du kannst es mir sagen«, sage ich sanft.

Julius bewegt seinen Kopf unendlich langsam nach oben und dreht sich wieder zu mir. Sein Blick trifft meinen. Ich versuche so viel Wärme wie nur irgendwie möglich in meinen Blick zu legen und schenke ihm ein ermutigendes Lächeln. Julius setzt erneut an, doch wieder bekommt er keinen Ton heraus. Dann endlich gibt er sich einen Ruck und beginnt mit brüchiger Stimme: »Du hast doch vorhin etwas abfällig über den Mercedes geredet …« Er unterbricht den Satz.

»Ja und?«, frage ich. Doch Julius redet nicht weiter.

Stattdessen wendet er seinen Blick wieder ab, starrt in seinen Schoß, greift in die Hosentasche und zieht einen Schlüssel heraus. Bevor ich auch nur einen Blick darauf werfen kann, drückt er einen Knopf und die Lichter an dem Mercedes neben uns gehen an.

Wie Schuppen fällt es mir von den Augen. Der Mercedes gehört ihm. Deswegen hat er vorhin so ertappt geschaut.

»O Gott, Julius, das tut mir so unglaublich leid. Ich wusste doch nicht, dass das Auto dir gehört, und ich wollte dich niemals beleidigen. Ich verstehe schon, wenn du jetzt sauer auf mich bist. Das ist es doch, was du mir beichten willst, oder? Aber bitte lass es mich irgendwie wiedergutmachen ...«, sprudelt es ungehalten aus mir heraus und ich würde wahrscheinlich noch ewig so verzweifelt weiterbrabbeln, wenn Julius, der mir sein Gesicht endlich wieder zugewandt hat, mich nicht unterbrechen würde.

»Du denkst, ich wäre sauer?«, fragt Julius mit halb belustigtem und halb schmerzhaft verzogenem Gesichtsausdruck und ich werde nicht wirklich schlau aus dieser Grimasse. Bevor ich mich dazu äußern kann, redet Julius auch schon weiter und mit jedem Wort, das seinen Mund verlässt, spricht er schneller und seine Schultern entspannen sich langsam, so als würde die Anspannung Stück für Stück von ihm abfallen. »Ich bin nicht sauer auf dich, weil du mich *beleidigt* hast«, sagt er und deutet die Gänsefüßchen mit den Fingern in der Luft an. »Ich hatte Angst, es dir zu sagen. Meine Familie hat Geld. Verdammt viel Geld. Das erleichtert zwar einiges, aber führt auch zu Problemen. Ich musste früh lernen, dass ich nicht jedem vertrauen kann und es nicht jeder gut mit mir meint. Und die, die nicht des Geldes wegen mit mir befreundet sein wollen, sind neidisch und gönnen mir das Geld nicht. Lästern hinter meinem Rücken oder sagen es mir teilweise direkt ins Gesicht und ich weiß nicht mal, was ich schlimmer finde. Sie sagen, dass ich das Geld nicht verdient hätte und ein verwöhnter Junge sei, der es selbst nie zu etwas bringen wird.« Julius schluckt noch mal hart. »Und weißt du was? Sie haben recht. Ja, ich habe eine eigene Wohnung in Ludwigsburg und habe keinen Cent davon selber gezahlt. Und ja, es stimmt auch, dass der Mercedes ein

Geschenk meiner Mutter zu meinem achtzehnten Geburtstag war. Aber warum soll ich mein Leben nicht ein wenig genießen? Wie gesagt, meine Familie hat das Geld und ich verstehe nicht, warum ich mich weigern sollte, es zu verwenden, wenn es mir Freude macht. Das heißt nicht, dass ich mich ewig auf dem Geld meiner Eltern ausruhen will. Deswegen reiße ich mir für dieses Studium ja den Arsch auf und gehöre zu den Jahrgangsbesten. Eben weil ich später die Steuerberaterkanzlei meiner Mutter übernehmen und sie stolz machen will. Weil ich will, dass die Mandanten auch weiterhin kommen und sehen, dass ich sehr wohl was im Köpfchen habe.«

Er macht wieder eine kurze Pause, doch ich halte mich zurück, denn irgendwas sagt mir, dass er noch nicht fertig ist und ich ihn lieber nicht unterbrechen sollte. Sein Blick trifft wieder den meinen und als er fortfährt, liegt in seinen Worten nur Wärme. »Aber du wusstest nicht, wer ich bin, und dir ist bei meinem Namen kein ehrfürchtiges Staunen entschlüpft. Du hast einfach nur mich gesehen. Einen Jungen, der zwei Semester über dir studiert. Und als du letztens den Kuchen gezahlt hast, da hat mir das wahnsinnig viel bedeutet. Das klingt total dumm, oder? Aber so war es. Ich bin es einfach nicht gewohnt, dass jemand auch mal für mich zahlt. Das war noch mal die Bestätigung, dass du kein oberflächlicher Mensch bist und es dir egal ist, ob ich Geld habe oder nicht. Und als du was über den Mercedes gesagt hast, da wollte ich nicht lügen. Wirklich nicht. Wie gesagt, ich stehe eigentlich dazu, dass meine Familie Geld hat, und ich verwende es ohne schlechtes Gewissen. Aber ich hatte einfach so eine Angst, dass du zu den Menschen gehörst, die anderen das Geld nicht gönnen und mich für einen unselbstständigen und verschwenderischen Typen hältst. Da sind irgendwie ein paar Sicherungen in meinem Gehirn durchgebrannt und na ja, den Rest kennst du ja.«

Den letzten Satz flüstert er nur noch. Abwartend schaut er mich an. Doch im ersten Moment bin ich zu perplex und bekomme keinen Ton raus. Er ist gar nicht sauer auf mich? Er hatte nur Angst, dass ich ihn des Geldes wegen nicht mehr mögen würde?

Ein Kichern entschlüpft meinen Lippen und Sekunden später breche ich vor lauter Erleichterung in Gelächter aus. Julius schaut mich entsetzt an und versteht offensichtlich gar nichts mehr. Langsam habe ich mich wieder im Griff, dann erkläre ich Julius meinen kleinen Anfall. »Gott, Julius. Du hast mir eine Riesenangst eingejagt. Ich dachte wirklich, dass ich irgendwas falsch gemacht hätte und du deswegen sauer wärst. Dabei war das Ganze ja mehr oder weniger nur ein Missverständnis. Es tut mir leid, wenn das falsch rüberkam, aber ich halte nicht jeden Menschen, der mehr Geld von seinen Eltern erhält als ich, für verschwenderisch, faul und dumm. Ich habe nur schon oft erlebt, dass es meistens die Menschen sind, die eigentlich selbst gar nichts erreicht haben, die dann mit ihrem Geld angeben und sich für was Besseres halten. Aber so bist du nicht. Ich habe dich einfach nur wahnsinnig gerne, weil du witzig, sympathisch und ein absolut genialer Einkaufspartner bist. Dein Geld ist mir vollkommen egal, wenn du dadurch nicht zum protzigen Arsch wirst.« Etwas beschämt und gleichzeitig aufgebracht füge ich dann aber noch hinzu: »Aber es enttäuscht mich schon etwas, dass du denkst, dass ich Menschen wegen ihres Geldes plötzlich anders wahrnehme!«

»Ach, Nora. So war das eigentlich gar nicht gemeint. Aber deine Aussage vorhin kam schon hart rüber und hat mich einfach verunsichert. Es tut mir leid«, beeilt er sich zu sagen und mir fällt ein Stein vom Herzen.

»Ist schon okay. Das eine Mal lasse ich dir das durchgehen. Und jetzt komm, ich zeige dir mein Zimmer und dann gönnen wir uns einen Lillet Wild Berry«, sage ich und grinse dabei schelmisch.

Kapitel 13

Nora

»Mehr. Meeehr. Noch ein bisschen meeeehr«, säuselt Julius, der schräg hinter mir an der Küchenanrichte steht, und gibt dabei der Flasche in meiner Hand einen kleinen Schubs, sodass noch mehr Alkohol im Glas landet. Das wird dann wohl mal wieder eine starke Mischung, denke ich und gebe die Beeren ins Glas. Nachdem wir mein Zimmer fertig besichtigt hatten, was angesichts der Größe doch recht schnell vonstattenging, und meine Kissen und die Decke ihren Platz in meinem Bett gefunden hatten, was dadurch jetzt einfach zu einem richtigen Wohlfühlort geworden ist, sind wir dazu übergegangen, im Aufenthaltsbereich Lillet zu trinken und zu quatschen. Ich habe Julius noch mal versichert, dass mir sein Geld egal ist, und er mir, dass er mir meine Aussage nicht mehr übel nimmt, und seitdem ist die Stimmung zwischen uns wieder unbeschwert und gelöst und ich kann erleichtert aufatmen. Mittlerweile sind wir bei Lillet Nummer drei angekommen und langsam kann ich die Wirkung deutlich spüren, besonders da der Alkoholgehalt durch Julius' Zutun mit jedem Drink höher wurde.

»Ich kann es gar nicht oft genug sagen. Ich bin so froh, dass du in mich reingerannt bist« gebe ich ganz gefühlsduselig von mir. Ja, andere werden aggressiv, müde oder nervig, wenn sie trinken. Und ich? Ich werde gnadenlos ehrlich und will die ganze Welt umarmen und mit meiner Liebe überschütten.

»Ach, Nora-Darling. Ich habe dich doch auch lieb. Mich wirst du nicht mehr so schnell los«, sagt Julius leicht angeheitert, auf den der Alkohol wohl eine ähnliche Wirkung wie auf mich hat.

»Weißt du, wann du mir ans Herz gewachsen bist?«, frage ich und schaue ihn gespannt an.

»Natürlich direkt, nachdem ich in dich reingerannt bin. Das war Seelenverwandtschaft auf den ersten Anrempler«, sagt Julius scherzhaft und schaut mich überzeugt an.

»Nein, du Idiot«, entgegne ich. »Es war das Video von dem einschlafenden Hund. Ich habe selbst einen Hund, das habe ich dir, glaube ich, noch gar nicht erzählt. Er heißt Balu und ist eine französische Bulldogge.« Ich ziehe mein Handy aus der Tasche, um Julius Bilder von ihm zu zeigen. »Er ist erst ein Jahr alt und ich vermisse ihn jetzt schon schrecklich«, sage ich, während ich ihm mein Handy unter die Nase halte.

»Na dann habe ich ja noch mal Glück gehabt. Kurz habe ich überlegt, dir ein Katzenvideo zu schicken, aber dann gehörst du wohl zur richtigen Front«, entgegnet Julius begeistert und Sekunden später wedelt er mit seinem Handy vor meiner Nase rum. »Das sind Rex und Sam«, sagt er.

»Wow. Die beiden sind wunderhübsch«, sage ich ehrfürchtig und meine es genauso. Auf dem Bild sind zwei weiße Schäferhunde zu sehen, einer mit eher kurzem, der andere mit längerem Fell und ihr Anblick bringt mich zum Grinsen. Hundewelpen haben einfach diese Wirkung auf mich.

Plötzlich höre ich ein Knarzen, welches mich aus den Gedanken reißt, und schaue mich erschrocken um. Julius und der Alkohol waren eine gute Ablenkung, denn ich habe Elias und unser peinliches Zusammentreffen heute Morgen kurz vergessen können. Und als wir vorhin in der Wohnung angekommen sind, habe ich erleichtert festgestellt, dass diese leer und Elias scheinbar ausgeflogen war. Das Geräusch ruft mir allerdings wieder in Erinnerung, dass er immer noch hier wohnt und jederzeit auftauchen kann. Nachdem ich meinen Rundblick, ohne Elias oder sonst jemanden entdeckt zu haben, beendet habe, wende ich mich wieder Julius zu, doch der leicht erschrockene Ausdruck scheint noch mein Gesicht zu zieren. Julius' Blick verändert sich nämlich ebenfalls schlagartig und er wirkt besorgt und gleich viel weniger alkoholisiert.

»Ist alles in Ordnung mit dir?«, fragt er.

»Ja, alles gut«, schwindle ich und hoffe, dass er es damit auf sich beruhen lässt, aber natürlich tut er das nicht.

»Nora, irgendwas ist doch?«, hakt er nach, während er mich zweifelnd ansieht und eine Augenbraue nach oben zieht.

»Ja. Nein. Irgendwie nicht wirklich. Aber du musst dir keine Sorgen machen«, bringe ich etwas unüberlegt hervor und versuche ihn damit zu beschwichtigen.

Dafür ernte ich einen strengen Blick. »Nora. Ich habe dir vorhin auch erzählt, wie es mir mit der Geldsache geht. Und weißt du, warum ich dir das erzählt habe? Weil ich dich mag, dir vertraue und möchte, dass diese Freundschaft funktioniert. Ich hoffe, du weißt, dass du mit mir reden kannst, egal, um was es geht. Dafür sind Freunde schließlich da«, entgegnet er mit leicht tadelndem Tonfall und stupst mich dabei freundschaftlich an. Julius hat ja recht, also gebe ich mir einen kleinen Ruck und der Alkohol tut den Rest, denn schon sprudeln die Worte aus mir heraus.

»Elias, mein Mitbewohner, ist irgendwie komisch. Wir haben uns in meiner ersten Nacht hier kennengelernt, als ich betrunken war und den Weg zum Wohnheim nicht mehr gefunden habe. Schlechter Orientierungssinn, hast du ja schon gemerkt. Auf jeden Fall hat er mich dann ins Campuscafé eingeladen und irgendwie war da so ein Moment zwischen uns. Es hat einfach geknistert. Ich weiß gar nicht, wie ich das ausdrücken soll. Aber zu dem Zeitpunkt wusste ich ja auch gar nicht, dass er mein Mitbewohner ist«, sage ich, hole kurz Luft und plappere dann weiter. »Und dann ist er plötzlich einfach abgehauen. Keine Ahnung, was da los war. In einem Moment schien alles kurz perfekt und dann hat er sich aus dem Staub gemacht. Und dann war er plötzlich hier und wir wollten zusammen Serie schauen und lagen kuschelnd in meinem Bett. Aber ein Blick auf sein Handy hat wieder gereicht, damit er abweisend geworden und abgehauen ist. Ich verstehe ihn einfach nicht. Immer erst so zärtlich und lieb und auf einmal, als wäre ein Schalter umgelegt worden, zeigt er mir die kalte Schulter. Dabei will ich eigentlich ja auch …«

Bevor ich weitersprechen kann, werde ich von einem Räuspern unterbrochen und schrecke hoch. Das Räuspern kam nicht von Julius. Und das Räuspern kam auch ganz sicher nicht von mir. Langsam hebe ich den Kopf und drehe ihn leicht zur Seite, da starre ich auch schon geradewegs in dunkelgrüne Augen, die vor Wut nur so funkeln. Für eine gefühlte Ewigkeit starren wir uns perplex an, doch dann bricht Elias das Schweigen.

»Warum bist du der Meinung, dass es den da«, er deutet mit dem Kinn auf Julius und sein Blick wird noch ein bisschen verächtlicher, »irgendwas angeht, was zwischen uns ist oder nicht ist?« Er speit mir die Worte schier entgegen und ich bin unfähig, irgendwas zu entgegnen.

Da schaltet sich Julius ein. »Du bist dann wohl Elias. Und *der da* hat übrigens einen Namen. Ich bin Julius. Und ich bin ein Freund von Nora und daher hat sie ja wohl jedes Recht der Welt, mit mir über was auch immer sie will zu sprechen. Findest du nicht?« Julius' Stimme ist ruhig, aber auch irgendwie kampflustig. Ich weiß, er will mich nur verteidigen, aber Elias' Gesichtsausdruck ist bei seinen Worten noch finsterer geworden, falls das überhaupt möglich ist.

Ich wende mich erst Julius zu und bedeute ihm zu schweigen, dann drehe ich mich wieder zu Elias, versuche seinem vernichtenden Blick standzuhalten und bemühe mich um einen neutralen Ton. »Ich wünsche dir auch einen schönen Abend. Aber ich glaube, es wäre jetzt besser, wenn du uns in Ruhe lässt und deine schlechte Laune für dich behältst.« Mein Kopf sagt mir, dass ich die richtigen Worte gewählt habe, aber in meinem Herzen spüre ich einen Stich.

Elias steht leicht gekrümmt da und wirkt fast so, als würde mein Anblick ihm körperliche Schmerzen bereiten. »Fuck, Nora. Ist das dein Ernst? Ich möchte nicht, dass du mit ihm ...«, das Wort spuckt er verächtlich aus, »... über uns redest. Das geht ihn nichts an. Das geht niemanden etwas an. Das ist doch alles scheiße verdammt.«

Ich schaue ihn noch mal genauer an und jetzt erst bemerke ich die tiefen Ringe unter seinen Augen und plötzlich steigt mir auch der Geruch von Alkohol in die Nase. Fuck. Elias ist wohl auch nicht mehr ganz nüchtern. Eigentlich sollte es mir egal sein, aber wie könnte ich ihn im Stich lassen, wenn er mich doch jetzt braucht? Hin- und hergerissen entscheide ich mich dafür, mich um Elias zu kümmern, denn er sieht verdammt scheiße aus.

Als sich Julius hinter mir auf dem Sofa bewegt, fällt mir wieder ein, dass er ja auch noch da ist. Um keinen Streit vom Zaun zu brechen, drehe ich mich zu ihm um und sage mit gedämpfter Stimme: »Julius. Ich fand den Abend wirklich schön. Aber ich glaube, ich sollte mich um Elias kümmern.«

Julius' Blick zeigt ein gewisses Maß an Widerwillen, aber hauptsächlich Verständnis und weil er eben ein Gentleman ist, bietet er mir sofort seine Hilfe an. Doch ein Schnauben von Elias, der immer noch neben uns steht und uns misstrauisch beäugt, verdeutlicht, dass das keine gute Idee ist.

»Sorry, Julius, aber ich glaube, da muss ich allein durch.«

»Bist du sicher?«

Ich nicke und behalte Elias im Blick, der unruhig von einem Bein aufs andere torkelt. Vernünftig, wie er ist, ruft Julius sich nach den drei Gläsern Lillet also ein Taxi und wir verabschieden uns mit dem Versprechen, dass ich mich melde, falls ich doch noch Hilfe brauche. Ich atme einmal tief ein, dann gehe ich zurück zum Sofa, auf dem Elias sich mittlerweile breitgemacht hat. Da er seine Beine hochgelegt und damit den ganzen Platz beschlagnahmt hat, setze ich mich auf die Armlehne neben seine Beine und schaue ihn durchdringend an.

»Elias. Geht es dir gut?«, frage ich, obwohl ich weiß, dass er mir sowieso nicht antworten wird. Ich kenne Elias noch nicht lange, aber lange genug, um zu wissen, dass er seinen Kummer und seine Probleme in sich reinfrisst.

Elias blickt mich nur finster an, dann schaut er zu den halb vollen Lilletgläsern. »Oooh. Habe ich dir jetzt dein Date versaut? Das tut mir aber leid.« Seine Stimme trieft nur so vor Sarkasmus und es ärgert mich, dass es ihm so egal ist, dass er in das Treffen reingeplatzt ist. Es war zwar kein Date, aber der Abend wäre ohne sein Auftauchen trotzdem angenehmer verlaufen. Ohne auf seine Bemerkung einzugehen, stehe ich auf, trete näher zu ihm und reiche ihm meine Hand, die er nur entgeistert anschaut.

»Na komm. Ich helfe dir hoch und dann gehst du duschen. Das wird dir guttun. Und während du duschst, mache ich dir einen Käsetoast, das saugt den Alkohol ein bisschen auf. Glaub mir, das wirkt Wunder.« Auffordernd wedle ich noch mal mit der Hand vor seinem Gesicht rum, bis er sie endlich ergreift und sich von mir hochhelfen lässt. Dann stehen wir voreinander und in seinen dunkelgrünen Augen liegt plötzlich wieder so viel Wärme, dass ich mich für einen kurzen Moment frage, ob ich im falschen Film bin.

»Nora. Warum tust du das? Warum bist du so nett und kümmerst dich jetzt um mich?«, fragt er und bringt die Wörter dabei teilweise nur undeutlich hervor.

»Du hast mir auch geholfen, als ich zu viel getrunken hatte. Schon vergessen?«, frage ich zurück und beim Gedanken an unsere Begegnung und das Gespräch im Campuscafé wird mir ganz anders. Obwohl alles in meinem Bauch wieder anfängt zu flattern und zu fliegen, komme ich nicht drum herum, mich zu fragen, ob es nicht viel einfacher gewesen wäre, wenn Elias an dem Abend einfach an mir vorbeigelaufen wäre. Dann wären wir einfach nur Elias und Nora, die zusammenwohnen. Nicht mehr und nicht weniger. Doch ich kann die Zeit nicht zurückdrehen und ich bin mir auch nicht ganz sicher, ob ich das wollen würde. So schwierig die Situation zwischen uns ist, ich möchte die schönen Momente und Gespräche mit Elias nicht missen.

Er unterbricht meinen Gedankengang, als er antwortet. »Das stimmt. Aber du warst einfach nur ein hilfloses Mädchen, das Hilfe brauchte und mir nichts getan hat. Ich dagegen bin schon zu Hause, so viel kann mir also nicht mehr passieren. Und außerdem habe ich dir gerade den Abend versaut.«

Seine Offenheit überrascht mich. Aber weil ich nicht weiß, was ich darauf erwidern oder wie ich mit seiner Nähe umgehen soll, wende ich mich ab und gehe zum Kühlschrank. Alles in mir fühlt sich zu Elias hingezogen, als würde sein Körper meinen magnetisch anziehen.

Über die Schulter rufe ich ihm noch zu: »Du hast mir geholfen und ich helfe dir. So machen das Mitbewohner nun mal. Und jetzt ab in die Dusche mit dir!«

Langsam geht Elias Richtung Badezimmer davon. Ohne ihn eines weiteren Blickes zu würdigen, mache ich ihm zwei Toasts. Dann ziehe ich kurz mein Handy aus der Tasche und schreibe Julius eine Nachricht.

> Nora: Tut mir leid, dass der Abend so schnell zu Ende gegangen ist. Und tut mir auch leid, dass ich dich wegen Elias vollgequatscht hab. Ich wollte dir nur kurz Bescheid sagen, dass es ihm so weit in Ordnung geht und alles gut ist. Du musst dir also keine Sorgen machen. Und danke noch mal für den schönen Tag. Das schreit nach Wiederholung! Schlaf schön.

Mit den fertigen Toasts gehe ich zum Tisch und stelle den Teller dort ab, als ich wahrnehme, dass das Wasser im Badezimmer abgedreht wird. Ich setze mich auf die Küchenablage, um auf Elias zu warten. Solange er noch beschäftigt ist, versuche ich mich zu sammeln. Ich konnte den Alkohol zwar an ihm riechen, aber im Nachhinein betrachtet wirkte er doch einigermaßen klar und nicht wie jemand, der sturzbetrunken ist. Hat er vielleicht gar nicht so viel getrunken und es sind der Stress und die Anspannung, die ihn so fertig aussehen lassen?

Genau in dem Moment verlässt Elias das Badezimmer und kommt barfuß, in Boxershorts und einem eng anliegenden Shirt auf mich zu. Seine Haare sind noch leicht feucht und verstrubbelt und ich muss mich mit jeder Faser meines Körpers dagegen wehren, aufzuspringen, auf ihn zuzurennen und meine Hände in diesen weichen Haaren zu versenken. Sein Blick wirkt schon deutlich klarer als vorhin und die Dusche scheint einen Teil seiner Anspannung mit abgewaschen zu haben, denn er geht aufrechter und sieht schon etwas besser aus.

Ich deute auf die Toasts. »Iss. Das wird dir guttun«, sage ich bestimmend.

»Ja, Mama«, gibt er mit frechem Ton zurück, setzt sich dann allerdings an den Tisch und nimmt den ersten Bissen. Nachdem er die Hälfte des ersten Toasts verspeist hat, wendet er mir den Blick wieder zu. »Das ist zwar nur Toast«, sagt er mit einem leichten Lächeln. »Aber ich schwöre, das ist der beste Toast, den ich je gegessen habe. Danke, Nora.« Jedes Mal, wenn er meinen Namen sagt, geht ein Kribbeln durch meinen Körper. Wird die Wirkung, die er auf mich hat, je nachlassen? Er wendet sich wieder seinem Toast zu und während er kaut, ist ihm deutlich anzusehen, wie schwer es ihm fällt, die Augen offen zu halten. Müde und gestresst oder nur die Wirkung des Alkohols? Die Frage lässt mich nicht los, also wage ich einen neuen Versuch.

»Elias, was ist los mit dir? Hast du einfach nur zu viel getrunken? Oder beschäftigt dich sonst was?«

Langsam, ganz langsam hebt Elias den Kopf und seine Augen schauen mich durchdringend an. Er kaut ganz in Ruhe zu Ende, dann sagt er fast schon gleichgültig: »Bei mir ist einfach viel los gerade. Mein Leben ist zurzeit eine einzige Katastrophe und ich habe das Gefühl, ich renne meinen Verpflichtungen nur hinterher, werde trotzdem keinem gerecht und vergesse dabei ganz zu leben.«

Als hätte er mir nicht gerade in Kurzform sein Herz ausgeschüttet, nimmt er den Toast wieder zur Hand und isst weiter, ohne mich weiter zu beachten. Ich dagegen bin wie erstarrt. Wird er mir heute endlich erzählen, wieso er die letzten beiden Male einfach abgehauen ist und sein Leben *eine einzige Katastrophe* ist?

»Möchtest du mit mir darüber reden? Ich kann gut zuhören«, biete ich an und hoffe, dass er zustimmt. Ich hoffe es meinetwegen, weil ich wirklich wissen will, was los ist. Aber ich hoffe es noch viel mehr seinetwegen, denn er muss mit jemandem reden und kann nicht weiter alles in sich hineinfressen. Auf Dauer kann das nicht gut gehen und wird ihn zugrunde richten.

Ohne seinen Blick vom Teller abzuwenden, sagt er mit rauer Stimme: »Ich möchte nicht darüber sprechen. Und schon gar nicht mit dir.«

Autsch, das hat gesessen. Ich fühle mich vor den Kopf gestoßen, doch ich bin noch nicht bereit, einfach kampflos aufzugeben, und frage vorsichtig: »Warum schon gar nicht mit mir? Immerhin hast du in diesem Moment nicht viele Alternativen – meinst du nicht?«

Elias steht, ohne ein Wort zu sagen, auf. Er wird mich doch nicht wieder ignorieren und gehen? Doch stattdessen setzt er sich in Bewegung und steuert zu meiner Überraschung geradewegs auf mich zu. Er stellt sich direkt vor mich, dann legt er seine Hände rechts und links neben meinen Oberschenkeln auf der Küchenanrichte ab und lehnt sich mir entgegen. Sein mittlerweile ruhiger Blick trifft meinen leicht panischen und ohne ihn abzuwenden, sagt er: »Ich möchte nicht mit dir darüber reden, weil ich keine Lust habe, dass du gleich zu deinem Freund rennst und ihm alles erzählst. Denn das ist es ja anscheinend, was du sonst tust.« Seine Worte versetzen mir einen Stich und sofort überkommt mich das Bedürfnis, mich zu verteidigen. Ich habe zwar mit Julius über ihn gesprochen, aber was hätte ich auch sonst tun sollen?

»Es tut mir leid, wenn dich das stört. Ich komme nur nicht mit deinem Verhalten klar und musste mit irgendjemandem darüber sprechen. Und mit dir geht das ja offensichtlich nicht«, sage ich leicht verärgert. »Außerdem ist er nicht mein Freund.«

Elias' Augen weiten sich für einen Moment, dann trifft mich sein intensiver Blick umso stärker und er lehnt sich noch ein kleines bisschen weiter vor, sodass unsere Gesichter nur Zentimeter voneinander entfernt sind. Ich komme nicht umher, meinen Blick über sein Gesicht wandern zu lassen, und bleibe an seinen vollen Lippen hängen. Wie würde es sich wohl anfühlen, sie auf meinen zu spüren? Ich beginne, nervös auf meiner Lippe herumzukauen.

Dann bewegt sich sein Mund und langsam dringen seine Worte zu mir durch und die kleine Blase, die uns kurz umgeben hat, platzt wieder. »Er ist also nicht dein Freund? Was ist er dann?«

Ich zwinge mich, den Blick von seinem Mund loszureißen, schaffe es gerade aber auch nicht, ihm in die Augen zu schauen, denn ich habe Angst, was ich darin lesen könnte.

Ich sehe also seine Nase an. »Nein. Nicht mein Freund. Einfach nur ein guter Freund und nicht mehr und nicht weniger«, sage ich fast flüsternd.

Ich höre, wie Elias erleichtert aufatmet, dann spüre ich seine warmen Hände an meinen Oberschenkeln und obwohl der Stoff meiner Hose uns trennt, stellen sich augenblicklich alle meine Härchen auf und ich bekomme eine Gänsehaut. Er schiebt vorsichtig meine Beine auseinander, sodass er noch einen Schritt nach vorne machen kann und unsere Körper sich noch näher sind. Ich halte vor lauter Aufregung die Luft an, den Blick auf seine Nase gerichtet, als eine Hand mein Bein loslässt. Stattdessen streicht er mir sachte die Haare zur Seite, sodass meine linke Schulter komplett freiliegt. Meine Gänsehaut verstärkt sich. Mein ganzer Körper kribbelt vor Anspannung, aber auch vor freudiger Erwartung. Ganz vorsichtig und leicht, als hätte er Angst, dass ich zerbrechen könnte, fährt er mit seinem Daumen über meine freigelegte Haut und malt kleine Kreise. Als er sich dann ein Stück vorbeugt und einen Kuss auf meine Schulter haucht, überlege ich noch, ob das eine gute Idee ist, doch das Gefühl seiner Lippen auf meiner Haut ist zu schön und ich genieße die Liebkosung zu sehr, um ihn zu unterbrechen. Wie konnte sich der Abend nur so schnell verändern?

Als er seinen Kopf wieder anhebt, bleibt ein Gefühl der Leere auf meinem Körper zurück, doch nur so lange, bis er seine Hand an mein Kinn legt und meinen Kopf ganz langsam ein Stückchen anhebt, sodass unsere Blicke sich treffen. Dann streichelt er mit dem Daumen über meine Wange, während er sich gefühlt jeden Zentimeter meines Gesichtes einprägt. Eine schiere Unendlichkeit lang starrt er meine Lippen an und die Gewissheit, dass er mich mindestens genauso sehr küssen will wie ich ihn, durchströmt mich wie ein heißer Strom.

Als er seinen Blick wieder von meinen Lippen abwendet und mir in die Augen schaut, ist es, als würde er stumm um Erlaubnis bitten. Kaum merklich nicke ich und Sekunden später landen seine Lippen auf meinen und in diesem Moment schaltet alles in meinem Kopf ab und mein Körper übernimmt die Führung. Elias knabbert sachte an meinen Lippen und ich rutsche auf der Küchenanrichte ein kleines Stückchen nach vorne, sodass kein Blatt Papier mehr zwischen uns passen würde. Seine Zunge streift über meine Lippen, woraufhin ich sie leicht öffne und mich in diesen Kuss fallen lasse. Ich vergrabe meine Hände in seinen Haaren, während er mit einer Hand über meinen Rücken streift, als wollte er sichergehen, dass ich nicht wieder von ihm wegrutsche.

Für einen kurzen Moment löst Elias den Kuss. »Wir sollten …«, nuschelt er gegen meine Lippen.

»Zimmer«, murmle ich nur, weil ich möchte, dass er aufhört zu reden und mich weiter küsst. Sofort landen seine Lippen wieder auf den meinen und er greift mit seiner Hand an meinen Hintern und hebt mich hoch. Ich schlinge meine Beine um seinen Oberköper und ohne voneinander abzulassen, trägt Elias mich zu meinem Zimmer. Von innen stößt er die Tür wieder zu und drückt mich dann dagegen.

Langsam löst Elias seinen Mund von meinem und die Abwesenheit seiner Lippen durchfährt mich wie ein kalter Schauer. Dann setzt er mich wieder auf die Beine, bleibt aber direkt vor mir stehen und stützt seine Arme rechts und links neben meinem Kopf ab. Dann neigt er seinen Kopf nach unten und in freudiger Erwartung komme ich ihm entgegen, aber Elias visiert nicht meine Lippen an, stattdessen streift er mit seiner unrasierten Wange meine Wange und erstaunlicherweise ist dieses Kratzen kein bisschen unangenehm oder störend, sondern einfach nur schön.

Dann atmet er noch mal tief ein und seufzt in mein Ohr: »Das ist keine gute Idee, Nora.«

Das ist nicht das, was ich hören wollte, und im Moment interessiert es mich auch nicht, ob es eine gute Idee ist oder nicht, denn ich will ihn einfach nur spüren. Ich weiß nicht, wann ich mich das letzte Mal so lebendig gefühlt habe, und ich bin noch nicht bereit, dieses Gefühl wieder gehen zu lassen. Ohne seinen Worten irgendeine Bedeutung zu schenken, reibe ich mich an seinem Körper, umklammere gleichzeitig sein Shirt mit meinen Fingern und hinterlasse eine Spur sanfter Küsse und vorsichtiger Bisse auf seinem Hals.

Ein leises Stöhnen entkommt seinen Lippen, dann fährt er mit seiner Hand sachte durch meine Haare, greift zu und zieht bestimmt, aber trotzdem unendlich vorsichtig an ihnen, sodass ich von seinem Hals ablassen und ihm wieder direkt in die Augen schauen muss. Dann kommt er mir entgegen und nimmt meine Lippen in Beschlag, saugt an meiner Oberlippe und erkundet meinen Mund erneut mit seiner Zunge. Das Gefühl, das er dabei in mir auslöst, ist einfach unglaublich und schickt kleine Impulse durch meinen gesamten Körper. Meine Knie werden weich und wenn ich nicht zwischen Tür und Elias eingekeilt wäre, würden meine Beine vermutlich unter mir wegsacken.

Sachte zieht Elias sich wieder zurück und es ist an mir, einen Schritt auf ihn zuzumachen. Langsam fahre ich mit meiner Zunge über seine Lippen und erkunde jeden Zentimeter davon, präge mir alles ein, als würde mein Leben davon abhängen. Er gibt ein Knurren von sich, welches ich mit meinem Mund auffange, und dieses tiefe animalische Geräusch sorgt dafür, dass ich ihm sofort noch mehr verfalle. Noch nie wollte ich ein Geräusch so dringend ein weiteres Mal hören und obwohl wir schon hautnah voreinander stehen, dränge ich mich ihm weiter entgegen.

Doch plötzlich höre ich ein Geräusch, das so gar nicht hierher passt, und Elias weicht zurück. Langsam dringt das Geräusch durch den Nebel, in dem wir uns gerade noch befunden haben, und ich erkenne das Klingeln eines Handys.

Immer noch schwer atmend sagt Elias: »Meins ist es nicht.«

Als ich mein Handy aus der Hosentasche ziehe, sehe ich Pauls Name auf dem Display. »Ist nur mein bester Freund. Ist bestimmt nicht so wichtig«, sage ich und will das Handy gerade wieder zurück in die Tasche schieben, um mich wieder Elias' Lippen zu widmen, als dieser einen Schritt zurücktritt.

»Wenn er mitten in der Nacht anruft, könnte es wichtig sein. Du solltest rangehen«, sagt er mit ernster Miene. Sein Blick ist so durchdringend und seine Stimme so ernst, dass mich sofort das Gefühl überkommt, dass hier kein Verhandlungsspielraum besteht, also nehme ich ab und laufe aus dem Zimmer, um in Ruhe mit Paul zu reden.

***

Fünf Minuten später betrete ich mein Zimmer wieder und habe schon Angst, dass Elias einfach über den Balkon in sein Zimmer abgehauen ist. Doch er sitzt seelenruhig auf meinem Schreibtischstuhl und betrachtet mich forschend. Leicht beunruhigt fragt er: »Und? Ist alles in Ordnung bei ihm?«

»Ja, der Vogel hat nur zu viel getrunken und wollte mir gerade mitteilen, dass er mich unglaublich vermisst«, sage ich genervt, weil er deswegen diesen unglaublichen Moment versaut hat. Elias sieht nicht so aus, als wollte er da weitermachen, wo wir gerade eben aufgehört haben. Langsam laufe ich durch den Raum und setze mich auf mein Bett. Ich traue mich nicht, Elias anzuschauen, aus Angst, er könnte in der Zwischenzeit wieder seine Mauern aufgebaut haben.

»Nora?«, fragt er, doch ich mustere weiterhin den Boden meines Zimmers. An den Geräuschen erkenne ich, dass Elias aufgestanden ist, und meine Vermutung bestätigt sich, als zwei nackte Füße vor mir stehen bleiben. Elias geht vor dem Bett in die Hocke und unsere Gesichter haben damit in etwa die gleiche Höhe, sodass unsere Blicke sich treffen. Ich neige meinen Kopf leicht zur Seite und schaue über seine Schulter hinweg. Er könnte einfach wieder abhauen. Der Gedanke lässt mich einfach nicht los.

Doch als er erneut meinen Namen sagt, ist seine Stimme warm, und als er seine Hand hebt und eine meiner losen Strähnen nimmt und sie langsam und liebevoll um seinen Finger zwirbelt, reicht das schon aus, um mir ein bisschen meiner Angst zu nehmen. Wenn er hätte abhauen wollen, dann hätte er das bereits getan, rede ich mir selbst ein und wende mich ihm endlich wieder zu.

»Wir sollten darüber reden, was gerade zwischen uns passiert ist«, sagt Elias und sein Blick wandert forschend über mein Gesicht.

»Na gut. Lass uns reden«, sage ich mit bemüht ruhiger Stimme und versuche mir meine innere Unruhe nicht anmerken zu lassen. Die Tatsache, dass Elias' Gesicht meinem so nahe ist, macht das allerdings nicht unbedingt einfacher und ich muss mich zusammenreißen, um meine Lippen nicht wieder auf seine zu legen.

»Das, was da eben zwischen uns war, das hat mir gefallen. Mehr gefallen, als ich es mir hätte erträumen können. Du weckst Gefühle in mir, von denen ich nicht wusste, dass ich zu ihnen überhaupt noch fähig bin. Aber wir kennen uns kaum. Unser erstes Zusammentreffen ist erst zwei Woche her und ich denke, wir sollten uns erst besser kennenlernen, bevor wir mit dem weitermachen, was wir gerade angefangen haben …«

Während Elias mit mir spricht, wendet er nicht ein einziges Mal seinen Blick von mir ab und ich bin fasziniert von seiner Ehrlichkeit, aber auch davon, wie klar er plötzlich ist, obwohl er vorhin noch so müde gewirkt hat. Ich warte, ob Elias noch mehr sagt, denn irgendwie schien er noch nicht fertig zu sein. Doch dann klappt er ohne ein weiteres Wort seinen Mund zu und betrachtet mich wartend. Mein Körper kribbelt immer noch von dem Kuss. Gleichzeitig bin ich aber auch überfordert von der Situation. »Ich weiß gerade gar nicht, was ich sagen soll. Ich mag dich auch, aber du hast recht, wir sollten das zwischen uns, was auch immer es ist, langsam angehen lassen. Aber ich muss auch sagen, dass dein Verhalten und dein ständiges Verschwinden mich verunsichert haben. Kannst du mir nicht sagen, was mit dir los ist und warum du immer verschwindest? Wenn ich wüsste, was los ist, könnte ich dich besser verstehen.« Ich schaue ihn an und versuche so viel Zuneigung und Offenheit in diesen Blick zu legen wie nur möglich, denn Elias soll wissen, dass er mir vertrauen kann.

»Ich … ich kann nicht darüber reden. Noch nicht. Bitte glaub mir, Nora, ich werde mit dir darüber sprechen. Aber nicht jetzt.« Sein Ton ist flehend, aber auch endgültig.

Für den Moment muss ich mich wohl damit zufriedengeben, dass er noch hier ist und nicht schon wieder komplett dichtmacht, also lasse ich das Thema fallen, rutsche ein Stückchen zurück und klopfe neben mich aufs Bett, um Elias zu verstehen zu geben, dass er sich zu mir setzen soll. Er wartet einen kurzen Moment, als müsste er noch darüber nachdenken, doch dann kommt er zu mir. Statt sich neben mich zu setzen, legt er sich allerdings ins Bett und bettet seinen Kopf auf meinen Schoß. Sofort breitet sich Wärme auf meinen Oberschenkeln aus und ich genieße die Vertrautheit. Sanft hebe ich meine Hand, lege sie an seinen Kopf, kraule ihn und fühle seine weichen Haare an meinen Handinnenflächen. Für ein paar Minuten sagen wir beide nichts, genießen die Nähe des anderen und das Schweigen umhüllt uns wie ein warmer Mantel.

Elias' Atem wird immer ruhiger und tiefer und kurz denke ich, er wäre eingeschlafen, doch dann vernehme ich seine Stimme so leise, dass ich mich kurz frage, ob ich es mir nur eingebildet habe. »Erzähl mir etwas von dir, Nora.«

»Was soll ich dir denn erzählen?«

»Egal. Vollkommen egal. Ich will einfach nur mehr über das Mädchen erfahren, das sich so klammheimlich in mein Herz geschlichen hat.« Ein Lächeln huscht über sein Gesicht. »Außerdem beruhigt mich deine Stimme.«

Ohne groß darüber nachzudenken, beginne ich und erzähle ihm einfach alles, was mir in den Sinn kommt. »Ich habe einen Hund. Er heißt Balu und ist eine französische Bulldogge. Ich wollte als Kind schon immer einen Hund haben, aber meine Eltern haben immer Nein gesagt. Stattdessen gab es einen kleineren und viel pflegeleichteren Hamster.« Ein Lachen entkommt Elias' Kehle und hätte er sich nicht schon in mein Herz geschlichen, wäre es spätestens jetzt passiert. »Drei Hamster und viel Bettelei später haben sie es mir dann tatsächlich erlaubt. Und jetzt ist Balu ein richtiges Familienmitglied. Besonders mein Vater ist mindestens genauso verliebt in Balu wie ich. Immer wenn er denkt, keiner würde es merken, fängt er an, mit Balu in Babysprache zu reden, und er verwöhnt ihn immer mit seinen Lieblingsleckerlis, ausgiebigen Spaziergängen und langen Streicheleinheiten. Ich vermisse es unglaublich, mit Balu durch den Wald zu gehen. Das Allgäu hat einfach einiges an schöner Natur zu bieten.«

Ein Fünkchen Wehmut schleicht sich in meine Stimme, doch Elias scheint es zu merken und wechselt gekonnt das Thema.

»Muss schön sein, im Allgäu zu leben.«

»Ja, es ist wirklich traumhaft. Als Kind wollte ich lieber in der Stadt wohnen, aber mit den Jahren habe ich es immer mehr zu schätzen gelernt. Besonders jetzt, wo ich diese atemberaubende Gegend nicht mehr in der Nähe habe, fällt mir auf, wie sehr ich sie vermisse.«

»Das geht einem doch meistens so, oder? Erst wenn etwas weg ist, fällt einem auf, wie wichtig es war.«

»Na ja, fast immer. Meine beste Freundin Lilly wusste ich jeden einzelnen Tag zu schätzen und trotzdem vermisse ich sie jetzt mehr, als ich mir je hätte vorstellen können.« »Aber du kannst sie doch an den Wochenenden sehen, oder nicht?«

»Nein, leider nicht. Lilly ist nach dem Abi nach Asien gegangen. Während es hier also jeden Tag kälter wird, verbringt sie die Tage mit Cocktails und im Bikini am Strand. Du glaubst gar nicht, wie gerne ich jetzt bei ihr wäre.«

»Du erzählst immer nur davon, was du vermisst. Ich glaube, ich sollte dir Ludwigsburg zeigen, damit du auch die Vorzüge deiner aktuellen Situation besser zu schätzen weißt«, sagt Elias irgendwann und als er seinen Kopf zu mir dreht, bemerke ich ein schelmisches Grinsen auf seinen Lippen.

»Ach, ich glaube, du hast mir die Vorzüge meiner aktuellen Situation heute bereits gut vor Augen geführt«, sage ich frech.

»Ich meine es ernst. Hast du Lust, morgen den Tag mit mir zu verbringen? Ich muss vormittags noch was erledigen, aber der Rest des Tages gehört dir«, sagt Elias. »Es sei denn, du hast schon andere Pläne«, fügt er schüchtern hinzu. Doch da ich morgen sowieso die Gegend erkunden wollte, freue ich mich über Elias' Angebot. Und die Vorstellung, den ganzen Tag mit ihm zu verbringen, lässt mich vergessen, dass mein Herz vor lauter Vermissen gerade noch ganz schwer war.

»Das wäre wirklich schön.« Ich versuche ein Gähnen zu unterdrücken, doch anscheinend war ich nicht erfolgreich, denn Elias setzt sich sofort auf und schaut mich entschuldigend an.

»Tut mir leid. Ich wollte dich nicht vom Schlafen abhalten. Ich war irgendwie so in deine Stimme versunken, dass ich ganz vergessen habe, wie spät es ist. Ich sollte wohl mal gehen«, sagt Elias und steht auf.

Ohne weiter darüber nachzudenken, höre ich mich plötzlich sagen: »Du kannst auch gerne hierbleiben. Also nur, wenn du willst. Du kannst aber natürlich auch gehen. Wie es dir lieber ist.« Mit jedem Wort wird meine Stimme ein wenig unsicherer und leiser.

Elias bleibt wie angewurzelt stehen, dreht sich dann ganz langsam zu mir um und sein Blick ist nicht frech oder aufreizend, sondern ganz ernst. »Meinst du das ernst?«, fragt er mit rauer Stimme und durchbohrendem Blick, als wollte er versuchen herauszufinden, was in mir vor sich geht. Wenn ich das nur selber wüsste.

»Ich meine ja nicht, um … Ich meine ja nur, wir könnten doch hier nebeneinanderliegen, noch ein bisschen reden und dann einschlafen. Ich mag es, wenn du in meiner Nähe bist.« Ich hoffe, er versteht mich nicht falsch, denn ich habe wirklich nicht vor, dass heute mehr passiert, als an Elias gekuschelt einzuschlafen. Gegen den ein oder anderen Kuss hätte ich aber natürlich auch nichts einzuwenden.

»Okay.« Mehr sagt Elias nicht, aber mehr muss er auch nicht sagen, denn dieses eine Wort ist Antwort genug.

»Ich mache mich noch schnell bettfertig, dann komme ich wieder«, entgegne ich, schnappe mir meinen Pyjama und gehe zum Badezimmer.

Keine Minute später steht Elias im Türrahmen, quetscht sich wie selbstverständlich mit mir zusammen in den kleinen Raum und greift ebenfalls nach seiner Zahnbürste. Und dann stehen wir nebeneinander und putzen schweigend unsere Zähne. Doch bevor die Stille unbehaglich werden kann, stupst Elias mich schwungvoll mit der Hüfte an. Ich komme ins Stolpern, doch ich fange mich schnell wieder und lasse die Sache nicht auf mir sitzen. Sofort gehe ich zum Gegenangriff über und hole zu einem Hüftschwung aus, doch bevor ich ihn treffe, weicht er aus, ich lande im Leeren und verliere erneut fast mein Gleichgewicht. Während ich versuche, nicht umzufallen, höre ich, wie Elias sein Lachen unterdrückt, doch die Situation ist so absurd, dass ich ebenfalls losprusten muss. Während das Lachen dafür sorgt, dass uns der Zahnpastaschaum fast wieder zur Nase rauskommt, betrachte ich Elias. Ihn so unbeschwert zu sehen, sorgt dafür, dass mein Bauch anfängt zu kribbeln. Ich glaube, an diese Art, meine Zähne zu putzen, könnte ich mich gewöhnen. Doch das Spiel ist noch nicht zu Ende.

Ich warte etwas ab, bis Elias sich in Sicherheit wiegt, dann lasse ich meine Zahnbürste los und greife mit beiden Händen rechts und links an seine Seite und beginne ihn zu kitzeln. Elias, der völlig überrumpelt ist, bricht in schallendes Gelächter aus, verschluckt sich an der Zahnpasta und kleine Schaumbläschen verlassen seinen Mund. Der Anblick sorgt dafür, dass ich mit in sein Lachen einfalle, und ich glaube, ich hatte selten so viel Spaß bei einer so simplen Sache wie Zähneputzen. Nachdem wir uns wieder beruhigt haben, putzen wir dann wirklich ohne weitere Zwischenfälle unsere Zähne fertig und ich schicke Elias schon mal vor in mein Zimmer, damit ich mich noch in Ruhe umziehen kann.

***

Zurück in meinem Zimmer hat Elias das große Licht schon gelöscht und liegt mit geschlossenen Augen in meinem Bett. Im schwachen Schein der alten Nachttischlampe sehen seine Haare noch dunkler aus als sonst und für einen kurzen Moment genieße ich den Anblick. Dann setze ich mich in Bewegung, unsicher, ob das die klügste Entscheidung oder der größte Fehler meines Lebens ist, und schlage die Decke zurück, um mich zu ihm zu legen, als er die Augen öffnet. Ich erstarre einen Moment, denn Elias hat sein Shirt ausgezogen und liegt nur noch halb bekleidet vor mir.

»Ich hoffe, dass ist okay so, aber ich schlafe immer nur in Boxershorts«, sagt er und lächelt dabei entschuldigend. Er lässt seinen Blick an mir hoch und runter wandern und ein Lächeln stiehlt sich auf seine Lippen. Mir wird wieder bewusst, aus wie wenig Stoff dieser Pyjama doch eigentlich besteht, und kurz muss ich den Impuls unterdrücken, meine Arme vor der Brust zu kreuzen, um mich etwas weniger nackt zu fühlen. Sekunden später fällt mir allerdings auf, dass er mich gestern Abend bereits so gesehen hat. Es kommt mir vor, als wäre es schon ewig her. Kann das wirklich erst gestern Abend gewesen sein? Heute Morgen habe ich mir noch geschworen, mich von ihm fernzuhalten, und jetzt stehe ich vor meinem Bett, mit der Absicht, die Nacht mit ihm zu verbringen. Nur zum Kuscheln versteht sich. Aber trotzdem. Doch es ist zu spät, um sich jetzt noch den Kopf darüber zu zerbrechen. Ich oder besser gesagt mein Herz hat sich dazu entschieden, ihm noch mal eine Chance zu geben. Also mache ich die Nachttischlampe aus und krieche zu ihm unter die Decke.

Kapitel 14

Julius

Ich wache auf und würde am liebsten sofort wieder einschlafen. Die Kopfschmerzen sind fürchterlich und bei jeder noch so kleinen Bewegung habe ich das Gefühl, irgendwas würde in meinem Kopf explodieren. Trotz der Schmerzen schaffe ich es, mich aufzusetzen, doch auch das bereue ich sofort, denn mein Magen scheint sich noch nicht beruhigt zu haben und ich habe Angst, mich gleich übergeben zu müssen. Ich greife nach dem Handy, um nach der Uhrzeit zu sehen, als ich die Nachricht von Nora von gestern Abend bemerke.

Die Nachricht sorgt dafür, dass sich der Nebel langsam lichtet und ich mich wieder daran erinnere, wieso ich den Kater des Todes habe. Nachdem ich bei Nora schon drei Gläser Lillet hatte, habe ich zu Hause mit Rum weitergemacht und so lange getrunken, bis ich alle Gefühle betäubt hatte. Zu mir sagt Nora, sie wolle keinen Freund, und dann hat sie mehr oder weniger Liebeskummer wegen diesem dummen Arsch? Ich verstehe einfach nicht, wieso Nora ihm überhaupt eine Chance gibt, wenn er sie doch offensichtlich nicht verdient hat.

Sie ist einfach eine klasse Frau und trotzdem lässt sie sich auf so was ein? Ich verstehe sie einfach nicht. Ich weiß nicht mal genau, was mich mehr ärgert. Die Tatsache, dass ich dabei war, Gefühle für sie zu entwickeln und sie an einem anderen interessiert ist, oder die Tatsache, an wem sie interessiert ist. Bei dem Gedanken an seinen wütenden und betrunkenen Auftritt kann ich nur den Kopf schütteln, bereue es allerdings sofort, weil die Schmerzen dadurch stärker werden. Andererseits kann ich es ihr schlecht übel nehmen, schließlich hat sie mir keine Hoffnungen gemacht und mir von Anfang an gesagt, dass sie nicht interessiert sei. Außerdem war der

Abend wirklich schön und wenn ich schon nicht mehr haben kann, dann will ich sie wenigstens als Freundin in meinem Leben haben.

Doch als ihr Freund bin ich es ihr schuldig, ihr die Augen zu öffnen und zu zeigen, dass Elias eindeutig nicht der Richtige für sie ist. Okay, vielleicht spielt meine Eifersucht auch eine kleine Rolle bei diesem Vorhaben. Aber so oder so hat Nora jemand Besseren als diesen Elias verdient. Ich nehme mir fest vor, bei unserem nächsten Kuchendate zur Sprache zu bringen, was ich von ihm halte. Dann schließe ich die Augen erneut und merke, wie ich langsam wieder ins Land der Träume abdrifte.

Kapitel 15

Nora

Ein Surren weckt mich und im ersten Moment weiß ich gar nicht, wo ich bin und was los ist. Doch dann kommen die Erinnerungen an gestern Abend zurück und zaubern mir ein Lächeln ins Gesicht. Nachdem ich zu Elias ins Bett geschlüpft bin, war es anfangs noch etwas unbehaglich zwischen uns, doch dann hat er mich damit aufgezogen, dass ich ihn gar nicht nach Waffen durchsucht hätte, und mit diesem Witz über meine kleine Paranoia hat er die Stimmung sofort aufgelockert und jegliche Anspannung ist von mir abgefallen. Dann hat sich relativ schnell die Aufregung der letzten Tage bemerkbar gemacht und mir ein Gähnen entlockt. Da ich es liebe, von hinten umarmt zu werden, habe ich mich zur Seite gedreht und Elias hat wie selbstverständlich seinen Arm durch meine Halsbeuge geschoben, sodass mein Kopf darauf gebettet war. Den anderen Arm hat er um mich gelegt, mich an sich herangezogen und innerhalb kürzester Zeit bin ich in dieser wohligen Umarmung eingeschlafen.

Ich spüre das Gewicht von Elias' Arm noch immer auf mir und kann es kaum glauben, dass ich wirklich die ganze Nacht neben ihm verbracht habe. Da ich ihn allerdings nicht an meinem Rücken spüre, müssen wir heute Nacht wohl ein wenig auseinandergerutscht sein und so versuche ich, mich so unauffällig wie möglich, um Elias nicht zu wecken, ein wenig nach hinten zu bewegen, um die Wärme seines Körpers an meinem zu spüren. Dann stoße ich allerdings an eine Beule unterhalb seines Bauches und rücke wieder ein wenig ab, in der Hoffnung, dass er es nicht mitbekommen hat. Ich will nicht, dass ihm diese natürliche körperliche Reaktion peinlich ist. Doch anscheinend habe ich ihn mit meiner Rumrutscherei aufgeweckt, denn hinter mir vernehme ich ein leises Grummeln.

»Ist es etwa schon Zeit aufzustehen?«, fragt er verschlafen.

Ich strecke meine Hand nach seinem Handy aus, das auf dem Nachttisch liegt und mich vorhin mit seinem Vibrieren geweckt haben muss. Das Display zeigt mir, dass es bereits halb zehn ist, und erst da fällt mir auf, dass es draußen bereits hell ist. Langsam drehe ich mich zu ihm um und kann mich gar nicht sattsehen an seinem verschlafenen Anblick. Es fühlt sich an, als würde mein Herz gleich überlaufen, und ich weiß gar nicht, wohin mit all den Gefühlen. Seine Haare stehen in alle Richtungen ab, die Augen sind nur halb geöffnet und der Blick ist auch noch ganz schlaftrunken.

»Guten Morgen, du Schlafmütze, wir haben schon halb zehn«, sage ich und streiche ihm liebevoll über den Arm, weil ich ihn einfach berühren muss.

Schlagartig reißt Elias seine Augen auf und fragt fast panisch: »Was? Halb zehn? Bist du sicher?«

»Ja, ich bin mir ziemlich sicher, dass ich die Uhr lesen kann. Du hast übrigens eine Nachricht bekommen, die hat mich nämlich aufgeweckt. Soll ich dir dein Handy geben?«, frage ich, weil ich mittlerweile weiß, wie wichtig es Elias ist, immer erreichbar zu sein.

Doch der hat bereits seinen Arm unter mir weggezogen, sich aufgesetzt und murmelt etwas vor sich hin, das nach einem *Scheiße* klingt. Dann wendet er sich endlich mir zu, sein Blick wird wieder etwas weicher. »Sorry, ich habe doch gesagt, dass ich heute Vormittag noch beschäftigt bin. Ich muss dringend los, ich bin nämlich schon spät dran.« Er drängt sich an mir vorbei und fischt sein Shirt vom Schreibtischstuhl.

Wie konnte dieser schöne Moment schon wieder so abrupt enden? Elias scheint meine Gedanken erahnt zu haben, denn er kommt noch mal zu mir ans Bett, gibt mir einen leichten Kuss auf den Scheitel, geht vor dem Bett in die Hocke, sodass ich ihm direkt in die Augen sehen muss, und sagt: »Es tut mir wirklich leid. Ich bin spätestens um dreizehn Uhr zurück, okay? Dann können wir den restlichen Tag miteinander verbringen.« Er hat gestern ja schon gesagt, dass er noch was zu tun hat, also nicke ich und schon ist Elias aus meinem Zimmer rausgelaufen und alles, was noch an die vergangene Nacht erinnert, ist sein Geruch an meinem Kissen.

***

Ich weiß, dass es nichts bringt, Trübsal zu blasen, also stehe ich eine Viertelstunde später auf. Nach einem schnellen Frühstück und einer langen Dusche fühle ich mich gleich wieder besser und gestärkt für den Tag. Ich nutze die freie Zeit, um Paul eine Nachricht zu schreiben.

> Nora: Guten Morgen, Darling. Hast du den Abend gestern noch gut überstanden? Du kleine Nervensäge hast dir einen wirklich schlechten Zeitpunkt für einen Anruf ausgesucht. Wenn wir uns das nächste Mal sehen, habe ich ein paar News für dich ;)

Kaum habe ich die Nachricht abgeschickt, wird mir ein eingehender Anruf angezeigt und ich nehme ab.

»Entschuldige. Du kennst mich doch. Alkohol lässt mich wirklich dramatisch werden. Also was sind die News?«, plappert Paul munter drauflos und ich kann mich nur wundern, wie er es schafft, immer glimpflich und ohne Kater davonzukommen.

Im Schnelldurchlauf erzähle ich ihm, was zwischen Elias und mir vorgefallen ist, was Paul mit einigen »Ohs« kommentiert. Ich beende meinen Bericht damit, dass Elias die Nacht in meinem Bett verbracht hat und wir heute gemeinsam etwas unternehmen wollen, sobald er wieder zurück ist, und bin gespannt auf Pauls Einschätzung der Lage, denn er ist meist weniger gefühlsdusselig als ich.

»Du hast ihn also kennengelernt, als du betrunken warst und nicht heimgefunden hast, wusstest aber nicht, dass er dein Mitbewohner ist? Dann hattet ihr in dem Café einen kurzen *romantischen* Moment, bevor er abgehauen ist und du ihn erst auf deinem Balkon wiedergesehen hast, wo er wegen einer Nachricht von diesem anderen Kerl gleich eingeschnappt war? Dann gab es eine Zeit zwischendurch, in der es mehr oder weniger normal war. Dann ging es weiter mit *Netflix and Chill*, bevor er wieder abgehauen ist? Und dann kam er gestern fertig nach Hause, ihr habt rumgeknutscht und er hat bei dir geschlafen, nur um direkt nach dem Aufwachen wieder abzuhauen?«

Meine gute Laune bekommt einen Dämpfer. Wenn er die Geschichte so zusammenfasst, klingt es nicht gut. Aber Paul war nicht dabei. Er hat nicht mitbekommen, über was wir uns unterhalten haben. Und er hat nicht gefühlt, wie schön es ist, von Elias in den Arm genommen zu werden. »Nora?«, höre ich Pauls Stimme vorsichtig fragen und wir wissen beide, dass er eigentlich recht hat, ich aber nichts mehr hören will. »Du weißt hoffentlich, dass das nicht böse gemeint war. Ich wollte dir nur verdeutlichen, dass du die rosarote Brille manchmal kurz abnehmen und einen kleinen Realitätscheck durchführen solltest. Ich will nicht, dass es dir noch mal so mies geht wie damals wegen Max.«

Max. Ich hatte Angst, dass ich künftig jeden Mann mit Max vergleichen würde. Aber Fehlanzeige. Nicht ein einziges Mal musste ich an ihn denken. Elias hat ihn aus meinen Gedanken vertrieben. Daran halte ich mich fest, deswegen weiche ich dem Thema aus, indem ich Paul verkünde, dass ich schon auf mich aufpassen könne. Weil wir beide keine Lust auf Diskussionen haben, erzählt er mir von der Party gestern und hält mich mit dem neusten Tratsch auf dem Laufenden. Eine frühere Mitschülerin von uns ist schwanger, das Traumpaar aus Schulzeiten hat sich getrennt und Pauls neue Flamme hat sich mal wieder als Enttäuschung entpuppt. Da Paul allerdings gestern eine neue *potenzielle* Traumfrau kennengelernt hat und gleich mit ihr verabredet ist, beenden wir das Gespräch und ich greife zu meinem E-Reader.

***

»Na, was liest du Schönes?«, reißt mich Elias' warme Stimme unvermittelt aus meinem Lesefluss. Ich war so tief in die Geschichte abgetaucht, dass ich gar nicht mitbekommen habe, dass Elias mein Zimmer betreten hat.

»Himmel, du hast mich erschreckt. Schleich dich bloß nie wieder so an«, stoße ich aus.

Elias scheint mir anzusehen, dass er mich wirklich erschreckt hat, denn sofort gibt er mir einen Kuss auf den Scheitel und sagt: »Entschuldige, das war wirklich nicht meine Absicht. Und bist du bereit für eine volle Ladung Ludwigsburg?«

Ich klappe die Hülle meines E-Readers mitten im Kapitel zu und hoffe, dass Elias weiß, was für eine Ehre ihm damit gerade zuteilgeworden ist. Dann schenke ihm ein Lächeln und strecke ihm meine Hand entgegen, damit er mich hochziehen kann. »Aber so was von. Lass uns losgehen.«

Elias ergreift meine Hand, zieht mich aber nicht nur auf die Beine, sondern direkt in eine lange Umarmung, während er seine Nase in meinen Haaren vergräbt. Er atmet ein paarmal tief ein und gibt ein zufriedenes Seufzen von sich. »Du riechst so unglaublich gut. Was ist das?«

»Wildrose. Meine beste Freundin Lilly macht Kosmetikartikel immer selber, weil das umweltfreundlicher ist. Und ich komme zum Glück immer wieder in den Genuss, ihre selbst gemachten Shampoo-Bars testen zu dürfen. Und dieses Mal ist es eben Wildrose.«

»Du solltest dir einen Jahresvorrat davon sichern. Der Geruch ist mir schon bei unserem ersten Treffen aufgefallen und ich werde ihn künftig immer mit dir verbinden.« Er atmet noch einmal tief durch, dann löst er sich von mir und schaut mich an. »Los geht' s.«

***

Wie auch Julius führt mich Elias zum Favoritepark und ich bin erneut begeistert, wie die Sonne die Landschaft in warmes Licht taucht und die Bäume in voller Farbenpracht von gelb über orange zu rot und braun strahlen. Elias hat einen Arm um mich gelegt und so laufen wir eng umschlungen den Weg entlang, während ich links von uns plötzlich eine Bewegung ausmache. Sofort reiße ich den Kopf herum und sehe gerade noch drei Rehe in das dickere Geäst verschwinden. Ich bleibe stehen und gebe Elias zu verstehen, dass er ebenfalls anhalten soll, denn ich möchte sehen, ob es vielleicht ein paar Nachzügler-Rehe gibt. Nach fünf Minuten sind leider immer noch keine weiteren Rehe oder sonstigen Tiere vorbeigekommen, also setzen wir unseren Weg fort.

Während wir beide die Ruhe genießen und die Stille uns nichts ausmacht, schließe ich für einen kurzen Moment meine Augen und strecke mein Gesicht der Sonne entgegen, allerdings ohne stehen zu bleiben, denn Elias hat immer noch seinen Arm um mich gelegt und ich fühle mich rund um wohl und sicher. Das Gefühl der Sonne auf meiner Haut tut unglaublich gut und ich versuche es mir genau einzuprägen, denn den Sommer haben wir längst hinter uns gelassen und auch die schönen Herbsttage werden bald gezählt sein. Das leichte Prickeln auf meiner Haut und die Wärme, die von Elias ausgeht, führen dazu, dass mich eine Welle des Glücks überrollt.

Als Elias stehen bleibt, öffne ich die Augen allerdings wieder. Er stellt sich direkt vor mich und die anderen Passanten müssen einen Bogen um uns machen, weil wir mitten auf dem Weg stehen. Während ich noch überlege, Elias sachte zur Seite zu ziehen, scheint es ihn gar nicht zu interessieren, dass sich die Welt um uns herum weiterdreht. Langsam legt er eine Hand an meine Wange und streichelt sachte darüber. »Du bist wunderschön.« Seine raue Stimme und die Bedeutung seiner Worte jagen mir einen Schauer durch den Körper, doch bevor ich etwas erwidern kann, hat Elias bereits erneut das Wort ergriffen. »Weißt du, der Herbst ist meine Lieblingsjahreszeit. Ich kann' s gar nicht genau erklären. Aber irgendwie ist es immer wieder wie eine Reinigung. Nachdem der Sommer der Natur mit seinen Hitzewellen alles abverlangt hat, kommt sie im Herbst zum Stillstand, darf sich wieder um sich selbst kümmern und muss nicht mehr blühen und sprießen. Und trotzdem ist der Herbst wunderschön. Die Farben der Blätter, das Geräusch des Laubes, wenn man es mit den Füßen vor sich herschiebt, das Gefühl, wenn die letzten warmen Sonnenstrahlen auf die Haut treffen.« Ich liebe den Herbst auch, aber ich habe mir noch nie so viele Gedanken darüber gemacht. Währenddessen umgreift Elias mit je einer Hand meine beiden Arme und streckt mich ein bisschen von sich weg, um mich von oben bis unten zu betrachten. »Und obwohl ich den Herbst schon immer geliebt habe, ist das wohl der schönste Herbsttag seit Langem für mich.«

Dabei schaut er mir direkt in die Augen und ich weiß, dass er nicht nur dem Herbst, sondern auch mir gerade ein Kompliment gemacht hat. Erneut habe ich das Gefühl, dass mein Herz gleich platzen müsste vor lauter Glückseligkeit, und langsam bekomme ich Angst, dass mein Gesicht bleibende Schäden vom Dauergrinsen erleidet. Gerade als ich mich zu Elias vorbeugen und ihm einen Kuss auf die Wange geben will, vibriert mein Handy in der Hosentasche. Ich ziehe es heraus und sehe eine Nachricht von meinem Bruder Ben.

»Hast du eigentlich Geschwister?«, frage ich Elias, während wir weiterlaufen, denn alles in mir dürstet nach mehr Informationen über diesen Mann, der mein Leben innerhalb kürzester Zeit auf den Kopf gestellt hat.

»Nein. Ich bin Einzelkind. Und du?«

»Ach stimmt, das hattest du ja neulich schon mal erwähnt. Wenn ich so drüber nachdenke, dann passt es einfach gar nicht zu dir, ein verwöhntes Einzelkind zu sein.« Frech grinse ich ihn von der Seite an und gebe ihm mit meiner Hüfte einen kleinen Stoß in die Seite, um ihm klarzumachen, dass ich ihn nur aufziehe.

»Sehr witzig. Ja, ich bin Einzelkind, aber nicht halb so verwöhnt, wie du es dir jetzt wahrscheinlich vorstellst.«

»Na, wenn du das sagst, dann muss es wohl stimmen. Aber warst du nicht auch mal einsam? Ich habe einen großen Bruder und auch wenn ich ihm manchmal am liebsten den Kopf abreißen möchte und wir besonders früher dauernd aneinandergeraten sind, so möchte ich ihn doch um kein Geld der Welt missen. Geschwister sind immerhin die Einzigen, die in die gleiche Familie reingeboren wurden und einen daher immer verstehen und einem zur Seite stehen. Ich würde mit meinem Bruder niemals meine Schokolade teilen, aber, ohne zu zögern, mein Leben für ihn geben.« Eine Welle der Sehnsucht überkommt mich. Genau wie Lilly ist Ben im Moment in Asien und macht dort ein Auslandspraktikum. Obwohl wir nicht den engsten Kontakt miteinander pflegen, fehlt er mir doch und ich freue mich schon, wenn er an Weihnachten wieder nach Hause kommt. Wieso müssen gerade eigentlich alle auf der anderen Hälfte des Erdballs sein?

»Na ja. Wirklich einsam in dem Sinne war ich nie. Bei uns in der Nachbarschaft gab es fast nur alte Menschen, aber eine weitere Familie mit zwei Kindern, die etwa in meinem Alter waren. Unsere Eltern haben sich angefreundet und wir Kinder sind auch super miteinander ausgekommen. Von da an haben wir alles gemeinsam erlebt. Wanderungen, Weihnachtsfeiern, die Ostereiersuche und, und, und … Wenn jemand Vanessa dumm angemacht hat und ihr Bruder Noah nicht zur Stelle war, dann bin ich brüderlich eingesprungen und habe mich für sie eingesetzt. Bei meinem ersten Date hat Vanessa mir Kleidungstipps gegeben und Noah und ich wurden mehr als nur einmal für Brüder gehalten ...«

Plötzlich hält er inne und als ich ihm einen Blick zuwerfe, ist seine Miene schon wieder verändert. Obwohl ich ihn nur von der Seite sehe, merke ich, dass irgendwas nicht stimmt. Und zwar ganz und gar nicht. Ich erinnere mich daran, dass er Noah schon mal erwähnt hat, und daran, dass auch dieses Gespräch unschön geendet hat. Ich warte, ob er weiterspricht, doch als er nichts mehr sagt, beschließe ich, der Sache vorsichtig auf den Grund zu gehen.

»Und was ist aus euch geworden? Aus Vanessa, Noah und dir?« Elias schluckt. Er schaut mich kurz an und sieht aus, als müsste er sich gleich übergeben. Dann wendet er seinen Blick wieder ab. Die Stille umgibt uns, aber sie ist nicht so unbeschwert und tröstlich wie vorhin. Ganz im Gegenteil. Mich lässt das Gefühl nicht los, dass Elias gerade von Sekunde zu Sekunde eine höhere Mauer um sich herum errichtet und obwohl wir uns körperlich immer noch nahe sind, beschleicht mich das ungute Gefühl, dass er mit den Gedanken gerade ganz woanders ist. »Elias?« Ich weiß nicht, was ich falsch gemacht habe oder was sich zwischen Noah, Vanessa und Elias abgespielt hat, aber ich möchte den unbeschwerten und offenen Elias zurück.

Er holt noch mal tief Luft. »Ach nichts. Vanessa und ich haben noch Kontakt. Unsere Familien stehen sich immer noch sehr nahe.« Obwohl er versucht, es locker rüberzubringen, steckt eindeutig mehr dahinter. Doch mittlerweile habe ich Elias oft genug in einer solchen Situation erlebt, um zu wissen, dass es keinen Zweck hat, ihn zu drängen, und er von sich aus darüber reden muss. Schweren Herzens lasse ich das Thema also fallen und hoffe inständig, dass er sich mir irgendwann anvertrauen wird.

Wir laufen eine Weile schweigend weiter und während ich krampfhaft darüber nachdenke, wie ich die Stimmung wieder auflockern könnte, bleibt Elias stehen und bückt sich. Sekunden später bekomme ich einen Schwall bunter Blätter über den Kopf geschüttet und mir entkommt ein kleiner schriller Schrei, bevor ich in lautes Lachen ausbreche. Ich muss aussehen wie ein begossener Pudel, denn Elias versucht zwar, sein Lachen zu unterdrücken, scheitert aber kläglich. Es klingt wie Musik in meinen Ohren. Ich schaue an mir herunter und entdecke überall noch bunte Blätter, kleine Ästchen und Gräser.

Elias kommt näher, zieht mir ein paar Blätter aus den Haaren und überrascht mich dann mit einem sanften Kuss. Er ist anders als gestern. Er ist nicht fordernd und hat es nicht eilig. Es ist lediglich die leichte Berührung seiner Lippen auf meinen, die ein Kribbeln hinterlässt. Instinktiv hebe ich meine Hand, um mit meinem Finger über meine Lippen zu streifen, als würde ich versuchen, das Gefühl einzufangen. Elias betrachtet mich belustigt, greift nach meiner Hand, hinterlässt auch dort eine Spur leichter Küsse und streicht dann mit der anderen Hand ein paar lose verwirrte Haare aus meinem Gesicht, nur um seine Hand dann an meiner Wange liegen zu lassen.

»Wunderschön. Du siehst aus wie eine Waldhexe, aber trotzdem wunderschön.« Sein liebevoller Gesichtsausdruck verschwindet und ein freches Lächeln erscheint. Das kann ich eindeutig nicht auf mir sitzen lassen. Bevor Elias weiß, wie ihm geschieht, habe ich mich von ihm gelöst, sammle in Windeseile die herumliegenden Blätter auf und wirble sie ihm ins Gesicht. Als nun auch er von bunten Blättern geschmückt ist und eine Mischung aus geschockt und belustigt sein Gesicht ziert, gebe ich ihm einen ebenso leichten und sanften Kuss.

»So, jetzt siehst du aus wie ein Waldgeist. Ich finde, wir passen ganz gut zusammen«, flüstere ich ihm ins Ohr.

Er grinst und geht zum Gegenangriff über. Das Ganze endet mit einer längeren Blätterschlacht und viel Gelächter. Und obwohl ich sonst immer überlege, wie ich auf andere wirke und was andere wohl von mir denken, verschwende ich jetzt nicht einen einzigen Gedanken daran und genieße einfach diesen traumhaft schönen Herbsttag mit Elias.

Fünf Stunden später sind wir immer noch unterwegs. Wir haben den Favoritepark durchquert und uns auch das Schloss in Ludwigsburg angesehen. Gemeinsam sind wir durch die Gärten geschlendert und haben uns die

Kürbis-Ausstellung angesehen, die laut Elias jedes Jahr ist und immer wechselnde Themen hat. Dieses Jahr ist das Thema »Märchen« und Elias hat mir erzählt, dass über das ganze Gelände circa vierhundertfünfzigtausend Kürbisse verteilt sind, die Szenen aus Märchen formen, und ich bin aus dem Staunen fast nicht mehr rausgekommen. Nach einem kurzen Snack – Kürbis natürlich, was sonst? – sind wir weiter Richtung Stadt gelaufen und haben einfach nur geredet. Und geredet. Und noch mehr geredet.

Mittlerweile sitzen wir in einem Café und während Elias seinen Latte Macchiato genießt, nutze ich den schönen Tag für meine vielleicht letzte Eisschokolade dieses Jahr. Ich muss an unser erstes Treffen denken. Nach der Trennung von Max wollte ich so schnell keinen Mann mehr an mich ranlassen und eigentlich sollten mir meine Gefühle für Elias Angst machen. Aber als er seine Tasse absetzt und ein dünner Steifen des Schaums einen kleinen Milchbart über seinen Lippen hinterlässt, muss ich lachen und frage mich, warum man vor so was Angst haben sollte. Ein weiterer großer Schluck folgt und Elias gibt ein genüssliches Seufzen von sich und dieses Mal bin ich nicht neidisch auf dieses dämliche Heißgetränk, weil ich weiß, dass diese Lippen mir gehören und ich ihm noch ganz andere Geräusche entlocken kann.

Der schöne Moment wird unterbrochen, als ich auf mein Handydisplay schaue und drei entgangenen Anrufe meines Vaters anzeigt bekomme. Eigentlich haben wir erst heute Morgen telefoniert und während ich noch überlege, was er so dringend von mir will, geht eine neue Nachricht bei mir ein.

Papa: Hallo, Spätzchen. Ruf mich bitte an. Es ist dringend.

Ohne zu zögern, rufe ich ihn zurück und er muss das Handy noch in der Hand gehabt haben, denn es klingelt nur ein einziges Mal, bevor ich die Stimme meines Vaters vernehme.

»Spätzchen. Zum Glück habe ich dich erreicht. Ich habe schlechte Nachrichten. Es geht um Balu.« Seine sonst so ruhige Stimme zittert bei jedem Wort und es läuft mir eiskalt den Rücken hinunter.

»Was ist los?«, frage ich und meine Stimme bricht am Ende des Satzes, sodass nur noch ein leises Krächzen zu hören ist. Elias scheint zu bemerken, dass etwas nicht stimmt, denn sein Blick ist alarmiert und er legt seine Hand auf meinen Oberschenkel, um dort beruhigend Kreise zu malen. Doch im Moment hilft nicht mal mehr das, denn wie sollte ich ruhig bleiben, wenn selbst mein Vater seine Fassung verloren hat?

Endlich spricht er weiter, doch seine Stimme stockt immer wieder und man merkt, dass ihm jedes Wort unglaublich schwer über die Lippen kommt. »Ich war heute mit Balu im Park spazieren. Und dann ist eine ältere Dame mit ihrem Hund an uns vorbeispaziert und plötzlich ist ihr Hund auf Balu losgegangen. Balu hatte keine Chance, er ist ja noch so klein und der andere Hund war ein ausgewachsener Schäferhund. Die alte Frau hatte ihren Köter einfach gar nicht unter Kontrolle und ich habe versucht, irgendwie dazwischenzugehen, aber gegen dieses große Viech hatte selbst ich kaum eine Chance.« Er holt tief Luft, dann spricht er weiter. »Als ich es schließlich geschafft habe, zwischen die beiden zu gehen, hat Balu sich fast nicht mehr bewegt.« Mein Vater stockt, als er mein Schluchzen hört. »Nora-Spätzchen. Bitte versuch dich zu beruhigen.«

Ich kämpfe gegen die in mir aufsteigenden Tränen an und bringe nur mit viel Mühe die Frage heraus, wie es Balu jetzt geht.

»Wir sind direkt zum Tierarzt gefahren und dort ist Balu jetzt auch noch. Er wird gerade operiert und dann wissen wir mehr. Der Arzt hat gesagt, er hätte innere Blutungen und er könne uns nichts versprechen. Aber unser Balu ist doch ein kleiner Kämpfer. Er schafft das. Hörst du, Nora? Er wird das schaffen. Da bin ich mir sicher.« Doch wir wissen beide, dass er das nur sagt, um mich zu beruhigen, denn sonst wäre er selbst nicht so durch den Wind. Die Vorstellung, wie mein kleiner süßer Balu gerade auf einem kalten, sterilen Untersuchungstisch liegt und um sein Leben kämpft, bricht mir fast das Herz. »Nora-Spätzchen? Es tut mir leid, aber ich muss jetzt auflegen und mich um den Papierkram wegen seiner OP kümmern. Ich melde mich sofort, sobald die OP geschafft ist. Und versuch dir nicht zu viele Gedanken zu machen, okay?«

»Ich komme heim. Wenn ich sofort losfahre, kann ich in zwei Stunden bei euch sein«, sage ich.

Doch wie erwartet spricht sich mein Vater sofort dagegen aus. »Nora, Liebes. Das bringt doch nichts. Ich verstehe, dass du dir Sorgen machst, aber du hast Morgen wieder Vorlesungen. Außerdem möchte ich nicht, dass du dich in deiner aktuellen Verfassung ins Auto setzt. Es reicht, wenn ich mir um Balu Sorgen machen muss. Ich möchte mich nicht auch noch darum sorgen müssen, dass meine Tochter unkonzentriert über die Autobahn rast.«

Ich weiß, dass er recht hat. Ich weiß, dass er nur mein Bestes will. Und ich weiß, dass ich nichts an der Situation ändern könnte, auch wenn ich jetzt zu Hause wäre. »Papa. Bitte. Ich will zu euch kommen …«, setze ich trotzdem an, doch mein Vater kennt keine Widerrede und sofort werde ich unterbrochen.

»Nora. Versuch dich ein wenig zu beruhigen und behalte dein Handy in der Nähe. Ich melde mich, sobald ich mehr weiß. Aber du wirst dich jetzt nicht in dein Auto setzen. Hast du mich verstanden?« Seine eben noch gebrochene Stimme hat sich mittlerweile etwas beruhigt und ich weiß, dass es nichts bringt, weiter zu diskutieren, denn seine Entscheidung ist gefallen. Und auch wenn ich alt genug bin, um mich ihm zu widersetzen, vertraue ich auf meinen Vater. Wir verabschieden uns voneinander und kaum habe ich aufgelegt, beugt Elias sich zu mir und wischt mir eine einzelne Träne von der Wange, von der ich gar nicht gemerkt habe, dass sie mein Auge verlassen hat.

»Nora. Was ist passiert?« Obwohl ich ihn gehört habe, bekomme ich es gerade nicht auf die Reihe, ihm zu antworten, denn der Schock sitzt noch zu tief und wenn ich jetzt davon anfange, dann breche ich wohl in Tränen aus.

»Bring mich bitte einfach nach Hause.« Ich sehe, dass Elias gerne mehr wüsste, doch er hakt nicht nach und hebt die Hand, um der Bedienung zu verstehen zu geben, dass wir zahlen möchten. Auf dem Rückweg sprechen wir kein Wort und ich danke Elias innerlich dafür, dass er mich nicht dazu drängt, über die Sache zu sprechen.

***

Im Wohnheim angekommen steckt Elias mich direkt ins Bett und während er in der Küche ist, um mir eine heiße Schokolade zu machen, lasse ich den mühsam zurückgehaltenen Tränen endlich ihren Lauf. Eine nach der anderen rollt über meine Wangen und langsam, aber sicher, wird mein Blick getrübt.

Elias kommt mit einer Tasse zurück, gibt sie mir und sagt: »Manchmal hilft nur Schokolade.« Die Tasse wärmt meine Hände und Elias' Fürsorge fühlt sich gut an. Für einen kurzen Moment bin ich mir sicher, dass alles irgendwie wieder gut werden wird. Doch dann schleicht sich wieder ein Bild von einem blutenden Balu in meinen Kopf und sofort fließen die Tränen erneut. Elias nimmt mir die Tasse ab, da mein Körper vor lauter Schluchzen so sehr bebt, dass die heiße Schokolade überzuschwappen droht. Er stellt sie auf meinen Nachtisch und kommt zu mir ins Bett, nimmt mich in den Arm und damit sind jetzt wirklich alle Dämme gebrochen. Ich vergrabe meine Nase an seiner Brust und versuche nicht mal mehr, irgendwas zu erklären, denn im Moment ist alles, was ich rausbekomme, nur ein Schniefen und ein Wimmern.

Eine gefühlte Ewigkeit später habe ich mich wieder einigermaßen beruhigt oder vielleicht sind mittlerweile auch einfach alle Tränen leer geweint und so löse ich mich von Elias. »Es tut mir leid.« Mehr bringe ich gerade nicht hervor. Sein Blick ist verwundert, also deute ich auf sein vollgerotztes Shirt, das dort, wo eben noch mein Gesicht gelehnt hat, durch meine Tränen nun deutlich dunkler ist und an einigen Stellen sogar schwarze Rückstände meiner Wimperntusche aufweist.

»Ach, das ist mir doch vollkommen egal.« Behutsam führt er seine Hand zu meinem Gesicht und streicht vorsichtig eine Strähne hinter mein Ohr. »Möchtest du mir sagen, was passiert ist? Du musst natürlich nicht, wenn du es im Moment nicht packst. Aber ich mache mir wirklich Sorgen um dich.« Er klingt beunruhigt und wer kann es ihm verübeln? Ich habe hier einen halben Nervenzusammenbruch, rotze sein Shirt voll und das, ohne auch nur annähernd zu erklären, was meinen Stimmungsumschwung ausgelöst hat.

Also setze ich an und berichte ihm schweren Herzens und immer wieder von kurzen Pausen unterbrochen, was mein Vater mir vorhin am Telefon erzählt hat. Meine Stimme klingt anfangs dünn und unsicher, doch je länger ich erzähle, umso ruhiger wird sie. Mit jedem Wort, das meinen Mund verlässt, wird Elias' Gesichtsausdruck düsterer und mitfühlender und während ich erzähle, streichelt er unerlässlich über meine Hand. Als ich mit meinem Bericht ende, zieht er mich noch mal in seine Arme.

»Danke, dass du da bist. Ich weiß nicht, was ich gemacht hätte, wenn ich den Anruf bekommen hätte und allein gewesen wäre. Du bleibst doch bei mir, oder?«, frage ich und klinge dabei wirklich jämmerlich, aber die Vorstellung, jetzt mit meinen um Balu kreisenden Gedanken und Horrorvorstellungen allein zu sein, bringt mich schier aus der Fassung.

»Natürlich. Ich lasse dich nicht allein. Ich bin bei dir. Sollen wir ein wenig *Modern Family* anschauen? Vielleicht kannst du dich dadurch ein wenig ablenken?«

Ich bin mir zwar sicher, dass nichts auf der Welt mich gerade wirklich ablenken könnte, aber ich habe auch keinen besseren Vorschlag, also willige ich ein. Kaum liege ich an Elias gekuschelt im Bett und lasse die Serie an mir vorbeiziehen, fühle ich mich tatsächlich ein klein wenig besser. Aber die Ruhe weilt nur kurz, denn keine fünf Minuten später klingelt erneut mein Handy und ich bin in Windeseile aufgesprungen und will abnehmen, doch als ich es in der Hand habe, merke ich, dass es gar nicht klingelt. Elias wirft einen Blick auf sein Handy, das scheinbar denselben Klingelton hat, und mit beunruhigter Miene nimmt er ab.

»Was gibt' s?«, fragt er mit leicht schroffem Ton. Während ich gemeinsam mit meinem Handy wieder ins Bett krieche, um es in meiner Nähe zu haben, sollte sich mein Vater melden, steht Elias auf und verlässt mit dem Handy am Ohr mein Zimmer. Ich vermisse seine Nähe sofort und frage mich, wer wohl dran ist und wann er endlich wieder zu mir zurückkommt, denn ich will seinen warmen Körper wieder an meinem fühlen und mich in seine Umarmung fallen lassen. Doch als er nach fünf Minuten immer noch nicht zurück ist, stehe ich langsam auf und bewege mich Richtung Zimmertür. Ich will mich nicht anschleichen und ihn belauschen, doch als ich ihn im Gang höre, bleibe ich unwillkürlich stehen und mache dann eben genau das.

»Verdammt. Nein, ich kann jetzt nicht kommen.« Er schweigt und reibt sich mit der Hand über die Stirn, während er auf die Antwort seines Gegenübers wartet. »Bist du dir sicher? Schafft ihr das nicht auch mal ohne mich?« Wieder ist nichts zu hören, doch der Anrufer scheint ziemlich viel zu sagen zu haben, denn erst nach einer gefühlten Ewigkeit antwortet Elias. »Ja. Ist ja schon gut. Sag ihr, dass ich komme.«

Er löst sich aus seiner Starre, setzt sich wieder in Bewegung und aus Angst, dass er mich hier an der Zimmertür erwischen könnte, gehe ich leisen und schnellen Schrittes zurück in mein Bett und warte gespannt, aber auch etwas ängstlich darauf, was als Nächstes passiert. Kurze Zeit später kommt auch Elias wieder in den Raum, setzt sich zu mir ans Bett und ich merke, dass ihm das, was er jetzt sagen möchte, nicht leichtfällt, denn er setzt mehrmals an und hält dann doch wieder inne. Als er dann schließlich das Wort ergreift, ist seine Stimme brüchig. »Nora. Es tut mir unendlich leid. Aber ich muss gehen.«

Das Gesagte kommt nur verzögert bei mir an und als ich es begreife, steigen in mir nur Unverständnis und Wut auf. Das kann jetzt wohl nicht wahr sein. Er hat mich schon so oft ohne Erklärung stehen lassen, aber er kann doch nicht jetzt abhauen. Jetzt, wo ich ihn wirklich brauche. Mir fällt keine passende Erwiderung ein. »Nora. Bitte. Sprich mit mir.« Seine Stimme ist flehend.

»Was soll ich denn bitte sagen?« Mehr bringe ich nicht hervor und selbst diese Worte haben mir alles abverlangt.

»Ich weiß, das ist jetzt unglaublich schlechtes Timing. Aber ich muss wirklich los.« Es vergehen wieder ein paar Sekunden und ich versuche meine Gedanken zu sortieren, versuche zu begreifen, was Elias mir eben gesagt hat. Doch egal, wie ich es hindrehe, es ergibt keinerlei Sinn.

»Wieso?« Mit meinem Blick durchbohre ich ihn, in der Hoffnung, irgendwie aus ihm schlau zu werden.

»Das kann ich dir nicht sagen. Noch nicht. Aber bitte vertrau mir. Es muss sein. Ich würde dich jetzt nicht allein lassen, wenn es nicht unbedingt notwendig wäre.« Seine Aussage versetzt mir einen weiteren Schlag in die Magengrube und ich habe das Gefühl, keine Luft mehr zu bekommen.

»Sag mir wenigstens wieso verdammt?«, bringe ich aufgeregt hervor, denn ich will mich hier nicht so abservieren lassen. Ich habe das Recht auf eine Erklärung, warum er mich allein lässt, obwohl er mir eben noch versprochen hat, dass er genau das nicht tun würde.

»Ich kann nicht.« Sein Gesichtsausdruck ist gequält, doch das hält ihn nicht davon ab, aufzustehen. Ich kann mich nicht länger zurückhalten. Ich stehe auf, gehe auf ihn zu und stoße ihm mit beiden Händen gegen die Brust, sodass er einen kleinen Schritt nach hinten machen muss.

Die Angst um Balu, der Ärger über sein ständiges Verschwinden und die Wut darüber, dass er mich jetzt tatsächlich im Stich lassen will, vermischen sich zu einem Gefühl, das ich gar nicht beschreiben kann, und die Worte sind aus mir raus, bevor ich länger darüber nachdenken kann. »Wenn du jetzt wirklich gehst ...« Stoß. »... dann werde ich dir das nicht verzeihen ...« Stoß. »... dann war es das endgültig mit uns.« Stoß.

Mittlerweile haben wir uns der Tür genähert und in einem Moment hebt Elias die Hand und ich erwarte, dass er mich gleich wieder in eine Umarmung zieht, sich bei mir entschuldigt und es eine ganz simple Erklärung für all das gibt. Doch schon im selben Moment zieht er die Hand zurück und fährt sich damit einmal durch die Haare. »Fuck. Es tut mir leid«, sagt er noch, dann dreht er sich um und verlässt mein Zimmer. Das war nicht die Entschuldigung, mit der ich gerechnet hatte.

Kapitel 16

Elias

Mit jedem Schritt, den ich mich vom Wohnheim entferne, weiß ich, dass ich einen Fehler mache. Einen unglaublich großen Fehler. Aber als der Anruf von Willy, Noahs und Vanessas Opa, kam, da wusste ich sofort, dass etwas nicht stimmte. Aber wie so oft war die Realität mal wieder härter als meine schlimmsten Vorstellungen. Vanessa ist zusammengebrochen. Ich habe gemerkt, dass sie in letzter Zeit abgenommen hat, und auch, dass sie weniger isst, aber was Willy mir erzählt hat, war mir trotzdem neu. Scheinbar ist nicht nur das nicht vorhandene Hungergefühl, das Vanessa schon seit Längerem begleitet, ein Problem. Sie will einfach nichts mehr essen.

Sofort durchströmt mich wieder das schlechte Gewissen, denn ich hätte besser auf sie aufpassen sollen. Ich war in letzter Zeit wohl einfach zu nachlässig. Als Willy mir erzählt hat, dass er vor ein paar Tagen Vanessa belauscht hat, wie sie an Noahs Krankenbett saß und mit ihm geredet hat, da gefror mir fast das Blut in den Adern. Dass Vanessa mit ihm redet, ist nichts Neues. Das tun wir alle. Denn solange die Möglichkeit besteht, dass er uns hören kann, solange werden wir weiter an seinem Bett sitzen und ihm unsere Geschichten erzählen. Aber sie habe zu ihm gesagt, dass sie langsam keinen Sinn mehr im Leben sehe und ohne ihn nicht mehr weitermachen wolle. Willy hat sie bisher noch nicht darauf angesprochen, denn er weiß nicht wie und auch ich habe keine Ahnung, wie ich das Thema am besten zur Sprache bringen soll.

Ich muss mir in Zukunft wieder mehr Zeit für sie nehmen. Und trotzdem muss ich es einfach schaffen, Nora nicht zu verlieren. Es muss doch möglich sein, mich um Vanessa zu kümmern und Nora in meinem Leben zu behalten, oder nicht? Als ich an ihren wütenden Gesichtsausdruck denke, da durchschießt mich wieder das schlechte Gewissen. Aber was hätte ich tun sollen? Es war eine Zwickmühle. Zu bleiben wäre falsch gewesen. Aber zu gehen war es ebenfalls. Ich werde mir was einfallen lassen, denn ich bin nicht bereit, Nora kampflos aufzugeben.

Kapitel 17

Nora

Ich kann es immer noch nicht fassen. Elias ist gegangen. Er ist einfach abgehauen und hat mich im Stich gelassen. Erneut rollen Tränen über mein Gesicht und ich weiß nicht, ob ich um Balu oder Elias weine. Kurz habe ich überlegt, Paul oder Lilly anzurufen. Aber was bringt das schon? Sie können mir nicht helfen und außerdem will ich die Leitung freihalten, damit mein Vater mich erreichen kann, sobald die OP erledigt ist. Mittlerweile dauert das aber auch schon ziemlich lange. Dann überlege ich, ob ich Maja herbitten soll, doch dann denke ich an Julius und seine Hunde.

Wenn ich ihm schreiben würde, dann wäre es bestimmt sofort zur Stelle und wer könnte mich besser verstehen als Julius, der seine beiden Hunde ebenfalls abgöttisch liebt? Ich habe mein Handy bereits in die Hand genommen und seinen Kontakt gewählt, doch dann denke ich daran, wie Elias darauf wohl reagieren würde, wenn er heimkommt und Julius hier sitzt.

Ich weiß, dass ich vorhin grob war und gemeine Sachen gesagt habe. Doch das war nicht ich. Da hat einfach die Wut aus mir gesprochen und innerlich hoffe ich immer noch, dass Elias nachher zurückkommt, sich bei mir entschuldigt, mir die Sache erklärt und es zwischen uns wieder ist wie davor. Denn wem will ich etwas vormachen? Ich habe mich verliebt. Und ich weiß ganz genau, dass ich ihm vergeben werde, sobald er nachher durch die Tür tritt, mir eine Erklärung liefert und um Entschuldigung bittet. Denn das wird er. Da bin ich mir sicher. Das zwischen uns war echt, das habe ich gespürt. Also rufe ich Julius nicht an, greife zu meinen Kopfhörern und starte *Walking the Wire* von Imagine Dragons.

Während ich mich ganz in die Musik fallen lasse, schweifen meine

Gedanken sofort wieder zurück zu Elias. Im Lied geht es darum, Menschen so zu akzeptieren, wie sie sind, und genau das werde ich tun. Elias ist nicht einfach, aber ich werde ihn so nehmen, wie er ist, mit seinen guten Seiten, aber eben auch mit seinen Fehlern. Gemeinsam können wir das schaffen.

Kapitel 18

Elias

»Nächste Station …«, schallt die laute kratzige Stimme durch den Lautsprecher und verkündet mir damit von Haltstation zu Haltestation, dass ich Ludwigsburg näher komme. Es klingt egoistisch, aber ich bin froh über jeden Meter, den ich zwischen mich und das Krankenhaus bringe. Obwohl es manchmal umständlich ist, dass Noah in Stuttgart und nicht in Ludwigsburg untergebracht ist, ist es doch eine Erleichterung. Die Entfernung zwischen dem Krankenhaus und meinem Zuhause bringt einen gewissen Abstand und sorgt dafür, dass ich nicht jede freie Sekunde bei Noah verbringe. Beim Gedanken an diesen weißen sterilen Raum dreht sich mir der Magen um. Und trotzdem muss ich ihn immer wieder betreten.

Diesen Raum, der mir immer wieder vor Augen führt, was ich verloren habe. Diesen Raum, der mir immer wieder vor Augen führt, dass ich daran schuld bin. Diesen Raum, der mir immer wieder vor Augen führt, dass ich diese Schuld niemals werde begleichen können. Und doch muss ich ihn immer wieder betreten. Das bin ich ihm einfach schuldig. Und ich bin es Vanessa schuldig.

Jedes Mal, wenn ich sie in den Arm nehme, merke ich, wie sie sich ein wenig entspannt. Aber bei mir hat es genau die gegenteilige Wirkung, denn es ist das Pflichtgefühl, das mich an ihrer Seite hält. Sie heute ebenfalls in einem Krankenbett zu sehen, hat mich fast umgeworfen. In Zukunft werde ich mich mehr um sie kümmern müssen. Willy hat mir erzählt, dass es schlimm um Vanessa steht, aber sie in diesem Krankenhausbett zu sehen, war viel schlimmer, als ich es mir hätte vorstellen können.

Ich stecke meine Kopfhörer in die Ohren und schalte die Musik an, in der Hoffnung, dass sie meine Gedanken übertönen kann. Aber die Gedanken sind zu laut. Doch sie drehen sich nicht weiter um Noah und Vanessa. Sie sind zurückgewandert zu Nora. Ich bekomme ihren Anblick, als ich ihr gesagt habe, dass ich gehen müsse, einfach nicht auf dem Kopf. Diese Enttäuschung und der Schmerz. Und doch ist mir nichts anderes übrig geblieben, als zu gehen. Denn Vanessa hat mich in diesem Moment einfach mehr gebraucht und wenn das der Fall ist, werde ich zur Stelle sein. Immer.

Obwohl der Gedanke an Noras Gesichtsausdruck mir schier körperliche Schmerzen bereitet, schießt mir gleichzeitig auch Wärme durch die Adern. Denn wenn ich an Nora denke, scheint alles wieder einen Sinn zu ergeben. Mit ihr fühle ich mich so lebendig wie schon lange nicht mehr. Ich fühle mich verstanden, akzeptiert und kann für einen kurzen Augenblick einfach im Hier und Jetzt leben und glücklich sein. Aber sie weiß nichts von Noahs Zustand und meiner Schuld. Ich hätte ihm helfen können. Wäre ich nur rechtzeitig an mein Handy gegangen, wäre alles anders gewesen. Aber das war ich nicht und jetzt werde ich womöglich den Rest meines Lebens unter dieser Last leiden. Die Wärme ist sofort verschwunden und zurück bleibt nichts als Kälte. Kann ich es Nora wirklich zumuten, mit jemandem wie mir zusammen zu sein? Wäre es nicht egoistisch, sie in mein kaputtes Leben mit reinzuziehen?

Als ich das Wohnheim vorhin verlassen habe, war ich noch fest entschlossen, um Nora zu kämpfen und ihr zu zeigen, dass ich es wert bin. Doch je näher ich Ludwigsburg komme, umso mehr kristallisiert sich ein Entschluss in meinem Kopf: Ich muss mich von Nora fernhalten. Auch wenn bei der Vorstellung, ihr nicht mehr nahe zu sein, etwas in mir zerbricht, so weiß ich doch, dass es die richtige Entscheidung ist. Nora hat jemanden verdient, der für sie da ist und sich um sie kümmert, wenn es ihr schlecht geht. Besonders in schwierigen Zeiten. Und heute habe ich bewiesen, dass ich nicht dieser Jemand für Nora sein kann. Sie wird für mich nie die Einzige sein können, auch wenn ich es mir noch so sehnlich wünsche. Ich habe einfach zu viele Verpflichtungen gegenüber Vanessa und diese letzten Stunden haben das noch mal deutlich gezeigt.

Während ich Ludwigsburg immer näher und näher komme, festigt sich mein Entschluss, Nora künftig auf Abstand zu halten. Die Wahrheit kann und will ich ihr nicht sagen, denn ich würde es nicht ertragen, wenn sie in mir nicht mehr den Elias sieht, den sie kennengelernt hat, sondern den Elias, der ein Leben zerstört hat.

Abstand zu halten ist die einzige Möglichkeit, damit Nora jemanden findet, der ihr all das geben kann, was sie braucht und verdient. Als ich bemerke, dass *Walking the Wire* von Imagine Dragons läuft, drehe ich die Musik noch ein wenig lauter und wünschte mir, ich hätte mehr Kraft. Dann würde ich um die Liebe kämpfen und die Situation nehmen, wie sie ist. Aber mein Leben hält anderes für mich bereit und jede Zeile des Liedes schmerzt, doch meine Entscheidung ist gefallen.

Kapitel 19

Nora

Als mein Handy klingelt und ich den Namen meines Vaters auf dem Display erkenne, bin ich so aufgeregt, dass es mir fast aus der Hand rutscht. Doch ich versuche mich zu beruhigen, hole nochmals tief Luft und drücke dann auf den grünen Hörer.

»Nora-Spätzchen.« Die Stimme meines Vaters zu hören, beruhigt mich sofort ungemein. Ich weiß, dass er immer für mich da sein wird, egal, was passiert. Und dieser Gedanke hilft mir dabei, die folgenden Worte auszusprechen, auch wenn ich unheimlich Angst vor der Antwort habe.

»Hallo, Papa. Wie ist die OP gelaufen?« Einen Moment herrscht Stille in der Leitung, doch dann spricht er endlich weiter.

»Die OP ist so weit gut überstanden. Balu ist noch nicht wach, aber der Tierarzt sagt, dass sich das bald ändern müsste und es vielversprechend aussieht. Balu hatte heute wohl einen besonders großen und fleißigen Schutzengel.«

Erst jetzt bemerke ich, dass ich den Atem angehalten habe, und sofort durchströmt mich die Erleichterung und ich lasse die Luft langsam entweichen. »Das heißt, er wird wieder ganz gesund?«, frage ich, nur um jedes Missverständnis auszuräumen.

»Der Arzt sagt, es wird noch etwas dauern, bis Balu wieder ganz fit ist, und wahrscheinlich ist er künftig großen Hunden gegenüber eher misstrauisch. Aber ja. Wenn alles weiter nach Plan läuft, dann kann ich Balu schon morgen wieder nach Hause holen.«

Tränen laufen mir über die Wangen, doch dieses Mal sind es Tränen der Erleichterung. »O Gott. Zum Glück. Ich bin so froh. Danke, dass du mir sofort Bescheid gesagt hast. Ich werde nächstes Wochenende auf jeden Fall nach Hause kommen, um mich um ihn zu kümmern.«

Nachdem ich meinem Vater das Versprechen abgenommen habe, dass er morgen sofort losgeht und Balus Lieblingsleckerlis kauft, legen wir auf, denn auch er ist vom Tag geschafft. Nachdem die erste Katastrophe abgewendet ist, gilt es nur noch die Situation mit Elias in Ordnung zu bringen und ich kann es kaum erwarten, bis er endlich wieder hier ist und ich ihm die guten Neuigkeiten berichten kann.

Ich gehe zu meiner Zimmertür und öffne sie, damit ich Elias nachher nicht verpasse, als ich sehe, dass dieser gerade versucht, sich daran vorbeizuschleichen. Ertappt schaut er mich an und ich muss dem Instinkt widerstehen, ihm sofort in die Arme zu springen. Denn er soll sich wenigstens Mühe mit der Entschuldigung geben und um Verzeihung bitten. Nach seiner miesen Aktion vorhin ist das nämlich das Mindeste.

Doch Elias entschuldigt sich nicht. Er kommt auch nicht näher. Stattdessen bleibt er einfach stehen und mustert mich, als hätte er mich noch nie zuvor gesehen. Langsam klärt sich sein Blick und endlich setzt er an, um etwas zu sagen. Doch als er seinen Mund öffnet, ist alles, was er sagt: »Gute Nacht, Nora.« Dann wendet er sich ab und geht in sein Zimmer. Ich verharre in meiner Tür und frage mich, was das jetzt schon wieder war. Ich bin hin- und hergerissen, denn alles in mir schreit danach, ihm hinterherzurennen und die Sache zwischen uns zu klären, doch dafür bin ich zu stolz, also bleibe ich, wo ich bin.

Im nächsten Moment öffnet sich die Haustür auch schon wieder und Louis betritt die WG. Als er mich sieht, ist sein Blick etwas verwundert und ich kann mir vorstellen, dass mein verheulter Anblick der Grund dafür ist. »Hallo, Louis.« Mehr bringe ich gerade nicht auf die Reihe.

Mit wenigen Schritten ist er bei mir, nimmt mich in den Arm und flüstert mir ins Ohr: »Was auch immer passiert ist, ich bin mir sicher, dass die Welt nach einer guten Flasche Wein gleich viel besser aussieht. Und wenn nicht, dann haben wir immer noch die leere Weinflasche und können sie dem Übeltäter über den Kopf ziehen. Danach wirst du dich sicher besser fühlen.« Und damit schafft er es dann doch, mir ein ehrliches Lächeln zu entlocken. Er lässt mich los und mustert mich neugierig. »Ich bringe meine Sachen kurz in mein Zimmer. Möchtest du mir danach erzählen, warum du so absolut grausam aussiehst? Oder brauchst du weibliche Unterstützung? Maja hat mir vor einer halben Stunde geschrieben, dass sie jetzt auch wieder im Wohnheim ist.«

Interessant, mir hat sie nicht Bescheid gesagt. Ich mache mir auf meiner imaginären To-do-Liste einen neuen Eintrag, damit ich morgen daran denke, sie mal ganz unauffällig zu fragen, was das zwischen Louis und ihr ist, dann wende ich mich wieder Louis zu. »Nein danke zu beidem. Im Moment brauche ich glaube ich nur noch mein Bett.«

»Bist du sicher?« Louis scheint noch nicht ganz überzeugt und ich frage mich, wie schlimm ich aussehe.

»Ja. Ganz sicher. Danke noch mal. Wir sehen uns morgen früh. Okay?« Ich versuche dabei so munter wie möglich zu klingen.

»Okay. Schlaf gut und bis morgen früh.«

Nachdem Louis zu seinem Zimmer weitergegangen ist, schlage ich den Weg zum Badezimmer ein. Der Tag war verdammt lang und anstrengend und mittlerweile möchte ich einfach nur noch ins Bett. Morgen sieht die Situation mit Elias bestimmt ganz anders aus. Das rede ich mir zumindest ein. Auf dem Weg zum Badezimmer laufe ich an Elias' Zimmer vorbei und halte für eine Sekunde inne. Bevor ich etwas Dummes machen kann, reiße ich mich allerdings wieder zusammen und flüchte ins Badezimmer.

Als ich mein Spiegelbild anstarre, würde ich am liebsten sofort wieder die Flucht ergreifen. Ich sehe grauenvoll aus! Es soll ja Leute geben, denen man das Weinen kaum ansieht. Ich gehöre eindeutig nicht dazu. Mein Gesicht ist gerötet, die Augen sind geschwollen und meine Wimperntusche ist überall, nur nicht an meinen Augen. Meine Haare, die ich zuletzt heute Morgen gekämmt habe, bevor ich mit Elias das Haus verlassen habe, stehen in alle Himmelsrichtungen ab und an einer Stelle hängt mir doch tatsächlich noch ein Blatt. Kein Wunder, dass sich Louis solche Sorgen um mich gemacht hat. Ich schließe die Tür hinter mir ab und nehme spontan noch eine schnelle Dusche. Unter dem warmen Strahl spüre ich sofort, wie gut mir das runterprasselnde Wasser tut. Ich strecke mein Gesicht dem Wasser entgegen und hoffe, so schon mal einen Großteil der verschmierten Schminke und die negative Energie des Tages von mir abwaschen zu können.

***

Als mich der Wecker am nächsten Tag aus meinen friedlichen Träumen reißt, will ich nicht aufstehen. Doch es hilft alles nichts, Hochschule muss wohl oder übel sein. Ich möchte meine Augen öffnen, aber sie fühlen sich geschwollen und verklebt an und genau das ist der Moment, an dem mich die Geschehnisse des letzten Tages schlagartig überrollen.

Mein Hals schnürt sich wieder zu, doch ich versuche Balu und Elias aus meinen Gedanken zu verbannen.

Ich stehe auf und mache einen Schritt auf meinen Spiegel zu, traue mich allerdings fast nicht, mein Spiegelbild anzuschauen, denn ich erwarte Schlimmes. Und leider behalte ich recht. Ich sehe so schlecht aus wie gestern. Während ich mich schminke, um einigermaßen fit zu wirken, halte ich meine Augen und Ohren offen, doch von Elias ist nichts zu hören oder zu sehen. Ist das Zufall oder geht er mir aus dem Weg?

***

Wie üblich bestreite ich den Tag gemeinsam mit Louis, Nick und Maja an meiner Seite und erzähle ihnen auf dem Weg zur Hochschule auf Nachfrage auch gleich, was passiert ist, dass meine Augen so verheult aussehen. Ich berichte ihnen also von Balu, ergänze aber sofort, dass er das Schlimmste überstanden hat und höchstwahrscheinlich keine bleibenden Schäden davontragen wird. Die drei reagieren mit kollegialem Mitgefühl und sofort fühle ich mich besser und getröstet. Über die Sache zwischen mir und Elias verliere ich allerdings kein Wort. Stattdessen versuche ich mich auf die Erzählungen der anderen zu konzentrieren, die im Gegensatz zu mir scheinbar alle ein schönes Wochenende hatten.

Nach der Hochschule gehen wir zum Einkaufen in den nahe gelegenen Supermarkt, machen uns gemeinsam Mittagessen und setzen uns dann im Aufenthaltsbereich unserer Wohnung zusammen, um uns den Stoff der ersten beiden Vorlesungswochen noch mal anzuschauen. In einigen Fächern waren die Vorlesungen nur oberflächlich, doch in anderen sind wir schon tief in die Thematik eingestiegen. Ich hoffe, das gemeinsame

Lernen und Zusammenfassen hilft, den Stoff besser zu verstehen und im Kopf zu behalten. Abends ziehe ich mich in mein Zimmer zurück, um noch etwas zu lesen, als mein Handy den Eingang neuer Nachrichten anzeigt.

Julius: Langsam gehen mir die Hundevideos aus. Bleibt es trotzdem morgen bei unserem Kuchendate? Bin gespannt, was du noch über das Wochenende zu berichten hast. Ich freue mich schon, dich morgen zu sehen.

Papa: Hallo, Spätzchen. Ich wollte vorhin nicht anrufen, weil ich dich nicht bei den Vorlesungen stören wollte. Ich wollte dir auch nur kurz Bescheid sagen, dass Balu jetzt wieder zu Hause ist. Er ist noch schwach, aber es geht aufwärts. Seine Lieblingsleckerlis habe ich ihm übrigens, wie von dir gewünscht, besorgt. Wir freuen uns schon, wenn du am Wochenende nach Hause kommst. Vermisse dich. Gruß, Papa.

Paul: Alles okay zwischen uns? Hab das ganze Wochenende nichts mehr von dir gehört. Hab das nicht böse gemeint letztens. Will nur nicht, dass du verletzt wirst.

Elias hat mir natürlich nicht geschrieben. Doch dann fällt mir auf, dass wir bisher noch gar nicht unsere Nummern ausgetauscht haben und er mir ja nicht mal hätte schreiben können, selbst wenn er gewollt hätte. Also antworte ich zuerst meinem Papa, dass ich mich auch schon auf das Wochenende freue und er Balu ein Küsschen von mir geben soll. Danach sage ich Julius für morgen zu, da es mir immer noch leidtut, dass ich ihn am Samstagabend *rausgeschmissen* habe und ich mich auf ihn freue. Und als letztes bekommt Paul eine Nachricht, in der ich versichere, dass alles in Ordnung ist, allerdings nicht näher auf die Sache eingehe. Erst will ich mit Elias sprechen.

Den habe ich allerdings den ganzen Tag weder in der Hochschule noch hier in der Wohnung angetroffen. Da ich ihm ja ohne Nummer schlecht eine

Nachricht schicken kann, überlege ich, ob ich einfach zu ihm gehen soll. Ich horche kurz an der Tür, ob jemand im Gang, der Küche oder dem Aufenthaltsbereich ist, denn ich habe keine Lust, das Gespräch vor versammelter Mannschaft zu führen, doch ich kann nichts hören. Vage erinnere ich mich daran, dass Louis und Nick im Laufe des Tages erzählt haben, dass sie heute Abend zum Hochschulsport gehen wollen.

Bevor ich es mir anders überlegen kann, verlasse ich mein Zimmer, doch vor Elias' Tür stoppe ich. Was soll ich denn zu ihm sagen? Dass ich ihm verzeihe, wenn er eine gute Begründung hat und sich entschuldigt? Die Entschuldigung sollte von ihm und von Herzen kommen. Außerdem ärgert es mich, dass Elias nicht auf die Idee kommt, die Sache wieder in Ordnung zu bringen, schließlich hat er es verbockt. Andererseits hasse ich es, Streit zu haben, und bin extrem harmoniebedürftig. Wenn etwas ungeklärt ist, schlafe ich schlechter. Ich hebe die Hand und gerade, als ich klopfen will, öffnet sich die Tür. Elias steht vor mir, die Verwunderung ist ihm ins Gesicht geschrieben. Wir starren uns an und keiner sagt ein Wort.

Schließlich räuspert sich Elias. »Kann ich dir irgendwie helfen?« Seine Stimme ist dabei hart und distanziert, doch seine Augen verraten ihn. Obwohl er wegsieht und versucht, es zu verbergen, habe ich einen Blick auf sie erhascht. In ihnen waren Schmerz und Traurigkeit zu sehen. Was hat Elias dazu bewogen, schon wieder auf Abstand zu gehen?

Ich bin fest entschlossen, zu ihm durchzudringen und ihn wieder dazu zu bewegen, seine Maske abzulegen, also riskiere ich den Sprung ins kalte Wasser und gehe in die Offensive. »Ich wollte mit dir über das reden, was am Wochenende passiert ist. Das zwischen uns. Bevor du gehen musstest.« Ich versuche dem Drang zu widerstehen, den Blick ebenfalls abzuwenden, denn Gespräche über Gefühle sind mir unangenehm. Mich jemandem zu öffnen ist mir schon immer schwergefallen und besonders nach der Trennung von Max ist das mit dem Vertrauen so eine Sache.

Doch ich rufe mir wieder in Erinnerung, wie Elias' Lachen klingt, wie sich seine Lippen auf meinen anfühlen und wie wunderbar geborgen und beschützt ich mich in seiner Umarmung gefühlt habe. Aus diesen Gedanken schöpfe ich Mut und so schaffe ich es tatsächlich, meinen Blick nicht abzuwenden, auch wenn seiner immer noch auf den Boden gerichtet ist. Da ich keine Antwort bekomme, spreche ich weiter, während Elias anfängt, mit einem Fuß unruhig über den Boden zu schaben. »Ich fand es wirklich schön mit dir. Und ich würde gerne mit dir darüber reden, wie es zwischen uns weitergeht …« Das Ende des Satzes bleibt in der Luft hängen, denn ich weiß nicht, was ich noch sagen soll. Wenn ich ehrlich bin, bin ich mir selbst nicht ganz sicher, wie das zwischen uns weitergehen soll.

Ist man schon zusammen, wenn man sich küsst und sich mag? Oder wird das bloß eine lockere Affäre? Ich habe keine Ahnung, was ich will, denn eine Beziehung war das Letzte, was ich wollte. Eigentlich. Denn mit Elias habe ich tatsächlich nicht gerechnet und vielleicht ist er ja der Eine? Aber Moment mal, jetzt sollte ich erst mal abwarten, was Elias zu der ganzen Sache zu sagen hat, vielleicht hat es ihm ja gar nichts bedeutet? Eiskalt läuft es mir den Rücken runter, doch ich rufe mich sofort wieder zur Vernunft. Am Samstagabend hat er selbst gesagt, dass er es langsam angehen wolle, weil er mich mögen würde. Da hab ich' s doch. Er mag mich. Langsam könnte Elias aber auch mal was sagen, denn die Stille zwischen uns wird unangenehm und wenn ich sie noch länger mit meinen Gedanken füllen muss, werde ich bestimmt noch ganz verrückt.

Endlich hebt Elias den Blick, doch als er den Mund öffnet, kommt erst mal gar nichts heraus. Wie ein stummer Fisch schaut er mir entgegen. Dann schließt er den Mund wieder und als er endlich die Sprache wiedergefunden hat, wünschte ich mir, er wäre stumm geblieben. »Das? Ach, das war doch nichts.«

Langsam dringen die Worte zu mir durch und sobald ich sie verstehe, zerreißt es mich innerlich. Jedes einzelne Wort fügt mir seelische Schmerzen zu und es fühlt sich an, als hätte Elias mein Herz mit Füßen getreten. Ich taumle einen Moment, dann fange ich mich wieder und stelle mich Elias erneut. Das kann nicht wahr sein. Ich muss irgendwas falsch verstanden haben, anders kann ich mir das nicht erklären.

»Wie bitte?« Ich versuche, nicht hysterisch zu klingen, doch als die Worte mit schrillem Unterton meinen Mund verlassen, weiß ich, dass ich kläglich gescheitert bin.

»Das waren doch nur ein paar Küsse. Mehr nicht. Mach da jetzt bitte nicht mehr draus, als es war.« Jedes Wort fühlt sich an wie ein Schlag in den Magen und für einen Moment habe ich Angst, dass mir meine Beine hier direkt vor Elias' Tür den Dienst verweigern werden. Ich will fragen, was das zu bedeuten hat. Warum er so ist. Doch bevor ich die Kraft habe, meinen Worten eine Stimme zu verleihen, redet Elias weiter. »Ich habe jetzt keine Zeit. Man sieht sich.« Und damit knallt er mir die Tür vor der Nase zu.

Ich halte mich am Türrahmen fest, befürchte, gleich zusammenzubrechen, doch ich rufe mich zur Besinnung und zwinge mich dazu, durchzuhalten, bis ich in meinem Zimmer hinter verschlossener Tür bin. Jeder Schritt kostet mich enorm viel Kraft und ich habe das Gefühl, Blei an den Füßen zu haben. Doch die Vorstellung, dass Nick und Louis mich so im Gang vorfinden und ich ihnen alles erzählen muss, oder noch schlimmer, dass Elias sein Zimmer verlässt und sieht, wie nah mir die Sache geht, bewegt mich dazu, mich in mein Zimmer zu quälen. Kaum habe ich meine Schwelle übertreten und die Tür hinter mir geschlossen, lehne ich mich erschöpft dagegen.

Die Kraft verlässt mich vollends und müde geben die Beine unter mir nach. Ich sinke auf den Boden und vergrabe mein Gesicht in meinen Handflächen. Als hätte sie nur darauf gewartet, verlässt nun auch die erste Träne mein Auge und läuft mir über die Wange. Doch es bleibt nicht bei der einen Träne und so sitze ich in meinem Zimmer auf dem Boden und weine.

Ich kann einfach nicht glauben, dass ich mich von Elias so habe um den Finger wickelt lassen. Ich bin tatsächlich dumm genug gewesen, mich von seiner *geheimnisvollen* Art trügen zu lassen, und dachte, ich wäre etwas Besonderes, weil er mich am Wochenende hinter seine Mauern hat schauen lassen. Dabei war wahrscheinlich alles nur gespielt. Wie viele unwissende Mädchen wohl schon auf ihn hereingefallen sind? Ich bin so ein Trottel. Wie konnte ich mich nur so von ihm verarschen lassen? Zum Glück haben wir uns nur geküsst und nicht miteinander geschlafen. Das wäre dann wohl der ultimative SUPERGAU gewesen.

Aber Moment mal. Wenn er mich nur verarscht hat, warum ist er am Samstagabend nicht weitergegangen? Wenn er mich nur verarschen wollte, dann hätte er doch erst versucht, alles von mir zu bekommen, und mich dann fallen lassen, oder nicht? Ein kleiner Funken der Hoffnung blitzt in mir auf. Vielleicht gibt es ja doch eine gute Erklärung für das Ganze? Ich lasse das Gespräch noch mal in meinem Kopf Revue passieren, komme dadurch aber zu keiner neuen Erkenntnis. Er hat mir vorhin eindeutig einen Korb gegeben und das nicht gerade freundlich. Wahrscheinlich wollte er nur die Stimmung in der Wohnung nicht vollkommen kaputtmachen und hat deswegen nicht mit mir geschlafen. Anders kann ich es mir nicht erklären. Und damit ist der Hoffnungsfunke auch schon wieder erloschen.

Ich wische mir mit dem Handrücken über die Wange und eine Spur schwarzer Schminke bleibt an meiner Haut zurück. Na super. Ich greife zu meinem Handy und obwohl mir im Moment Lillys liebevolle Art lieber wäre als Pauls »Ich hab' s dir doch gesagt«, muss ich mit ihm vorliebnehmen, denn bei Lilly in Asien ist es bereits sechs Stunden später und ich will sie nicht mitten in der Nacht mit meinen Liebesproblemen stören, insbesondere, da ich in der vergangenen Woche keine fünf Sätze mit ihr gewechselt habe. Paul kennt wenigstens schon unsere *Vorgeschichte*. Doch nachdem es bei ihm mehrmals geklingelt hat und er immer noch nicht rangegangen ist, gebe ich es auf und möchte gerade wieder den Kopf auf meine Knie sinken lassen, als mein Display einen eingehenden Anruf anzeigt. Doch er ist nicht von Paul, sondern von Julius. Man hört mir im Moment bestimmt an, dass ich nicht in Topform bin, deswegen überlege ich erst, ihn wegzudrücken. Doch instinktiv nehme ich dann doch ab. Immerhin ruft er mich genau in dem Moment an, in dem ich Lilly und Paul nicht erreichen kann. Das kann doch kein Zufall sein, oder?

»Hallo, Julius.« Mehr bringe ich gerade nicht raus und selbst diese zwei Worte haben mich schon enorm angestrengt.

»Nora? Ist alles in Ordnung bei dir? Du klingst gar nicht gut.« Er wirkt ehrlich besorgt.

Ob ich mit ihm über Elias sprechen sollte? Das würde den zwar wieder auf die Palme bringen, aber er hat mich verarscht. Er hat es nicht verdient, dass ich Rücksicht auf seine Gefühle nehme, falls er überhaupt welche hat. Außerdem vertraue ich Julius, also fasse ich mir ein Herz und will ihm erzählen, was passiert ist. Ich mache den Mund auf, doch heraus kommt nichts außer ein lautes, herzerschütterndes Schluchzen. Weitere Tränen kullern über meine Wangen und der Schmerz sorgt dafür, dass ich kaum mehr Luft bekomme. Ich atme viel zu schnell und wie immer, wenn ich wirklich verletzt oder sauer bin, habe ich Probleme, meine Atmung wieder unter Kontrolle zu bekommen.

»Nora. Beruhig dich. Atmen. Tief ein- und ausatmen. Ein und wieder aus.« Ich höre, wie Julius mir am Hörer laut voratmet, versuche meine Atmung an seine anzupassen und tatsächlich hilft es. Gemeinsam mit ihm hole ich tief Luft und lasse sie dann ebenso langsam und bedacht wieder aus meiner Lunge entweichen. Mit jedem Atemzug wird es besser, bis ich mich schließlich wieder ganz im Griff habe.

»Danke.« Ich presse das Wort hervor. Meine Stimme ist nicht mehr als ein Flüstern.

»Bist du zu Hause? Ich kann in spätestens zehn Minuten bei dir sein, wenn du das möchtest.« Einen Moment herrscht Stille zwischen uns, denn eigentlich will ich nicht, dass jemand mich in diesem Zustand sieht. Andererseits könnte ich einen Freund gerade wirklich gebrauchen und schlimmer kann der Abend sowieso nicht mehr werden.

»Ja bitte.«

»Okay, Nora. Ich komme vorbei. Bleib einfach, wo du bist, und egal, was passiert ist, wir finden eine Lösung, okay? Ich bin in zehn Minuten bei dir.«

Wir legen auf und ich lache fast, denn ich muss daran denken, dass ich mal gehört habe, dass man Menschen mit Panikattacken immer mit dem Namen ansprechen soll. Genau das hat Julius mehrfach getan und irgendwie hat es mich tatsächlich ein kleines bisschen beruhigt.

Ich lasse den Kopf in den Nacken fallen und lehne ihn gegen die Tür, den Blick an die graue Decke des Zimmers gerichtet. Das Grau kommt mir heute noch dunkler und düsterer vor als sonst und ich frage mich, ob ich mich mit dem Feind im Zimmer nebenan hier irgendwann auch nur annähernd zu Hause fühlen werde. Aktuell fühlt sich alles falsch und verräterisch an.

Die Balkontür, durch die ich getreten bin, kurz bevor ich Elias als meinen Zimmernachbarn kennengelernt habe. Der Schreibtischstuhl, auf dem er am Samstagabend saß, kurz bevor er mir verkündet hat, dass er es langsam angehen wolle, weil ich ihm was bedeuten würde. Das Bett, in dem wir *Modern Family* geschaut haben und ich die Wärme seiner Umarmung genossen habe. Selbst die Tür in meinem Rücken, gegen die er mich während unseres Kusses gedrängt hat. Elias hat dieses Zimmer in den letzten Tagen mit so viel Erinnerungen und Empfindungen gefüllt, dass ich für einen Moment Angst habe, ich könnte an ihnen ersticken. Auch die Küche, in der er mich das erste Mal geküsst hat, und das Badezimmer, in dem wir unsere kleine Zahnputzschlacht ausgetragen haben, sind plötzlich keine neutralen Orte mehr. Es sind Orte, die ich künftig immer mit ihm verbinden werde, und die Tatsache, dass ich mir nichts sehnlicher wünsche, als wieder seine Nähe zu spüren, macht die Situation nur noch schlimmer.

Das Klingeln der Tür reißt mich aus den Gedanken und ich nehme alle Kraft zusammen, um mich wieder auf die Beine zu hieven. Kaum zu glauben, dass seelischer Schmerz sich so extrem auf das körperliche Befinden auswirken kann. Obwohl es bereits ein zweites Mal geklingelt hat, bleibe ich noch einen Moment stehen, nachdem ich mich hochgehievt habe. Mit geschlossenen Augen lehne ich mich gegen meine Zimmertür und nehme einen ruhigen Atemzug.

Ich versuche mich auf das Zusammentreffen mit Julius vorzubereiten, als ich plötzlich eine Tür und dann Schritte höre, die an meiner Zimmertür vorbeigehen. Dann vernehme ich durch die Tür gedämpft Elias' Worte. »Was willst du denn hier?« Die Worte sind nicht kalt und abweisend wie bei mir vorhin. Er spuckt die Worte fast aus und in jeder Silbe steckt Abscheu. Was zur Hölle …? Ich reiße die Tür auf und obwohl ich wusste, dass es hart wird, Elias zu sehen, zieht es mir trotzdem fast den Fußboden unter den Beinen weg.

Julius schiebt Elias zur Seite und macht sofort einen Schritt auf mich zu. »Nora. Alles wird gut. Komm her.« Er zieht mich in eine lange Umarmung. Ich bin dankbar, denn er gibt mir Halt, während meine Beine unter mir wieder nachzugeben drohen. Ich höre noch, dass Elias hinter ihm ein lautes, generervtes Schnaufen von sich gibt, doch ich nehme es kaum wahr. Julius lässt von mir ab, schiebt mich in mein Zimmer und schließt die Tür hinter uns.

Er dirigiert mich zum Bett, wo er sich neben mich setzt und dann ernst anschaut. »So, hier haben wir unsere Ruhe. Möchtest du darüber reden?« Ich bin zu perplex, um sofort zu antworten, und Julius betrachtet mich forschend, dann greift er in seine Jackentasche und zieht eine Tafel Schokolade und mehrere Teebeutel heraus. »Oder möchtest du lieber nicht reden und stattdessen Schokolade, einen Tee und einen Film schauen?« Ich muss unwillkürlich lächeln, auch wenn ich dachte, dass ich dazu heute nicht mehr in der Lage sein würde. Ich beuge mich vor, nehme die Schokolade an mich und ziehe Julius noch mal in eine tiefe Umarmung.

»Danke.« Meine Stimme ist nur ein Nuscheln und wird von seinem Shirt gedämpft, doch ich bin mir sicher, er hat mich verstanden. Nachdem ich unsere Umarmung gelöst habe, lasse ich mich zurück in mein Bett sinken und klopfe auf die freie Fläche neben mir. »Film und Schokolade klingen gut.«

Im Moment brauche ich einfach Ablenkung und ich bin Julius dankbar dafür, dass er mich nicht dazu drängt, über das Geschehene zu sprechen. Ich werde es ihm erzählen, aber im Moment ist dafür einfach nicht der richtige Zeitpunkt, denn allein beim Gedanken an Elias schießen mir schon wieder Tränen in die Augenwinkel. Bevor wir den Film starten, erzähle ich ihm allerdings noch von Balu und seiner OP. Aufmunternd streichelt er mir mit seiner Hand über den Arm und spricht mir Mut zu. Und obwohl seine Berührung in mir nicht dasselbe auslöst wie die von Elias, ist es einfach tröstlich, ihn in meiner Nähe zu haben. Wir entscheiden uns schließlich für den Film *Kissing Booth* und während die Schokolade Stück für Stück weniger wird und der Film vor uns dahinzieht, merke ich, wie ich mich zumindest wieder ein kleines bisschen beruhige.

Als der Film zu Ende ist, zeigt die Uhr bereits dreiundzwanzig Uhr und Julius verabschiedet sich, nachdem er sich versichert hat, dass es bei unserem Treffen morgen nach dem Tutorium bleibt. Da ich die zurückbleibende Stille in meinem Zimmer nicht ertrage, greife ich zu meinen Kopfhörern und mache mich nun mit Hintergrundmusik bettfertig. Dabei schwöre ich mir, dass ich

Elias vergessen werde. Oder besser gesagt, die Gefühle für Elias vergessen werde, denn da er nur weniger Meter von mir entfernt wohnt, kann ich ihn schlecht ganz aus meinem Leben streichen. Aber ich habe mich schon mal von einem Mann verletzen lassen und war danach wochenlang nicht ich selbst. Das wird mir nicht noch mal passieren. Ich bin jung und ich bin hier, um zu studieren und die beste Zeit meines Lebens zu haben, und genau das habe ich vor. Und davon wird auch Elias mich nicht abbringen können. Zufrieden mit meiner halbwegs positiven Einstellung falle ich langsam in einen unruhigen Schlaf voller Träume von Balu, grünen Augen und Schokolade.

Kapitel 20

Elias

Während dieser Idiot Nora in eine tiefe Umarmung gezogen hat und mit ihr in ihrem Zimmer verschwunden ist, stehe ich immer noch wie angewurzelt an der Wohnungstür, durch die ich den Feind höchstpersönlich hereingelassen habe. Ich weiß, dass ich selbst schuld bin, schließlich habe ich Nora verletzt und mir gewünscht, dass sie einen anderen findet. Einen, der sie verdient und für sie da ist. Julius ist jetzt schon direkt vor Ort und kümmert sich um sie. Eigentlich ist er genau die Art Mensch, den sie verdient. Und trotzdem muss ich mich gerade sehr zusammenreißen, nicht in ihr Zimmer zu stürmen, sie aus seinen Armen zu reißen und ihm eine reinzuhauen.

Zu wissen, dass sie mit ihm da drin ist, lässt die Wut in mir von Sekunde zu Sekunde stärker werden. Nachdem ich Nora an der Tür vorhin so abweisend behandelt habe, war der Schmerz in ihren Augen schier unerträglich und ich hätte am liebsten jedes einzelne Wort sofort zurückgenommen, kaum dass es meinen Mund verlassen hatte. Aber ich habe es nicht getan. Weil es das Beste für sie ist, wenn ich nicht Teil ihres Lebens bin. Doch nachdem ich die Tür geschlossen hatte, hat unendliche Traurigkeit meinen Körper geflutet und bis eben dachte ich, ich könnte womöglich nie wieder eine andere Emotion verspüren und diese Traurigkeit würde von nun an für immer wie eine graue Wolke über mir schweben. Aber damit habe ich mich schwer vertan, denn die Traurigkeit ist der Wut gewichen und ich weiß nicht, ob ich im Moment Julius oder mich selbst mehr hassen soll.

Ich balle meine Hände zu Fäusten, versuche durchzuatmen und zwinge mich dann dazu, an Noras Tür vorbei zu meinem Zimmer zu gehen. Bevor es geklingelt hat, wollte ich gerade Vanessa anrufen. Aber jetzt ist daran nicht mehr zu denken, also schnappe ich mir meine Kopfhörer und meine Kamera und verlasse fluchtartig das Wohnheim, denn die gedämpften Stimmen aus Noras Zimmer lassen mich hier nicht zur Ruhe kommen. Also tue ich, was ich immer tue, wenn ich sonst keinen Ausweg mehr finde. Ich fotografiere.

Kapitel 21

Julius
Es ist bereits dunkel, als ich den Weg vom Wohnheim zu meinem Auto gehe, aber Nora hat mich gebraucht und wenn sie mich gebeten hätte, noch länger zu bleiben, dann hätte ich das getan. Zu sehen, in welcher Verfassung sie war, als ich gekommen bin, hat einfach unglaublich wehgetan. Ihr verletzter Anblick hat mich deutlich mehr geschmerzt als ihre Abfuhr. Und auch wenn sie mir nicht genau sagen wollte, was los war, so bin ich mir doch ziemlich sicher, dass es Elias' Schuld war, dass Nora in Tränen aufgelöst vor mir stand.

Schmerzhaft kommt wieder die Erinnerung hoch, wie Nora fast zusammengeklappt ist, als sie Elias gesehen hat. Die Tatsache, dass er so feindselig auf mich reagiert hat, hat gezeigt, dass da definitiv irgendwas zwischen den beiden war. So gerne ich mit Nora zusammen wäre, im Moment muss ich mich einfach als Freund um sie kümmern und sie auf gute Gedanken bringen. Denn auch wenn ich Nora attraktiv finde und mich von ihr angezogen fühle, hat mir die letzte Zeit eins gezeigt: Sie ist mir als Mensch einfach unglaublich wichtig und zwar egal, ob als meine Freundin oder eine Freundin. Ich will sie einfach nur in meinem Leben, denn in dieser kurzen Zeit ist sie mir schon sehr wichtig geworden.

Kapitel 22

Nora

Nachdem sowohl das Wochenende als auch der Montag von viel Stress, schlechten Nachrichten und unruhigem Schlaf geprägt waren, zieht sich der Dienstagvormittag hin wie Kaugummi. Daran kann auch die Gesellschaft von Maja, Louis und Nick nichts ändern, die mir meine schlechte Laune offensichtlich angemerkt haben und ihr Bestes geben, mich aufzuheitern. Es hat mir heute nicht mal Freude bereitet, Maja über Louis auszuhorchen, die alles abgestritten hat und meinte, sie und Louis würden sich nur supergut verstehen. Als ob. Doch ich bin heute nicht in der Stimmung, sie weiter aufzuziehen, und verschiebe dieses Gespräch auf einen anderen Tag, damit ich es dann wenigstens richtig genießen kann. Der Lärm in der Mensa während der Mittagspause scheint mir heute noch unerträglicher als sonst und so ist das Tutorium am Nachmittag, bei dem mich Julius strahlend begrüßt, tatsächlich mein erster richtiger Lichtblick und das trotz der Ankündigung, dass wir die Grundlagen von Bilanzen wiederholen.

Eineinhalb Stunden später raucht mein Kopf, aber ich bin zufrieden mit mir selbst, denn ich konnte die Übungsaufgabe lösen und das verbuche ich direkt als Erfolg. Es sind die kleinen Dinge im Leben.

»So, für heute habt ihr uns wieder überlebt. Danke, dass ihr so toll mitgemacht habt. Wir wünschen euch eine schöne Woche und wenn ihr Vorschläge habt, was ihr nächstes Mal wiederholen wollt, könnt ihr euch gerne per Mail mit uns in Verbindung setzen.« Einer der anderen Tutoren erlöst uns endlich und sofort klopfen alle auf die Holztische.

Während wir unsere Sachen zusammenpacken, lasse ich Maja und Nick wissen, dass sie nicht auf mich warten müssen, weil ich noch etwas mit Julius unternehme, und sofort ist Majas Interesse geweckt. Da Julius allerdings auf dem Weg zu uns ist, verschont sie mich mit blöden Fragen und wirft mir nur mit hochgezogener Augenbraue einen fragenden Blick zu. Ich mache eine wegwerfende Handbewegung und versuche ihr damit zu verstehen zu geben, dass es da nichts gibt, was diese hochgezogene Augenbraue rechtfertigt. Ich habe ihr zwar schon mal erzählt, dass das zwischen Julius und mir nur Freundschaft ist, aber so ganz überzeugt ist sie scheinbar nicht. Julius grüßt Maja und als er bei mir angelangt ist, schließt er mich ich eine kurze Umarmung.

»Na, bereit, dir den Bauch mit Kuchen vollzuschlagen, bis wir nur noch rollen können?«, fragt er grinsend.

Ich nicke. Frustessen war schon immer voll meins. Wenn es Lilly schlecht geht, dann isst sie gar nichts mehr. Wenn es mir schlecht geht, dann esse ich für eine halbe Fußballmannschaft. Manchmal sogar für eine ganze. Vielleicht versuche ich damit die Leere in mir zu füllen und angesichts der aktuellen Situation brauche ich definitiv viel Kuchen.

Bevor wir aufbrechen, wendet Nick allerdings noch das Wort an mich. »Hey, Nora, wir wollen heute Abend gemeinsam Raclette machen. Ich habe extra das Raclettegerät von zu Hause mitgebracht und die Uno-Karten warten auf eine Revanche. Bist du dabei? Du kannst ihn auch gerne mitbringen.« Mit einer leichten Kopfbewegung deutet er auf Julius. Ich bin etwas unschlüssig und werfe Julius einen fragenden Blick zu.

»Klar. Von mir aus gerne. Hey, ich bin übrigens Julius.« Die beiden Jungs geben sich die Hand und damit ist die Sache auch schon entschieden.

»In dem Fall sind wir heute Abend dabei. Brauchen wir noch irgendwas?«, frage ich.

»Nö, passt, Louis und ich gehen nachher sowieso noch schnell einkaufen. Also bis heute Abend«, erwidert Nick. Gemeinsam mit Maja verlässt er den Raum, bevor Julius und ich uns auf den Weg zum Café machen.

***

»Ich habe es bisher nicht angesprochen. Aber möchtest du mir erzählen, was gestern los war?«, fragt Julius.

Langsam hebe ich den Blick von meinem Kuchen und sehe in Julius' Augen

Sorge. »Ich weiß nicht, wie ich es sagen soll. Irgendwie hat sich zwischen mir und Elias etwas entwickelt. Ich wollte es nicht und hatte es auch nicht geplant, aber manchmal spielt das Leben einfach nicht nach Drehbuch.« Ich betrachte ihn genau, um herauszufinden, ob es ihn stört, mit mir über Elias zu sprechen, doch ich entdecke keine Wut oder Enttäuschung. Ich sehe weiterhin nur Besorgnis, also spreche ich weiter, in der Hoffnung, Julius mit meinen Worten nicht zu verletzen. Einmal angefangen, purzeln die Worte nur so aus mir heraus und ich erzähle ihm alles. Als ich schließlich aufhöre zu reden, bin ich stolz auf mich, weil ich alles einigermaßen ruhig und ohne in Tränen auszubrechen erzählen konnte.

Julius holt kurz Luft, bevor er antwortet, und schon an seinem Blick erkenne ich, dass er wütend ist. »Tatsächlich habe ich mir gestern schon gedacht, dass da irgendwas zwischen euch extrem komisch ist. Und du hattest am Samstag ja auch schon angedeutet, dass es mit ihm kompliziert ist. Aber mal ehrlich: Der ist doch wohl bekloppt. Es tut mir leid, dir das sagen zu müssen, aber dieser Elias ist wohl ein vollkommener Idiot. Er war mir von Anfang an nicht wirklich sympathisch, weil er mir gegenüber immer so abweisend war. Aber das, was er dir angetan hat, das ist einfach das Letzte. Keine Frau verdient es, so von einem Mann behandelt zu werden. Und schon gar nicht du.« Sein Ton ist aufbrausend und er wirkt, als wollte er am liebsten aufspringen, zum Wohnheim stürmen und Elias eine reinhauen. Er rammt die Gabel in seinen Kuchen, nimmt einen großen Bissen und als er runtergeschluckt hat, ergreift er wieder das Wort. »Dieser Kuchen ist verdammt gut. Aber ich kann ihn gar nicht richtig genießen, weil ich mich so über diesen Idioten aufrege. Es tut mir so unendlich leid für dich.«

Seine Reaktion entlockt mir ein kleines Lachen. »Julius. Massakrier den unschuldigen Kuchen bitte nicht so. Der kann auch nichts dafür.« Ich greife ebenfalls zu meiner Gabel und esse ein großes Stück Kuchen. Mit halb vollem Mund spreche ich weiter. »Es tut gut, mit dir darüber geredet zu haben und zu wissen, dass du auf meiner Seite bist und ich immer auf dich zählen kann. Aber können wir das Thema wechseln? Ich möchte nicht eine weitere Sekunde meines Lebens an Elias verschwenden.«

Obwohl mein Herz allein beim Aussprechen seines Namens ein wenig schneller schlägt, so ist mir doch bewusst, dass ich ihn mir schnellstmöglich aus dem Kopf – und Herzen – schlagen und nach vorne sehen muss. Ich steche mit meiner Gabel in den Brownie und bevor ich einen großen Bissen nehme, wende ich mich noch mal an Julius. »Außerdem ist der Kuchen viel zu gut, um ihn nicht zu genießen.«

Julius schiebt sich ebenfalls ein Stück Brownie in den Mund, kaut genüsslich und schenkt mir dann wieder seine Aufmerksamkeit. »Du hast recht. Er ist es nicht wert. Aber ich möchte, dass du weißt, dass ich für dich da bin, wenn du reden willst. Oder auch, wenn du nicht reden willst. Und natürlich auch, wenn du mal eine Leiche entsorgen musst.« Er sagt das so ernst und beiläufig, dass ich lachen muss, und obwohl das Wochenende so scheiße war, bin ich in diesem Moment unglaublich dankbar. Dankbar, weil ich hier so gute Freunde gefunden habe. Dankbar, dass ich trotz allem noch lachen kann. Und dankbar, dass ich niemals allein sein werde, komme, was wolle.

Obwohl wir uns am liebsten Kuchennachschub besorgt hätten, sind Julius und ich uns einig, dass eine zweite Portion nicht die richtige Entscheidung wäre, da wir noch viel Raclette essen wollen. Nachdem ich – trotz Julius' anfänglicher Weigerungen – gezahlt habe, machen wir uns also gemeinsam auf den Weg zum Wohnheim, denn für Julius lohnt es sich nicht mehr wirklich, vor dem Abendessen noch nach Hause zu gehen. In meinem Zimmer angekommen machen wir es uns auf dem Bett gemütlich. Er auf der einen Seite, ich auf der anderen Seite und in der Mitte überkreuzen sich unsere Füße. Ich schalte meine Bluetooth-Box an und während im Hintergrund Imagine Dragons läuft, unterhalten wir uns über alles Mögliche.

»Was essen Autos besonders gern?«, fragt Julius aus dem Nichts und sieht mich abwartend an.

»Ähm. Keine Ahnung.« Meine Antwort kommt etwas verspätet und klingt eher wie eine Frage.

»Parkplätzchen.«

Ich schaue ihn entgeistert an, doch schon im nächsten Moment lache ich gelöst auf. Ich weiß gar nicht, zum wievielten Mal ich heute wegen Julius schon lachen muss, und es tut so unglaublich gut, ihn an meiner Seite zu wissen. Mit Freunden wie ihm werde ich auch die Elias-Geschichte gut überstehen. Die Dankbarkeit überrollt mich erneut und aus einem Impuls heraus klettere ich zu Julius rüber und schließe ihn ungelenk in eine feste Umarmung.

Julius nutzt die Chance, schlingt einen Arm um meinen Körper und mit der anderen Hand beginnt er mich zu kitzeln. Ich quietsche sofort auf und versuche mich aus der Umarmung zu befreien, aber Julius lässt mich nicht los und sein lautes Lachen klingt so heiter, dass ich befürchte, er wird mich so schnell nicht davonkommen lassen. Weil ich mir nicht anders zu helfen weiß und dringend mehr Halt brauche, schwinge ich ein Bein über seine Hüfte, sodass ich jetzt rittlings auf ihm sitze, um mich aus seinem Griff zu befreien. Für einen kurzen Moment vergesse ich alles um uns herum, bis ich plötzlich ein lautes Räuspern vernehme. Sofort lässt Julius von mir ab und wir wenden uns zum Ursprung des Geräusches.

»Sorry. Ich habe geklopft, aber ihr habt es wohl nicht gehört. Wir würden dann jetzt mit dem Raclette anfangen.« Louis steht in meiner offenen Tür und kratzt sich sichtlich verlegen am Nacken. Hinter ihm sehe ich gerade noch, wie Elias sich schnaubend umdreht und weggeht. Als mir bewusst wird, dass das, was für mich und Julius nur ein freundschaftlicher Kampf war, in den Augen der anderen ganz anders aussehen mag, springe ich sofort von Julius' Schoß und streiche mir die zerzausten Haare zurecht.

»Äh, ja. Sorry. Wir kommen sofort.« Ich stottere herum und trete dabei unruhig von einem Fuß auf den anderen. Eigentlich könnte es mir egal sein, was die anderen und insbesondere Elias denken. Aber es ist mir nicht egal. Ich möchte nicht, dass jemand denkt, zwischen Julius und mir wäre irgendwas. Aber ihnen das jetzt lang und breit zu erklären, kommt auch komisch. Ich beschließe also, gar nichts zu der ganzen Situation zu sagen, halte Julius die Hand hin, um ihm aufzuhelfen, und gemeinsam folgen wir Louis in die Küche, wo Maja, Nick und ein ziemlich finster dreinblickender Elias bereits am gedeckten Tisch sitzen und auf uns warten.

Kapitel 23

Elias

Grausam. Dieser Abend ist einfach nur grausam. Als Louis mich gefragt hat, ob ich Lust auf Raclette hätte, da habe ich, ohne groß drüber nachzudenken, zugesagt. Louis und Nick scheinen nett zu sein und ich sollte dringend etwas mehr Kontakt zu ihnen pflegen, damit das Zusammenwohnen lockerer wird. Außerdem klang ein Raclette- und Spieleabend genau nach der Ablenkung, die ich brauche, um die Gedanken und Sorgen wegen Vanessa mal loszulassen.

Womit ich allerdings nichts gerechnet hatte, war Nora. Eigentlich dumm von mir, immerhin hat sie sich schon deutlich besser mit den beiden angefreundet. Es lag also auf der Hand, dass sie mit von der Partie sein würde. Ich weiß nicht, wie ich das vergessen konnte, denn einem Abend mit Nora hätte ich bestimmt nicht zugestimmt. Und erst recht nicht, wenn ich gewusst hätte, dass dieser Idiot auch dabei sein würde. Und jetzt sitze ich hier am Tisch. Gegenüber von Nora und diesem Julius. Es war schlimm genug, ständig das dröhnend laute Lachen aus ihrem Zimmer zu hören, das in meinen Ohren einfach nur falsch und verhöhnend klang. Aber dann der Anblick von Nora auf seinem Schoß …

Das hat mir wirklich den Rest gegeben. Am liebsten würde ich aufstehen und in mein Zimmer gehen, denn bei dem Gedanken an die Vertrautheit zwischen Nora und Julius ist mir der Appetit sowieso vergangen. Doch irgendwas hält mich an diesem Tisch. Vielleicht ist es der Gedanke, dass ich Nora so schnell nicht wieder so nahekommen werde wie hier an diesem Tisch. Denn ich vermisse sie. Obwohl wir uns noch nicht lange kennen, vermisse ich ihre Art. Ich vermisse es, mit ihr zu lachen. Ich vermisse es, mit ihr reden zu können. Und ich vermisse es, sie berühren zu dürfen. Alles in mir fühlt sich taub an und ich fühle gleichzeitig alles und doch wieder nichts.

»Elias, könntest du mir bitte das Brot geben?« Julius' Stimme reißt mich aus meinen Gedanken und als ich von meinem fast noch vollen Teller aufblicke, muss ich mich zusammenreißen, ihm nicht über den Tisch hinweg ins Gesicht zu springen. Ich greife nach dem Brotkorb und schiebe ihn wortlos in Julius' Richtung.

»Danke. Sehr nett.« Seine Worte triefen nur so vor Ironie und er sieht so aus, als wollte er noch was sagen, aber dann legt Nora ihre Hand auf seinen Arm und schüttelt leicht den Kopf. Und während diese kleine Geste mir ein weiteres Stück aus meinem Herz reißt, schließt er den Mund wieder, nimmt eine Scheibe Brot aus dem Korb und beginnt mit den anderen ein Gespräch über das Studium.

Ich will mich nicht daran beteiligen und es scheint niemandem aufzufallen, dass ich schon wieder in Gedanken versinke. Doch dieses Mal schweifen sie zu Vanessa, die ich heute besucht habe. Sie durfte wieder nach Hause, hat Nahrungsergänzungsmittel bekommen und soll sich erholen. Obwohl wir oft zusammen ins Krankenhaus zu Noah gehen, habe ich heute den Tag einfach mit ihr verbracht und sie auf andere Gedanken gebracht. Die Situation taucht wieder vor meinem inneren Auge auf und läuft wie ein Film in meinem Kopf ab.

***

Zögerlich gehe ich auf die Tür zu, an der das Namensschild hängt, das Vanessa damals mit fünf Jahren während der Sommerferien vor der ersten Klasse gebastelt hat. Sie war unglaublich stolz, ihren Namen schon schreiben zu können, auch wenn ihre Tante ihr dabei geholfen hat. Die Buchstaben sind pink und man sieht die Unsicherheit in jedem Schwung. Das gesamte Namensschild ist voller Glitzer und am Rand hängen lauter rosa und lila Federn und unwillkürlich muss ich an das Mädchen denken, das früher immer ein Lächeln im Gesicht hatte und so unbeschwert war. Der Unfall ihrer Eltern hat ihr ein gutes Stück der Unbeschwertheit genommen und nur in der Nähe von Noah und mir war sie manchmal noch dieses unbeschwerte Mädchen. Für alle anderen wurde sie kalt und abweisend und hat ihr Ding durchgezogen. Sowohl in der Schule als auch im Ballett zählte sie zu einer der Besten.

Mein Blick huscht weiter zu dem schwarzen Schild, das sie etwa zwei Jahre später angefertigt hat. Die Schrift ist deutlich klarer und mit weißen Lettern steht dick und fett »Jungs verboten« in der Mitte. Noah und ich waren zu der Zeit total in unserer Mädchen-sind-eklig-Phase und haben das Vanessa auch ziemlich spüren lassen. Dieses Schild war ihre Reaktion darauf.

Nachdenklich streiche ich erst über das Jungs-verboten-Schild und dann über eine der Federn am Namensschild und wünsche mich in diese Zeit zurück, in der alles möglich war. Damals stand uns die Welt noch offen und wir fühlten uns unbesiegbar. Wir hatten keine Verpflichtungen und konnten die Nachmittage mit Freunden in der Natur verbringen und die Gegend unsicher machen. Ich frage mich, wann wir das letzte Mal zum Spielen rausgegangen sind und ob wir diesen letzten Tag wohl genossen haben. Ich wische mir eine Träne aus dem Augenwinkel, setze mir ein Lächeln auf und klopfe an die Tür.

»Herein.« Vanessas Stimme klingt dünn und schwach und ich weiß jetzt schon, dass das wieder kein einfacher Nachmittag werden wird. Obwohl ich am liebsten umdrehen und vor der Verantwortung weglaufen würde, öffne ich zögerlich die Tür und finde Vanessa in ihrem Bett vor. Ich gehe zu ihr, setze mich an die Bettkante und schließe sie in eine Umarmung.

»Hey, Kleines. Na, geht es dir besser?« Ich versuche mir meine Stimmung nicht anmerken zu lassen, denn ich bin es Vanessa und auch Noah schuldig, hier zu sein, und ich verabscheue mich selbst dafür, dass ich auch nur eine Sekunde daran denken kann, sie im Stich lassen zu wollen.

Vanessa zieht sich aus der Umarmung zurück und rutscht ein Stückchen zur Seite. »Komm, wir schauen die neue Staffel von Modern Family.*« Meine Frage ignoriert sie dabei geflissentlich, während ich zu ihr ins Bett klettere.*

Sollte ich das Thema nochmals ansprechen oder sie einfach in Ruhe lassen? Kaum liege ich neben ihr, kuschelt sie sich an mich, bettet ihren Kopf auf meine Brust und schon im nächsten Moment hat sie den Controller in der Hand und startet die neue Folge. Damit hat sich meine Frage wohl erledigt, also sage ich nichts mehr und schaue Modern Family. *Obwohl ich mit Nora bereits angefangen habe, kann ich mich an so gut wie nichts erinnern, denn entweder sind wir sofort eingeschlafen oder meine Aufmerksamkeit lag nicht bei der Serie, sondern bei der wundervollen Frau in meinen*

Armen. Und obwohl es im Moment Vanessa ist, die neben mir liegt, schweifen meine Gedanken wieder zu Nora ab und ich wünsche mir, dass sie es wäre, die sich gerade an mich schmiegt.

***

Eine Stunde habe ich es noch an einem Tisch mit Nora und Julius ausgehalten, dann war es mir zu viel und ich habe mich von den anderen verabschiedet.

Und jetzt liege ich hier. Allein. In meinem Bett. Obwohl ich Noras Berührungen und Wärme misse, bin ich froh, dass ich Vanessas Nähe nicht mehr ertragen muss. Ich schäme mich für meine Gedanken, aber leider ist es so. Seit Noahs Unfall hat sich zwischen Vanessa und mir etwas Komisches entwickelt. Etwas, das da nicht sein sollte.

Vor Noahs Unfall, vor zwei Jahren oder so, waren wir ein paar Monate lang zusammen. Irgendwie war es das, was man von uns erwartet hat. Wenn man so viel Zeit miteinander verbringt, dann glauben einem die Leute irgendwann nicht mehr, dass da nur Freundschaft ist. Und irgendwann haben wir uns selbst gefragt, ob da vielleicht mehr sein könnte. Wir haben unser erstes Mal miteinander geteilt und eine Zeit lang lief es auch okay. Aber das war' s dann auch schon. Es lief okay und eben nicht so berauschend, wie man sich die erste große Liebe vorstellt. Also haben wir uns einvernehmlich getrennt und bis zu Noahs Unfall war es auch nie wieder ein Thema zwischen uns.

Doch dann hat sich so viel geändert. Vanessa hat sich immer mehr in sich zurückgezogen und niemanden an sich rangelassen. Niemanden, bis auf mich. Und in ihrer Verzweiflung hat sie angefangen, in alte Muster zurückzufallen. Sich an mich ranzukuscheln, mir Küsse auf die Wange zu geben und meine Nähe zu suchen. Und wer könnte es ihr verübeln? Jeder Mensch braucht ein gewisses Maß an Berührungen und Liebe und ich habe sie gewähren lassen. Ich hätte stärker sein sollen und ihr klarmachen müssen, dass wir weiterhin nur Freunde sind. Aber sie war so verletzlich, dass ich es nicht über mich gebracht habe, sie vor den Kopf zu stoßen. Ich dachte, sie bräuchte nur etwas Zeit, dann würde sich das wieder legen. Aber es hat sich nicht gelegt und mit jedem Tag, der vergangen ist, wurde es für mich schwerer, ihr zu verstehen zu geben, dass ich in ihr nur eine Freundin sehe.

Mittlerweile erscheint es mir unmöglich, Vanessa auf Abstand zu halten, und bisher habe ich es geschehen lassen. Wieso auch nicht? Sie braucht die Nähe und ich kann sie ihr geben. Wenn ich ihr auch sonst nicht helfen kann, wenigstens das konnte ich für sie tun. Und wir haben ja nicht miteinander geschlafen oder uns geküsst.

Doch seit ich Nora kennengelernt habe, fühlen sich selbst unschuldige Berührungen und Umarmungen falsch an. Aber wenn ich daran denke, wie schnell Nora Ersatz für mich gefunden hat, dann fühlt sich sowieso alles falsch an. Ich habe mir gewünscht, dass sie jemanden findet, der ihr guttut und für sie da ist. Aber musste das wirklich so schnell gehen? Und muss sich das Ganze gerade vor meiner Nase abspielen?

Ich setze die Kopfhörer auf und drehe die Musik lauter und lauter. So laut, bis ich meine eigenen Gedanken nicht mehr hören kann, und erst dann schaffe ich es, einigermaßen zur Ruhe zu kommen.

Kapitel 24

Nora

»Tschüss, ihr beiden. Danke, für den schönen Abend.« Ich nehme erst Maja, dann Julius in den Arm, bevor sich die beiden umdrehen und die Wohnung verlassen. Dann gehe ich zurück in die Küche zu Louis und Nick und helfe ihnen noch beim Aufräumen. Elias hat uns schon vor über einer Stunde verlassen. Er schien sich nicht sonderlich wohlgefühlt zu haben und jedes Mal, wenn er in meine Richtung geschaut hat, war sein Blick abweisend und kalt. Was ist sein Problem? Immerhin hat er mir Gefühle vorgespielt, nur um kurz danach zu sagen, dass das alles ja sowieso *nichts* war. Wenn hier eine das Recht hat, sauer und kalt zu sein, dann wohl eindeutig ich. Energisch greife ich zum Spülschwamm und schrubbe ein Raclettepfännchen nach dem anderen, bis das warme Wasser und die Routine mich langsam beruhigen.

»Kommt es mir nur so vor oder war Elias heute ganz schön komisch drauf?«, fragt Louis. Seine Stimme ist gerade laut genug, damit Nick und ich ihn verstehen, aber leise genug, damit nichts bis zu Elias' Zimmer durchdringen sollte.

»Ich verstehe voll, was du meinst. Der war irgendwie total abweisend. Und hat er was gegen Julius?« Nick stellt die Frage nicht direkt an mich, aber es ist klar, dass die beiden eine Antwort von mir erwarten.

»Ich … Ich weiß es nicht. Eigentlich kennen sie sich nicht. Keine Ahnung, was mit Elias los ist«, antworte ich so ausweichend wie möglich, denn auch wenn mir aufgefallen ist, dass Elias fast immer die Augen verdreht oder genervt geschnauft hat, wenn Julius etwas gesagt hat, weiß ich wirklich nicht, was sein Problem mit Julius ist.

Als er damals auf dem Balkon so genervt von Julius' Nachricht war, da dachte ich noch, es könnte Eifersucht sein. Aber daran kann es nicht liegen.

Während ich mich in ihn verliebt habe, war ich ihm nämlich die ganze Zeit egal. Ich bin gerade einfach nur froh, dass Louis und Nick nicht mitbekommen haben, dass zwischen Elias und mir etwas war. Mit ihnen darüber zu reden, hätte ich nicht ertragen.

Nach dem Spülen gehe ich in mein Zimmer, mache mich bettfertig und lasse mich müde in mein Bett fallen. Der Tag war lang und die Anstrengung und der Schmerz der letzten Tage stecken mir noch in den Knochen, sodass ich fast augenblicklich einschlafe.

***

»Hey, Nora, waren wir verabredet?« Louis steht mal wieder nur in Boxerhorts und einem Shirt an seiner Zimmertür und es tut mir augenblicklich leid, dass ich ihn mit meinem Klopfen anscheinend geweckt habe. Aber wer konnte damit rechnen, dass er schläft, es ist immerhin mitten am Tag.

»Hast du geschlafen? Sorry!«

Louis scheint meinen zerknirschten Gesichtsausdruck zu bemerken und macht eine wegwerfende Handbewegung. »Alles gut, mach dir keine Sorgen. Meine Mittagsschläfe eskalieren in letzter Zeit eh immer total. Aber du bist sicher nicht hier, um mit mir über meine Schlafgewohnheiten zu sprechen, also was gibt' s?«

»Ich wollte fragen, ob du Lust auf ein bisschen Wein hast?« Ich stocke kurz. »Also ich habe keinen Wein. Das klang jetzt falsch. Aber du hast Wein. Und ich habe heute beim Einkaufen Käse, Trauben und Baguette mitgenommen und da die Sonne ja noch mal rausgekommen ist, wollte ich fragen, ob wir nicht ein bisschen zusammen auf den Balkon sitzen und snacken wollen?«

»Das klingt sehr gut. Dafür unterbreche ich sogar meinen Mittagsschlaf. Gibst du mir fünf Minuten, um mich umzuziehen?«

»Selbstverständlich. Sollen wir bei dir oder mir auf den Balkon gehen? Ich habe zwar keine Balkonmöbel, aber wir können ja die Küchenstühle raustragen?«

»Ne, alles gut, ich hab die alten Gartenmöbel meiner Oma bekommen. Nicht besonders hübsch, aber zweckdienlich. Also in fünf Minuten wieder hier?«

»Perfekt. Dann richte ich solang die Snacks her.«

***

»Was ist das eigentlich zwischen dir und Maja?«, frage ich.

Louis verschluckt sich fast an seinem Wein und ich muss lachen. *Erwischt*, denke ich, da ist doch irgendwas zwischen den beiden. Ertappt und gleichzeitig irritiert schaut Louis mich an, nachdem er sich von seinem Husten erholt hat. »Wieso? Hat sie dir irgendwas erzählt?«

»Was sollte sie mir denn erzählt haben? Und wenn es was zu erzählen gibt, wieso erzählst du es mir nicht einfach selbst?« Belustigt schaue ich ihn an und warte gespannt auf seine Antwort.

»Da gibt es nichts zu erzählen. Maja und ich verstehen uns nur sehr gut«, sagt Louis.

»Aha.«

»Nichts da *Aha* – da ist wirklich nichts.«

»Und wieso hast du dich dann eben vor lauter Aufregung an deinem Wein verschluckt, als die Sprache auf Maja kam?«, frage ich.

Louis scheint unsicher, was er antworten soll, und nimmt noch mal einen Schluck Wein, bevor er sich drei Käsewürfel gleichzeitig in den Mund schiebt. Da versucht wohl jemand Zeit zu schinden. Aber so leicht lasse ich ihn nicht von der Angel, also schweige ich weiter und warte auf seine Antwort. Nachdem er in einer vollkommenen Seelenruhe zu Ende gekaut hat, wendet er sich mir endlich wieder zu. »Zwischen Maja und mir ist nichts. Wir sind nur befreundet. Ich war nur verwirrt, weil ich dachte, sie hätte dir irgendwas über mich erzählt …«

»Und du hättest gerne, dass sie was über dich erzählt?«

Louis schaut mich an und man kann förmlich hören, wie sich die Rädchen in seinem Kopf drehen. »Ich weiß es nicht. Ich mag sie gerne, aber ich glaube nicht, dass da je mehr sein wird. In letzter Zeit hält sie mich auf Abstand, sobald wir zu zweit sind. Und ich glaube, das ist in Ordnung für mich, denn sie ist eine tolle Freundin und ich bin einfach dankbar dafür, dass ich sie kennenlernen durfte«, sagt er. Unsicher, was ich darauf antworten soll, warte ich ab, ob Louis noch etwas dazu zu sagen hat, aber der hat offensichtlich anderes im Kopf. »Und wie sieht' s bei dir aus?«, fragt er. »Was läuft da zwischen dir und diesem Julius?«

Jetzt bin ich diejenige, die sich an ihrem Wein verschluckt, allerdings nicht, weil mir das Thema unangenehm ist, sondern weil ich lachen muss. »Zwischen uns ist nichts. Wir verstehen uns nur wirklich gut und ich mag ihn unglaublich gerne.«

»Aha.« Louis lacht auf und ich stimme ein. Doch ich lache nicht nur, weil Louis mich gerade auf dieselbe Art aufzieht, wie ich es eben bei ihm getan habe. Ich lache auch um des Lachens willen.

Die Sache mit Elias ist erst ein paar Tage her und wenn ich allein bin, nagen der Verrat und der Schmerz immer noch an mir. Trotzdem bin ich unglaublich stolz auf mich. Nachdem Max mich verarscht hat, habe ich mich tagelang in meinem Zimmer verkrochen und Lilly und Paul mussten mich dazu zwingen, das Bett zu verlassen. Doch nun sitze ich hier mit Louis und trinke Wein, esse Käse und genieße den Nachmittag und das alles nur, weil ich den Mut aufgebracht habe, aus mir herauszukommen, auf ihn zuzugehen und mich nicht hinter meiner Traurigkeit zu verstecken. Die Erkenntnis, dass ich stärker geworden und über mich hinausgewachsen bin, beflügelt mich und in diesem Moment durchströmt mich die Gewissheit, dass ich auch mit diesem Verlust fertig- und stärker daraus hervorkommen werde.

***

»Es tut so gut, dich wieder mehr lächeln zu sehen«, sagt Maja.

»Mir geht es auch besser. Die Sache mit Balu hat mich sehr mitgenommen, aber das Wochenende zu Hause hat gutgetan. Ich habe viel Zeit mit meiner Familie verbracht und mich selbst davon überzeugt, dass Balu auf dem Weg der Besserung ist.«

»Das freut mich.«

»Was ist das eigentlich zwischen dir und Louis?«, frage ich und wechsle damit einfach das Thema, aus Angst davor, dass Maja ebenso wie Louis und

Nick aufgefallen ist, dass Elias komisch war, als wir uns das letzte Mal gesehen haben, und sie das Thema anspricht.

Maja verschluckt sich an ihrem Tee und ich muss grinsen, weil Louis vor einer Woche genauso reagiert hat. Wir sitzen mit zwei Tassen Tee und den Donuts, die ich Maja seit unserem Kennenlernen schulde, eingekuschelt in eine Decke auf ihrem Bett. Bisher haben wir uns nur über Belanglosigkeiten unterhalten, doch nach dem Gespräch mit Louis interessiert es mich einfach brennend, wie Maja zu der Sache steht. Ich habe sie zwar schon mal danach gefragt, aber da hat sie das Thema so schnell gewechselt, dass ich nichts herausfinden konnte.

»Wieso?«

»Na ja, ihr verbringt ja schon ziemlich viel Zeit miteinander ...« Ich lasse die Aussage mal so im Raum stehen und warte ab, ob Maja darauf anspringt.

»Ja klar. Aber ich verbringe ja auch viel Zeit mit dir und deswegen bin ich ja nicht gleich in dich verknallt, oder?«, kontert sie.

Ein Lachen entschlüpft meiner Kehle. Wo sie recht hat, hat sie recht. Trotzdem wage ich einen letzten Versuch. »Du magst ihn also nur als Freund? Da ist nicht mehr?«

Maja schweigt einen Moment, scheint sich die Worte im Kopf zurechtzulegen, bevor sie sich mir wieder zuwendet. »Ich mag ihn wirklich. Ich weiß nicht, ob je mehr daraus werden könnte, aber ich bin im Moment nicht gewillt, es auszuprobieren. Ich habe ihn als Freund einfach zu liebgewonnen und könnte es nicht ertragen, wenn wir mehr versuchen, es schiefgeht und ich ihn damit ganz verlieren würde. Und so, wie es ist, ist es gut. Never stop a running system.«

Ich muss an Louis' Worte denken. Kurz überlege ich, ihr von unserem Gespräch zu erzählen, doch ich verwerfe den Gedanken sofort wieder. Louis ist genauso mein Freund wie Maja meine Freundin und ich sollte mich besser nicht einmischen. Wenn mehr zwischen den beiden sein soll, dann wird es irgendwann so kommen, da bin ich mir sicher.

Doch genau wie Louis nutzt auch Maja die Chance und lenkt das Gespräch auf mein Liebesleben. Oder eher auf mein aktuell nicht vorhandenes Liebesleben. »Aber wie sieht' s eigentlich bei dir aus? Letztens schienst du noch ganz angetan von Elias zu sein und auch er konnte die Augen nicht von dir lassen. Aber beim Racletteabend habt ihr kein Wort miteinander gewechselt. Und Louis hat mir erzählt, dass du und Julius euch davor in deinem Bett rumgewälzt habt.«

Louis, dieser Verräter. Und auch wenn ich das Kapitel Elias am liebsten ein für alle Mal abschließen und nie wieder darüber sprechen würde, erzähle ich Maja schweren Herzens die ganze Geschichte, nehme ihr allerdings das Versprechen ab, weder Louis noch Nick etwas davon zu erzählen und auch Elias gegenüber nichts anzudeuten. Obwohl er sich scheiße verhalten hat, will ich nicht, dass er in der WG wie ein Aussätziger behandelt wird. Und so, wie ich die anderen kenne, wäre genau das ihre Reaktion.

Kapitel 25

Nora

Die Tage vergehen wie im Flug und obwohl mich der Gedanke an Elias noch schmerzt, habe ich langsam das Gefühl, zur Normalität zurückzukehren. Mittlerweile ist der Raclette- und Spieleabend zweieinhalb Wochen her und ich kann immerhin behaupten, nicht mehr jedes Mal zusammenzuzucken, wenn ich ein Geräusch höre, nur weil ich Angst habe, es könnte Elias sein.

Obwohl wir nur ein paar schöne Stunden zusammen verbracht haben und er nur so getan hat, als würde er mich wirklich mögen, vermisse ich ihn. Jedes Mal, wenn ich ihn in den vergangenen Wochen gesehen habe, hat mein Herz erst einen kleinen freudigen Sprung gemacht, nur um im nächsten Moment schmerzhaft in sich zusammenzufallen. Ich hätte nie gedacht, dass mir jemand so schnell ans Herz wachsen könnte, insbesondere nicht, nachdem Max mich damals so verletzt hat. Und doch sitze ich jetzt hier auf meinem Bett und wünsche mir nichts sehnlicher, als die Zeit zurückdrehen zu können und noch mal seine Nähe zu spüren. Doch die Kuchennachmittage mit Julius und seine Hundevideos tun gut. Auch die Zeit mit Louis und Maja hat geholfen. Genauso wie die Gespräche mit Paul, dem ich mittlerweile erzählt habe, was sich zwischen mir und Elias abgespielt hat. Und obwohl ich weiß, dass es ihm auf der Zunge lag zu sagen, dass er mich ja gewarnt hätte, behielt er es für sich und das rechne ich ihm hoch an. Doch die Probleme beginnen dann, wenn ich allein bin und niemanden habe, der mich ablenkt und auf den ich mich konzentrieren kann.

Trotzdem versuche ich den Gedanken an Elias zur Seite zu schieben und ein Blick auf den Wecker zeigt, dass ich sowieso langsam mal aufstehen und mich für die Hochschule fertig machen sollte. Aber ich fühle mich so schlapp und unwohl, dass ich es im Moment nicht über mich bringe, die Decke zur

Seite zu schlagen und die flauschige Wärme zu verlassen. Ich schließe die Augen erneut und lasse meinen Kopf zurück ins Kissen sinken, weil er mir unglaublich schwer vorkommt und das Licht der Nachttischlampe plötzlich viel zu grell erscheint. Alles pocht und schmerzt und eine ungute Vermutung macht sich in meinem Kopf breit.

Ich greife zu meinem Pillenblister, den ich im Nachtisch verstaut habe, und meine Vermutung bestätigt sich. Es ist nur noch eine Pille übrig und meine Periode ist daher nicht mehr weit entfernt. Warum muss es mich gerade jetzt wieder erwischen? Seit ich die Pille nehme, habe ich immer wieder Probleme mit Migräne und starken Stimmungsschwankungen, die kurz vor den Tagen auftreten. Ich habe nicht jeden Monat Probleme damit, aber immer, wenn ich Stress habe, dann kommt auch noch dieser Mist dazu.

Das Pochen in meinem Kopf wird stärker und die Vorstellung, heute im Vorlesungsraum zu sitzen und mir Vorträge über Steuerrecht anzuhören, gibt mir den Rest. Ich greife zu meinem Handy, um den anderen eine Nachricht zu schreiben, dass ich mich heute nicht wohlfühle und sie ohne mich losgehen sollen. Dann melde ich mich im Sekretariat per Mail krank, mache den Flugmodus rein und kuschle mich wieder ins Bett. Wenn ich eins gelernt habe, dann, dass mir bei Migräne nur eins hilft: schlafen, schlafen und noch mehr schlafen.

Als ich die Augen erneut öffne, haben sich schon ein paar Lichtstrahlen den Weg an meinen Vorhängen vorbeigebahnt und erhellen mein Zimmer. Ein Blick auf die Uhr zeigt, dass es bereits halb zehn ist. Langsam versuche ich mich aufzusetzen, merke aber, dass mein Kopf sich nicht wirklich besser anfühlt. Der dumpfe Schmerz breitet sich augenblicklich in meinem gesamten Kopf aus. Obwohl ich am liebsten wieder schlafen würde, weiß ich, dass ich erst mal aufstehen und ein Glas Wasser trinken sollte. Den ganzen Tag nichts zu trinken, macht meine Kopfschmerzen nämlich auch nicht besser, also versuche ich erneut, auf die Beine zu kommen. Obwohl es nur eine leichte Migräne zu sein scheint, kostet mich selbst diese alltägliche Bewegung unglaublich viel Kraft und frustriert schlage ich mit der Hand auf die Bettdecke. Ohne einen Grund benennen zu können, steigen mir plötzlich Tränen in die Augen und ich wünsche mir, ich könnte meine Gefühle einfach abschalten. Irgendwie scheint heute alles ein wenig trister und trauriger zu sein und ich werde das Gefühl nicht los, dass eine dunkle Gewitterwolke über mir schwebt und alles in das falsche Licht rückt. Tja, das habe ich dann wohl den Stimmungsschwankungen zu verdanken. Obwohl ich ganz genau weiß, dass es absolut irrational ist, wegen nichts und wieder nichts schlechte Laune zu bekommen, kann ich nichts dagegen tun.

Um das Pochen in meinem Kopf etwas zu besänftigen, nehme ich eine Kopfschmerztablette aus dem Nachtisch, die ich, in der Küche angelangt, sofort mit einem Glas Wasser runterschlucke. Wenigstens weiß ich, dass ich in circa einer halben Stunde mit Besserung rechnen kann. Gerade als ich zurück in mein Zimmer gehen will, nehme ich eine Bewegung im Augenwinkel wahr. Langsam, um den Schmerz nicht zu verstärken, drehe ich den Kopf zur Seite und entdecke Elias, der gerade zur Wohnungstür reingekommen sein muss.

Just in dem Moment, in dem ich den Blick abwenden und weitergehen will, wendet Elias das Wort an mich. »Hey. Alles in Ordnung mit dir? Warum bist du nicht in der Hochschule?« Er hat so lange nicht mehr mit mir gesprochen, dass der Klang seiner Stimme nun reicht, um mein Herz stolpern zu lassen. Seine Frage scheint ernst gemeint zu sein, denn er klingt sanft und in seinen Augen liegt Besorgnis. In mir braut sich ein Wirbelwind an Gefühlen zusammen.

Dies ist einer dieser Momente, in denen man ganz genau weiß, dass es angebracht wäre, die Klappe zu halten und die Sache auf sich beruhen zu lassen. Aber ich kann mich nicht zurückhalten und ohne weiter über die Konsequenzen nachzudenken, lasse ich endlich all meine Gefühle raus.

»Du traust dich was. Erst tust du so, als würde ich dir die Welt bedeuten und als wäre ich etwas ganz Besonderes für dich, nur um im nächsten Moment abzuhauen und zu sagen, dass das zwischen uns nichts war.« Bei dem Wort *nichts* ist so viel Abscheu und Hass in meiner Stimme zu hören, dass Elias merklich zusammenzuckt. »Seit über zwei Wochen ignorierst du mich und jetzt fragst du, ob alles in Ordnung ist? Nein verdammt, es ist nicht alles in Ordnung. Es ist einfach gar nichts in Ordnung. Dein Verhalten war absolut daneben. Fuck, was ist nur falsch mit dir?« Mit jedem Wort werde ich lauter und aufbrausender und ich gestikuliere so wild in der Luft herum, dass Elias sicherheitshalber einen kleinen Schritt nach hinten macht. Obwohl ich bei jeder Bewegung Schmerzen habe, fühlt es sich einfach zu gut an, das alles rauszulassen, um damit aufzuhören.

»Es tut mir …« Er setzt an, doch er kommt nicht weit, denn ich bin noch lange nicht fertig.

»Nein verdammt. Behalte deine Scheißausreden für dich. Ich will sie nicht hören. Ich will gar nichts mehr von dir hören. Ich will dich am liebsten gar nicht mehr sehen, aber das geht nicht, weil du mein verdammter Mitbewohner bist und wir uns einfach nicht aus dem Weg gehen können. Ich dachte wirklich, das mit uns wäre gut. Aber es ist einfach nur ganz große Scheiße. Ich habe dir vertraut und du hast mein Vertrauen mit Füßen getreten. Ich …«

Ich will weiterreden und ihm noch mehr Vorwürfe an den Kopf werfen, aber ich schaffe es nicht, denn die Wut in mir ist so groß, dass ich kaum noch Luft bekomme. Tränen treten mir in die Augen und mehr als ein paar markerschütternde Schluchzer bekomme ich nicht über die Lippen. Ich fühle mich überfordert und ausgelaugt und kann mich nicht mehr auf den Beinen halten, also lasse ich mich, die Küchenanrichte im Rücken, auf den Boden sinken. Die Hände lege ich um meine Knie, um sie näher an meinen bebenden Körper zu ziehen.

Elias, der eben noch auf Abstand gegangen ist, überwindet diesen in Windeseile und geht vor mir auf die Knie. Er schaut mich durchdringend an, als würde er hoffen, dadurch zu verstehen, was hier gerade vor sich geht. Kann er aber nicht, ich weiß es ja selbst nicht genau. Klar bin ich sauer auf Elias und verletzt. Aber ein Ausbruch dieses Ausmaßes war definitiv nicht geplant. Elias hebt die Hand und legt sie auf mein Bein. Langsam und behutsam streichelt er von meinem Knie meinen Oberschenkel hinauf und wieder zurück, den Blick wendet er dabei allerdings nicht von meinem Gesicht ab. Er beobachtet mich wachsam, fast so, als hätte er Angst davor, dass ich ihn gleich erneut anbrülle.

»Nora. Du willst das vielleicht nicht hören, aber es tut mir wirklich leid. Ich wollte dich nie verletzen. Du musst mir glauben.« Obwohl sein Verhalten mehr als deutlich gezeigt hat, dass ich ihm egal bin, strahlt sein Blick in diesem Moment volle Aufrichtigkeit aus.

»Aber warum? Warum hast du dich dann so verhalten? Du hast gesagt, dass du mich mögen würdest. Warum hast du mich angelogen?« Ich versuche stark zu sein, aber mir ist klar, wie jämmerlich ich wirken muss, denn meine Stimme ist zittrig und leise. Aber ich kann einfach nicht anders. Ich brauche Antworten. Ich habe versucht, nach vorne zu blicken. Ich habe mir eingeredet, dass Elias einfach nur ein Arsch ist und ich ihm tatsächlich nichts bedeutet habe. Ich habe es wirklich versucht. Aber immer wieder, wenn ich allein war, haben sich die Gedanken an ihn in meinen Kopf geschlichen. Die Momente, die wir geteilt haben, haben sich so echt angefühlt, dass sie doch nicht gespielt sein konnten, oder? Ich verfluche mich selbst dafür, aber in mir keimt die Hoffnung auf, dass es doch noch eine gute Erklärung für alles gibt. Und wenn nicht, dann habe ich wenigstens noch mal die Gewissheit, dass er wirklich nur ein herzloser Arsch ist. Das ist doch auch was wert, oder?

Elias' Blick geht in die Ferne und seine Stirn ist in Falten gelegt, als würde er gerade angestrengt nachdenken. Sein Gesicht ist mir zugewandt, aber ich habe das Gefühl, dass er mich nicht wirklich wahrnimmt. Der Ausdruck in seinen Augen ist gequält, als würden seine Gedanken gerade Amok laufen, und es interessiert mich brennend, was sich in seinem Kopf abspielt. Langsam klärt sich sein Blick und er schenkt mir wieder seine volle Aufmerksamkeit.

»Nora, es tut mir wirklich unglaublich leid. Ich will ehrlich zu dir sein. Ich weiß nicht, ob ich das Richtige tue oder ob ich alles damit noch schlimmer mache, aber du hast die Wahrheit verdient.« Ich horche auf und mein Herz schlägt noch schneller. Einerseits kann ich es kaum erwarten zu hören, was Elias mir zu sagen hat, andererseits habe ich auch unglaublich Angst vor dem, was mir bevorsteht.

Er nimmt seine Hand von meinem Oberschenkel und sofort fehlt mir die Wärme seiner Berührung. Doch dann legt er sie an mein Kinn, fährt mit dem Daumen über meine Wange und wischt ein paar Tränen weg. Mir bleibt fast die Luft weg und ich muss mich darauf konzentrieren, ruhig weiterzuatmen. Einatmen. Ausatmen. Einatmen. Ausatmen.

»Ich habe nicht gelogen. Ich mag dich und ich habe die Zeit mit dir sehr genossen. Aber es gibt Dinge in meinem Leben, über die du nichts weißt. Dinge, die dich abschrecken könnten und die mich davon abhalten, dir die Aufmerksamkeit zu schenken, die du verdienst.« Er schluckt schwer und ich merke unterdessen, dass ich die Luft angehalten habe. Also noch mal: Einatmen. Ausatmen. »Deswegen habe ich mich von dir abgewendet. Weil ich Angst hatte, nicht gut genug zu sein. Und weil ich einfach noch nicht bereit war, gewisse Dinge aus meinem Leben mit dir zu teilen.«

Obwohl er mich die ganze Zeit über angesehen hat, wendet er jetzt den Blick ab, als würde es ihm Schmerzen bereiten, mir weiter in die Augen zu sehen. Und genau das ist auch der Grund dafür, dass er es nicht kommen sieht. Ich hole aus und mit einem lauten Klatsch landet meine Handinnenfläche auf seiner Wange. Erschrocken blickt er auf und auch ich bin etwas überrumpelt von meiner Reaktion. Ich habe noch nie jemandem eine Ohrfeige verpasst, nicht einmal Max. Und der hätte mehr als nur eine Ohrfeige verdient.

»Was sollte das denn bitte?«, stößt er aus.

»Es tut mir leid.«

»Ich habe hier einen kleinen seelischen Striptease für dich hingelegt und das ist der Dank dafür?«, fragt er leicht vorwurfsvoll, aber auch verletzt.

»Ich … Ich wollte das nicht. Sorry, das muss der Frust der letzten Wochen gewesen sein«, bringe ich hervor. Ich schaue ihn an und versuche in seinem Gesicht zu lesen, was in ihm vorgeht. Doch da er offensichtlich nicht vorhat zu antworten, versuche ich mein Verhalten zu erklären. »Es tut mir wirklich leid. Aber du hast dich verhalten wie ein Arsch und ich habe in den vergangenen Wochen sehr unter deinem Verhalten gelitten. Und jetzt kommst du daher und sagst mir, dass du mich eigentlich schon magst und dich nur abgewendet hast, um mir einen Gefallen zu tun? Weil ich etwas Besseres verdient hätte? Das ist Mist. Ganz großer Mist. Es ist meine Entscheidung, ob du gut genug für mich bist oder nicht.« Meine Stimme klingt immer noch leicht weinerlich.

»Das ist kein Mist. Aber du hast wirklich jemand Besseren verdient. Außerdem gibt es einfach Dinge aus meiner Vergangenheit, über die ich nicht sprechen kann. Noch nicht. Aber glaub mir, wenn du alles wüsstest, würdest du mich auch nicht mehr wollen.« Die Gefühle überrollen mich. Ich könnte nicht mal sagen, welches ich am deutlichsten spüre. Die Wut, weil Elias meint, mich bevormunden zu müssen, weil ich *jemand Besseren* verdient hätte? Die unbändige Freude, weil doch nicht alles gespielt war und ich ihm wirklich was bedeute? Oder die Traurigkeit, weil Elias tatsächlich denkt, dass ich mich so schnell von ihm abwenden könnte, wenn ich mehr über sein Leben erfahre? Ich entscheide mich, auf Letzteres als Erstes einzugehen.

»Elias, das ist Unsinn. Ich weiß nicht, ob es dir irgendwie entgangen ist, aber ich mag dich. Du hast dich so schnell in mein Leben geschlichen und einen Teil meines Herzens für dich beansprucht. Du bist ein guter Kerl, das weiß ich. Und egal, was du in der Vergangenheit deiner Meinung nach falsch gemacht hast, ich kenne meine Gefühle für dich. Und daran kann auch deine vermeintlich zerstörerische Vergangenheit nichts ändern. Genauso, wie ich dich kennengelernt habe, bist du mir ans Herz gewachsen und darauf kommt es an.«

»Aber ich war nicht für dich da, als du mich gebraucht hast. Ich habe von Louis und Nick bereits erfahren, dass es Balu wieder besser geht, aber möchtest du noch mal darüber reden?« Seine Hand ruht immer noch an meinem Kinn und sein Daumen malt langsam Kreise auf meine Wange.

»Das stimmt. Ich hätte dich gebraucht. Aber es ist wieder alles gut mit Balu. Und es könnte auch zwischen uns wieder alles gut werden ...« Ich hole tief Luft, bevor ich weiterspreche und sehe, dass Elias' Augen sich ungläubig weiten. »Wenn du mir versprichst, dass du künftig nicht einfach ständig abhaust. Du musst mit mir über das sprechen, was dich beschäftigt und warum du immer verschwindest.«

Eigentlich möchte ich noch mehr sagen, aber Elias fällt mir ins Wort. »Ich kann nicht. So sehr ich mir auch wünsche, dass ich mit mir darüber sprechen könnte, aber ich kann einfach nicht.« Seine Stimme bricht am Ende des Satzes und er lässt mein Gesicht los.

»Du hast mich nicht ausreden lassen. Du musst mir nicht sofort davon erzählen. Versprich mir einfach, dass du mit mir darüber sprichst, wenn du bereit dazu bist.«

In Elias' Augen spiegelt sich meine eigene Verwirrung, denn ich hatte nicht vor, ihm zu vergeben. Trotzdem tue ich gerade genau das. Und nicht nur das, ich biete ihm quasi an, da weiterzumachen, wo wir zuletzt aufgehört haben, als noch alles gut war zwischen uns.

Kapitel 26

Elias

Ich kann es kaum glauben. Diese Frau ist einfach unglaublich. In einem Moment verpasst sie mir eine Ohrfeige und im nächsten Moment bietet sie mir tatsächlich an, da weiterzumachen, wo wir zuletzt aufgehört haben, als noch alles gut zwischen uns war. Ich habe mir zwar vorgenommen, Abstand zu ihr zu wahren, aber wer konnte damit rechnen, sie hier wie ein Häufchen Elend vorzufinden? Und dann hat sie mich mit ihrer knallharten Ehrlichkeit überrascht. In den letzten Wochen hatte ich das Gefühl, ihr vollkommen egal zu sein. Ich weiß, dass ich sie verletzt und von mir gestoßen habe, aber der Anblick von Julius und ihr hat unglaublich weh getan.

Dieser Moment heute hat allerdings alles geändert. Und doch ist irgendwie alles gleich. Ich kann und will ihr einfach nicht von Noah erzählen. Zumindest jetzt noch nicht. Aber mein Entschluss bröckelt. Sie hat gesagt, ich kann mir Zeit lassen. Und ich habe sie die letzten Tage so unglaublich vermisst. Seit Noahs Unfall habe ich selten das Gefühl von Glückseligkeit verspürt, aber genau das ist es, woran ich denken muss, wenn ich die gemeinsame Zeit mit ihr vor meinem inneren Auge Revue passieren lasse. Habe nicht auch ich ein bisschen Glück verdient? Und bin ich es Noah nicht auch zu einem gewissen Teil schuldig, mein Leben zu leben, auch wenn er aktuell nicht dazu in der Lage ist. Ich gebe mir die Schuld für das, was geschehen ist und mit dieser Last werde ich leben müssen. Aber tief in mir weiß ich, dass Noah nicht wollen würde, dass ich alles Gute von mir stoße. Doch Nora hat nur das Beste verdient und wenn ich schon nicht alles mit ihr teilen kann, dann muss ich ihr wenigstens in jeder anderen Hinsicht der perfekte Freund sein.

Auch wenn sich in meinem Kopf immer noch die Gedanken überschlagen, so hat sich mein Herz schon entschieden. Ohne weiter darüber nachzudenken oder mir die Möglichkeit zu geben, einen Rückzieher zu machen, lege ich meine Hand erneut an ihr Kinn und ziehe ihr Gesicht langsam zu mir.

Noras schöne Augen weiten sich und sind das Letzte, was ich sehe, bevor ich meine Augen schließe und alles in diesen Kuss lege, was ich zu geben habe. Ein Blick sagt mehr als tausend Worte? Tja, ich hoffe, ein Kuss kann das ebenfalls, denn ich weiß nicht, ob ich jemals die richtigen Worte finden werde.

Kapitel 27

Nora

Dieser Kuss ist anders. Bisher waren sie sanft und zurückhaltend oder stürmisch und wild. Aber dieser Kuss ist so viel mehr. Er drückt Unsicherheit aus, aber auch Zuneigung und ist gleichzeitig fordernd und doch so behutsam. Dieser Kuss gibt mir einen unverfälschten Einblick in seine Gefühlslage und auch wenn ich sie nicht vollständig deuten kann, so lässt sich eins nicht leugnen: Elias' Gefühle für mich sind echt und die Verbindung zwischen uns habe ich mir nicht nur eingebildet.

Ich erwidere den Kuss und versuche ebenso viel Gefühle zu zeigen wie Elias. Aus Erleichterung darüber, mich nicht so sehr in ihm getäuscht zu haben, wie ich befürchtet hatte, und aus Freude, weil jetzt vielleicht doch wieder alles gut werden könnte, sammeln sich erneut Tränen in meinen Augen. Eine nach der anderen rollen sie meine Wangen hinunter und als Elias die Nässe auf meinen Wangen bemerkt, lässt er augenblicklich von mir ab und weicht zurück.

»Verdammt. Es tut mir leid. Ich wollte das nicht. Also doch, ich wollte das schon. Ich wollte es so sehr und die letzten Wochen ohne dich waren grausam. Aber ich dachte, du wolltest es auch, sonst hätte ich dich nie geküsst. Es tut mir wirklich leid, ich glaube, ich habe die Situation falsch eingeschätzt«, stammelt er. Seine Stimme klingt aufgebracht und zerknirscht.

Ein Lächeln schleicht sich in mein Gesicht und ich lege meine Hand an seine Wange, so wie er es eben bei mir getan hat. »Elias. Es ist alles gut. Ich wollte das hier mindestens genauso sehr. Das …« Ich stocke kurz, weil meine Stimme bricht, bevor ich weitersprechen kann. »Das waren Freudentränen.«

Elias Stirn liegt erneut in tiefen Falten, doch dann scheinen meine Worte zu ihm durchzudringen, denn langsam entspannt er sich und auch in seinem

Gesicht zeigt sich ein Lächeln. Erst vorsichtig, doch als ich ihn näher zu mir heranziehe, um ihn erneut zu küssen, kann ich gerade noch erahnen, dass das Grinsen breiter wird. Der Kuss ist dieses Mal wilder und ungestüm. Während ich immer noch sein Gesicht in meiner Hand halte, fährt er mit seiner Hand in meine Haare und zieht erst sanft, doch dann immer fordernder daran, bis ich seiner Bitte folge und den Kopf nach hinten lege, um ihm so vollen Zugang zu meinem Hals zu gewähren.

Während er mich mit gehauchten Küssen verwöhnt, schwillt das Pochen in meinem Kopf erneut an. Die ruckartige Bewegung meines Kopfes und das ganze Weinen haben nicht gerade gegen meine Schmerzen geholfen und auch wenn ich diesen Moment am liebsten nie enden lassen würde, weiß ich doch, dass gerade nicht der richtige Zeitpunkt ist. Mit meiner Hand fordere ich ihn auf, von meinem Hals abzulassen, wende ihm mein Gesicht wieder zu und schaue ihm tief in die Augen.

»So gerne ich hier weitermachen würde, ich muss zurück in mein Bett. Ich habe immer noch eine leichte Migräne und fühle mich einfach nicht wohl. Können wir vielleicht morgen noch mal darüber reden? Heute brauche ich einfach Ruhe.«

»Gott, entschuldige. Natürlich. Ich habe dich hier einfach so überfallen, obwohl man dir ansieht, dass du heute keinen besonders guten Tag hast.« Er steht auf und reicht mir die Hand, um mich ebenfalls auf die Füße zu ziehen. »Wieso bist du eigentlich hier und nicht in den Vorlesungen?« Wir gehen gemeinsam auf mein Zimmer zu und Elias stützt mich leicht, weil mich jeder Schritt anstrengt. »Ich war noch unterwegs und jetzt lohnt es sich auch nicht mehr, in die Hochschule zu gehen. Soll ich ein bisschen bei dir bleiben?« Mittlerweile sind wir bei meinem Bett angekommen und er hebt die Decke an, sodass ich nur noch drunterschlüpfen muss.

»Ja, das wäre wirklich schön.« Immer noch überwältigt von meinem Gefühlsausbruch und der Wendung, die unsere Geschichte genommen hat, rutsche ich zur Seite und Elias kriecht ebenfalls zu mir unter die Decke. Ich wende ihm den Rücken zu und er schlingt seinen Arm von hinten um mich. Das Gefühl von Geborgenheit flutet mich und ich rücke noch ein bisschen näher an ihn heran, weil ich die Wärme seines Körpers spüren will. Dann greife ich nach der Hand, die vor mir liegt und umfasse sie mit meinen Fingern, fast so, als würde irgendwas in mir befürchten, Elias könnte jederzeit aufstehen und wieder gehen und ich könnte ihn durch meinen Griff davon abhalten. Eigentlich will ich ihm noch sagen, dass es mich freut, dass er hier ist und wir trotzdem auf jeden Fall noch mal reden müssen, doch meine eigenen Gedanken strengen mich zu sehr an und Sekunden später dämmere ich weg.

Ich schrecke aus einem unruhigen Schlaf auf und meine Augen müssen sich erst mal an die Dunkelheit in meinem Zimmer gewöhnen. Ich drehe mich zur Seite und bemerke, dass ich allein in meinem Bett liege. Wo ist Elias? Habe ich mir das etwa alles nur eingebildet? Fast glaube ich wirklich, es könnte sich um einen fiebrigen Traum gehandelt haben, doch dann nehme ich den schwachen Geruch von Zedernholz wahr. Elias. Er war also doch da.

Langsam setze ich mich auf und obwohl mein Kopf immer noch pocht, so ist der Schmerz weitaus besser zu ertragen, als er es noch vor dem Einschlafen war. In der Dunkelheit meines Zimmers greife ich zu meinem Handy. Das grelle Licht des Displays blendet mich und als ich die Uhrzeit ablese, erschrecke ich. Es ist schon neunzehn Uhr.

Als Elias mich vorhin ins Bett gebracht hat, war es früher Mittag, also muss ich tatsächlich den ganzen Tag geschlafen haben. Wie sagt Oma Ricke immer? Der Körper holt sich, was er braucht. Etwas irritiert stelle ich fest, dass mir niemand geschrieben hat, als mir auffällt, dass ich nach der Krankmeldung den Flugmodus eingeschaltet habe, damit ich etwas Ruhe habe. Schnell verbinde ich mich wieder mit dem Internet und mein Handy wird direkt von mehreren Mitteilungen geflutet.

Neben Nachrichten von Maja, die mir eine gute Besserung wünscht und mir anbietet, für mich zur Apotheke zu gehen, falls ich irgendwas brauche, sind von Nick und Louis ebenfalls Besserungswünsche eingegangen. Paul hat von seiner neuen Flamme berichtet und Papa hat ein Selfie von sich und Balu geschickt, dem es offensichtlich schon viel besser geht. Außerdem sind mehrere Nachrichten von Julius dabei. Die erste war von heute Morgen und dann noch mal zwei Stück heute Nachmittag, in denen er seine Sorge um mich ausdrückt, weil ich nicht antworte und er mich den ganzen Tag nicht in der Hochschule gesehen hat. Nachdem ich meiner Hochschultruppe Bescheid gesagt habe, dass ich morgen wohl noch mal aussetzen werde, entscheide ich mich dazu, Julius anzurufen und auch ihm kurz zu erzählen, dass eine Migräne der Grund für mein heutiges Fehlen war.

Kapitel 28

Julius

Arme Nora. Nachdem sie den ganzen Tag nicht geantwortet hat, dachte ich mir schon, dass da irgendwas nicht stimmt, und das Telefonat mit ihr hat meine Annahme bestätigt. Obwohl ich mich gerade erst mit einer Decke auf meiner grauen Wohnlandschaft niedergelassen habe und das MacBook, das auf meinem Schoss liegt, bereits den Vorspann von *Harry Potter* anzeigt, klappe ich es wieder zu und springe auf.

Ich schnappe mir meine Autoschlüssel vom Sideboard und ziehe mir im Rausgehen die Jacke über. Zielstrebig laufe ich Richtung Treppenhaus, um die vier Stockwerke zur Tiefgarage zurückzulegen. Dort angekommen steige ich ins Auto und schlage den Weg zum Supermarkt ein. Kurz darauf erreiche ich ihn auch schon und während ich durch die Gänge laufe, versuche ich die Auslagen mit Noras Augen zu sehen. Was würde sie wohl kaufen? Über was würde sie sich freuen? Vor dem Regal mit der Schokolade bleibe ich stehen und weil ich mich nicht entscheiden kann, nehme ich eine Tafel mit Smarties und eine Packung Snickers. Danach hole ich noch zwei verschiedene Früchtetees und zwei Pizzen. Mit meiner Beute mache ich mich auf den Weg zur Kasse, wo ich mich kurzerhand noch dazu entschließe, ihr einen Blumenstrauß mitzubringen. Ich lege alles auf das Kassenband und schenke der Kassiererin ein Lächeln. Nachdem sie alle Einkäufe eingescannt hat, zahle ich und verlasse voll beladen den Laden. Ich schmeiße alles auf den Beifahrersitz und lege die Blumen behutsam obendrauf, bevor ich mich auf den Weg zum Campus mache.

Wenige Minuten später klingle ich bei Nora und hoffe, dass ich sie mit meinem Besuch nicht überrumple, aber Schokolade und Tee helfen doch immer, oder? Außerdem hat sie gesagt, dass sie den ganzen Tag noch nichts Anständiges gegessen hätte, deswegen die Pizzen. Und die Blumen? Keine Ahnung, was ich mir dabei gedacht habe. Sie hat mir unmissverständlich klargemacht, dass sie nur Freundschaft will. Und eigentlich geht das für mich auch klar. Trotzdem wird Nora mit ihrer herzlichen und humorvollen Art wohl immer einen besonderen Platz in meinem Herzen haben. Und deshalb sind das hier eben einfach nur Gute-Besserungs-Blumen. Nicht mehr und nicht weniger.

Bevor ich mir weiter den Kopf darüber zerbrechen kann, ob die Blumen unangebracht sind oder falsch rüberkommen könnten, wird die Tür schwungvoll aufgemacht. Vor mir steht allerdings nicht Nora. Es sind auch nicht Nick oder Louis, mit denen ich mich am Spieleabend so gut verstanden habe. Nein, es ist die einzige Person, die ich gerade ganz sicher nicht sehen wollte. Elias. Während ich nur ein wenig freundliches »Hallo« für ihn habe, wirft er mir ohne jegliche Begrüßung einen hasserfüllten Blick zu.

»Was willst du denn hier?« Seine Stimme steht seinem Blick in nichts nach und ich würde ihm am liebsten gar nicht antworten. Dummerweise versperrt er mir den Weg.

»Ich will zu Nora.« Noch während ich das mit möglichst neutralem Tonfall sage, versuche ich mich an ihm vorbei in die Wohnung zu schieben, aber Elias denkt gar nicht daran, mich vorbeizulassen. Mal ernsthaft – was findet Nora nur an diesem Typen? Er ist absolut unfreundlich und ich habe ihn, glaube ich, noch nie lächeln sehen. Nora ist viel zu gut für ihn.

»Weiß Nora, dass du kommst?«, fragt er barsch.

»Nein, weiß sie nicht. Ich wollte sie überraschen und ich wüsste nicht, was dich das angeht. Lässt du mich jetzt bitte durch?« Während Elias' Blick noch düsterer wird und er mir wohl am liebsten die Tür vor der Nase zuknallen würde, öffnet sich hinter ihm die Tür zu Noras Zimmer und sie streckt ihren verstrubbelten Kopf heraus.

»Elias? Julius? Ich dachte mir doch, dass ich eure Stimmen gehört habe.« Irritiert schaut sie zwischen uns hin und her, dann tritt sie ganz aus dem Zimmer und kommt auf uns zu. »Was steht ihr denn so im Eingang herum? Komm doch rein.«

Widerwillig lässt Elias mich eintreten. Ich mache einen großen Schritt auf Nora zu. In der einen Hand balanciere ich das Essen und den Tee, in der anderen Hand halte ich immer noch den Blumenstrauß, den ich ihr nun entgegenstrecke.

»Hier. Der ist für dich. Damit es dir schnell wieder besser geht.« Dann deute ich mit einem Nicken auf meine andere Hand. »Und hier noch etwas Nervennahrung und eine Kleinigkeit, damit du heute Abend nicht verhungerst. Ich dachte, wir könnten noch zusammen Pizza essen?« Auf Noras Gesicht breitet sich ein Lächeln aus und ohne Vorwarnung springt sie mir in die Arme.

Kapitel 29

Nora

»Vorsicht, sonst zerquetscht du die Blumen noch.« Julius' Stimme ist amüsiert und ich lasse ein Stück von ihm ab, damit er die Blumen, die ich wirklich fast zerquetscht hätte, hervorziehen und in Sicherheit bringen kann. Kaum hat er die Blumen von sich gestreckt, nehme ich ihn erneut in den Arm.

»Danke. Du bist der Beste.« Ich gehe wieder einen Schritt zurück, greife nach Julius' Arm und ziehe ihn an Elias vorbei in die Wohnung, damit wir es uns im Aufenthaltsbereich gemütlich machen können. Bisher macht Elias allerdings keine Anstalten, uns zu folgen. »Elias? Kommst du auch?« Er wird jetzt doch nicht wieder eine Eifersuchtsszene wegen Julius abziehen? Doch er scheint mir beweisen zu wollen, dass er sich ändern kann, denn während ich die Blumen in ein großes Glas mit Wasser stecke und die Vase auf den Tisch stelle, an dem Julius bereits Platz genommen hat, gesellt er sich zu uns.

Ich nehme auf dem Sessel Platz und als wollte er sein Revier markieren, setzt er sich auf die Lehne und legt seinen Arm um meine Schulter. Julius' Blick huscht zwischen Elias und mir hin und her und ich glaube etwas wie Verwirrung und Unglauben darin zu erkennen. Als ich ihm jedoch mit einem leichten Nicken und einem Lächeln zu verstehen gebe, dass alles in Ordnung ist und er sich keine Gedanken machen muss, scheint er sich zu beruhigen. Ein Lächeln erscheint auf seinem Gesicht und auch wenn es nicht zu hundert Prozent ehrlich wirkt, muss ich mich wohl vorerst damit zufriedengeben, denn vor Elias möchte ich ihn nicht darauf ansprechen.

»Wie schaut' s aus? Sollen wir die Pizzen gleich reinschieben? Oder hattest du andere Pläne, dann mach ich mich gleich wieder auf den Heimweg«, schlägt Julius vor. Sein Blick huscht erneut zu Elias, dessen Arm sich plötzlich viel zu schwer auf meiner Schulter anfühlt. Warum muss er jetzt so besitzergreifend sein? Ich schüttle den Arm ab, bevor ich mich wieder an Julius wende.

»Nein, Quatsch. Ich würde mich sehr freuen, wenn du noch etwas bleibst. Ich fühle mich zwar immer noch ein bisschen schlapp, aber etwas Gesellschaft schadet nie.« Ich schenke ihm ein breites Grinsen, dann richte ich meine Aufmerksamkeit auf Elias, der etwas eingeschnappt dreinschaut, wahrscheinlich weil ich mich vom Gewicht seines Armes befreit habe. »Möchtest du mit uns essen? Eine ganze Pizza ist für mich sowieso zu viel. Das ist doch in Ordnung für dich, oder?« Die zweite Frage richte ich an Julius, der zögerlich nickt.

»Ja, natürlich«, sagt er. »Gar kein Problem.« Fragend schauen wir beide zu Elias, der noch etwas unsicher aussieht.

»Wenn du das willst, dann bleibe ich natürlich gerne«, meint er schließlich. Er schenkt mir ein strahlendes Lächeln und würdigt Julius keines Blickes. Ich hoffe wirklich, die beiden tauen bei einem gemeinsamen Essen etwas auf, denn Julius ist hier in Ludwigsburg ein sehr wichtiger Freund für mich geworden und Elias ... Ja keine Ahnung, was genau ist Elias denn jetzt eigentlich? Mein Freund? Ich weiß es nicht. Darüber müssen wir dringend noch reden, aber so oder so, es wäre schön, wenn sie ihre Rivalität beilegen und sich etwas annähern würden.

»Super. Dann schiebe ich die Pizzen mal rein und überlasse euch zwei Hübschen kurz euch selbst.« Ich gehe in die Kochnische und versuche mitzuhören, was die beiden zueinander sagen. An meine Ohren dringt allerdings kein Ton, weil sie nicht ein einziges Wort miteinander wechseln. Nachdem ich die Backbleche mit den Pizzen in den Ofen geschoben habe, kehre ich zu ihnen zurück, nur um festzustellen, dass sie tatsächlich schweigend dasitzen und in unterschiedliche Richtungen starren. Beide haben sie die Arme vor der Brust gekreuzt und es wäre schon fast lustig, wenn es nicht so deprimierend wäre.

Ohne sie nach ihrer Meinung zu fragen, greife ich nach den Uno-Karten, die Nick auf dem Tisch hat liegen lassen, und gebe die Karten aus. Etwas murrend nehmen sie diese auf, aber es wirkt. Mit jeder Runde entspannen sie ein bisschen mehr und als wir dann gemeinsam essen, könnte man schon fast sagen, dass sie einander akzeptieren. Wenn auch nur mir zuliebe.

Ich schlucke gerade den letzten Bissen meiner Pizza herunter und merke, wie mir beinahe die Augen wieder zufallen. »Julius, sei mir nicht böse, aber ...« Ich muss gar nicht weitersprechen, denn Julius scheint zu verstehen.

»Aber du bist fertig und brauchst einfach nur dein Bett?« Er schenkt mir ein Lächeln und ich erkenne Verständnis in seinem Blick.

»Was hat mich verraten?«

»Lass mich mal überlegen. Vielleicht die Tatsache, dass du deine Augen kaum offen halten kannst?«

»Ja, vielleicht aber auch die Tatsache, dass man während des Essens Angst haben musste, dass du gleich nach vorne fällst und auf der Pizza einschläfst«, sagt Elias. Die beiden lachen und auch in mein Gesicht stiehlt sich ein Grinsen. Wenn sie mich gemeinsam aufziehen, soll mir das recht sein, dann haben sie immerhin eine Sache, die sie zusammen machen und die sie verbindet.

Während ich weiterhin angestrengt versuche, wach zu bleiben, steht Julius auch schon auf, stellt die Teller zusammen und bringt sie in die Küche. Dann kommt er zu mir, beugt sich zu mir runter, damit ich gar nicht erst aufstehen muss, und nimmt mich in den Arm. Dabei nuschelt er so leise in meine Haare, dass Elias es unmöglich verstehen kann.

»Ich wünsche dir eine gute Besserung und pass auf dich auf. Wenn du bei irgendwas Hilfe brauchst, kannst du dich jederzeit bei mir melden. Und über das andere sprechen wir hoffentlich noch.«

»Danke für alles. Und das andere erkläre ich dir bei Gelegenheit, ja?«, erwidere ich, weil ich weiß, dass Julius eine Erklärung verdient hat. Dann verabschiedet er sich mit einem Handschlag von Elias und ich bin froh, dass sie nicht mehr so aussehen, als würden sie sich die Köpfe einschlagen wollen.

Nachdem die Tür hinter Julius ins Schloss gefallen ist, kommt Elias, der Julius zur Tür begleitet hat, zurück und geht vor mir in die Hocke. »Komm, ich bring dich zurück ins Bett, dann kannst du dich wieder hinlegen und weiter erholen.« Seine Stimme ist weich und die Besorgnis ist ihm anzuhören, also stimme ich zu. Obwohl er mittlerweile schon so oft in meinem Zimmer war und sogar schon hier geschlafen hat, war ich noch nie bei ihm drüben. Wie hat er sein Zimmer eingerichtet? Hat er Bilder oder Karten aufgehängt?

Ist er ein ordentlicher Mensch oder beherrscht ihn das Chaos? Elias setzt mich sachte in meinem Bett ab und zieht mir die Decke bis zum Hals und ich bin gerührt von seiner Sorge.

»Elias?« Ich hauche seinen Namen und auf seinen Armen bildet sich eine leichte Gänsehaut.

»Ja?«

»Ich war noch nie in deinem Zimmer. Können wir das ändern?« Mit großen Augen blicke ich ihn an. Wird er gleich wieder abblocken? Er streicht eine Haarsträhne aus meinem Gesicht, gibt mir einen leichten Kuss auf den Scheitel und blickt mir dann in die Augen.

»Natürlich. Alles, was du dir wünscht.« Seine weiche Stimme wärmt mich von innen und zufrieden mit seiner Antwort dämmere ich langsam wieder davon. Das Letzte, das ich wahrnehme, ist Elias, der an meinem Bett sitzt und mich liebevoll betrachtet.

Kapitel 30

Elias

Ein kleines Lächeln huscht über Noras Gesicht, bevor die Müdigkeit sie übermannt und ihre Augen zufallen. Ich bleibe noch einen Moment sitzen und betrachte sie, einfach, weil ich mein Glück nicht fassen kann. Trotz allem hat sie mir eine weitere Chance gegeben. Und ich werde sie nutzen. Egal, wie sehr ich mir einrede, sie hätte einen Besseren als mich verdient, das würde ich nicht ertragen. Wenn ich ehrlich bin, wäre es mein endgültiger Untergang.

Obwohl ich Julius am liebsten die Tür vor der Nase zugeknallt hätte, muss ich doch zugeben, dass er eigentlich ein ganz angenehmer Typ ist. Ich glaube, wenn er die Finger von Nora lässt und sich nicht zwischen uns stellt, dann könnte ich mich wirklich mit ihm anfreunden. Bleibt nur noch die Sache mit Noah und Vanessa, die unheilverkündend zwischen uns schwebt. Ich werde mit Vanessa reden und ihr klarmachen, dass ich künftig nicht immer sofort zur Stelle sein kann, wenn sie nach mir ruft. Ich studiere und versuche, mir ein Leben aufzubauen, das muss sie einfach verstehen. Vielleicht können wir zwei fixe Termine in der Woche vereinbaren, dann muss ich Nora auch nicht ständig vor den Kopf stoßen, wenn ich plötzlich verschwinde.

Und das mit Noah … Keine Ahnung. Vorerst wird es mein Geheimnis bleiben, aber vielleicht bin ich irgendwann bereit, mit ihr darüber zu sprechen. Und bis dahin werde ich alles daransetzen, sie glücklich zu machen. Und Morgen werde ich damit anfangen. Sobald sie etwas fitter ist, werde ich ihr mein Zimmer zeigen und mich noch mal für mein Verhalten entschuldigen. Die Vergangenheit darf unsere Beziehung nicht belasten. Ich möchte alles klären und dann einen richtigen Neustart.

Kapitel 31

Nora

Völlig desorientiert wache ich auf und als ich auf die Uhr schaue, bin ich mal wieder überrascht, wie viel ich schlafen kann, wenn ich Migräne habe. Es ist bereits halb zwölf. Aus Routine greife ich zu meinem Handy und sehe eine Nachricht von einer unbekannten Nummer. Ich öffne sie und als ich das Profilbild sehe, wird mir ganz schwindelig vor Aufregung und Freude. Elias. Ich speichere seine Nummer ab und lese dann die Nachricht.

> Elias: Guten Morgen. Ich hoffe, es geht dir wieder etwas besser. Hast du heute Nachmittag ein wenig Zeit für mich? Ich hole dich um fünfzehn Uhr ab, wenn du mir nichts Gegenteiliges schreibst. Bis heute Nachmittag. – E.
>
> Elias: Hab mir deine Nummer übrigens bei Louis besorgt. Ich hoffe, das geht für dich klar ;)

Mein Herz macht einen Sprung und obwohl es noch lange vor der verabredeten Zeit ist, bin ich jetzt schon nervös. Er hat sich gestern zwar entschuldigt und wir haben uns geküsst, aber das heißt ja noch lange nichts. Ich möchte mich richtig mit ihm aussprechen. Also schreibe ich ihm eine kurze Nachricht, in der ich ihm mitteile, dass es mir heute Nachmittag passt und ich mich freue. Unschlüssig, was ich mit mir anfangen soll, bis es endlich so weit ist, greife ich zu meinem E-Reader. Obwohl ich mich noch schlapp fühle, sind die Kopfschmerzen weitestgehend verschwunden.

Dreieinhalb Stunden, viele Seiten und ein paar Snacks später gehe ich unruhig in meinem Zimmer auf und ab und frage mich, was Elias wohl mit mir vorhat, als es an der Balkontür klopft. Irritiert schaue ich zum Balkon, auf dem ich Elias breit grinsend entdecke. Ich kann nicht verhindern, dass sich auch ein Grinsen in mein Gesicht schleicht, während ich zur Tür laufe und sie öffne.

»Na, bereit?« Seine Stimme klingt freudig und ebenfalls aufgeregt und ich muss mich enorm zurückhalten, um ihm nicht sofort in die Arme zu springen, weil er gerade so unglaublich süß aussieht.

»Bereit, wenn du es bist.« Der Satz ist aus mir raus, bevor ich weiter über seine Bedeutung nachdenken kann. Er stammt aus meinem Lieblingsbuch *Rubinrot* und die weibliche Hauptperson sagt ihn immer zu der männlichen Hauptperson und die beiden sind rein zufällig ein Liebespaar. Ich spüre, wie mir die Röte in die Wangen steigt, was vollkommen unnötig ist, denn Elias kennt dieses Buch bestimmt nicht und daher auch nicht die Bedeutung dieses Satzes. Um meine Verlegenheit zu überspielen, quassle ich einfach weiter. »Wobei, so ganz stimmt das nicht. Schuhe und Jacke fehlen noch. Wie warm muss ich denn angezogen sein? Wohin gehen wir?«

Elias' Gesicht verändert sich und er schaut so spitzbübisch, dass er dadurch direkt ein paar Jahre jünger wirkt. »Du brauchst weder Jacke noch Schuhe, komm einfach mit.« Er greift nach meiner Hand und bevor ich weiter nachfragen kann, zieht er mich hinter sich her auf den Balkon. Was hat er nur vor? Sekunden später betreten wir auch schon sein Zimmer und als ich sehe, was er vorbereitet hat, bleibt mir die Luft weg. Auf dem Boden sind unzählig viele bunte Blätter verteilt, sodass man kaum noch etwas vom Boden sehen kann. In der Mitte des bunten Blättermeers liegt eine Picknickdecke und darauf steht ein Korb. Außerdem sind im ganzen Zimmer Kerzen verteilt.

»Komm, setz dich.« Elias deutet auf die Decke und ich nehme Platz, als er sich am Picknickkorb zu schaffen macht. Ich sehe mich um und bin überwältigt. Ich hatte mit vielem gerechnet, aber niemals mit dem, was mich hier erwartet hat. Es ist perfekt, rundum perfekt. Obwohl es mir egal ist, was Elias aus dem Picknickkorb zieht, weil ich einfach alles freudestrahlend entgegennehmen würde, bin ich trotzdem gespannt. Als er mir dann allerdings einen Berliner und eine heiße Schokolade in einem To-go-Becher reicht und für sich selber einen Latte Macchiato und einen Bagel aus dem Korb holt, werde ich komplett von meinen Gefühlen überrollt.

»Das ist der Wahnsinn. Ich weiß gar nicht, was ich sagen soll. Es ist alles so unglaublich schön und dann auch noch das Essen aus der Nacht, als wir uns kennengelernt haben. Es ist perfekt. Einfach perfekt. Danke.« Meine Stimme überschlägt sich fast vor Freude und ich weiß gar nicht, wie ich meine Dankbarkeit am besten zum Ausdruck bringen soll.

Elias dagegen schaut verlegen, als könnte er nicht mit dem Lob umgehen. »Es freut mich, dass es dir so gut gefällt. Ich wollte mich noch mal entschuldigen und dich um Vergebung bitten. Es tut mir unglaublich leid, dass ich mich so scheiße verhalten habe. Ich dachte wirklich, es wäre das Beste für dich, wenn ich es beende, bevor es richtig anfangen kann. Ich habe es dir gestern schon gesagt. Es gibt Dinge in meinem Leben, über die ich nicht reden kann. Noch nicht. Deswegen dachte ich auch, du wärst ohne mich besser dran, weil du jemanden verdient hast, der komplett ehrlich zu dir sein kann. Aber ich hoffe, du nimmst mich so, wie ich bin, denn ich brauche dich einfach in meinem Leben. Du hast mir so sehr gefehlt. Es tut mir leid. Kannst du mir verzeihen?« Am Klang seiner Stimme kann man erahnen, wie schwer es ihm fällt, all das zu sagen.

Ich beuge mich über unser Essen zu ihm hinüber, nehme sein Gesicht in beide Hände und schaue ihm geradewegs in seine wunderschönen grünen Augen, in denen ich mich jedes Mal erneut verlieren könnte. »Elias. Wäre ich hier, wenn ich nicht dazu bereit wäre, dir zu verzeihen? Wohl kaum. Du hast dir hiermit so viel Mühe gegeben und wenigstens bist du jetzt ehrlich und sagst mir, was Sache ist. Und wenn es Dinge gibt, über die du noch nicht reden kannst, dann ist das in Ordnung. Ich hoffe natürlich, dass du irgendwann bereit bist, mit mir darüber zu sprechen, und mir ist es wichtig, dass du weißt, dass du immer mit mir reden kannst. Aber alles zu seiner Zeit.«

Ich warte seine Reaktion darauf nicht ab, sondern ziehe ihn zu mir und als unsere Lippen sich treffen, durchströmt mich ein heißer Schauer. Das Gefühl seiner Lippen auf meinen lässt meinen ganzen Körper in Flammen aufgehen. Doch dann zieht er sich zurück und während ich das Gefühl seiner Lippen sofort vermisse, betrachtet er mich ernst und gleichzeitig so liebevoll.

»Danke. Du glaubst gar nicht, wie unglaublich viel es mir bedeutet, dass du mir noch mal eine Chance gibst«, haucht er.

»Brich mir einfach nie wieder mein Herz. Hast du verstanden?«

»Ich hab' s nicht vor.« Elias macht eine kurze Pause, dann grinst er mich breit an und der Anblick seiner Grübchen durchflutet mich erneut mit Gefühlen für diesen unglaublichen Mann. »Es ist mir ja schon fast unangenehm, das zu fragen, aber sind wir dann jetzt zusammen?«

Ich lache auf, einfach, weil es heutzutage doch irgendwie absurd ist, dass man sich mehrmals küsst, beieinander übernachtet und dann immer noch nicht weiß, ob man zusammen ist oder nicht. Außerdem sieht er gerade einfach unfassbar süß aus.

»Sehr gerne. Aber können wir jetzt essen? Der Berliner lacht mich schon die ganze Zeit an und die heiße Schokolade wird auch nicht gerade heißer«, sage ich grinsend.

»Wie ich sehe, hat sich dein Appetit nicht verändert. Aber natürlich, lass es dir schmecken.«

***

»Nora?«

»Ja?«

»Bevor du gehst, habe ich noch eine Kleinigkeit für dich.« Ich habe meine Hand schon am Griff der Balkontür, als ich mich nochmals Elias zuwende, der zu seinem Schreibtisch gegangen ist und in der Schublade herumwühlt. Ich gehe ein paar Schritte auf ihn zu und in der Mitte des Zimmers treffen wir aufeinander. Er hat beide Hände hinter seinem Rücken verschränkt und ich frage mich, was er jetzt noch hervorzaubern wird. Dieser Nachmittag war sowieso schon das schönste Date, das ich je hatte.

Schüchtern schaut Elias mich an, seine Wangen sind leicht gerötet. »Es ist nur eine Kleinigkeit, aber ich hoffe, es gefällt dir trotzdem.«

»Jetzt spann mich nicht so auf die Folter und zeig endlich, was du für mich hast«, fordere ich ihn ungeduldig auf.

Elias zieht seine Hand hinter dem Rücken hervor und streckt mir drei

Fotoauszüge entgegen. Als ich sie in der Hand habe, betrachte ich sie ehrfürchtig. Es sind alles herbstliche Bilder. Das erste zeigt das orangefarbene Blätterdach einiger sehr großer Bäume von unten und hinter den bunten Blättern und dem Geäst schimmert der Himmel in einem hellen Orange. Das zweite Foto zeigt viele kleine Kürbisse von oben. Längliche, runde und einfach nur total unförmige. Große und kleine. Orange, gelbe und grüne. Aber die Farben sind nicht kräftig, sondern wirken abgedunkelt, als wäre das Foto in der Dämmerung gemacht worden. Wie auch immer dieses Licht zustande gekommen ist, das Ergebnis ist einfach genial. Das dritte Bild gefällt mir am besten. Auf ungefähr zwei Dritteln des Bildes ist der Boden zu sehen, auf dem Herbstblätter liegen. Im Hintergrund stehen ein paar Bäume und zwischen den Ästen einer der Bäume strahlt die Sonne durch und taucht die Umgebung in goldenes Licht. Ich schaue alle drei Bilder noch mal nacheinander an, als mir auffällt, dass mir die Umgebung ziemlich bekannt vorkommt.

»Ist das der Favoritepark?«, frage ich.

»Ja, ich habe sie kurz nach unserem Herbstspaziergang gemacht.«

Ich erstarre mitten in der Bewegung. »Du hast die gemacht?« Erstaunt blicke ich ihn an.

Elias schaut verlegen. »Ja. Ich habe doch gesagt, dass ich gerne fotografiere.«

»Ja, ich fotografiere auch gerne, aber ich würde niemals so tolle Bilder hinbekommen. Die sind einfach unglaublich gut. Du hast die Stimmung perfekt eingefangen und das Licht setzt alles genau richtig in Szene. Die Bilder sind der Wahnsinn.«

Ein leises Lachen entschlüpft Elias' Kehle. »Danke. Ich habe in der Schule mal mit Vanessa einen Fotokurs gemacht und danach einfach nicht mehr aufgehört zu fotografieren. Wobei ich gestehen muss, dass Vanessas Bilder deutlich besser sind als meine.«

»Keine falsche Bescheidenheit. Die Bilder sind unglaublich. Kann ich sie behalten?«

Elias kratzt sich unsicher im Nacken. »Ja, ich habe sie extra für dich gemacht. Für mein Herbstmädchen.« Er macht eine kurze Pause. »Außerdem hast du doch gesagt, dass du gerne Karten und Bilder an deinen Schrank hängst. Von uns gibt es zwar noch kein Bild, aber vielleicht haben diese Fotos ja einen Platz an deinem Schrank verdient.«

»Daran erinnerst du dich noch?«

»Natürlich. Seit du es mir erzählt hast, war es mein Ziel, dir etwas zu geben, das du an den Schrank hängen kannst und das dich aufmuntert, wenn es dir mal schlecht geht.« Obwohl ich eigentlich schon längst wieder in meinem Zimmer sein wollte, lehne ich mich vor und unsere Lippen treffen sich erneut. Aber wer könnte da schon widerstehen?

Kapitel 32

Nora

»Essiggurken? Ernsthaft? Wer isst denn bitte beim Raclette Essiggurken?« Angewidert verziehe ich das Gesicht und mustere Nick und Louis mit hochgezogener Augenbraue.

»Vertrau uns. Es schmeckt göttlich.« Louis, der mir gegenübersitzt, hält mir das Essiggurkenglas unter die Nase und versucht mir seine Lieblingsraclettebeilage schmackhaft zu machen.

»Ich muss ihm leider recht geben. Schmeckt gar nicht so übel«, sagt Elias, der neben mir sitzt und sich gerade als Versuchskaninchen geopfert hat.

»Na dann lasst es euch schmecken. Ich verzichte. Ich mag Gurken unter normalen Umständen schon nicht, aber im Raclette scheint es mir schier unmöglich, sie zu mögen.« Ich halte demonstrativ meine Hände vor mein Gesicht und gebe damit zu verstehen, dass Louis mir mit dem Glas nur fernbleiben soll.

»Aber …«, setzt Nick schon an, doch ich lasse ihn nicht zu Wort kommen, bei Essen bin ich nicht sonderlich experimentierfreudig.

»Nichts aber. Wenn es euch schmeckt, dann soll' s mir recht sein, aber ich werde das auf keinen Fall probieren.« Ich versuche möglichst autoritär zu klingen, in der Hoffnung, die Jungs würden mich dann in Ruhe mein essiggurkenfreies Raclette genießen lassen, als sich Julius auf meine Seite schlägt.

»Ich bin da ganz bei dir Nora. Essiggurken passen einfach nicht zu Raclette.« Er sitzt auf meiner anderen Seite und hebt mir die Faust hin, um einzuschlagen. Wenigstens einer, der sich für mich einsetzt.

Ich schaue mich am Tisch um und bin unglaublich glücklich.

Das Versöhnungspicknick mit Elias liegt mittlerweile drei Wochen zurück und seitdem ist er ein absoluter Vorzeigefreund und verwöhnt mich von vorne bis hinten. Er überrascht mich mit Aufmerksamkeiten wie Blumen, Süßigkeiten oder kleinen Zetteln mit lieben Nachrichten. Er verschwindet auch nicht mehr ohne Vorwarnung, sondern ist zwei bis dreimal die Woche länger unterwegs, sagt mir aber immer rechtzeitig vorher Bescheid.

Außerdem hat er sich seitdem auch mehr Mühe gegeben, Julius gegenüber offen zu sein. Der war anfangs zwar nicht so ganz angetan von unserer Versöhnung, weil er sich Sorgen gemacht hat, dass Elias mich erneut verletzen könnte, doch mittlerweile musste auch er einsehen, dass Elias einer von den Guten ist. Zu sagen, dass die beiden Freunde sind, wäre übertrieben, aber sie verstehen sich recht gut und was noch nicht ist, kann ja noch werden. Wenn Elias und ich uns nicht einen gemütlichen Abend mit *Modern Family* oder langen Spaziergängen machen, verbringen wir viel Zeit mit Julius, Nick, Louis und Maja. So sehr ich Paul und Lilly auch vermisse, mittlerweile ist das hier für mich wirklich fast wie ein zweites Zuhause geworden.

»Okay, ich nehme meine Aussage zurück. Ihr habt recht. Das schmeckt einfach geil.« Julius' aufgeregte Stimme reißt mich aus meinen Gedanken und ich kann nicht glauben, dass er sich tatsächlich auf die Seite der Essiggurkenesser geschlagen hat. »Ich kann es gar nicht richtig beschreiben. Man denkt, jetzt wird es bestimmt gleich eklig. Aber dann probiert man einen Bissen und muss feststellen, dass es doch verdammt lecker schmeckt. Das Salzige passt irgendwie einfach perfekt dazu.«

»Julius, ich dachte, ich könnte wenigstens auf dich zählen. Aber du bist genauso eine Enttäuschung wie die anderen«, ziehe ich ihn auf und sofort schleicht sich ein schuldbewusster Ausdruck in sein Gesicht.

»Ach so, ne, hab mich geirrt. Ist voll eklig.« Er versucht dabei ernst zu schauen, doch dann brechen wir gleichzeitig in schallendes Gelächter aus und die anderen fallen kurz darauf mit in unser Lachen ein.

»Ich brauche was zu trinken, um diesen Verrat zu verkraften. Soll ich jemandem was mitbringen?« Ich nehme mein leeres Weinglas in die Hand und ehe ich mich versehe, strecken mir bereits Elias, Nick und Maja ihre leeren Gläser entgegen. »Ähm. Ich glaube, ich laufe lieber zweimal, sonst mach ich noch Louis' geliebte Weingläser kaputt.«

»Warte, ich helfe dir.« Sofort steht Elias auf und nimmt neben seinem eigenen Glas noch das von Nick mit in die Küche. Dort angelangt richte ich uns vier Lillets her, während Elias mich von hinten umarmt und seinen Kopf an meine Halsbeuge schmiegt. »Du riechst so unglaublich gut.«

»Du lügst. Ich bin mir sicher, ich stinke von oben bis unten nach Käse.«

Elias lacht auf, dann schmiegt er sich noch ein bisschen näher an mich und steckt provokativ seine Nase in meine Haare, um übertrieben auffällig daran zu riechen. »Das lässt sich nicht leugnen. Aber solange du es bist, die von oben bis unten nach Käse riecht, ist das mein neuer Lieblingsduft.«

Ich drehe mich um und gebe ihm einen flüchtigen Kuss auf die Wange. »Du Spinner. Hilf mir lieber, die Gläser zurückzutragen.«

***

»Du bist wirklich glücklich mit ihm, oder?«

»Ja. Ich hätte nicht damit gerechnet, dass das mit uns noch mal was wird. Aber er hat sich wirklich gebessert und er macht mich glücklich.«

Julius und ich laufen nebeneinander zum Campuscafé, denn es ist mal wieder Kuchendienstag.

»Ich hatte auch nicht gedacht, dass es was wird. Besonders, weil ich nicht verstanden habe, was du an ihm findest. Aber man hat am Samstag gemerkt, wie viel du ihm bedeutest. Er würde wahrscheinlich sogar den Boden küssen, auf dem du gehst«, meint Julius.

Mit einem breiten Grinsen im Gesicht boxe ich ihm leicht in die Seite. »Ach, du übertreibst. Ich glaube, er will einfach seine Fehler wiedergutmachen.«

»Das kann gut sein. Jedenfalls freut es mich, dass du glücklich bist. Und zum Thema glücklich habe ich dir gleich noch einen Vorschlag zu machen. Heute ist der erste Dezember, also ist Weihnachten gar nicht mehr weit entfernt. Und deswegen wäre das doch der perfekte Anlass, um die Sache mit dem Kuchen auszuweiten und uns heute außerdem ein paar Plätzchen und Lebkuchen zu gönnen. Na, was sagst du dazu?«

»Was ich dazu sage? Ja! Ja! Und noch mal ja! Du bist einfach ein Genie. Hat dir das schon mal jemand gesagt?«

»Kannst du das bitte wiederholen, während ich eine Sprachaufnahme davon mache? Die große Nora hat mich Genie genannt, davon werde ich noch meinen Enkelkindern berichten.«

Ich boxe ihn erneut in die Seite, dieses Mal allerdings ein bisschen härter. »Du Idiot«, sage ich grinsend.

Mittlerweile sind wir am Campuscafé angelangt und Julius öffnet mir die Tür. Wir steuern unsern Stammtisch an und ich bin fast fünf Minuten beschäftigt, bis ich mich aus Schal, Handschuhen, Jacke und dickem Pulli befreit habe.

»Tee oder heiße Schokolade?« Julius hat sich bereits seiner Winterkleidung entledigt und wartet auf meinen Getränkewunsch, damit er zur Theke gehen und alles bestellen kann.

»Eine heiße Schokolade mit Marshmallows wäre toll.« Was den Kuchen angeht, vertraue ich mittlerweile zu einhundert Prozent auf Julius' Geschmack und bisher hat er mich nie enttäuscht. Während ich auf Julius warte, werfe ich einen Blick auf mein Handy und sehe eine neu eingegangene Nachricht von Elias.

Elias: Du bist übers Wochenende zu Hause, oder?
Nora: Ja, ich fahre am Freitagmittag heim. Du bleibst am Wochenende im Wohnheim und lernst, stimmt' s?
Elias: Ja, genau. Viel Spaß mit Julius und dem Kuchen. Sag liebe Grüße von mir.

Warum er wohl gefragt hat? Hätte er was unternehmen wollen? Etwas irritiert von seiner Nachricht, aber auch voller Vorfreude, weil Elias nichts von meinen eigentlichen Plänen fürs Wochenende ahnt, stecke ich das Handy wieder in die Tasche.

»Was ist denn mit dir los? Du grinst ja wie ein Honigkuchenpferd. Was habe ich verpasst?« Mit einem leisen Klirren stellt Julius den Kuchen, die Lebkuchen und die Plätzchen vor uns ab, während die Bedienung unsere Getränke bringt.

»Ach, nicht so wichtig.« Ich versuche einen neutralen Gesichtsausdruck aufzusetzen, aber beim Gedanken an meine geplante Überraschung strahlt mir trotz der winterlichen Temperaturen die Sonne aus dem Gesicht.

»Du bist eine ganz schlechte Lügnerin. Raus mit der Sprache.«

Ich hatte nicht geplant, Julius davon zu erzählen. Eigentlich wollte ich es gar niemandem sagen. Aber jetzt, wo wir hier sitzen, kann ich es kaum für mich behalten, also sehe ich mich um und nachdem ich sichergestellt habe, dass niemand in Hörweite ist, schmeiße ich meine Bedenken über Bord und plappere los.

»Okay, ich verrate es dir, aber nur, wenn du mir versprichst, dass du niemandem und insbesondere Elias nichts davon erzählst.« Gespannt schaue ich ihn an.

»Deine Geheimnisse sind bei mir sicher«, verspricht Julius. Er nimmt seine Hand zum Mund und tut, als würde er ihn abschließen und den Schlüssel wegschmeißen.

»Okay. Elias bleibt am Wochenende im Wohnheim, um zu lernen, und er denkt, ich würde nach Hause fahren. Aber das stimmt nicht. Ich will ihn am Freitagabend überraschen. Weil, na ja, wir kennen uns dann seit genau zwei Monaten und ich dachte, es wäre vielleicht der richtige Zeitpunkt, den nächsten Schritt zu gehen. Falls du verstehst, was ich meine.«

Abwartend schaue ich zu Julius, gespannt auf seine Reaktion. Während ich geredet habe, hat er sich ein Plätzchen in den Mund geschoben, und kaut jetzt bedächtig und langsam weiter, als müsste er erst in Ruhe darüber nachdenken. Dann schluckt er nach einer gefühlten Ewigkeit endlich runter und schaut mich kritisch an.

»Bist du sicher, dass du es nicht etwas überstürzt? Ihr kennt euch zwar seit zwei Monaten, aber die ersten Wochen waren ja doch sehr turbulent.« Er nimmt das nächste Plätzchen und schiebt es sich in den Mund, während er auf meine Antwort wartet. Doch ich weiß gerade selbst nicht genau, was ich dazu sagen soll, denn mit dieser Antwort hatte ich nicht gerechnet.

»Glaubst du wirklich?«, frage ich unsicher nach. »Ich will Elias nicht überrumpeln, aber ich fühle mich bereit dazu. Immerhin ist es für uns beide nicht das erste Mal und in den letzten Wochen läuft es einfach perfekt zwischen uns. Ich wüsste also nicht, warum wir noch warten sollten.«

»Ich weiß nicht, ich habe irgendwie ein komisches Gefühl bei der Sache«, erwidert er zögerlich. »Aber hey, du hast recht. Wenn du dich bereit fühlst, warum solltet ihr dann noch warten?«

»Ich denke, ich werde mir mit der Sache einfach keinen Druck machen. Wenn es passiert, dann passiert es, aber ich werde es sicher nicht erzwingen. Danke, dass du mir zugehört hast. Wie sieht es eigentlich bei dir aus? Interessierst du dich für jemanden?« Obwohl wir oft über mein Liebesleben sprechen, hält sich Julius doch recht bedeckt, was das Thema angeht. Anfangs dachte ich, dass er doch noch etwas für mich empfindet und deshalb nicht offen mit mir sprechen will, doch mittlerweile kann ich das gänzlich ausschließen. Wenn wir über Elias reden, ist er immer offen und ehrlich mir gegenüber und es scheint für ihn auch kein Problem zu sein.

Vielleicht bekomme ich heute ja mehr aus ihm rausgekitzelt. Julius scheint das allerdings anders zu sehen, denn während ich ihn gespannt mustere, greift er nach seiner Gabel und schiebt sich ein großes Stück Kuchen in den Mund. Und da man mit vollem Mund bekanntlich nicht sprechen soll, hat er sich damit gerade ein paar Sekunden zum Nachdenken rausgeschlagen. Doch bevor er sich noch mal eine volle Gabel in den Mund schaufelt, fasse ich blitzschnell über den Tisch und lege meine Hand auf seine Gabel, den Blick fest auf ihn gerichtet.

»Ach ... du kennst mich doch. Da gibt es nichts«, sagt er schließlich. Ich lockere meine Hand an der Gabel und sofort landet das nächste Stück Kuchen in seinem Mund. Es ist zwecklos.

»Julius, ich hoffe, du weißt, dass du immer mit mir reden kannst, wenn du möchtest, und ich immer für dich da bin. Okay?«

»Ja, Nora, ich weiß. Aber es gibt einfach nichts, worüber es sich zu reden lohnt. Das ist ja das Traurige. Alle um mich herum finden ihr passendes Gegenstück und ich bin immer noch allein. Aber sollte sich das ändern, wirst du die Erste sein, die es erfährt. Glaub mir.«

Ich belasse es dabei, zum einen, weil ich nicht so recht weiß, was ich antworten soll, zum anderen, weil ich selbst auch etwas Kuchen abkriegen und nicht nur zusehen möchte, wie er in Julius' Mund verschwindet. Als dieser bemerkt, dass ich das Thema fallen lasse, wird er plötzlich wieder viel gesprächiger.

»Weißt du, was ich wirklich mal cool fände?«, fragt er.

»Nein, aber du wirst es mir sicher gleich sagen?«

»Da hast du recht. Wir sollten unbedingt mal aufhören, immer nur Uno zu spielen. Versteh mich nicht falsch, du hast tolle Mitbewohner und ich spiele liebend gerne mit ihnen Uno. Aber wäre es nicht einfach cool, mal eine Runde Siedler zu spielen?«

Ich muss lachen, weil Julius plötzlich strahlt wie ein kleines Kind an Weihnachten. »Ich dachte schon, dass jetzt irgendwas Bedeutsames käme, aber nein, der Herr möchte nur Siedler spielen.«

»Nur? Hast du eben gesagt *nur* Siedler spielen? Es geht hier um Siedler verdammt, da hat das Wörtchen *nur* einfach gar nichts verloren«, sagt Julius voller Inbrunst.

Ich lache auf. »Natürlich spielen wir mal Siedler, wenn dich das so glücklich macht.« Ein zufriedenes Lächeln schleicht sich in Julius' Gesicht und ich kann es kaum abwarten, seine Reaktion auf meine kommenden Worte zu sehen. »Allerdings muss ich dir etwas beichten und ich hoffe, du kündigst mir nicht gleich die Freundschaft und rennst davon.« Ich mache absichtlich eine kleine Pause, bevor ich weiterspreche. »Ich habe noch nie Siedler gespielt.«

Julius' Gesichtszüge entgleiten ihm für einen Moment, doch er fängt sich schnell wieder. »Okay. Ja gut, das kommt tatsächlich sehr unerwartet. Aber das werden wir einfach bald ändern und sobald du Siedler genauso sehr liebst wie ich – und glaub mir, das wirst du –, wird das Band unserer Freundschaft noch fester und inniger sein.«

Erneut schleicht sich ein Lächeln in mein Gesicht. »Okay, so machen wir es.« Julius wirkt sichtlich zufrieden mit sich. Dann stechen wir beide mit unseren Gabeln in den Lebkuchen. Wie konnte ich nur jemals ohne die Kuchendienstage leben?

Kapitel 33

Nora

»Nora? Nein, die ist schon nach Hause gefahren.« Ich höre Louis' Stimme auf dem Flur, der in meinen Überraschungsplan eingeweiht ist und gerade meinen Anweisungen Folge leistet und Elias davon überzeugt, dass ich bereits auf der Autobahn bin. Ich habe Louis nicht in den gesamten Plan eingeweiht, ich habe ihm nur gesagt, dass ich einen schönen Abend mit Elias geplant habe, und er war sofort an Bord.

Ich sitze derweilen in der Dunkelheit meines Zimmers, weil ich die dicken Vorhänge alle zugezogen habe, damit Elias nicht zufällig genau heute das Bedürfnis verspürt, mal wieder auf den Balkon zu gehen und mich, auf frischer Tat ertappt. Das Zimmer wird lediglich erleuchtet von dem schmalen Lichtstrahl, der zwischen den Vorhängen hereinfällt, und ich muss sagen, ich genieße die Dunkelheit und Ruhe gerade richtig. Ich liege mit meinem E-Reader auf dem Bett, habe mich mit genug Wasser und Obst eingedeckt, um bis heute Abend durchzustehen, und freue mich einfach nur darauf, die nächsten Stunden in ein Buch abzutauchen.

Wegen des Studiums, das mittlerweile einiges an Lernzeit beansprucht, den Kuchendienstage mit Julius, den gemeinsamen Unternehmungen mit der Clique und der Zeit, die ich mit Elias allein verbringe, habe ich schon viel zu lange keinen Lesenachmittag mehr gemacht. Ich lese zwar ab und zu mal ein paar Seiten zwischendurch, aber man kommt einfach nicht so gut in die Geschichte rein, wenn man sie ständig unterbrechen muss. Bevor ich mich ganz in mein Buch fallen lasse, schweift mein Blick allerdings noch mal ab zu der schwarzen Spitzenunterwäsche, die bereits über der Lehne meines Schreibtischstuhls hängt und nur darauf wartet, nachher zum Einsatz zu kommen.

***

Okay, jeder macht Fehler. Auch ich. Mein erster war es, nicht zu bedenken, dass ich nicht auf die Toilette gehen kann, wenn ich Elias heute Abend überraschen will, denn das Geräusch der Spülung, wenn er denkt, dass außer ihm niemand in der WG ist, wäre dann wohl doch etwas merkwürdig. Mein zweiter Fehler war allerdings noch fast fataler. Vorhin war ich noch stolz, dass ich so gut ausgerüstet in meinem Zimmer saß, aber irgendwann, während ich diese zwei Liter Wasser getrunken habe, hätte mir doch nun wirklich auffallen können, dass das keine gute Idee ist. Aber es ist mir nicht aufgefallen und jetzt sitze ich hier wie auf heißen Kohlen. Ich muss so dringend auf die Toilette, aber es ist gerade mal halb vier.

Mit überkreuzten Beinen versuche ich hoch angestrengt eine Lösung zu finden. Ich kann doch unmöglich an seiner Zimmertür vorbei ins Bad, dann auf die Toilette gehen und nach dem Spülen zurück in mein Zimmer marschieren, als wäre nichts gewesen. Aber dann fällt mir eine Lösung ein. Eilig schlüpfe ich in meine Sneakers, greife zu meinem Schlüssel und lege mein Ohr an die Zimmertür. Ich zähle langsam bis zehn und horche, ob ich im Flur irgendwelche Geräusche wahrnehme. Aber nichts. Elias muss wohl in seinem Zimmer sein. Bevor mir noch die Blase platzt, öffne ich möglichst lautlos die Zimmertür und schließe sie hinter mir, ebenfalls darauf bedacht, kein Aufsehen zu erregen. In Windeseile habe ich die Haustür erreicht und schlüpfe hinaus.

Draußen angekommen hole ich einmal tief Luft, bevor ich im Laufschritt zur Hochschule eile, die zum Glück bis spät abends geöffnet hat, und nehme den direkten Weg zu den Toiletten. Kaum habe ich die Tür der Toilettenkabine hinter mir geschlossen, öffne ich auch schon meinen Gürtel und erleichtere mich. Was ich als Nächstes bemerke, lässt meine Erleichterung allerdings weichen. Stattdessen spannt sich mein ganzer Körper an. Verdammte Scheiße. Das war' s dann wohl mit der schwarzen Spitzenunterwäsche und der Überraschung für Elias. Ich verfluche meinen Körper dafür, dass er so unvorhersehbar ist, denn normalerweise bekomme ich meine Tage immer erst fünf oder sechs Tage nach dem Absetzen der Pille und habe sie dann kurz, aber stark. Und jetzt habe ich sie bereits am zweiten Tag nach der letzten Pille. Danke für nichts, lieber Körper.

Frustriert wasche ich mir die Hände und verlasse niedergeschlagen die Toilette und dann das Hochschulgebäude. Zurück an der frischen Luft halte ich einen Moment inne, schließe die Augen und konzentriere mich ganz auf das Hier und Jetzt. Maja meinte mal, ich solle das ausprobieren, es würde Wunder bewirken. Sie selbst macht seit längerer Zeit Yoga und meditiert ab und zu und im Moment könnte mir etwas Ruhe und Gelassenheit nicht schaden. Also versuche ich den Frust loszulassen. Ich nehme die kühle Brise in meinem Gesicht wahr, den kiesigen Untergrund unter den dünnen Sohlen meiner Sneakers und den groben Stoff meiner Handschuhe, die ich schon so lange habe, dass sie nicht mal mehr ansatzweise weich sind. Ich atme tief durch die Nase ein und fokussiere mich dabei auf das Ausdehnen meines Bauches, halte die Luft kurz an und atme dann langsam und kontrolliert durch den Mund wieder aus. Diesen Vorgang wiederhole ich mehrmals, bevor ich die Augen wieder öffne und feststelle, dass ich auf wundersame Weise tatsächlich irgendwie viel … geerdeter bin?

Ich sollte Majas Anweisungen wohl öfter Folge leisten und mich mehr mit dem Thema auseinandersetzen. Aber im Moment sollte ich schnellstmöglich wieder ins Wohnheim zurückgehen, denn es ist Anfang Dezember und das merkt man an den Temperaturen. Es ist kalt. Arschkalt. Genauso schnell, wie ich von der Wohnung bei der Hochschule war, lege ich den Weg nun in die entgegengesetzte Richtung zurück, bevor ich mich wieder in mein Zimmer schleiche und die Tür leise hinter mir ins Schloss fallen lasse.

Mein eigentliches Vorhaben ist zwar geplatzt, aber ich kann Elias doch auch so mit meiner Anwesenheit überraschen, oder? Ich lasse mich ins Bett plumpsen, doch statt zu meinem Buch zu greifen, schließe ich die Augen und gönne mir ein kleines Nickerchen. Den ganzen Tag im Halbdunkeln verbracht zu haben, hat offensichtlich dafür gesorgt, dass ich jetzt einfach hundemüde bin. Ich höre gerade noch Schritte im Gang und die gedämpfte Stimme von Elias, der sich mit irgendjemandem für morgen früh verabredet, bevor ich wegdämmere.

***

Als ich wieder aufwache, ist es um mich herum bereits stockdunkel und der schmale Streifen Licht, der mein Zimmer vorhin wenigstens etwas erhellt hat, ist auch nicht mehr zu sehen. Verschlafen taste ich auf meinem Nachtisch rum, bis ich endlich den Schalter der Nachtischlampe in die Finger bekomme und dadurch das Zimmer in warmes Licht tauche. Ein Blick auf mein Handy verrät, dass es bereits neunzehn Uhr ist und ich eigentlich schon bei Elias sein wollte. Na ja, dann komme ich eben erst jetzt und damit etwas verspätet. Wobei? Kann man überhaupt zu spät sein, wenn der andere nicht weiß, dass man kommt? Wohl kaum.

Mit dieser Einstellung stehe ich langsam auf, richte meine Haare vor dem Spiegel und sprühe mir ein bisschen Parfüm in die Haare und an den Hals, bevor ich mein Zimmer durch die Balkontür verlasse und auf Elias' Zimmer zusteuere. Gerade als ich an seine Tür klopfen will, sehe ich ihn in seinem Bett liegen, mit Kopfhörern in den Ohren und geschlossenen Augen. Seine Beine sind überkreuzt, seine Arme liegen auf seinem Bauch und sein Gesicht ist frei von jeglichen Sorgenfalten. Er sieht tiefenentspannt aus. Kurz bin ich versucht, einfach umzukehren, weil ich ihn nicht stören will. Andererseits bin ich extra hiergeblieben, um Zeit mit ihm verbringen zu können, und ich bin mir sicher, er freut sich mich zu sehen. Ich betrachte ihn noch mal für wenige Sekunden, bevor ich mit meiner Hand eine Faust mache und gegen die Balkontür schlage.

Elias ist sofort in Alarmbereitschaft, reißt die Augen auf und dreht den Kopf in meine Richtung. Die Entspannung ist aus seinem Gesicht gewischt und er wirkt plötzlich gestresst. Als er dann allerdings realisiert, dass ich die Ursache für die Störung bin, klärt sich sein Gesichtsausdruck und es bleibt ein Lächeln, bei dem mir ganz warm ums Herz wird. Ich hebe meine Hand zum Gruß, doch dabei bleibt es nicht, denn Elias überwindet die Distanz zwischen uns, reißt die Balkontür auf, als würde sein Leben davon abhängen, und schließt mich in eine lange Umarmung.

»Was machst du denn hier?«, fragt er und vergräbt sein Gesicht in meinen Haaren.

»Ich dachte, ich überrasche dich und wir verbringen das Wochenende zusammen. Na, was hältst du davon? Achtundvierzig Stunden nur für uns beide.« Ich löse mich ein bisschen von ihm, weil ich seine Reaktion sehen will, doch sie fällt ernüchternder aus, als ich es mir vorgestellt hatte.

»O ja. Das ist ganz toll.« Er versucht zwar erfreut zu klingen und schaut bemüht fröhlich, aber er wirkt nicht aufrichtig.

»Was ist los?« Alarmiert trete ich noch mal einen Schritt zurück, stoße mit dem Rücken an das Geländer des Balkons und spüre die Kälte durch meinen Pullover hindurch. Es läuft mir eiskalt den Rücken runter, aber dafür ist eher Elias' Reaktion verantwortlich und nicht das Metall in meinem Rücken.

»Nichts. Es ist alles gut. Du hast mich nur überrascht. Komm her.« Und schon macht er einen Schritt in meine Richtung und schmiegt sich erneut an mich. »Du bist ja eiskalt. Komm, wir gehen rein.« Widerwillig lasse ich mich hinter ihm herziehen, denn hier draußen kann ich mir wenigstens noch einreden, dass die Kälte in mir auf die Temperaturen zurückzuführen ist. Nachdem ich sein Zimmer betreten habe, schließt er die Tür hinter uns, bevor er mich weiter Richtung Bett zieht.

»Nora. Schau mich an. Es tut mir leid, ich freue mich natürlich, dass du da bist. Ich war nur etwas überrumpelt, weil du hierbleibst. Außerdem wollte ich am Wochenende ja eigentlich lernen, aber das verschiebe ich. Dann haben wir das Wochenende für uns.« Er schaut mir in die Augen und das Grün um seine Pupillen funkelt mir entgegen. Obwohl er vorhin noch geschockt gewirkt hat, scheint er sich jetzt tatsächlich auf die gemeinsame Zeit zu freuen.

»Bist du dir sicher? Wir müssen auch nicht das ganze Wochenende miteinander verbringen. Ich weiß ja, dass du lernen wolltest, aber ich dachte, es wäre schön, dich zu überraschen.« Ein schüchternes Lachen schleicht sich in mein Gesicht.

»Red keinen Quatsch. Natürlich verbringen wir das Wochenende miteinander. Ich freue mich wahnsinnig, dass wir endlich mal mehr Zeit für uns haben.« Wir sitzen beide auf der Kante seines Bettes, doch dann macht Elias es sich liegend bequem und zieht mich an sich. Ich platziere meinen Kopf in seiner Halsbeuge, schlinge mein Bein um seinen Körper und lege meine

Hand auf seine Brust, in der ich sein gleichmäßig schlagendes Herz spüre. Und obwohl mir eben noch kalt war, umhüllt mich nun das warme Gefühl von Geborgenheit und Zuneigung. Und in diesem perfekten Moment kann ich mir einfach nicht vorstellen, dass da irgendwas ist, was zwischen uns steht. Wahrscheinlich habe ich ihn wirklich nur überrumpelt und den geschockten Blick könnte ich mir genauso gut eingebildet haben. Einfach hier zu liegen, das leichte Heben und Senken seiner Brust unter meiner Handfläche zu spüren und seinen Körper an meinem, genauso sollte es immer sein.

»Elias?« Ich neige meinen Kopf leicht in seine Richtung, sodass wir uns in die Augen sehen können.

»Ja?« Er blickt mich erwartungsvoll an, während er mit meinen Haaren spielt. Ich weiß nicht genau, wie ich formulieren soll, was mir auf der Zunge brennt. Und ich weiß auch nicht, woher diese Eingebung stammt. Aber trotzdem bin ich mir zu einhundert Prozent sicher, dass ich den nächsten Schritt machen will.

»Ich hoffe, das kommt jetzt nicht überstürzt und ich verschrecke dich damit nicht …« Ich hole noch mal kurz Luft, dann räuspere ich mich und spreche weiter, bevor ich es mir anders überlege. »Es wäre doch eigentlich schön, wenn wir öfter mal ein Wochenende zusammen verbringen könnten. Da ich allerdings oft zu Hause bin, habe ich gedacht, dass du doch einfach mal mitkommen könntest?« Hoffnungsvoll schaue ich ihn an. Erst sagt er gar nichts und ich rechne schon mit einer Abfuhr. Doch dann, langsam, aber sicher, breitet sich ein Lächeln in seinem Gesicht aus, das dafür sorgt, dass ich ihn gleich noch ein wenig anziehender finde.

»Natürlich. Unglaublich gerne. Sag mir einfach, wann und wo es losgeht, und ich bin dabei.«

»Wirklich?«

»Ganz wirklich. Warum sollte ich denn was dagegen haben? Ich liebe es, Zeit mit dir zu verbringen, und wenn ich dabei deine Familie und Freunde kennenlerne und mehr über dich erfahre, dann ist das umso besser.« Er streichelt mir sachte übers Haar, bevor er sich vorsichtig ein Stückchen vorbeugt und mir einen Kuss auf den Scheitel haucht. Augenblicklich wird mir ganz warm ums Herz.

»Ich kann dir gar nicht sagen, wie sehr mich das freut«, entgegne ich. »Lilly kannst du leider noch nicht kennenlernen, sie ist ja noch in Asien. Aber mit Paul müssen wir uns unbedingt treffen. Meine Eltern sind auch schon ganz aufgeregt, weil sie gemerkt haben, dass es einen Neuen in meinem Leben gibt, und es kaum erwarten können, dich kennenzulernen. Und wir müssen dann unbedingt ins Colosseum gehen, das ist ein italienisches Restaurant und die haben die allerbeste Pizza weit und breit.« Ich stoppe meinen Redeschwall, als ich bemerke, dass Elias die Luft angehalten hat, und als ich ihn wieder anschaue, merke ich, dass er fast platzt vor Lachen. »Ey, lachst du mich etwa aus?« Gespielt böse schaue ich ihn an und das ist der Moment, in dem das Lachen aus ihm herausbricht. Er wirkt dabei so ausgelassen und unbeschwert, dass ich gar nicht anders kann, als in sein Lachen einzufallen. Fünf Minuten später bekommt Elias kaum noch Luft, hält sich schmerzend den Bauch und gibt mir noch mal einen Kuss auf den Scheitel. Ach, wie sehr ich das liebe.

»Danke«, sagt er.

»Wofür?« Ich schmiege mich etwas näher an seinen Körper und male mit meinem Finger große Kreise auf seine Brust.

»Dafür, dass es dich gibt und du in mein Leben getreten bist. Ich kann es nur schwer erklären, aber vor dir war da diese Gewitterwolke, die mich stets begleitet hat. Die immer ihren Schatten über alles geworfen und dafür gesorgt hat, dass ich einfach nie wirklich glücklich war. Aber wenn ich mit dir Zeit verbringe, dann strahlt die Sonne plötzlich so stark, dass selbst die größte und dunkelste Gewitterwolke verschwindet. Und ich weiß, das klingt jetzt unglaublich kitschig und vielleicht ist es das auch. Aber es ist einfach nur die Wahrheit. Also danke.«

Ich halte mitten in der Bewegung inne. Mein Finger hängt in der Luft über seiner Brust und ich weiß nicht genau wieso, aber ich habe das Gefühl, dass das weit mehr als nur ein paar daher gesagte Worte waren. Ich beginne wieder langsame Kreise auf seiner Brust zu ziehen, bevor ich antworte.

»Ich fühle mich geschmeichelt. Und ich bin auch sehr froh, dass du in mein Leben getreten bist, denn mit dir ist es einfach viel schöner, besser und bunter.«

Ich drehe mich zu ihm um, schiebe mein Bein, das um seinen Körper geschlungen ist, zur anderen Seite, bis ich rittlings auf ihm sitze, dann beuge ich mich zu ihm herunter und unsere Lippen treffen aufeinander. Meine Hand fährt durch seine Haare, erst sanft, dann greife ich hinein und ziehe leicht, aber bestimmt an ihnen. Elias scheint im ersten Moment überrascht, doch dann legt er eine Hand an meine Hüfte, vergräbt die andere in meinen Haaren und erwidert den Kuss.

In den letzten Wochen haben wir uns oft geküsst und es war alles dabei, von zurückhaltend über wild bis hin zu gefühlvoll. Doch dieser Kuss geht tiefer. Es gibt keine Zurückhaltung mehr und aus dem eben noch so gemütlichen Kuscheln ist plötzlich eine Leidenschaft entstanden, die zuvor noch nie da gewesen ist. Es fühlt sich an, als hätten Elias' Worte etwas zwischen uns verändert und unser Band noch gefestigt. Ich verstärke den Griff in seinen Haaren und dränge meinen Körper näher an seinen. Elias scheint einen ähnlichen Gedanken gehabt zu haben, denn auch er zieht mich zu sich heran und ein Wimmern verlässt meinen Mund. Unter mir spüre ich seine harte Erektion, die mir verdeutlicht, dass das zwischen uns ihn genauso wenig kaltlässt, und dadurch wächst mein Selbstvertrauen.

Ich ziehe mich kurz aus dem Kuss zurück, beiße vorsichtig in seine Unterlippe und ein Keuchen entkommt seiner Kehle, das ich mit meinem Mund auffange. Langsam schiebt sich Elias' Hand unter mein Shirt und kurz erwischt mich ein kalter Lufthauch, der mich schaudern lässt, doch nur so lange, bis seine Hand sich an meine Seite legt, langsam hoch und runter streicht und dabei eine Welle heißer Ströme durch meinen Körper jagt. Selbst diese simple Berührung von ihm wärmt mich von innen und ich wünsche mir, dass er nie damit aufhört.

Doch dann fährt er mit seiner Hand immer höher, bis er an den Rand meines BHs stößt, und löst seine Lippen von meinen. Mit flehendem Blick bittet er um Erlaubnis und mit einem leichten Nicken gebe ich ihm zu verstehen, dass es in Ordnung ist. Ich verspüre ein Pochen in meiner Mitte und weiß, dass nur Elias mir Abhilfe verschaffen kann. Ich will ihn genauso sehr wie er mich und wir haben lange genug gewartet. Seine Hand wandert wieder zum Saum meines Shirts, umgreift es und zieht es mir mit einem schnellen Ruck über den Kopf. Sein Blick wandert über meinen Bauch, bleibt kurz an meinen Brüsten hängen und findet seinen Weg dann über meine Lippen zu meinen Augen.

Er lächelt. »Du bist einfach wunderschön.« Ein weiterer warmer Schauer durchströmt mich. Dann legt er seine Hand an meinen Rücken und öffnet gekonnt meinen BH und ich komme nicht umhin. mich zu fragen, wie oft er das schon bei anderen Frauen gemacht hat. Schnell schiebe ich den Gedanken beiseite und betrachte Elias erneut. Sein Blick ruht auf meinem nun entblößten Oberkörper und für einen kurzen Moment halte ich die Luft an, aus Angst, ihm würde nicht gefallen, was er sieht.

Ich habe eine relativ kleine Oberweite und es wäre gelogen, wenn ich sagen würde, dass mir das nichts ausmacht. Max hat mir zwar immer und immer wieder gesagt, dass ihn das nicht stört, aber genauso hat es sich eben angefühlt. Wie etwas, das einen nicht stört. Nichts Tolles oder Liebenswertes, sondern etwas, das man eben nicht ändern kann und deswegen bestenfalls akzeptiert.

Doch Elias' Lächeln bleibt. »So wunderschön«, nuschelt er. Dann küsst er sich von meiner Halsbeuge seinen Weg zu meinen Brüsten und schiebt meine Selbstzweifel damit einfach zur Seite. Während sein Mund meine linke Brustwarze umschließt, legt sich seine Hand an meine rechte Brust und knetet sie, liebkost sie und ich spüre das Pochen zwischen meinen Beinen immer stärker. Ein leises Seufzen entkommt mir und Elias scheint zu gefallen, was er hört, denn seine Berührungen werden fordernder und grober, doch das stört mich nicht. Ganz im Gegenteil, mit jedem Knabbern, jedem Streicheln und jeder Liebkosung will ich ihn nur noch mehr und das Pochen zwischen meinen Beinen steigert sich ins Unermessliche. Ich will ihm näher sein, ihn spüren und jeden Zentimeter seines Körpers erkunden, deswegen rutsche ich auf seinem Schoß noch ein Stück näher an ihn heran.

Seine Lippen lassen von meiner Brust ab, nur um Sekunden später wieder auf meine Lippen zu prallen. Während er mich mit seiner Zunge verwöhnt, greife ich nach seinem Shirt. Als wir kurz voneinander ablassen müssen, damit ich das Shirt über seinen Kopf ziehen kann, kommt sein Atmen in keuchenden Stößen und ich genieße das Gefühl, dass ich für dieses wundervolle Geräusch verantwortlich bin. Nachdem nun auch Elias' Oberkörper frei ist, lehne ich mich ein kleines Stückchen nach hinten und begutachte ihn. Sein Oberkörper ist sportlich, nicht zu muskulös, sondern einfach leicht trainiert. Ein Leberfleck oberhalb seines Bauchnabels lenkt meine Aufmerksamkeit auf sich und ich streiche sachte mit meinem Daumen darüber. Dann rutsche ich wieder näher zu Elias. Als er sich langsam an meiner Hose zu schaffen macht, erfüllt mich feurige Vorfreude, kurz bevor mich eine ernüchternde Erkenntnis wieder zurück auf den Boden der Tatsachen holt.

»Fuck. Du musst das lassen.«

Elias lässt zwar sofort von meiner Hose ab, doch er sieht mich fragend an. »Alles in Ordnung?«, fragt er vorsichtig. »Geht es dir zu schnell? Entschuldige, ich dachte, du willst es auch.«

»Glaub mir, ich will es mindestens genauso sehr wie du. Aber …« Was jetzt kommt ist mir unangenehm, doch bevor ich weitersprechen kann, hat Elias mich bereits unterbrochen.

»Bist du etwa noch Jungfrau?« Als er meinen verständnislosen Blick sieht, redet er schnell weiter. »Nicht, dass das schlimm wäre, aber dann sollten wir es wohl etwas langsamer angehen lassen.«

»Nein. Das ist es nicht. Ich habe meine Periode. Ich weiß nicht, wie ich das vergessen konnte«, gebe ich schließlich peinlich berührt zu und traue mich kaum, ihm in die Augen zu sehen. Doch dann höre ich ihn erleichtert ausatmen und schaue ihn doch wieder an.

»Okay. Das haben wir«, dabei lässt er seinen Blick von mir zu der Beule in seiner Hose wandern, »uns definitiv anders vorgestellt. Aber damit komme ich klar. Ich dachte schon, es liegt an mir und ich hätte etwas falsch gemacht. Aber dann werden wir warten.«

Ich lächle ihn erleichtert an, weil er so verständnisvoll ist. Doch dann denke ich wieder an die Beule in seiner Hose und lehne mich verführerischer nach vorne. Ich hauche einen Kuss auf seine Lippen und mein Mund verweilt dann nur wenige Millimeter vor seinem. »Nur weil ich meine Tage habe, musst du darunter aber nicht leiden. Es gibt schließlich andere Mittel und Wege«, sage ich und streiche dabei sachte mit meiner Hand über die Ausbeulung.

Gerade als ich nach hinten wegrutschen und mich an seiner Hose zu schaffen machen will, um ihn mit Mund und Hand zu verwöhnen, hält er mich am Arm fest, zieht mich nochmals näher, gibt mir einen langen und intensiven Kuss und sagt dann zu mir: »Das weiß ich sehr zu schätzen. Aber ich möchte das nicht. Ich möchte, dass unser erstes gemeinsames Mal was Besonderes wird.«

Gerührt von seinen Worten streiche ich mit meiner Hand über seine Wange und die Bartstoppeln fühlen sich rau unter meiner Handfläche an, doch ich kann nach wie vor nicht genug von diesem Gefühl bekommen. »In Filmen und Büchern hat nie jemand seine Tage, alle haben immer und überall ein Kondom griffbereit und der Sex ist atemberaubend und lebensverändernd. Wieso kann das bei uns nur nicht so sein?«, frage ich lachend und kuschle mich an seine Seite.

»Du musst dich nur etwas gedulden und dann holen wir das nach.« Er lächelt verschwörerisch.

»Na gut. Dann müssen wir den Abend wohl anders nutzen. Wie wäre es mit einer weiteren Fragerunde?«, schlage ich vor und genieße es, seine Haut an meiner zu fühlen.

»Was immer du willst.«

»Okay. Nenne mir drei Dinge, die dich glücklich machen.«

»Oh, werden das heute etwa tiefgründige Gespräche?«

»So schwer ist die Frage doch nicht«, erwidere ich.

»Na gut. Ich liebe den Herbst mit seinen bunten Blättern. Besonders morgens macht mich ein Latte Macchiato glücklich. Und seit ich dich kenne, verbinde ich auch den Geruch von Rosen mit Glück.«

»Ich muss mir bei Lilly definitiv einen Jahresvorrat ihrer selbst gemachten Shampoo Bars sichern, wenn es dich so glücklich macht.«

»Das hoffe ich doch. Jetzt bist du dran«, sagt Elias.

»Gutes Essen. Der Geruch, nachdem es geregnet hat. Balu.« Elias schmunzelt. »Der Geruch, nachdem es geregnet hat? Gute Antwort. Aber ich finde der Geruch von frisch gemähtem Gras ist noch besser.«

»Beides ist gleich gut.« Ich gebe ihm einen leichten Kuss. »Und jetzt bist du dran.«

»Warum heißt dein Hund Balu?«

Ein Lächeln schleicht sich auf mein Gesicht. »Kennst du die Serie *Käpt'n Balu und seine tollkühne Crew*?«

»Natürlich. Wer kennt die nicht? Ich habe sie geliebt. War eine meiner Lieblingsserien neben *Chip und Chap – Die Ritter des Rechts*.«

»Da hast du deine Antwort. Ich habe die Serie auch geliebt.«

Elias streicht mir durch die Haare. »Und damit wirst du mir noch sympathischer. Okay, du bist wieder dran.«

»Glaubst du an Gott?« Keine Ahnung, woher diese Frage kommt und wie ich von Kinderserien zu Gott gekommen bin, aber es interessiert mich einfach.

Elias denkt einen Moment nach. »Ich weiß es nicht. Wenn es einen allmächtigen und allgegenwärtigen Gott gibt, warum lässt er dann zu, dass es auf unserer Welt so grausam zugeht? Wieso müssen Menschen hungern, sich bekriegen und bei Unfällen verletzt werden oder sterben? Wenn es einen Gott gibt, warum unternimmt er dann nichts dagegen? Verstehst du, was ich meine? Diese Fragen kreisen bei diesem Thema immerzu in meinem Kopf. Andererseits – vielleicht ist es das, was wir Menschen brauchen, damit wir Glück empfinden können. Das klingt jetzt vielleicht blöd. Aber ohne das Schlechte gibt es auch nichts Gutes, oder? Vielleicht brauchen wir Menschen die grausamen Dinge auf der Welt, damit wir unser eigenes Leben und die glücklichen Momente mehr schätzen können. Na ja, oder es gibt halt wirklich keinen Gott und wir haben deshalb so ein Chaos auf der Erde. Ich weiß es wirklich nicht. Und ich weiß ehrlich gesagt auch nicht, was ich beunruhigender fände: Einen Gott, der zulässt, dass die Menschheit sich selbst zugrunde richtet, oder einfach gar kein Gott und damit auch keine Hoffnung.«

»So habe ich die Sache noch nie gesehen«, gebe ich zu. »Aber ich glaube an einen Gott. Nicht an den alten bärtigen Mann mit Sandalen und Heiligenschein. Aber ich glaube daran, dass es da irgendwas gibt, das mächtiger ist und über uns wacht. Ich kann gar nicht genau beschreiben, an was ich da glaube, aber ich glaube einfach daran, dass es da irgendwas gibt.«

Wir stellen uns weitere Fragen und ich genieße jede Minute davon. Auch wenn ich nicht auf jede Frage eine Antwort finde und wir uns nicht immer einig sind, mag ich das Gefühl, mit Elias im Bett zu liegen und über Gott und die Welt zu reden. Schließlich ist es genau das, was eine gesunde Beziehung ausmacht. Dass man auch mal über seinen Tellerrand blickt und sich gegenseitig dabei hilft, seinen Horizont zu erweitern.

Das Gespräch mit Elias macht mir auch nochmals klar, wieso das mit Max nie von Dauer sein konnte. Mit Max musste man immer Programm haben: Treffen mit Freunden, Kino, Essen gehen, Serie schauen. Wirklich tiefgründige Gespräche konnte man mit ihm nicht führen. Bei Elias ist das anders. Er redet nicht einfach drauflos oder verwendet irgendwelche Floskeln. Nein. Man kann förmlich sehen, wie sich die Rädchen in seinem Kopf drehen und er sich ernsthaft mit den Fragen und meinen Gedankengängen auseinandersetzt. Doch mit jeder Frage werde ich ein wenig müder und so löschen wir schließlich das Licht und ich schlafe friedlich an seiner Seite ein.

Kapitel 34

Nora

Ich liege im Bett neben Elias, betrachte ihn im Licht der aufgehenden Sonne und wünsche mir, jeden Tag so aufwachen zu können. Behutsam, um ihn nicht aufzuwecken, lege ich meine Hand an seine Wange und streiche darüber, bevor ich meine Fingerkuppen über seine Bartstoppeln fahren lasse und das kratzige Gefühl genieße. Obwohl meine Überraschung definitiv anders geplant war, hatten wir einen unglaublich schönen Abend.

Ich fahre ein letztes Mal mit meinen Fingern von seinem Kinn hinauf bis zu seiner Wange und zurück, bevor ich mich aus der Decke schäle, sein Shirt überziehe, das mir bis knapp über den Hintern reicht, und Richtung Zimmertür tapse. Ich wäre liebend gerne liegen geblieben und hätte ihn weiter betrachtet, aber meine Blase hat mir mal wieder einen Strich durch die Rechnung gemacht, weshalb meine Schritte jetzt auch immer schneller Richtung Badezimmer führen.

Nachdem ich mich erleichtert habe, streift mein Blick an meiner Zahnbürste vorbei und während ich mich frage, ob ich Mundgeruch habe und lieber die Zähne putzen sollte, damit ich Elias nicht verschrecke, klingelt es an der Tür.

Irritiert blicke ich auf. Wer könnte das sein? Dann beeile ich mich allerdings, bevor nochmals geklingelt wird und Elias davon wach wird. Ich gehe zur Tür und öffne sie nur einen Spalt weit, bis ich in das Gesicht eines Mädchens blicke.

»Hey.« Das ist alles, was sie sagt, während ich sie mustere. Sie ist unglaublich schön mit ihrer bronzefarbenen Haut, den braunen großen Augen und den dunkelbraunen gelockten Haaren, die ihr locker über die Schultern fallen. Dass sie müde und extrem dünn aussieht, kann ihre Schönheit nicht mindern. Doch dann fällt mir auf, dass ich hier nur mit einem T-Shirt bekleidet stehe und das fremde Mädchen seit sicher zwei Minuten anstarre.

»Äh. Hey. Wie kann ich dir helfen?« Meine Stimme klingt noch verschlafen und ich räuspere mich.

»Ich wollte eigentlich zu Elias. Der wohnt doch hier, oder?« Sie blickt mich fragend an und ein leichtes Lächeln umspielt ihre Lippen. Alles an ihr wirkt unschuldig und freundlich, aber mein Kopf schlägt sofort Alarm. Wer ist sie und was will sie von Elias? Ich beiße mir vor lauter Aufregung auf die Unterlippe. Doch es hilft alles nichts, ich muss sie wohl oder übel reinlassen, dann werde ich auch erfahren, wer die schöne Unbekannte ist.

»Ja, der wohnt hier. Er schläft allerdings noch. Komm rein, dann wecke ich ihn.« Ich öffne die Tür weiter und lasse sie eintreten. Sie folgt meiner Einladung und ich schließe die Tür hinter uns.

»Ach, das musst du nicht. Sag mir einfach, welches sein Zimmer ist, dann komm ich schon selbst klar.« Der Unmut in mir wird größer und ich weiß so gar nicht, was ich von der ganzen Situation halten soll. Scheinbar bleibt mein Zögern allerdings nicht unbemerkt. »Oh, wie unfreundlich von mir. Ich bin übrigens Vanessa.« Sie reicht mir die Hand und unschlüssig ergreife ich sie.

»Nora.« Vanessa. Woher kommt mir der Name bekannt vor? Hat Elias ihn schon mal erwähnt? Mein müdes Gehirn arbeitet langsam und schwerfällig, aber ich bin mir ziemlich sicher, dass er schon mal von einer Vanessa geredet hat. War es nicht die Schwester seines besten Freundes?

»Also welches ist sein Zimmer?«

»Ähm, das dort hinten.« Ich deute mit dem Kinn vage in die Richtung seiner Zimmertür. »Aber ich denke nicht, dass du da jetzt einfach reinplatzen solltest. Wie gesagt, er schläft noch.« Ich will nicht unfreundlich sein, schließlich hat mir Vanessa nichts getan, doch ich weiß selbst, dass meine Stimme ziemlich forsch klingt.

»Wie gesagt, kein Problem. Wir sind verabredet. Außerdem haben wir schon genug Nächte miteinander verbracht, es wird ihn also nicht stören, wenn ich reingehe.« Ein kleines schüchternes Lächeln zeigt sich auf ihrem Gesicht.

Meine Augen weiten sich und mir bleibt fast die Luft weg. Was hat sie da eben gesagt? Genug Nächte miteinander verbracht? Ist sie so was wie eine verrückte Ex-Freundin, die ihn jetzt stalkt? Aber halt mal. Sie hat gesagt, sie seien verabredet. Ist es Elias wegen ihr so wichtig, immer erreichbar zu sein? Und verschwindet er deswegen regelmäßig? Weil ich nicht die Einzige bin? Ein eiskalter Schauer läuft mir den Rücken runter. Das darf nicht wahr sein. Doch je länger ich darüber nachdenke, umso logischer scheint es. Die Wahrheit werde ich wohl nur von Vanessa erfahren.

»Bist du etwa seine Freundin?« Eine simple Frage. Aber eine Frage, deren Antwort ich am liebsten gar nicht hören würde. Denn ich kenne sie bereits.

»Ja, so kann man es nennen.« Die Worte brennen sich förmlich in meinen Kopf ein und augenblicklich treten mir Tränen in die Augen, die sich ihren Weg über meine Wangen bahnen. Im selben Moment höre ich, wie sich eine Tür öffnet. Wie in Zeitlupe drehe ich mich um und entdecke Elias, der erst mich, dann Vanessa anschaut. Der Schock steht ihm ins Gesicht geschrieben. Vanessa, die meine Reaktion noch nicht bemerkt hat und Elias' Verhalten anscheinend nicht richtig deuten kann, begrüßt ihn freudig, während er auf uns zustürmt.

»Nora. Ich kann das alles erklären. Versprochen.« Seine Stimme ist dünn, aber darauf kann ich keine Rücksicht nehmen.

Denn ich möchte keine Erklärungen. Nicht schon wieder. Nachdem ich der Sache zwischen Elias und mir noch mal eine Chance gegeben habe, schmerzt es mich nun umso mehr, so von ihm hintergangen worden zu sein. Er hat eine Freundin. Ich kann es nicht fassen. Ohne weiter darüber nachzudenken, greife ich nach meinem Handy, das auf dem Küchentisch liegt, ziehe meinen langen Wintermantel über und schlüpfe in meine Stiefel. Elias versucht mich noch aufzuhalten und redet beruhigend auf mich ein, aber ich nehme seine Worte gar nicht wirklich wahr und schüttle seine Hand von meinem Arm ab.

»Fass mich nicht an. Fass mich nie wieder an. Lass mich einfach in Ruhe, du verdammter Lügner.« Meine Stimme wird mit jedem Wort lauter und trotzdem kann ich nicht verhindern, dass sie vor Zorn zittert. Ich reiße die Tür auf und stürme aus dem Haus, ohne ein bestimmtes Ziel vor Augen zu haben, und bin froh, dass er mir nicht folgt. Ich muss einfach Abstand zwischen Elias und mich bringen, weil ich das Gefühl habe, in seiner Nähe keine

Luft mehr zu bekommen. Die Tränen verschleiern meinen Blick und ich will gar nicht wissen, was für einen Eindruck ich gerade auf andere machen muss. Ich renne draußen verheult herum und trage nur Stiefel und einen Wintermantel, sodass man meine nackten Beine sehen kann. Aber gerade ist mir alles egal. Die eben kurz aufgekommene Wut ist vergangen und geblieben ist nichts als Leere. Selbst die Kälte nehme ich nur bedingt wahr.

Als ich plötzlich vor der Bank stehe, auf der ich damals saß, als Elias und ich uns zum ersten Mal begegnet sind, lasse ich mich frustriert darauf nieder und vergrabe mein Gesicht in meinen Händen. Was soll ich nur tun? Ich habe nicht mal einen Schlüssel mitgenommen, also kann ich mein Auto nicht benutzen. Und ich werde ganz sicher nicht zurück zu Elias und Vanessa ins Wohnheim gehen. Dann vibriert mein Handy in der Jackentasche und zeigt einen eingehenden Anruf von Elias an, den ich wegdrücke. Dann gehe ich meine Kontakte durch, bis ich den Namen der einzigen Person sehe, die mir im Moment helfen kann. Das Freizeichen erklingt ein paarmal, dann nimmt er ab.

»Nora? Was willst du denn? Du hast mich geweckt, ich hoffe, du schämst dich.« Julius klingt tatsächlich noch ganz verschlafen, aber sein Tonfall lässt eindeutig erkennen, dass er es nicht ernst meint und mir nicht böse ist.

»Es ist … Elias hat … Heute Morgen war …« Egal, wie ich den Satz anfange, ich bringe es nicht über mich, ihm zu erzählen, was passiert ist. Wenigstens habe ich aufgehört zu weinen.

»Ganz langsam. Was ist passiert? Wie kann ich dir helfen?« Er redet langsam und seine Stimme hat einfach diese unglaublich beruhigende Wirkung auf mich. Wie kann es sein, dass Julius immer dann für mich da ist, wenn ich es am dringendsten nötig habe?

»Kannst du mich einfach abholen? Dann erkläre ich dir den Rest.«

***

Fünfzehn Minuten später sitze ich immer noch auf der Bank, als Julius schnellen Schrittes auf mich zusteuert. Seine Augen weiten sich und er legt noch mal etwas an Tempo zu. Er zieht mich in seine Arme und die Wärme seines Körpers macht mir bewusst, wie unterkühlt ich bin. Es liegt zwar noch kein Schnee, aber immerhin haben wir Anfang Dezember und die Temperatur fällt an manchen Tagen schon unter null. Also nicht unbedingt das optimale Wetter, um sich nur in einem Shirt, einem Mantel und Stiefeln bekleidet draußen aufzuhalten.

»Hey. Du bist ja kalt wie ein Eisklotz, so holst du dir noch den Tod«, sagt Julius. »Sollen wir zusammen ins Wohnheim gehen? Oder willst du mit zu mir kommen?«

»Zu dir«, bringe ich gerade so hervor.

»Lass uns gehen. Dann sorgen wir dafür, dass dir wieder warm wird, und du erzählst mir, was passiert ist. Aber ich kann dir garantieren, wir schaffen das, okay?«

Für wenige Sekunden umspielt ein mattes Lächeln meine Lippen, dann nicke ich und lasse mich von Julius zu seinem Auto bringen. Wie in Trance folge ich ihm und nehme nur durch einen Schleier wahr, wie er mich ins Auto setzt, vom Parkplatz fährt und uns durch den Verkehr zu seiner Wohnung befördert. In der Tiefgarage angekommen steigt er direkt aus, aber ich bleibe sitzen. Nicht, weil ich zu schwach bin, um auszusteigen, sondern weil mir der Antrieb für eine solch simple Sache fehlt. Ich sitze nur da, genieße die Wärme der Sitzheizung und starre aus der Frontscheibe an die graue Wand, bis Julius die Tür öffnet und mir seine Hand reicht. Im Moment hätte ich nichts dagegen, einfach hierzubleiben und den Rest meiner Tage diese graue Wand anzuschauen, denn die Alternative klingt ebenso wenig verlockend. Trotzdem greife ich widerwillig nach seiner Hand, steige aus und gemeinsam erklimmen wir die Treppen bis in seine Wohnung, wo ich mich direkt auf die graue Wohnlandschaft plumpsen lasse und wie ein Embryo zusammenrolle.

Es ist zwar erst das dritte Mal, dass ich bei Julius bin, aber zwischen uns beiden ist es so unkompliziert, dass ich mich bei ihm gleich zu Hause gefühlt habe. Ich merke, dass Julius mich zudeckt, dann setzt er sich neben mich, hebt meinen Kopf sachte an, rutscht ein kleines Stückchen in meine Richtung und bettet meinen Kopf auf seinen Schoß. Behutsam streichelt er mir über die Haare und es fühlt sich an wie früher, als meine Mutter das getan hat, wenn ich mir wehgetan habe. Für einen kurzen Moment bilde ich mir sogar ein, dass alles wieder gut wird und der Schmerz vergehen wird. Doch schlagartig werde ich in die Gegenwart zurückkatapultiert und das Bild von Vanessa schiebt sich in den Vordergrund.

»Bist du etwa seine Freundin?«

»Ja, so könnte man es nennen.«

Die beiden Sätze beginnen in Dauerschleife in meinem Kopf abzulaufen und ich würde am liebsten dagegen schlagen, damit er endlich leise ist und mich in Ruhe lässt. Aber natürlich würde das – bis auf Kopfschmerzen – nichts bringen.

»Nora. Erzähl mir, was passiert ist«, fordert mich Julius sanft auf.

Also schließe ich die Augen, hole tief Luft und beginne zu erzählen. »Ich bin dumm. So unglaublich dumm. Ich wollte Elias doch überraschen, indem ich am Wochenende hierbleibe und wir den nächsten Schritt gehen.« Allein bei dem Gedanken, dass ich ihm so sehr vertraut habe, dass ich mit ihm schlafen wollte, komme ich mir so naiv vor und augenblicklich bin ich heilfroh darüber, dass wir doch nicht so weit gegangen sind. »Die Überraschung ist allerdings ins Wasser gefallen, weil ich meine Tage bekommen habe, und anfangs hatte ich auch kurz das Gefühl, dass es Elias nicht passt, dass ich das Wochenende in Ludwigsburg verbringe. Aber das Gefühl ist relativ schnell verflogen und wir hatten einen wunderschönen Abend. Wir haben viel geredet und er hat mir versprochen, dass er mal mit mir nach Hause fährt und meine Familie und meine Freunde kennenlernt. Und ich habe mich so gefreut.«

Mein Brustkorb zieht sich zusammen und ich würde am liebsten nicht weitersprechen, weil das die Katastrophe noch realer, noch schmerzlicher machen wird. Ich öffne die Augen, schaue Julius an und mit einem leichten Nicken ermutigt er mich. Langsam, aber sicher bildet sich wieder ein Kloß in meinem Hals und die Tränen steigen mir erneut in die Augen. Also schließe ich sie und konzentriere mich gezielt auf meine Atmung und darauf, die Tränen zurückzuhalten. Dann fahre ich mit leiser Stimme fort. »Und heute Morgen stand dann plötzlich ein Mädchen vor der Tür. Vanessa.« Obwohl sie nichts für die

Situation kann, denn sie wird wohl kaum davon gewusst haben, dass Elias sie betrügt, spucke ich das Wort förmlich aus. Der Kloß in meinem Hals wird dicker und größer und für einen Moment befürchte ich, gleich keine Luft mehr zu bekommen.

Julius scheint mir das anzusehen, denn er beginnt nun beruhigend auf mich einzureden.

»Ganz ruhig. Hol einfach tief Luft und dann versuch weiterzusprechen, okay? Und lass dir so viel Zeit, wie du brauchst. Stress dich nicht und erzähle es mir in deinem Tempo.« Ein dunkler Unterton schleicht sich in seine Stimme und ich kann ihn nur zu gut verstehen. Wenn jemand meinen Freunden etwas antäte, das sie zum Weinen bringt, dann wäre ich rasend vor Wut.

Ich räuspere mich, in dem Versuch, meine Stimme zurückzubekommen. »Sie ist seine Freundin. Diese Vanessa ist Elias' Freundin.« Ich höre, wie Julius scharf die Luft einzieht, und schon im nächsten Moment explodiere ich, schiebe die Traurigkeit zur Seite und lasse meiner Wut freien Lauf. Ich setze mich auf. »Verdammt«, sage ich mit vor Zorn bebender Stimme. »Er hat mich belogen. Er hat mich die ganze Zeit belogen. Und nicht nur das. Er hat mich benutzt, um seine Freundin zu betrügen. Nachdem Max mich mit seiner besten Freundin betrogen hat, habe ich mir geschworen, niemals in dieser Art und Weise für den Schmerz eines anderen Mädchens verantwortlich sein zu wollen. Klar, auch davor hatte ich nicht das Ziel, die Affäre von jemandem zu sein. Aber danach habe ich mir geschworen, dass es niemals passieren würde. Und jetzt war ich die Affäre von Elias. Ich konnte es zwar nicht wissen, aber deswegen fühle ich mich nicht weniger schäbig. Ich fühle mich so benutzt und schmutzig.«

Julius' Gesichtsausdruck wird bei jedem Wort schmerzerfüllter, verständnisloser, aber auch wütender. »Fuck. Das kann doch nicht wahr sein. Bist du dir sicher? Ich mein, ich habe doch gesehen, wie er dich angesehen hat, und da lag so viel Gefühl in seinen Augen.«

Ich schnaube. »Ob ich mir sicher bin? Ich habe sie gefragt, ob sie seine Freundin ist, und sie hat es bejaht. Also ja, ich bin mir sicher.« Meine Stimme klingt viel feindseliger als beabsichtigt und sofort tut es mir leid, schließlich kann er nichts für Elias' mieses Verhalten. »Entschuldige, ich wollte dich nicht so anfahren.«

Julius macht eine wegwerfende Handbewegung. »Du musst dich nicht entschuldigen. Ich kann deine Wut nur zu gut nachvollziehen. Betrogen zu werden ist scheiße, richtig scheiße. Und Elias hat nicht nur seine Freundin betrogen, sondern auch dich. Also sei wütend. Sei wütend auf Elias. Sei wütend auf die Welt. Und sei von mir aus auch wütend auf mich. Aber bitte, Nora, sei nicht wütend auf dich. Du bist hier genauso ein Opfer wie seine Freundin und der Schmerz über diesen Betrug ist an sich schon schlimm genug, aber bitte quäle dich jetzt nicht auch noch mit einem schlechten Gewissen.«

Obwohl mir eigentlich – rein logisch betrachtet – klar ist, dass Julius recht hat, fühle ich mich einfach nur furchtbar und kann nichts gegen die Schuldgefühle tun. Trotzdem sorgen Julius' Worte dafür, dass ich mich gleich ein bisschen besser fühle. Zwar nur ein klitzekleines bisschen, aber wenigstens etwas.

»Glaubst du, ich könnte bei dir duschen? Ich habe das Gefühl, eine warme Dusche wäre im Moment genau das Richtige für mich.« Außerdem will ich die Erinnerungen an den schönen Abend ebenso wie den heutigen Morgen, der alles kaputtgemacht hat, von mir abwaschen.

»Selbstverständlich. Brauchst du sonst noch irgendwas?«, fragt er mich sanft.

Wieso konnte ich mich nur nicht in diesen fürsorglichen und wunderbaren Mann verlieben? Er ist klug, hat Humor, bringt mich zum Lachen und seine Attraktivität ist nicht zu leugnen. Aber nein, mein dummes Herz rennt dem nächsten Arschloch in die Hände. Umständlich schäle ich mich aus der Decke und als ich wieder stehe, wird mir bewusst, dass ich immer noch keine richtige Kleidung trage.

»Da gäbe es wirklich noch etwas, das du für mich tun kannst.« Ich druckse etwas herum, denn ich weiß, dass ich Julius damit in eine unangenehme Lage bringe. »Glaubst du, es wäre möglich, dass ich bis Montag bei dir bleiben kann? Danach werde ich im Sekretariat einen Zimmerwechsel beantragen.«

»Natürlich. Mein Sofa ist auch dein Sofa und du kannst so lange bleiben, wie du möchtest«, sagt er sofort.

»Du bist mein Held. Weißt du das eigentlich?« Julius schenkt mir nur ein mattes Lächeln, als wüsste er, dass da gleich noch etwas kommt. Und er behält recht. »Könntest du mir eventuell auch noch einen weiteren riesengroßen Gefallen tun?«

»Ich könnte dir nichts abschlagen, das weißt du doch. Besonders nicht an einem Tag wie heute. Also schieß los, was brauchst du?«

»Meine Sachen.« Ich schaue an mir herunter und Julius folgt dem Blick zu meinen nackten Beinen. »Kleidung, Ladekabel, meine Schlüssel, meinen E-Reader und meine Hygieneartikel. Könntest du sie mir aus dem Wohnheim holen?«

Nachdem Julius zugestimmt hat und ich ihm genau erklärt habe, wo er was in meinem Zimmer findet, lässt er mich zurück und fährt zum Wohnheim, in der Hoffnung, dass Elias ihn reinlässt. Auch wenn er mich am liebsten nicht allein gelassen hätte, hat er schlussendlich doch eingesehen, dass ich im Moment einfach noch nicht in der Lage bin, Elias gegenüberzutreten.

Stattdessen stehe ich jetzt also in seinem Badezimmer und schäle mich aus den wenigen Sachen, die ich trage, bevor ich das heiße Wasser auf mich niederprasseln lasse. Normalerweise hilft mir eine heiße Dusche fast immer, den Kopf freizubekommen, doch ich kann nichts gegen die Bilder in meinem Kopf tun. Immer wieder taucht sie vor meinem inneren Auge auf. Vanessa. Das Mädchen, das alles kaputtgemacht hat. Auch wenn das eigentlich nicht stimmt. Trotzdem ist da ein Teil in mir, der sich weigert, Elias als den Bösen zu sehen, und ihn einfach nur in die Arme schließen will.

Verdammt, ich muss damit aufhören, an ihn zu denken. Da eine heiße Dusche heute scheinbar nicht hilft, drehe ich, ohne nachzudenken, den Wärmeregler der Dusche auf ganz kalt und siehe da. Es hilft. Die kalten Tropfen fühlen sich fast schon schmerzhaft an, sind aber gleichzeitig auch belebend und holen mich in Sekundenschnelle zurück ins Hier und Jetzt. Meine Kopfhaut beginnt zu kribbeln, bevor das Wasser sich seinen Weg über meine Haare bis hin zu meinem Rücken bahnt, dort zu einem kleinen Schüttelfrost führt und dann den restlichen Körper hinabwandert.

Ein paar Sekunden lasse ich noch das kalte Wasser über mich laufen, dann drehe ich das Wasser ab und greife fröstelnd nach dem weichen Handtuch, das Julius mir hingelegt hat, bevor er losgefahren ist. Schnell trockne ich mich ab und schlüpfe in die Unterwäsche, die ich vorhin schon anhatte, und in Shirt, Jogginghose und Socken, die Julius mir aus seinem Schrank geholt hat.

Ein Blick in den Spiegel zeigt, dass mein Gesicht rot und verquollen ist. Ich sehe elendig aus. Also genauso, wie ich mich fühle. Ich wende mich vom Spiegel ab und suche nach einem Föhn. Nachdem ich in seinem Badezimmerschrank fündig geworden bin, föhne ich mir die Haare und etwas so Alltägliches zu machen, hat eine beruhigende Wirkung auf mich. Im Moment wirkt es nicht so, aber mein Leben ist nicht zu Ende, nur weil ich von Elias verarscht wurde. Die Welt dreht sich weiter und irgendwann werde ich auch diese schmerzhafte Zeit überstanden haben. Dieser Gedanke hilft mir dabei, nicht auf Julius' Badezimmerteppich zusammenzubrechen. Denn auch wenn ich gerade noch nicht daran glaube, dass sich alles zum Guten wenden wird, ist die Hoffnung alles, was mir bleibt.

Kapitel 35

Nora

»Bist du sicher, dass du ihn nicht mal zurückrufen möchtest?«

Irritiert sehe ich Julius an. Wieso kann er nicht verstehen, dass ich absolut kein Bedürfnis verspüre, jetzt mit Elias zu sprechen? »Ganz sicher. Egal, was er sagt, es würde nichts ändern. Er hat mich belogen und das kann er nicht mehr rückgängig machen. Daran ändern auch seine Anrufe nichts.« Es ist mittlerweile Sonntagabend und Julius und ich warten sehnlichst auf unsere Pizza, während Elias zum gefühlt hundertsten Mal anruft. »Können wir jetzt bitte über was anderes sprechen? Ich will Elias aus meinem Leben raushaben und im Moment scheint es mir daher absolut vernünftig, einfach so zu tun, als hätte es ihn nie gegeben.« Für diese – zugebenermaßen nicht sehr erwachsene – Aussage ernte ich sofort einen kritischen Blick von Julius.

»Wir haben das ganze Wochenende mit Süßigkeiten, Filmen und Büchern auf der Couch verbracht und ich habe zugelassen, dass du der Sache aus dem Weg gehst. Aber du kannst nicht für immer vor deinen Problemen davonlaufen. Irgendwann musst du zurück ins Wohnheim und wenn es nur ist, um deine restlichen Sachen zu holen. Und du musst auch wieder zur Hochschule und auch dort könntest du Elias begegnen. Möchtest du wirklich, dass du ihn das erste Mal nach dem Streit völlig unvorbereitet in der Öffentlichkeit triffst?«

»Nein. Ich möchte ihn gar nicht wiedertreffen. Notfalls laufe ich den Rest meiner Studienzeit mit geschlossenen Augen über den Campus und lasse mich von Maja führen, dann muss ich ihn nie wiedersehen. Problem gelöst.« Trotzig verschränke ich die Arme vor der Brust. Ich weiß, dass ich mich einfach nur kindisch verhalte und Elias früher oder später wiedersehen werde, aber im Moment möchte ich einfach nicht darüber nachdenken.

»Ach, Nora.« Julius schnaubt und für einen kurzen Moment denke ich, ich hätte die Diskussion gewonnen. Aber nein, Julius ist noch lange nicht fertig mit mir. »Ich werde es jetzt einmal sagen und dann kannst du tun und lassen, was du willst. Aber versprich mir, dass du mir zuhörst, mich nicht unterbrichst und danach zumindest darüber nachdenkst. Okay?« Abwartend sieht er mich an, bis ich ihm mit einem widerwilligen Nicken zu verstehen gebe, dass er weitersprechen soll. »Als ich gestern im Wohnheim war, hat er mir mehrmals beteuert, dass es ihm unglaublich leidtut, dass er dich angelogen hat. Er meinte, es gäbe eine gute Erklärung für alles und du sollest ihm doch wenigstens eine Chance geben, die Sache aus seiner Warte zu erklären.«

Ich schnaube und will gerade zu einer gehässigen Antwort ansetzen, als Julius mich mit einem strengen Blick an unsere Abmachung erinnert. Also halte ich den Mund. »Ich weiß nicht, wie es dafür eine sinnvolle Erklärung geben kann. Aber wenn ich eins gelernt habe, dann, dass man sich immer aussprechen und dem anderen die Möglichkeit geben sollte, sich zu erklären. Sonst bereut man es irgendwann noch.«

Er gibt mir kurz Zeit, über das Gesagte nachzudenken, dann spricht er weiter. »Mir ist klar, dass es für dich schmerzhaft wäre, Elias jetzt zu sehen und dich der Sache zu stellen. Aber wäre es nicht angenehmer, wenn du die äußeren Umstände bestimmst. Wenn du entscheiden könntest, wann und wo du ihn wiedersiehst, statt auf dem Campus völlig unvorbereitet auf ihn zu treffen?«

Bevor ich darüber nachdenken kann, klingelt es an der Tür und ich bin heilfroh über die Unterbrechung. Außerdem habe ich saumäßigen Hunger und kann es kaum erwarten, die Pizza in mich reinzuschaufeln und den Frust im Alkohol zu ertränken, Julius hat nämlich extra Lillet Wild Berry besorgt. Wie gut er mich doch kennt. Er steht auf, geht zur Tür und kurz danach vernehme ich seine aufgebrachte Stimme. »Nein, das denke ich nicht. Ich glaube es wäre besser, wenn du augenblicklich verschwindest.«

Was ist denn da los? Um der Sache auf den Grund zu gehen, gehe ich ebenfalls zur Tür, doch als ich sehe, warum Julius so aufgebracht ist, wünsche ich mir, ich wäre einfach auf dem Sofa sitzen geblieben. Vor der Tür steht Elias und als er mich sieht, verstummt er und schaut mich einfach nur an. Erneut habe ich das Gefühl, mein Herz würde in tausend Teile zerspringen, denn sein Anblick weckt in mir einfach so viel Zuneigung und Liebe. Wenn ich ihn wenigstens dafür hassen könnte, dass er mich so unglaublich verletzt hat. Aber nein. Trotz allem sehne ich mich nach seiner Nähe, seinen Berührungen und einfach ihm. Diese Zerrissenheit in mir sorgt dafür, dass ich kaum noch Luft bekomme, als Elias das Wort an mich richtet.

»Nora. Bitte. Ich weiß, dass es falsch war, dich anzulügen. Aber glaub mir, es war nie meine Absicht und die Sache zerfrisst mich selbst viel mehr, als du dir vorstellen kannst. Bitte gib mir noch mal eine Chance. Bitte.« Während er anfangs noch halbwegs gefasst klang, ist sein letztes Wort nur noch ein Flehen. Zu sehen, dass es ihm auch scheiße geht, löst in mir keinerlei Genugtuung aus. Obwohl er mich so wahnsinnig verletzt hat, schmerzt mich sein Anblick und zwingt mich fast in die Knie. »Nora. Ich weiß, dass die Sache im ersten Moment grausam wirkt und das ist sie auch, aber wenn ich es hätte verhindern können, dann hätte ich es getan. Glaub mir, wenn ich könnte, dann würde ich es rückgängig machen. Aber es war ein Unfall und ich kann es nun mal nicht ungeschehen machen. Bitte lass mich deswegen nicht im Stich. Ich bin doch immer noch derselbe. Bitte verlass mich nicht.«

Und obwohl ich noch immer so viel für ihn empfinde und ihm nicht wehtun will, bringen mich diese Worte fast zum Ausrasten. Ein Unfall? Wie kann er bitte von einem Unfall sprechen? Er hat mich betrogen. Und er nennt es einen Unfall? Und während seine Worte immer weiter in mein Bewusstsein dringen, gewinnt das kleine Teufelchen auf meiner Schulter die Oberhand. Ohne darüber nachzudenken, straffe ich die Schultern, gehe noch einen Schritt nach vorne, bis ich neben Julius stehe, und schmiege mich an ihn. Im ersten Moment weicht dieser zwar zurück, allerdings nur so wenig, dass es Elias kaum auffallen kann.

»Ist schon okay. Du hast mir damit die Augen geöffnet und gezeigt, dass du für mich eigentlich auch nichts weiter warst als ein Unfall. Ich bin jetzt mit Julius zusammen, so wie ich es schon von Anfang an hätte sein sollen. Also danke, jetzt weiß ich wenigstens, dass er der Richtige ist.« Obwohl es mich unglaubliche Anstrengung kostet, zaubere ich mir ein Lächeln ins Gesicht und hoffe inständig, dass man mir nicht ansieht, dass ich nur ganz knapp vor meinem nächsten Tränenausbruch stehe. »Du kannst jetzt gehen.« Mit diesen Worten knalle ich die Tür direkt vor Elias' Nase zu und breche auch schon im nächsten Moment in Julius' Armen zusammen.

»Schsch … Nora. Alles wird gut.« Julius streicht mir – wie so oft in den letzten Tagen – mit der Hand über die Haare und tatsächlich beruhigt es mich ein kleines bisschen. Ich hebe meinen Kopf leicht und blicke nach oben, direkt in seine Augen.

»Danke, Julius.«

»Ich bin immer für dich da, Nora.« Er macht eine kurze Pause. »Aber wieso hast du das gesagt? Wieso hast du gesagt, dass wir zusammen wären?« Unverständnis liegt in seinem Blick. Aber auch irgendein Gefühl, das ich nicht deuten kann.

»Ich … Ich weiß es nicht. Als er mich einen Unfall nannte, da wollte ich ihm genauso sehr wehtun, wie er mir wehgetan hat. Außerdem …«

»Außerdem?«

»Na ja, eigentlich wärst du wirklich der perfekte Freund. Du bist so liebevoll, witzig und fürsorglich. Du hast eine wunderschöne Wohnung, bist selbstbewusst und klug. Du liebst Kuchen und liest gerne. Du hast Hunde und stehst genauso sehr auf Pizza wie ich. Und du siehst einfach verdammt gut aus. Ich mein, schau dich doch mal an.«

Bevor Julius irgendwas entgegnen kann, klingelt es erneut an der Tür und ehe Julius mich davon abhalten kann, winde ich mich aus seiner Umarmung und reiße die Tür auf.

»Verdammte Scheiße! Du sollst …« Die nächsten Worte bleiben mir im Hals stecken, denn statt Elias steht ein unschuldig und nun auch verängstigt dreinschauender Pizzabote vor der Tür. Ich setze gerade zu einer Entschuldigung an, doch Julius schiebt mich zurück in die Wohnung.

»Ich regle das schon.«

***

»Und wie du diesen armen Pizzaboten vorhin angefahren hast.« Julius kriegt sich fast nicht ein vor Lachen und auch ich kann nicht anders und falle in sein Gelächter mit ein. Nicht, dass es wirklich witzig wäre, aber nach vier Gläsern Lillet findet man dann plötzlich alles sehr lustig. Oder waren es fünf? Ich weiß es gar nicht mehr so genau und selbst dieser Gedanke bringt mich zum Schmunzeln.

Leider hat der viele Alkohol auch dafür gesorgt, dass ich ziemlich dringend mal auf die Toilette muss, also stehe ich vom Sofa auf und will Richtung Badezimmer laufen, als ich feststellen muss, dass sich die Wohnung dreht. Ich halte für einen Moment inne und versuche mich darauf zu konzentrieren, mein Gleichgewicht wiederzufinden, doch es gelingt mir nur mäßig, denn ich komme ins Straucheln und falle wieder Richtung Sofa, wo Julius mich auffängt.

Doch so schnell lasse ich mich nicht unterkriegen, also robbe ich erneut zum Rand des Sofas, warte ab, ob die Wohnung noch mal beginnt, sich zu drehen, und als sie es nicht tut, stehe ich auf. Erleichtert stelle ich fest, dass es dieses Mal deutlich besser läuft und mache mich langsamen Schrittes auf zur Toilette. Obwohl auf dem Sofa eben noch alles gut war und ich einfach nur gute Laune hatte, merke ich jetzt den Alkoholeinfluss deutlich.

Als ich das Badezimmer wieder verlasse, bin ich stolz auf mich, diese Hürde so erfolgreich gemeistert zu haben. Auf dem Weg vom Badezimmer zum Sofa komme ich an Rex – oder ist es Sam? – vorbei und streichle ihn übereifrig, bis er davontapst. Schwankend erhebe ich mich wieder, gehe zurück zum Sofa und lasse mich neben Julius fallen, der mittlerweile nicht mehr sitzt, sondern sich quer über die ganze Sitzfläche ausgebreitet hat.

Statt mich einfach neben ihn zu legen, rutsche ich noch ein Stückchen näher zu ihm, schmiege mich an seine Brust und schlinge einen Arm um ihn. Ich kann selber nicht genau erklären wieso, aber hier im gedämpften Licht dieses Wohnzimmers, abgeschnitten vom Rest der Welt mit viel zu viel Alkohol intus, scheint es mir plötzlich eine gar nicht so dumme Idee zu sein. Julius grummelt zufrieden und legt ebenfalls einen Arm um mich, um mich noch ein wenig näher an sich zu ziehen. Keiner sagt was, wir schauen einander nicht an, sondern genießen einfach nur den Moment der Nähe und lauschen der Musik.

»Weißt du, Julius, eigentlich wärst du wirklich der perfekte Freund. Bist du so schlecht im Bett oder wieso hast du trotz all deiner Vorzüge keine Freundin?«

Er lacht laut auf, dann schaut er mich das erste Mal direkt an, seit ich mich an ihn gekuschelt habe. »Hast du gerade allen Ernstes gefragt, ob ich schlecht im Bett bin?« Seine Augen funkeln vor Belustigung und sein Tonfall ist neckisch.

»Warum nicht? Jeder hat eine Schwachstelle. Also, was ist deine?«

»Das wüsstest du jetzt wohl gerne.«

»Klar, sonst hätte ich nicht gefragt.«

»Ich werde es dir aber nicht verraten. Ich kann dir nur so viel sagen: Es liegt eindeutig nicht daran, dass ich schlecht im Bett bin«, betont er.

»Das kann ja jeder sagen. Kannst du das auch beweisen? Hast du irgendwelche Referenzen oder Zeugnisse?«

»Du kannst dich jederzeit selbst von meinen Qualitäten überzeugen.« Er zwinkert mir zu, dann wendet er seinen Blick wieder ab, schließt die Augen und formt mit seinen Lippen die Worte des Liedtextes nach. Lippen, die ich tatsächlich noch nie so genau betrachtet habe. Sie sind weniger voll als Elias' Lippen, aber trotzdem juckt es mich plötzlich in den Fingern und ich muss mich zurückhalten, um sie nicht zu berühren.

Aber was spricht eigentlich dagegen? Julius hat keine Freundin und ich habe keinen Freund. Er hat mir anfangs klar zu verstehen gegeben, dass er mich nicht von der Bettkante stoßen würde, und ganz sachlich betrachtet ist Julius ja wirklich der Traum vieler Frauen. Wieso also nicht?

Ich löse mich aus der leichten Umarmung und setze mich rittlings auf Julius, der so überfordert von der Situation ist, dass er mich ohne Widerworte gewähren lässt. Ich warte noch ein paar Sekunden, ob Julius Einwände erhebt, als er das allerdings nicht tut, sondern mich nur weiter mit überraschtem Blick mustert, beuge ich mich zu ihm hinunter und presse meine

Lippen voller Verzweiflung auf seine. Doch obwohl ich inständig hoffe, irgendwas zu fühlen, ist da nichts. Absolut gar nichts. Julius lässt sich ebenfalls nicht wirklich auf den Kuss ein und schiebt mich von sich. Mit fast panischem Blick schaut er mich an und sofort merke ich, wie die berauschende Wirkung des Alkohols nachlässt. Sein Blick holt mich zurück auf den Boden der Tatsachen.

»Nora. Verdammt, was sollte das?«, stößt er aus.

»Ich …« Ich setze zu einer Antwort an, komme allerdings ins Stocken. Ich würde ihm gerne antworten, aber ich kann mir beim besten Willen nicht erklären, was genau ich hier vorhatte. Habe ich wirklich versucht, mir einzureden, dass es eine gute Idee wäre, Elias einfach durch Julius zu ersetzen? Gerade als ich zu einer Entschuldigung ansetzen möchte, richtet sich Julius auf und gibt mir unmissverständlich zu verstehen, dass ich von seinem Schoß runtergehen soll. Als ich dann neben ihm hocke, ergreift Julius das Wort, bevor ich noch irgendwas zu meiner Verteidigung sagen kann.

»Was sollte der Scheiß?« Er sieht mich böse an, spricht dann allerdings sofort aufgebracht weiter. »Es tut mir leid, was zwischen Elias und dir gelaufen ist. Keiner hat es verdient, von seinem Freund betrogen zu werden. Ich würde verdammt noch mal alles machen, damit es dir besser geht. Aber du kannst mich nicht einfach küssen. Das geht nicht, wenn du es nur tust, weil es dir wegen Elias scheiße geht. Ich bin nicht dein Trostpreis.«

Er atmet tief ein und wieder aus und ich möchte was entgegnen, möchte ihm sagen, dass ich weiß, wie falsch mein Verhalten war, aber Julius ist noch lange nicht fertig mit mir. »Ich war immer ehrlich zu dir. Ich habe dir gesagt, dass du durchaus eine Frau bist, mit der ich mir mehr vorstellen könnte. Aber du hast gesagt, dass du im Moment keine Beziehung möchtest. Und das habe ich akzeptiert. Doch dann bist du mit Elias zusammengekommen. Und auch das habe ich akzeptiert, denn du warst mir in der Zwischenzeit so sehr ans Herz gewachsen, dass ich unsere Freundschaft nicht aufs Spiel setzen wollte.« Er atmet tief durch. »Und weißt du was? Ich kam klar damit. Ich habe akzeptiert, dass zwischen uns beiden nie mehr sein wird als Freundschaft und das ist in Ordnung für mich. Es hat mich wirklich gefreut zu sehen, wie glücklich du mit Elias warst. Und zu sehen, wie sehr er dich verletzt hat, war auch für mich schmerzhaft. Aber ich habe dich hier bei mir aufgenommen und umsorgt, weil du mir viel bedeutest. Aber viel bedeutest als Freundin. Ich hatte dabei keine Hintergedanken. Und jetzt küsst du mich? Warum hast du das getan? Ich bin doch nicht dein Lückenbüßer.« Seine eben noch vor Wut verzerrte Stimme ist mittlerweile leise geworden und bei den letzten Worten gebrochen.

»Julius. Es tut mir so unglaublich leid. Ich weiß nicht, was mein dummer Kopf sich dabei nur gedacht hat. Ich wollte dich nicht als Lückenbüßer benutzen, ich habe einfach nicht nachgedacht. Du gehörst mittlerweile zu meinen besten Freunden und bedeutest mir wahnsinnig viel. Es tut mir leid, dass ich deine Gutmütigkeit ausgenutzt habe.« Als er nichts erwidert, läuft es mir eiskalt den Rücken runter. Erst verarscht Elias mich und dann stoße ich Idiotin auch noch Julius von mir? Wie kann man nur so dumm sein? »Bitte, Julius. Du musst mir glauben, dass ich dich nicht verletzen wollte. Ich habe einfach nicht nachgedacht. Kannst du mir verzeihen?«

Julius trüber Blick klärt sich langsam, dann legt er seine Hand auf meine und drückt einmal leicht zu. »Natürlich kann ich dir verzeihen. Schieben wir es einfach auf den Alkoholkonsum des Abends und vergessen die Sache. Aber tu so was nie wieder, okay?« Seine Stimme ist unerwartet sanft und ich bin einfach nur unglaublich froh, dass ich unsere Freundschaft nicht zerstört habe.

Kapitel 36

Nora

Julius: Bin gleich zu Hause. Ich hoffe, es ist alles okay bei dir.

Habe ich heute aus Angst, Elias zu treffen, einfach krankgemacht? Jap. Aber ich habe immerhin meine Tage und die Bauchkrämpfe sind wirklich kaum auszuhalten. Trotzdem weiß ich, dass ich mich nicht für immer in Julius' Wohnung vor dem Rest der Welt verschanzen kann. Ich muss meiner Familie und meinen Freunden von der Trennung erzählen. Ich muss weiter zur Hochschule gehen, damit ich nicht zu viel Stoff verpasse und gute Noten schreibe. Ich muss zum Sekretariat und einen Wohnheimplatztausch beantragen, wenn das irgendwie möglich ist.

Aber eins nach dem anderen. Und heute möchte ich Julius erst mal zum Essen einladen. Es wird mir guttun, wieder einen Fuß vor die Tür zu setzen, und Julius hat wegen mir ja auch das ganze Wochenende in seiner Wohnung verbracht. Ich habe mich extra schick gemacht und trotz des fehlenden Lächelns in meinem Gesicht sehe ich ganz vorzeigbar aus. Ich habe meine dunkelgraue enge High-Waist-Jeans an, dazu ein eng anliegendes schwarzes schulterfreies Oberteil und nachdem Julius mir geschrieben hat, dass er gleich da ist, habe ich mir noch meinen Mantel übergeworfen. Meine Augen sind leicht geschminkt und meine Lippen habe ich mit einem dunkelroten Labello nachgezogen. Obwohl es ja nur ein Essen mit einem guten Freund ist, war es mir doch wichtig, gut auszusehen. Ich fühle mich innerlich schon scheiße genug, dann will ich wenigstens einigermaßen selbstbewusst vor die Tür treten können.

Als ich das Klimpern mehrerer Schlüssel höre, eile ich zur Tür, damit ich mir gleich die Schuhe anziehen kann, denn ich will sofort los, bevor ich es mir anders überlege und mich wieder unter der Decke auf dem Sofa verkrieche. Auf das, was dann passiert, war ich allerdings nicht vorbereitet. Die Tür öffnet sich, Julius betritt seine Wohnung und hinter ihm kommt Elias herein. Unsicher, ob ich lachen oder weinen soll, bleibe ich wie versteinert stehen.

»Hey, Nora. Wo willst du denn hin?«, fragt Julius mit Blick auf meinen Mantel. Sollte er mir nicht eher erklären, wieso er den Quasi-Feind mit nach Hause gebracht hat?

»Was will er hier?« Ich deute mit dem Kinn in Elias' Richtung, die Frage ist allerdings ganz klar an Julius gerichtet, denn Elias soll gar nicht erst auf die Idee kommen, das Wort an mich zu richten.

»Das mag jetzt vielleicht seltsam wirken. Aber, Nora, wenn du mir vertraust, dann gib Elias eine halbe Stunde Zeit und hör ihm zu. Okay?«

»Warum sollte ich das tun? Ich habe dir schon mal gesagt, dass ich nicht mit ihm reden will.«

»Nora.« Meinen Namen aus Elias' Mund zu hören versetzt mir einen Stich und ich würde am liebsten einen Schritt nach vorne tun und ihn mit einer Ohrfeige zum Schweigen bringen. Aber Julius kommt mir zuvor. Nicht mit der Ohrfeige, aber damit, ihn zum Schweigen zu bringen. Ein einziger vorwurfsvoller Blick von Julius reicht, damit Elias das Gesicht schmerzerfüllt verzieht und schweigt.

»Manchmal scheinen die Dinge anders, als sie sind«, beginnt Julius. »Und in eurem Fall scheint es hier ein ziemlich großes Missverständnis gegeben zu haben. Ich weiß nicht alles und es geht mich nichts an. Ich weiß nur, dass Elias heute auf mich zugekommen ist und mir die Situation aus seiner Sicht erklärt hat, und ich bin mir ziemlich sicher, du wärst überrascht zu erfahren, was er dir zu sagen hat.«

Ich setze an und möchte ihm widersprechen, möchte Elias zum Teufel wünschen und nichts mehr davon hören, aber Julius schneidet mir das Wort ab. »Nora, ich kann dich nicht dazu zwingen, mit Elias zu reden. Aber du vertraust mir doch, oder?« Zögerlich nicke ich, denn wenn es eine Person gibt, der ich im Moment vorbehaltlos vertraue, dann ist es eindeutig Julius. »Gut.

Dann beweise es mir und gib Elias eine halbe Stunde Zeit. Wenn du danach immer noch findest, dass er scheiße ist, und du ihn nicht mehr sehen möchtest, dann werde ich ihn höchstpersönlich rausschmeißen und dafür sorgen, dass er dir nicht mehr zu nahe kommt. Aber sei vernünftig und rede jetzt verdammt noch mal mit ihm.«

Er wendet sich Elias zu, legt seine Hand fast schon freundschaftlich auf seine Schulter, sagt dann allerdings mit warnendem Blick: »Ich gehe jetzt eine Runde spazieren und habe mein Handy dabei. Wenn du Scheiße baust, dann bin ich sofort wieder hier. Also bring das jetzt gefälligst wieder in Ordnung.« Dann dreht er sich um, geht ohne ein weiteres Wort aus der Wohnung und lässt mich mit Elias allein.

Elias, der eben noch den Blick auf den Boden gerichtet hat, hebt nun langsam den Kopf und blickt mir geradewegs in die Augen. Das Grün seiner Augen wirkt leblos und matt und jegliches Funkeln ist verschwunden. »Können wir uns setzen?« Auch seine Stimme klingt dünn und schwach, trotzdem kostet es mich einiges an Überwindung, ihn nicht anzuspringen und ihm seine Augen auszukratzen. Aber ich vertraue Julius und das ist der einzige Grund, wieso ich meinen Mantel ausziehe und zum Sofa gehe.

»Sag, was du zu sagen hast, und dann verschwinde wieder«, fordere ich, während ich mich setze. Ich versuche kalt und gefasst zu wirken, doch jedes Wort kostet mich unendlich viel Kraft.

»Erst mal möchte ich mich dafür entschuldigen, dass ich dir das mit Vanessa nicht erzählt habe«, sagt Elias. Nur mit viel Mühe kann ich ein Schnauben unterdrücken. »Aber sie ist nicht meine Freundin.«

Ich wollte ihm ja wirklich zuhören, aber ich muss mir nicht eiskalt von ihm ins Gesicht lügen lassen. »Ach nein? Und wieso hat sie mir dann gesagt, dass sie deine Freundin sei? So was kann man ja wohl kaum falsch verstehen.« Ich schäume vor Wut und würde am liebsten aufstehen und gehen, aber das hier ist nun mal Julius' Wohnung, also ist Elias der, der gehen muss.

»Lass mich bitte aussprechen.« Obwohl er eben noch geduldig klang, scheint auch er jetzt leicht gereizt zu sein. »Vanessa ist nicht meine Freundin. Sie ist die Schwester von Noah. Noah, meinem besten Freund. Wir sind zusammen aufgewachsen und sie ist eher wie eine Schwester für mich. Ich habe dir von ihr erzählt, erinnerst du dich nicht mehr? Wir haben es zwar mal für ein paar Monate miteinander probiert, aber uns dann voneinander getrennt, weil uns beiden bewusst war, dass wir einfach zu wenig füreinander empfinden. Beziehungsweise nur etwas Platonisches empfinden. Vanessa bedeutet mir unglaublich viel und sie wird immer ein verdammt wichtiger Mensch in meinem Leben sein, aber mein Herz gehört nicht ihr und das hat es auch nie.«

Elias macht eine kurze Pause und schaut mich abwartend an, als würde er eine Reaktion erwarten, aber ich habe keine Ahnung, was ich als Nächstes tun soll. Warum sollte Vanessa mich anlügen? Warum sollte sie mir sagen, dass sie seine Freundin ist, wenn es nicht der Wahrheit entspricht? Was hat sie davon?

»Warum hast du dann gestern gesagt, dass du mich nicht anlügen wolltest und es dir leidtut? Bei was hast du mich dann angelogen?«, frage ich ihn.

Der dunkle Schatten, der sich sofort auf sein Gesicht legt, ist kaum zu übersehen. »Ich habe bisher mit niemandem darüber gesprochen und ich hoffe, du respektierst mein Geheimnis und erzählst es nicht weiter. Aber du hast ein Recht, es zu erfahren.« Seine Stimme hat einen dunklen Unterton angenommen und er mustert mich, bis ich kaum merklich nicke. »Ich habe dir ja schon mal von Noah erzählt. Er war mein bester Freund seit Kindheitstagen – und Vanessas Bruder – und wir sind gemeinsam durch dick und dünn gegangen. Nachdem wir das Abitur gemacht haben, sind wir nach Würzburg, um dort Jura zu studieren. Diesen Plan hatten wir schon lange, seit dem Unfall seiner Eltern. Habe ich dir davon erzählt?«

»Nein? Was ist damals passiert?« Obwohl ich nicht genau weiß, wohin diese Geschichte führen wird und was sie mit uns zu tun hat, werde ich das Gefühl nicht los, dass Elias mir gleich etwas anvertrauen wird, das ihm das Herz gebrochen hat.

»Die Eltern von Noah und Vanessa hatten einen Autounfall, als wir noch Kinder waren. Ein betrunkener Kerl ist frontal mit ihnen zusammengestoßen und wie durch ein Wunder hat der Unfallverursacher überlebt. Für Diana und Bernd kam allerdings jede Hilfe zu spät. Sie sind noch am Unfallort gestorben. Und weißt du, was das Perverse an der Sache ist? Der Kerl hat nur drei Jahre bekommen, weil er irgendein großer Hai im Immobilienwesen ist und sich die besten Anwälte leisten konnte.«

Elias schüttelt ungläubig den Kopf, als könnte er es immer noch nicht fassen, und auch ich bin sprachlos. Wie kann es sein, dass man mit Alkohol am Steuer für den Tod zweier Menschen – junger Eltern – verantwortlich ist und dann nur drei Jahre ins Gefängnis muss? Mit einem Kribbeln breitet sich eine Gänsehaut auf meinen Armen und Beinen aus und mein gesamter Körper scheint sich mit unendlich viel Kälte zu füllen.

»Die Eltern von Diana sind dann zu Noah und Vanessa gezogen, damit sie in ihrem gewohnten Umfeld bleiben konnten. Ich glaube, das hat den beiden sehr geholfen, aber obwohl sie noch Kinder waren, konnten sie einfach nicht verstehen, wie der Schuldige ohne richtige Konsequenzen davonkommen konnte. Aus dem Wunsch nach mehr Gerechtigkeit hat sich dann unser gemeinsamer Traum entwickelt, Jura zu studieren und für etwas mehr Gerechtigkeit in dieser Welt zu sorgen. Deswegen sind Noah und ich Jahre später gemeinsam in Würzburg gelandet, um die Sache zusammen durchzuziehen. Noah ist richtig aufgeblüht. Endlich konnte er sich seinen Traum erfüllen und frei leben ohne die mitleidigen Blicke der Menschen hier. Denn jeder kannte die Geschichte von Noah und Vanessa und die Blicke, die sie in der Stadt verfolgt haben, wurden mit den Jahren auch nicht weniger. Zum ersten Mal seit Ewigkeiten schien alles seine Richtigkeit zu haben.« Elias unterbricht seinen Redefluss und neigt seinen Blick Richtung Boden, als könnte er es nicht ertragen, mir weiter in die Augen zu sehen.

»Das tut mir unendlich leid für Vanessa und Noah. Und auch für dich war es bestimmt nicht einfach. Aber, Elias, was ändert das an der Situation zwischen uns?« Ich will wirklich nicht taktlos erscheinen und ihn hetzen, aber ich verstehe die Zusammenhänge einfach nicht.

Elias' Brustkorb hebt und senkt sich merklich, als er mehrmals tief ein- und wieder ausatmet, bevor er endlich weiterspricht. »Eines Abends gab es eine Studentenparty, zu der Noah unbedingt gehen wollte, aber ich bin nicht mit. Ich hatte mich für den Abend mit einem Mädchen verabredet.« Elias schüttelt mehrmals leicht den Kopf, als könnte er selbst nicht glauben, wie dumm er damals war. »Ich habe Noah aber versprochen, dass ich ihn abhole, weil er was trinken wollte und die Party etwas außerhalb der Stadt stattfand.« Er stockt und kämpft sichtlich mit den nächsten Worten. »Er hat an dem Abend dann auch mehrmals versucht, mich zu erreichen, aber ich habe es nicht gesehen, weil ich mit meinem Date beschäftigt war. Als ich am nächsten Morgen auf mein Handy geschaut habe, hatte ich fünf verpasste Anrufe von Noah. Ich dachte, er sei sauer, und habe schon geplant, auf dem Rückweg beim Bäcker haltzumachen, um ihn mit Kaffee und Frühstück zu besänftigen. Allerdings waren da auch ein verpasster Anruf und eine Nachricht von Vanessa.« Elias' Stimme beginnt zu beben und er versteckt sein Gesicht in seinen Händen. »Als ich Vanessa dann zurückgerufen habe, hat sie mir erzählt, was sich am Vorabend abgespielt hat. Nachdem Noah mich mehrmals erfolglos versucht hat anzurufen, muss er sich allein zu Fuß auf den Rückweg gemacht haben. Ein paar Kommilitonen wollten ihn noch aufhalten, weil er einiges intus hatte, aber Noah war ein Dickkopf und hat es sich nicht ausreden lassen. Also ist er allein los. Doch scheinbar war er so betrunken, dass er auf dem Heimweg die Kontrolle verloren hat, auf die Straße und direkt vor ein Auto getorkelt ist.«

Mir wird noch kälter und mein ganzer Körper scheint wie erstarrt. Ohne es zu merken, sind mir Tränen in die Augen gestiegen und bahnen sich jetzt langsam den Weg über meine Wangen. Ich bin immer noch sauer auf Elias. Aber im Moment kann ich nicht anders, ich muss ihn berühren. Ich muss ihm einfach zeigen, dass er nicht allein ist und ich – trotz allem – für ihn da sein möchte und werde. Noch nie zuvor wollte ich einen Menschen so sehnlichst berühren und hatte gleichzeitig so viel Angst davor.

Langsam rutsche ich näher an ihn heran und warte ab, wie er darauf reagiert, doch Elias scheint es gar nicht zu merken. Sein Gesicht hat er immer noch in seinen Händen vergraben und mittlerweile hat er angefangen, leise zu schluchzen. Es ist ein Geräusch, das mir durch Mark und Bein geht und mir dabei hilft, meine Angst vor der Berührung zu überwinden. Ich hebe meine Hand und halte dann noch mal kurz inne. Wo soll ich sie hinlegen? Ich würde gerne seine Hand nehmen, doch mit seinen Händen verdeckt er nach wie vor sein Gesicht, sodass ich mich entschließe, meine Hand einfach auf seinen Oberschenkel zu legen.

Als Elias meine Berührung bemerkt, hält er kurz inne und wendet mir dann sein Gesicht zu. Ungläubig starrt er mich an, dann bedeckt er meine Hand mit seiner, bevor ein weiterer herzzerreißender Laut seine Kehle verlässt. Ich lege meine zweite Hand an seine Wange und fahre mit dem Daumen behutsam über seine von Tränen durchnässte Haut. Seine Wange schmiegt sich augenblicklich in meine Hand, als würde er sich schon viel zu lange nach dieser Berührung sehnen.

Er schluckt schwer, dann räuspert er sich, bevor er seinen Blick auf unsere auf seinem Oberschenkel ineinander verschränkten Finger senkt. »Seitdem liegt er im Koma«, fährt er fort. »Mein bester Freund liegt seit über einem Jahr im Koma und ich bin schuld.« Seine Atmung beschleunigt sich und er scheint Probleme damit zu haben, ruhig zu bleiben, während seine Worte zu mir durchsickern. Er macht sich für den Unfall seines besten Freundes verantwortlich? Es musste grausam sein, mit solchen Schuldgefühlen leben zu müssen.

»Elias. Hör mir jetzt bitte ganz genau zu. Egal, wer dir eingeredet hat, dass es deine Schuld ist. Es ist nicht deine Schuld.« Das *nicht* spreche ich dabei betont langsam und deutlich aus. »Es war ein Unfall und die ganze Geschichte ist absolut grausam. Aber es ist nicht deine Schuld.«

Elias schaut mich an und die Trauer in seinem Gesicht weicht einem anderen Gefühl, das ich beim besten Willen nicht deuten kann. Ist es Wut? Verzweiflung? »Doch, natürlich ist es meine Schuld. Ich hätte ihn abholen sollen. Ich hatte es ihm versprochen. Und hätte ich mein Versprechen nicht gebrochen, nur weil ich bei diesem Mädchen war, dann hätte ich ihn abgeholt und sicher nach Hause gebracht. Dann wäre er nie allein und betrunken auf der Straße unterwegs gewesen. Es ist meine Schuld, verstehst du?«

Seine Worte brechen mir schier das Herz. Ich möchte ihm gerade noch mal beteuern, dass das nicht stimmt, doch er lässt mich nicht zu Wort kommen. »Nachdem ein betrunkener Arsch Vanessa ihre Eltern genommen hat, bin ich nun auch noch dafür verantwortlich, dass selbst ihr Bruder nicht mehr für sie da sein kann. Ich habe ihr auch noch Noah genommen.«

Er schluckt hart. »Deswegen war ich so oft weg und musste dich allein lassen. Weil Vanessa mich gebraucht hat. Weil ich es ihr schuldig bin, für sie da zu sein und sie zu unterstützen. Deswegen habe ich nach unserem ersten Kuss gesagt, dass da nichts zwischen uns wäre. Nicht, weil ich es nicht gewollt hätte, sondern weil ich dachte, dass es das Beste für dich wäre, wenn du jemand anderen findest. Jemanden, der für dich da sein kann und für den du immer an erster Stelle stehst. Jemanden, der keine tonnenschweren Verpflichtungen und Altlasten mit sich rumschleppt. Aber ich habe gemerkt, dass ich nicht ohne dich kann, denn seit Noahs Unfall warst du der erste Mensch, der es wieder geschafft hat, dafür zu sorgen, dass die grauen Gewitterwolken für ein paar Stunden verschwinden und wieder etwas Sonne in meinem Leben Platz hat. Ich weiß nicht, was du mit mir gemacht hast, aber du schwirrst immer in meinem Kopf herum, wenn wir nicht zusammen sind. Und wenn wir zusammen sind, dann kann ich kaum glauben, dass ich so ein Glück habe und du dich mit jemandem wie mir abgibst. Und dann habe ich mit meiner Geheimniskrämerei einfach alles versaut. Ich wollte dir die Geschichte von Noah so oft erzählen. Aber ich konnte nicht. Verstehst du? Ich konnte einfach nicht. Ich hatte zu viel Angst, dass du mich mit anderen Augen sehen würdest, wenn du wüsstest, dass ich daran schuld bin, dass mein bester Freund seit über einem Jahr im Koma liegt. Deswegen habe ich geschwiegen. Und je länger ich geschwiegen habe, umso schwieriger wurde es, dir davon zu erzählen. Und dann ist Vanessa aufgetaucht. Und als ich euch beide an der Tür gesehen habe und dein Gesicht vor Wut verzerrt war, da war ich mir sicher, dass sie es dir erzählt hat und du deswegen nichts mehr mit mir zu tun haben willst. Deswegen bin ich dir auch nicht nachgelaufen. Ich konnte es verstehen, dass du gegangen bist. Erst später hat Vanessa mir erzählt, was sie zu dir gesagt hat.«

Elias macht eine Pause und endlich wendet er mir wieder den Blick zu. »Aber du musst mir glauben. Was Vanessa angeht, habe ich nicht gelogen: Wir sind nicht zusammen. Das war eher eine Anreihung von Missverständnissen. Ich habe Vanessa nicht von dir erzählt, weil ich Angst hatte, sie könnte es mir übel nehmen, dass ich nach Noahs Unfall wieder so etwas wie Glück verspüre, wenn ich mit dir zusammen bin. Nachdem du weg warst, habe ich es ihr dann allerdings erzählt und dann erst hat sie gebeichtet, sie habe sich als meine Freundin vorgestellt. Wir haben dann lange geredet. Zwischen Vanessa und mir ist wirklich nichts. Aber wir verbringen unheimlich viel Zeit zusammen, sind oft bei Noah im Krankenhaus und wenn es ihr nicht gut geht, dann fahre ich zu ihr und sorge dafür, dass sie das Bett verlässt, dass sie isst und duscht. Manchmal hat sie nicht die Kraft dafür und sieht auch keinen Sinn darin. Und ich bin der Einzige, der überhaupt noch zu ihr durchkommt. Und ja, ich habe auch schon öfter bei ihr übernachtet und sie hat sich mehr als einmal in meinen Armen in den Schlaf geweint. Aber das hatte nichts zu bedeuten. Zumindest nichts Romantisches. Sie ist eine meiner ältesten Freundinnen und Noahs Schwester. Es ist einfach meine Pflicht, verstehst du?«

»Aber warum hat sie dann gesagt, dass sie deine Freundin sei?«

»Im Nachhinein konnte sie es selber nicht genau erklären. Sie meinte, es könnte daran liegen, dass sie sich zu sehr nach einer Beziehung sehnt. Nach einem Menschen, der dafür sorgt, dass auch in ihrem Leben wieder die Sonne scheint. Und als du sie dann gefragt hast, ob sie meine Freundin wäre, da sind ein paar Leitungen in ihrem Kopf durchgebrannt und sie hat es bestätigt, weil sie einfach das Gefühl haben wollte, jemanden zu haben, der ganz ihr gehört. Aber sie empfindet nichts für mich. Das hat sie mir versichert und das glaube ich ihr auch. Sie sehnt sich einfach so sehr nach Zuneigung und einer gefestigten Beziehung, dass sie diesem Wunschdenken kurzzeitig nachgekommen ist. Aber ich habe dich nicht angelogen, was Vanessa angeht. Ich wollte dich. Immer nur dich. Das musst du mir glauben.«

Er wirft mir einen bedeutungsschwangeren Blick zu und wartet auf meine Reaktion. Endlich verstehe ich, wieso er neulich an Julius' Tür von einem Unfall gesprochen hat. Es ging um Noah. Nicht um Vanessa und das Fremdgehen. Trotzdem kann ich ihm nicht sagen, dass alles wieder gut wird. Das wäre gelogen. Denn es ist nicht wieder gut. Die Sache mit Noahs Unfall ist grausam. Und es ist mehr als verständlich, dass er sich um Vanessa kümmert und viel Zeit für sie braucht. Aber es ändert nichts daran, dass ich sauer auf ihn bin. Nicht, weil er mir nichts von Noah erzählt hat, immerhin habe ich ihm gesagt, er könne sich Zeit lassen. Und auch nicht wegen Vanessa, immerhin ist sie nicht seine Freundin. Aber ich bin sauer, weil er ernsthaft denkt, ich würde mich von ihm abwenden, nur weil ich jetzt die Wahrheit weiß. Denkt er wirklich, dass unsere Beziehung so oberflächlich ist und ich sofort wegrennen würde? Ich dachte, er kennt mich besser. Und dass er es nicht tut, verletzt mich.

»Elias, ich weiß nicht, was du gerade von mir hören willst. Aber ich brauche Zeit. Ich möchte über die Sache nachdenken. Einerseits möchte ich alle Bedenken vergessen, dich in die Arme schließen und nie wieder loslassen. Aber andererseits steht diese Sache nach wie vor zwischen uns. Und ich möchte jetzt nichts übereilen und dir Hoffnungen machen, wenn ich im Nachhinein vielleicht zu einem anderen Ergebnis komme. Verstehst du?« Ich nehme meine Hand von seinem Oberschenkel, streichle mit der anderen noch einmal über seine Wange und ziehe dann auch diese zurück. Um nicht wieder in Versuchung zu kommen, ihn zu berühren, verschränke ich meine Finger ineinander und senke den Blick.

Im selben Moment, in dem ich den Körperkontakt zwischen uns beende, habe ich das Gefühl, einen Fehler gemacht zu haben. Aber es waren einfach zu viel Informationen auf einmal und ich muss erst alles sortieren und in Ruhe darüber nachdenken. Und zwar wenn Elias nicht wie ein Häufchen Elend vor mir sitzt. Ich muss dieses Mal an mich denken, und zwar nur an mich. Und gerade weiß ich nicht, was das Beste für mich ist. Ich hebe den Kopf und blicke in Elias' grüne Augen, die nicht vor Glück funkeln, sondern die wegen der Tränen in seinen Augenwinkeln leicht schimmern.

»Elias, es tut mir leid. Aber ich glaube, es ist besser, wenn du gehst«, sage ich.

Sein Blick ist gequält und ich bin mir durchaus bewusst, dass ich damit seinem Herz noch mal einen Tritt versetzt habe. Aber ich kann ihm nicht einfach alles vergeben, solange ich noch nicht weiß, ob wir beide wirklich eine gemeinsame Zukunft haben.

Da er nicht reagiert, spreche ich weiter. »Soll ich Julius anrufen? Er kann dich bestimmt heimfahren?« Elias schüttelt nur den Kopf, steht auf und geht ohne ein weiteres Wort zur Tür.

Bevor er die Klinke herunterdrückt und endgültig aus der Wohnung verschwindet, dreht er sich doch noch mal um. »Ich verstehe das, Nora. Ich verstehe es wirklich, wenn du mich nicht mehr willst. Aber ich will, dass du weißt, dass meine Gefühle für dich immer echt waren.« Er schaut zu Boden, murmelt noch eine Entschuldigung und im nächsten Moment ist er schon aus der Wohnung verschwunden.

Kapitel 37

Elias

Ich ziehe die Tür hinter mir ins Schloss und obwohl Nora es nicht gesagt hat, bin ich sicher, dass es das letzte Mal war, dass ich ihr so nahekommen durfte. Aber wer kann es ihr verübeln? Ich bin für den Unfall meines besten Freundes verantwortlich, wer würde mich schon gerne in seinem Leben haben?

Obwohl ich erschöpft bin und mich ausgelaugt fühle, gehe ich nicht zum Aufzug, sondern nehme die Treppen. Mit jedem Zentimeter, den ich mich von Nora entferne, wird mir bewusster, dass ich sie wahrscheinlich für immer verloren habe. Während des Gesprächs mit ihr habe ich geweint, weil die Erinnerungen und die Schuldgefühle mich heimgesucht haben. Aber jetzt werde ich von einer neuen Welle der Traurigkeit überrollt. Und diese hat nichts mit Noah, seinem Unfall oder Vanessa zu tun.

Erinnerungen an Nora und unsere viel zu kurze gemeinsame Zeit fluten meinen Kopf. Unser Gespräch im Campuscafé, als wir uns zum ersten Mal begegnet sind und ich sie zum Frühstücken eingeladen habe – schon damals war mir bewusst, dass Nora mit ihrer aufgeweckten und direkten Art was ganz Besonderes ist. Ihr Blick auf dem Balkon, als ihr bewusst geworden ist, dass wir Nachbarn sind. Der Abend, als wir gemeinsam in ihrem Bett *Modern Family* geschaut haben. Der Herbstspaziergang im Favoritepark. Das Versöhnungspicknick in meinem Zimmer. Die gemeinsamen Spieleabende mit ihren Freunden. Freitagabend, als fast mehr zwischen uns passiert wäre. Und die wunderschöne Unterhaltung, die wir dann geführt haben.

Ich muss daran denken, wie sie gefragt hat, ob ich sie mal zu ihr nach Hause begleiten möchte, und wie glücklich sie war, als ich bejaht habe. Wie sie vor Begeisterung gar nicht mehr aufgehört hat zu reden und schon Pläne geschmiedet hat. Das ist eine Sache, die ich so sehr an Nora liebe. Sie schafft es, alles mit einer wahnsinnigen Begeisterung zu machen. Sie ist nicht zurückhaltend oder ängstlich. Sie schmeißt sich immer mit aller Wucht in die Wellen. Das hat mich schon fasziniert, als sie mir verziehen hat. Obwohl ich mich wie ein Arsch benommen habe, hat sie mir danach noch mal eine Chance gegeben und mir mein Verhalten nicht mehr angekreidet. Jeder andere Mensch wäre nachtragend gewesen. Aber nicht Nora. Sie hat sich entschieden, mir noch eine Chance zu geben. Ohne zurückzublicken und ohne Vorwürfe.

Mir steigen wieder Tränen in die Augen. Ich nehme die letzten Stufen, gehe durch die Haustür und während sich die Tür hinter mir mit einem sehr endgültig klingelnden Klicken schließt, macht sich ein pochender Schmerz mit bisher unbekannter Intensität hinter meinen Schläfen breit.

Kapitel 38

Nora

Nachdem die Tür hinter Elias ins Schloss gefallen ist, wollte ich eigentlich direkt Julius Bescheid sagen, dass er wieder zurückkommen kann, schließlich will ich ihn nicht aus seiner Wohnung vertreiben. Aber ich schaffe es gerade einfach nicht, nach meinem Handy zu greifen und ihm eine Nachricht zu schreiben. Ich genieße die Stille zu sehr. Wobei Stille das falsche Wort ist, denn in meinem Kopf fahren die Gedanken Achterbahn und ich lasse das Gespräch

Revue passieren. Immer und immer wieder. Ich lasse jedes Wort auf mich wirken und ein ums andere Mal zieht sich mein Herz schmerzlich zusammen.

Plötzlich ergibt sein Verhalten so viel mehr Sinn. Sein ständiges Verschwinden. Seine Unsicherheit in Bezug auf uns und die Tatsache, dass er mich von sich gestoßen hat. Er gibt sich die Schuld an dem Unfall seines besten Freundes und ist unterbewusst der Meinung, er hätte kein Glück mehr verdient. Es ist so unendlich traurig, sagt aber auch so viel über Elias aus. Er ist aufopferungsvoll und stellt sein Wohl hinter das der Menschen, die ihm wichtig sind, und dafür habe ich höchsten Respekt. Und trotz allem, will er mich zurück.

»Ich wollte dich. Immer nur dich.« Bei dem Gedanken an seine Worte zerrt ein kleines Lächeln an meinen Mundwinkeln. Doch so schnell es gekommen ist, so schnell schwindet es auch wieder. Denn trotz allem bin ich sauer auf ihn. Ich habe ihm vertraut. Ich habe ihn geliebt. Und ich habe geglaubt, dass diese Beziehung echt wäre. Doch eine Beziehung heißt, einen Menschen zu haben, der einem immer zur Seite steht. Einen Menschen, mit dem man nicht nur die schönen, leuchtenden Zeiten teilt, sondern auch die hässlichen

und dunklen. Einen Menschen, dem man alles erzählen kann und der einen nicht verurteilt, sondern einem den Rücken stärkt.

Aber dazu hat Elias mir einfach nicht die Chance gegeben. Er hat für sich entschieden, dass ich ihn verurteilen würde, wenn ich die Wahrheit kenne, und es macht mich unglaublich traurig, dass er mich für einen solchen Menschen hält. Denkt er wirklich, ich würde ihn mit anderen Augen sehen, weil ich von dem Unfall weiß? Glaubt er, ich würde mich so schnell von ihm abwenden? Denn nichts davon ist der Fall. Der Unfall macht Elias nicht zu einem anderen Menschen, denn er kann nichts dafür und er hat ihn ja nicht mutwillig herbeigeführt. Es war einfach nur ein Unfall. Aber zu was macht es mich, wenn mein eigener Freund dachte, er könnte sich mir mit so etwas nicht anvertrauen?

Kapitel 39

Nora

Zwei Tage später

Ich sollte zurück in mein Wohnheimzimmer. Ich sollte mich bei meinen Freunden melden. Paul und Lilly wissen gar nicht, was passiert ist. Maja, Louis und Nick wissen nur das, was Julius und Elias ihnen erzählt haben. Und ich sollte wieder in die Hochschule gehen, denn es wird nicht einfacher, wenn ich noch mehr Vorlesungen verpasse. Maja gibt Julius zwar jeden Tag die Unterlagen für mich mit und schickt mir ihre Mitschriebe, aber ich habe weder den Nerv, mich damit zu beschäftigen noch mit dreißig anderen Studierenden in einer Vorlesung zu sitzen und mich berieseln zu lassen, denn konzentrieren kann ich mich sowieso nicht.

Seit dem Gespräch mit Elias habe ich wenigstens aufgehört, ständig nur in Tränen auszubrechen. Tatsächlich habe ich seitdem kein einziges Mal geweint, denn ich bin nicht mehr traurig. Elias hat mich nicht betrogen. Elias hat keine andere. Elias will nur mich. Aber die Traurigkeit ist einem Gemütszustand gewichen, den ich selber noch nie in diesem Ausmaß verspürt habe. Ich habe auf nichts Lust. Ich habe keine Kraft. Und ich sitze den ganzen Tag nur da und zerbreche mir den Kopf darüber, was richtig und was falsch ist.

Einerseits will ich Elias zurück, denn ich vermisse ihn, andererseits weiß ich nicht, ob ich mit jemandem zusammen sein kann, der mir nicht vertraut und mich für einen Menschen hält, der anderen so schnell den Rücken kehrt. Seit Tagen wälze ich die Gedanken hin und her und komme zu keinem Ergebnis.

Weil Julius noch in der Hochschule ist und ich etwas Ablenkung brauche, starte ich auf dem riesigen Flachbildfernseher eine Folge von *Gilmore Girls* und schaue die Serie zum gefühlt tausensten Mal. Während Lorelai und Rory Stars Hollow unsicher machen, fühle ich mich sofort ein kleines bisschen besser, denn nach Stars Hollow zu kommen, fühlt sich immer auch ein wenig nach zu Hause an. Doch dann zieht plötzlich eine Benachrichtigung auf meinem Handy meine Aufmerksamkeit auf sich.

Justvanessa folgt dir auf Instagram. Für den Bruchteil einer Sekunde setzt mein Herz aus. Die einzige Vanessa, die ich kenne, ist Elias' Vanessa. Ich öffne Instagram und folge ihr zurück, damit ich ihre Beiträge ansehen und herausfinden kann, ob sie es wirklich ist. Viele der Beiträge sind einfach nur Fotografien von der Landschaft und von Gegenständen. Wobei *einfach nur* der falsche Ausdruck ist. Die Bilder sind unglaublich gut. Trotzdem sind sie nicht das, wonach ich suche.

Etwas weiter unten finde ich dann ein Bild von Vanessa. Es ist ein Schnappschuss von vor zwei Jahren, aber das Mädchen, das mir auf dem Bild entgegenlächelt, ist ohne Frage die Vanessa, die neulich an der Tür stand und mein Leben in ein Scherbenmeer zerfetzt hat. Just in dem Moment ploppt eine Nachricht von ihr auf.

Vanessa: Hey. Du fragst dich bestimmt, warum ich dir schreibe. Seit Samstag zerbreche ich mir den Kopf darüber, ob ich es wirklich tun soll, und Elias würde mir wahrscheinlich den Kopf abreißen, wenn er davon wüsste, aber ich muss es wenigstens versuchen, das bin ich ihm schuldig.

Ich lese die Nachricht und überlege, ob ich darauf antworten soll, aber die drei kleinen Pünktchen zeigen, dass Vanessa noch schreibt, also warte ich ab.

Vanessa: Erst mal möchte ich mich für das Chaos entschuldigen, das ich zwischen Elias und dir angerichtet habe. Es war nie meine Absicht, ich weiß nicht, was in diesem Moment in meinem Kopf vorgegangen ist. Aber ich wusste nicht, dass du Elias' Freundin bist, sonst hätte ich niemals etwas so Blödes gesagt.

Das hat mir Elias bereits erzählt. Trotzdem nett, dass sie sich entschuldigt, das muss man ihr zugutehalten. Die drei kleinen Pünktchen geben mir zu verstehen, dass sie noch nicht fertig ist.

Vanessa: Mir ist bewusst, dass ich kein Recht habe, mich einzumischen, aber du solltest ein paar Dinge wissen. Elias ist einer der besten Menschen auf dieser Welt. Er ist liebevoll, gutmütig, hilfsbereit, fürsorglich und einfach ein guter Kerl.
Vanessa: Er hat mich am Montagabend angerufen und mir erzählt, dass ihr geredet habt, und da hat es mir fast das Herz gebrochen. Mir war nicht klar, dass er sich schuldig fühlt. Es klingt dumm, aber ich war all die Zeit so sehr mit mir und meiner Trauer beschäftigt, dass ich ganz vergessen habe, dass ich nicht nur meinen Bruder, sondern Elias auch seinen besten Freund verloren hat.

Wie kann sie nicht gemerkt haben, dass Elias so sehr unter der Schuld leidet? Wut braut sich in mir zusammen und ich beginne schon zu tippen, als ich mir eingestehe, dass ich auch nichts davon geahnt habe. Klar, wie hätte ich es auch erahnen können, schließlich wusste ich nichts von dem Unfall. Trotzdem kann ich Vanessa keinen Vorwurf machen, Elias ist einfach ein Meister darin, seine Gefühle zu verschleiern und sich eine Maske aufzusetzen.

Vanessa: Ich hoffe, du weißt, dass Elias keinerlei Schuld an dem Unfall trägt. Er macht sich unheimlich viele Gedanken und denkt, du willst ihn deswegen nicht zurück.

Die Nachricht trifft mich hart. Denn sie zeigt mir wieder, dass Elias mir zutraut, ihm die Schuld für den Unfall zu geben und ihn deswegen stehen zu lassen.

Vanessa: Du bist nicht der erste Mensch, den Elias von sich gestoßen hat. Seit unserem Gespräch habe ich viel nachgedacht und da ist es mir wie Schuppen von den Augen gefallen. Seit dem Unfall hat er alle seine Studienfreunde auf Abstand gehalten und schlussendlich den Kontakt zu ihnen abgebrochen. Er ist mir und meinen Großeltern gegenüber kälter geworden, auch wenn er immer für uns da war. Selbst zu seinen Eltern wahrt er einen gewissen Abstand. Als hätte er Angst, die nächste große Katastrophe hervorzurufen.

Das ist neu. Liegt es gar nicht an mir als Person? Wenn er alle von sich stößt, dann habe ich vielleicht gar keinen Fehler gemacht. Dann liegt es nicht daran, dass er mich für schwach und für einen schlechten Mensch hält, der sich sofort von ihm abwendet. Dann liegt es an ihm. Er hält sich selbst für einen schlechten Menschen. Das ist grausam und lässt mir das Herz schwer werden, aber das heißt, wir haben noch eine Chance. Er hat gesagt, dass seine Gefühle für mich echt gewesen seien, aber ich dachte, er hält meine Gefühle für zu schwach. Doch diese Nachricht rückt alles in ein anderes Licht. Klar, es ist nicht schön, dass Elias sich selbst für einen schlechten Mensch hält, aber daran können wir arbeiten. Zusammen.

Vanessa: Ich weiß selber nicht genau, was ich dir damit sagen will. Ich möchte dich nur darum bitten, Elias noch eine Chance zu geben, denn die hat er verdient.

Ich lese Vanessas Nachricht und weiß, dass es ihre letzte war, denn die drei kleinen Pünktchen erscheinen nicht mehr. Mehr muss sie aber auch nicht schreiben, denn Vanessa hat mir alles gesagt, was ich hören musste.

Nora: Danke. Elias kann sich glücklich schätzen, dich als Freundin zu haben.

Die Gedanken, die die letzten Tage über meinen Kopf blockiert haben, sind in Rauch aufgegangen und ich kann nur noch an eins denken: Ich will Elias zurück und alles dafür geben, dass er mit seinen Schuldgefühlen besser umzugehen lernt, bis er sie irgendwann hoffentlich ganz ablegen kann. Mir fällt ein Stein vom Herzen und freudige Erwartung macht sich in mir breit. Ich kann es kaum erwarten, Elias wiederzusehen und in meinem Kopf nimmt ein Plan Gestalt an. Aber dafür brauche ich Hilfe ...

Nora: Kannst du mir helfen?

Kapitel 40

Nora

Drei Tage später

Ich bin unglaublich aufgeregt. Vanessa scheint es zu spüren, denn sie nimmt meine Hand und drückt sie leicht. »Du musst nicht nervös sein. Glaub mir, er wird sich freuen.« Obwohl ich mit dem Namen Vanessa bis vor Kurzem nur negative Gefühle verbunden habe, bin ich jetzt froh, sie an meiner Seite zu haben.

Nachdem sie mir geschrieben und die Augen geöffnet hat, wollte ich sofort zu Elias und ihn in die Arme schließen, aber ich habe mich zurückgehalten und mit Vanessa einen Plan geschmiedet. Elias hat mehr verdient und deswegen stehe ich nun hier mit Vanessa im Krankenzimmer von Noah und warte darauf, dass Elias endlich auftaucht. Als ich Schritte im Gang höre, scheint die Anspannung mich fast zu zerreißen, doch die Schritte entfernen sich wieder. Es war nicht Elias.

»Komm, setz dich hin und trink einen Schluck. Deine Nervosität ist fast nicht auszuhalten.« Vanessa dirigiert mich zu dem Stuhl, der neben Noahs Bett steht, und reicht mir ein Glas Wasser. Ich trinke es gierig aus und stelle es zurück auf den Tisch, bevor ich meinen Blick zu Noah wende, der daliegt und bis auf die Kabel und Schläuche um ihn herum so unglaublich friedlich ausschaut, dass man meinen könnte, er würde nur schlafen. Ich hebe die Hand und lege sie auf Noahs und streife ein paarmal gedankenlos darüber. Dann ziehe ich sie erschrocken zurück und wende mich Vanessa zu.

»O Gott. Es tut mir so leid. Es steht mir nicht zu.«

Doch Vanessa zieht sich lediglich einen zweiten Stuhl heran und setzt sich zu mir. »Mach dir keine Gedanken. Ich bin mir sicher, wenn Noah auch nur ein bisschen von seiner Umgebung wahrnimmt, dann wird er sich sehr freuen, dass du hier bist. Er würde wollen, dass Elias glücklich ist, und hätte sicher nichts dagegen, dass das Mädchen, das Elias' Glück in ihren Händen hält, ihn berührt.« Ihre Stimme ist leise und ich kann mir kaum vorstellen, wie schlimm es sein muss, hier zu sitzen und nicht zu wissen, ob ihr Bruder sie überhaupt hören kann. Diese Ungewissheit, ob er je wieder aufwachen wird oder nicht, muss einfach grauenvoll sein. »Die beiden waren nicht nur beste Freunde. Sie waren wie Brüder. Es schmerzt mich, dass ich nicht früher erkannt habe, dass Elias sich die Schuld für all das gibt. Ich hoffe wirklich, es ist noch nicht zu spät, denn ich will ihn nicht auch noch verlieren. Ich bin so froh, dass er mit dir sein Glück wiedergefunden hat.« Der Blick, den sie mir zuwirft, ist voller Dankbarkeit, aber die Traurigkeit, die sich darin spiegelt, ist kaum zu übersehen.

»Danke, dass du mir hilfst, alles wieder in Ordnung zu bringen. Ich weiß nicht, was ich gemacht hätte, wenn du mir nicht geschrieben hättest. Du hast mir gezeigt, dass nicht alles immer nur schwarz oder weiß ist. Und ich bin mir sicher, es ist noch nicht zu spät.«

»Es ist noch nicht zu spät für was?«

Vanessa und ich schrecken zusammen und unsere Blicke wandern zur Tür, in der Elias steht und uns ungläubig, aber auch ein bisschen misstrauisch, mustert. Vorhin war ich so aufgeregt, dass ich jeden Schritt im Gang ganz genau wahngenommen habe und jetzt steht Elias plötzlich da und ich habe ihn nicht kommen hören.

Vanessa findet als Erstes die Sprache wieder. »Seit wann stehst du schon da?«

»Seit zehn Sekunden? Ich habe nur gehört, dass Nora meinte, es wäre noch nicht zu spät. Also, zu spät für was?« Der misstrauische Ausdruck in seinen Augen ist immer noch da, doch als er sich mir zuwendet, wird er etwas weicher. Ich kann nachvollziehen, dass Elias von der Situation überfordert ist, denn das letzte Mal, als wir uns gesehen haben, wollte ich mehr Zeit. Und jetzt befinde ich mich in Noahs Krankenzimmer und neben mir sitzt Vanessa.

Also stehe ich auf, gehe zu Elias und ziehe ihn ganz ins Zimmer, bevor ich die Tür hinter ihm schließe. Seine Hand lasse ich danach nicht wieder los, viel mehr verstärke ich den Griff und dann sprudelt es aus mir heraus. »Ich bin hier, weil ich dir zeigen will, dass alles, was in diesem Zimmer Platz hat, auch Platz in deinem Leben hat. Du kannst Noah im Krankenhaus besuchen, dich um Vanessa kümmern und mit ihr Zeit verbringen und du kannst mit mir zusammen sein, wenn du das denn noch möchtest?« Ich sehe ihn fragend an, doch seine Reaktion kommt schneller als erwartet.

Sein Stirnrunzeln lässt nach, seine Mundwinkel biegen sich nach oben und er strahlt mich an. »Ist das dein Ernst? Natürlich will ich wieder mit dir zusammen sein. Ja. Ja. Und noch mal ja.« Eine Träne löst sich aus seinem Augenwinkel und läuft über seine Wange. Ich lege meine Hand an sein Gesicht und wische die einzelne Träne weg.

»Ich hoffe, das war nur eine Freudenträne«, sage ich lächelnd. Elias nickt leicht und sieht aus, als wäre er gerade damit beschäftigt, mehr dieser Freudentränen zurückzuhalten. »Aber es gibt da noch so viel mehr, über das wir sprechen sollten. Ich bin bereit, einen Neustart mit dir zu wagen, aber nur unter der Voraussetzung, dass du künftig ehrlich zu mir bist.« Elias nickt eilig, während ihm eine weitere Träne über die Wange läuft. »Und ich möchte, dass du weißt, dass niemand außer dir selbst dir die Schuld an Noahs Unfall gibt. Es war ein tragischer Unfall, aber du bist nicht schuld.«

Ich mache eine Pause, weil ich höre, wie Vanessa aufsteht und sich zu uns gestellt. »Ich muss mich hier mal kurz einklinken. Du bist so ein Idiot, Elias Müller. So ein Riesenidiot. Wie kommst du nur auf die Idee, du könntest die Schuld für diesen Unfall tragen? Weder ich noch Willy oder Gerda geben dir die Schuld an dem, was passiert ist. Und ich bin mir sicher, auch Noah würde nicht wollen, dass du dich von Schuldgefühlen zerfressen lässt.« Sie hat ebenfalls Tränen in den Augen, doch ihre Stimme ist klar und stark und ich bin stolz auf sie, weil sie Elias endlich sagt, was er schon vor langer Zeit hätte hören müssen.

»Wirklich?« Elias' Lächeln schwindet. Ihm ist ganz genau anzusehen, dass er gerade um Fassung ringen muss.

Vanessa macht einen Schritt auf Elias zu und ich lasse seine Hand los, damit die beiden sich umarmen können. »Ganz wirklich«, sagt sie mit Nachdruck. »Es tut mir unglaublich leid, dass ich dir das nicht schon früher gesagt habe. Aber ich wusste nicht, dass du mit diesen Schuldgefühlen lebst. Ich bin einfach nicht auf den absurden Gedanken gekommen, du könntest dir deswegen Vorwürfe machen. Es tut mir leid. Ich hätte mehr für dich da sein müssen.« Vanessa schnieft und Elias zieht sie noch einmal näher an sich heran.

»Danke«, murmelt er. Dann lassen die beiden voneinander ab und Elias wendet sich wieder mir zu und ergreift meine Hand. »Heißt das, du vergibst mir wirklich und zwischen uns wird alles wieder, wie es war?«

»Nein.« Sein Gesicht verzieht sich, doch dann spreche ich schnell weiter. »Ich möchte nicht, dass es wird, wie es war. Ich möchte, dass es besser wird. Ich möchte, dass wir beide einander voll und ganz vertrauen können und du weißt, dass du mit deinen Problemen zu mir kommen kannst.« Bevor ich weiterspreche, hole ich einmal tief Luft, denn ich weiß nicht, wie Elias auf meinen nächsten Vorschlag reagieren wird. »Und ich möchte, dass du über eine Psychotherapie nachdenkst, damit du professionelle Hilfe bekommst, um mit deinen Schuldgefühlen fertigzuwerden.«

»Nora. Ich bin mir nicht sicher, ob ich das will. Es hat mich so unglaublich viel Kraft gekostet, mit dir darüber zu sprechen. Ich kann nicht versprechen, dass ich schon bereit dazu bin, mich einer fremden Person anzuvertrauen.«

»Elias. Bitte. Ich habe in den letzten drei Monaten dabei zusehen müssen, wie du mich und auch dich selbst mehrfach verletzt hast, weil du mit der Situation noch nicht klarkommst, und ich möchte nicht, dass sich das wiederholt«, erwidere ich. Elias schluckt hart. »Es muss ja nicht sofort sein«, füge ich schnell hinzu. »Ich möchte einfach nur, dass du zumindest in Ruhe darüber nachdenkst und vielleicht mal eine Stunde vereinbarst. Wenn du dich danach immer noch unwohl dabei fühlst und es für eine schlechte Idee hältst, dann kannst du es immer noch bleiben lassen.«

Elias atmet erleichtert auf, sichtlich beruhigt, dass ich ihm diese Möglichkeit offenlasse. »Ich kann dir nicht versprechen, dass ich eine Therapie machen werde. Aber ich verspreche dir, dass ich darüber nachdenken werde.«

Ich nicke und bin beruhigt, dass er wenigstens dazu bereit ist. »Und entschuldige, dass ich erst nachdenken musste, aber ich habe diese Zeit für mich einfach gebraucht, um mir zu einhundert Prozent sicher zu sein, dass ich das Richtige tue«, sage ich.

Elias nimmt mein Gesicht in beide Hände und der liebevolle Ausdruck in seinen Augen sorgt dafür, dass mir ganz warm ums Herz wird. »Es hat vielleicht etwas gedauert. Aber du bist jetzt hier. Du bist hier bei mir. Und das ist genug.« Dann schließt er die Augen und küsst mich.

Epilog

Nora

»Nora-Spätzchen, kann ich dir irgendwie helfen?« Mein Vater kommt zu mir in die Küche.

»Nein, brauchst du nicht. Danke!«, erwidere ich, weil mein Vater nur für noch mehr Chaos sorgen würde, und er geht weiter ins Wohnzimmer.

Als mein Handy vibriert, schaue ich, wer mir geschrieben hat, und zu meiner Überraschung ist es Louis.

> Louis: Ich sehe Maja an Silvester und dann werde ich sie endlich fragen.

Er muss gar nicht mehr sagen, denn ich weiß, wovon er spricht. Er will Maja endlich um ein Date bitten. Wir haben uns vor der Heimfahrt noch mal länger darüber unterhalten und er will endlich einen Versuch wagen. Ich bin gespannt, was Maja erwidern wird, aber ich hoffe sehr, dass die beiden zueinanderfinden.

Die Türklingel reißt mich aus meinen Gedanken und kurz danach höre ich, wie ein Schlüssel in die Tür gesteckt wird und mein Bruder Ben hereinkommt.

»Du musst doch nicht immer klingeln, wenn du das Haus betrittst. Das habe ich dir schon so oft gesagt«, ruft mein Vater so laut aus dem Wohnzimmer, dass ich ihn auch in der Küche deutlichen hören kann.

»Ich weiß, aber es ist so komisch, wieder hier zu sein. Ich möchte einfach nicht unhöflich sein und mich wenigstens kurz ankündigen.« Mein Bruder spricht mindestens genauso laut wie mein Vater und ich muss ein Lächeln unterdrücken. Ben ist erst seit einer Woche aus Asien zurück und wir sind gerade dabei, uns wieder anzunähern, denn nach einem halben Jahr gewöhnt man sich doch irgendwie an die Abwesenheit des anderen. Trotzdem bin ich unglaublich froh, dass er wieder hier ist, insbesondere, weil heute ein großer Tag für mich ist.

»Die beiden werden es wohl nie lernen, oder?« Meine Mutter, die soeben die Küche betreten hat, kommt zu mir und schaut mir über die Schulter in die Rührschüssel, in der ich den Nachtisch für heute Abend vorbereite.

»Was meinst du?«, frage ich.

»Na ja, dass man sich von Angesicht zu Angesicht besser unterhält, als einmal durch das gesamte Haus zu brüllen. Was wird das denn Leckeres?« Meine Mutter tunkt ihren Finger in die Masse in der Rührschüssel, bevor sie ihn genüsslich abschleckt.

»Nein, das werden sie ganz sicher nicht lernen, der Zug ist definitiv abgefahren. Tiramisu – schmeckt man das nicht?«

»Doch, jetzt, wo du' s sagst ...« Sie will noch einmal kosten, doch ich verpasse ihr mit dem Teigschaber einen leichten Klaps auf die Finger.

»Finger weg.«

»Ist da jemand aufgeregt?« Ihre Augen funkeln spöttisch, aber ich weiß, dass sie es nicht böse meint.

»Ein wenig vielleicht.« Ich gebe es ungern zu, aber ich bin wirklich etwas nervös. Es ist zwei Wochen her, dass Elias und ich uns im Krankenhaus versöhnt haben, und vielleicht ist es noch ein bisschen zu früh, um ihn meiner Familie und meinen Freunden vorzustellen. Aber nachdem wir die letzten Tage getrennt waren, weil wir an Weihnachten Zeit mit unseren Familien verbringen wollten, vermisse ich ihn. Doch heute leiht er sich das Auto seines Vaters aus, fährt hierher und so kann er den zweiten Weihnachtsfeiertag bei mir verbringen.

Außerdem ist Weihnachten doch eine schöne Möglichkeit, damit Elias meine Familie nun endlich mal kennenlernen kann. Ich liebe die Gemütlichkeit und das Beisammensein in der Vorweihnachtszeit einfach und als hätte meine Mutter meine Gedanken gelesen, holt sie ihr Handy raus und lässt einen Weihnachtssong auf voller Lautstärke laufen.

Bevor ich sie davon abhalten kann, greift sie nach meinen Händen und beginnt mit mir durch die Küche zu tanzen und da kann ich gar nicht anders, als mich von ihrer guten Laune anstecken zu lassen. Gemeinsam singen wir den Song mit und tanzen wie wild durch die Küche, als mein Vater an der Tür vorbeiläuft und uns entdeckt.

»Darf ich?« Er reicht meiner Mutter die Hand und ich lasse sie los, damit sie mit meinem Vater tanzen kann, und tänzle allein weiter, während mein Vater meine Mutter durch den Raum wirbelt.

Mein Bruder kommt ebenfalls in die Küche, lehnt sich aber in den Türrahmen und schüttelt nur den Kopf. »Mein Gott. Wie hab ich euch vermisst.«

Ich gehe zu ihm und nehme ihn in den Arm. »Wir haben dich auch vermisst.«

Als es an der Tür klingelt, löse ich mich von ihm und ein Blick auf die Uhr zeigt, dass es deutlich später ist, als ich dachte.

»Ist er das?« Mein Bruder schenkt mir einen bedeutungsschwangeren Blick, denn er weiß genau, dass es nach der Geschichte mit Max eine große Sache für mich ist, einen neuen Mann mit nach Hause zu bringen.

»Das werden wir gleich sehen.« Ich wende mich ab, um zum Eingang zu gehen, und mein Bruder tätschelt mir ermutigend die Schulter. Dann hole ich noch einmal kurz tief Luft, um mich zu sammeln, und öffne einem strahlenden Elias die Tür.

»Hey. Sorry, ich bin etwas zu früh, aber ich wollte auf keinen Fall zu spät kommen und jetzt bin ich stattdessen einfach überpünktlich.« Er wirkt ein wenig verlegen und ist wohl auch etwas aufgeregt.

Ich bitte ihn herein und nehme ihm die Jacke ab, die ich zu den anderen hänge. Da steht er nun. Ich lasse meinen Blick über ihn schweifen und kann kaum glauben, dass dieser gut aussehende Mann mein Freund ist. Er trägt eine graue Jeans, einen dunkelgrünen Pullover, der perfekt zu seinen Augen passt und unter dem ein weißer Hemdkragen hervorschaut. Aber am meisten verzaubert mich immer noch sein Lächeln, das seit unserer Versöhnung und der Aussprache mit Vanessa so viel zufriedener und ehrlicher wirkt. Und als ich ihn so betrachte, fällt jegliche Anspannung von mir ab und ich lasse mich in seine Arme fallen.

»Ich habe dich so sehr vermisst«, sage ich. Seine Arme schließen sich um mich und er gibt mir einen kleinen Klaps auf den Hintern, als ich plötzlich ein überlautes Räuspern hinter uns vernehme. Ertappt springen wir auseinander und wenden uns zeitgleich meinem Bruder zu. Während ich durch einen Seitenblick bemerke, dass Elias die Röte ins Gesicht steigt, muss mein Bruder sich ein Grinsen verkneifen. Dann kommt er auf uns zu und schlägt freundschaftlich mit Elias ein.

»Hey. Ich bin Ben und du musst dann wohl Elias sein.« Gemeinsam gehen wir zur Küche, damit ich Elias auch meine Eltern vorstellen kann, aber die scheinen vollkommen in ihre eigene Welt abgetaucht zu sein, denn sie tanzen immer noch glücklich zu Weihnachtsmusik durch die Küche und nehmen uns gar nicht wahr. Durch ein weiteres lautes Räuspern macht mein Bruder auf uns aufmerksam und endlich wenden sich unsere Eltern uns zu, bevor sie auf uns zukommen und Elias freundlich begrüßen.

***

»O mein Gott. Das Essen war so gut. Aber ich habe das Gefühl, gleich platzen zu müssen. Ich würde dich ja gerne küssen, aber ich glaube, ich schaffe es gerade nicht, mich zu dir umzudrehen«, sage ich.

Elias kichert leise. Wir liegen nebeneinander auf dem Rücken in meinem Bett und schauen den Sternenhimmel an, den mein Vater mir vor Jahren an die Decke geklebt hat. »Das Essen war wirklich unglaublich gut. Deine Mutter ist eine ausgezeichnete Köchin. Und dein Tiramisu war sowieso das Beste.«

Jetzt muss auch ich lachen. »Du Schleimer.«

»Ich schleime gar nicht, es ist nur die Wahrheit.« Dann beugt er sich über mich und gibt mir einen unglaublich zärtlichen Kuss, bevor er sich wieder zurück auf seinen Rücken fallen lässt und nach meiner Hand greift.

»Danke, dass du gekommen bist. Ich freue mich auch schon wahnsinnig darauf, wenn du morgen endlich Paul, Lilly und ihren Freund Marc kennenlernst. Die drei haben zwar ziemlich einen an der Waffel, aber glaub mir, du wirst sie mögen«, versichere ich ihm.

Wenn ich an morgen denke, wird mir ganz warm ums Herz. Lilly ist endlich wieder aus Asien zurück und vor drei Tagen habe ich sie besucht und wir haben den ganzen Tag miteinander verbracht. Ich habe ihr in allen Einzelheiten meine Elias-Geschichte erzählt und von meinem Leben in Ludwigsburg berichtet und sie hat mich mit ihren unglaublich schönen Bildern neidisch gemacht. Auch Paul habe ich in letzter Zeit viel zu wenig gesehen, aber so ist das wohl, wenn sich die Wege nach der Schule trennen. Man zieht um, lernt neue Leute kennen und baut sich ein eigenständiges Leben auf. Und trotzdem weiß ich, dass Lilly, Paul und mich immer unsere gemeinsame Zeit verbinden wird und die beiden nach wie vor immer hinter mir stehen werden. Und die Tatsache, dass sie nun endlich auch Elias kennenlernen werden, erfüllt mich mit so viel Freude, dass ich kurzzeitig das Gefühl habe, ich müsste vor Glück platzen.

»Danke, dass du mir dieses Vertrauen entgegengebracht hast, deine Freunde und deine Familie kennenzulernen. Das ist ein unglaubliches Geschenk für mich«, sagt Elias mit Nachdruck.

Geschenk? Moment mal, da war doch was. Ich springe auf und laufe zu meinem Schreibtisch, auf dem das sorgfältig eingepackte Geschenk liegt. Eilig greife ich danach und gehe dann zurück zum Bett, wo ich es Elias feierlich überreiche.

»Hier, das ist noch für dich.«

»Danke.« Er setzt sich auf und betrachtet das Geschenk in seinen Händen, doch dann legt er es zur Seite und greift zu seinem Rucksack, der an mein Bett gelehnt steht, und zieht ebenfalls ein kleines Paket heraus. »Ich habe auch noch eine Kleinigkeit für dich.«

Ich nehme es freudig entgegen. »Oh, wie lieb. Danke. Aber mach deins zuerst auf.«

Er kommt meinem Wunsch nach. Ich bin schon unglaublich aufgeregt, was er dazu sagen wird, denn immerhin hatte ich nicht sonderlich viel Zeit für das Geschenk. Normalerweise besorge ich Geschenke mindestens einen Monat vorher oder mache mir wenigstens Gedanken dazu, aber dieses Mal mussten mir tatsächlich zwei Wochen reichen. Als er endlich fertig ausgepackt hat, zieht er einen Weihnachtspulli und ein gerahmtes Bild hervor. Erst schaut er den Pulli etwas irritiert an, doch als sein Blick auf das Bild fällt, breitet sich ein Lächeln in seinem Gesicht aus. Das Bild ist von Phil und Claire aus *Modern Family* und die beiden tragen Weihnachtskleidung. Darunter habe ich *Es ist mir eine Ehre, deine Claire sein zu dürfen* geschrieben. Der Weihnachtspulli, den ich ihm gekauft habe, ist zwar nicht genau der gleiche wie der von Phil, aber er sieht ihm doch verdammt ähnlich. Er legt den Pulli und das Bild zur Seite und nimmt meine Hände in seine.

»Wow. Danke. Du bist einfach wunderbar. Ich liebe dich.«

Ich schnappe nach Luft, denn das kam jetzt absolut unerwartet. Hat er mir gerade wirklich gesagt, dass er mich liebt? Auch Elias scheint von seinen eignen Worten überrumpelt zu sein, das ist seinem Blick eindeutig anzusehen.

»Ähm. O Gott. Das ist mir jetzt so rausgerutscht«, murmelt er.

Obwohl ich versuche, nicht enttäuscht zu sein, kann ich meine Gefühle doch nicht verstecken. Was Gefühle angeht, bin ich leider ein offenes Buch. Ich sehe ihn fragend an, da schlägt sich Elias die Hand an die Stirn.

»Sorry, das kam jetzt alles vollkommen falsch rüber. Rausgerutscht war vielleicht nicht das richtige Wort. Ich hatte geplant, es dir heute Abend zu sagen. Aber ich wollte es dir sagen, nachdem du dein Geschenk aufgemacht hast, und nicht einfach so damit rausplatzen. Aber ja, es stimmt: Ich liebe dich.« Ohne meine Reaktion abzuwarten, redet er weiter, als hätte er nicht gerade den nächsten großen Schritt in unserer Beziehung gemacht. »Pack jetzt endlich dein Geschenk aus.«

Er wirkt fast so ungeduldig wie ich gerade, also nehme ich es wieder in die Hände, ziehe vorsichtig die Schleife auf und löse dann das Papier, bis ich ein kleines Schmuckdöschen in der Hand halte. Ich öffne es und als ich sehe, was sich darin befindet, macht mein Herz einen Sprung. Es ist eine goldene Kette, an der ein kleines Ahornblatt hängt. Ich berühre die Kette ehrfürchtig und streiche mit dem Daumen über den zarten Anhänger.

»Danke. Die ist wunderschön«, hauche ich.

»Als ich sie gesehen habe, musste ich sofort an unseren Spaziergang im Favoritepark denken. Ich glaube, das war der Moment, in dem mir bewusst geworden ist, dass ich mich wirklich mit Haut und Haaren in dich verliebt habe.« Ein leichtes Lächeln umspielt seine Lippen und ich möchte ihn sofort küssen, doch er scheint noch nicht fertig zu sein. »Ich habe da noch eine Kleinigkeit für dich.«

Ich bin gespannt, was jetzt noch kommt, denn allein mit der Kette hat er mir schon eine wahnsinnige Freude gemacht. Er zieht seinen Geldbeutel aus der Hosentasche, öffnet ihn, greift nach einer Visitenkarte und reicht sie mir. Unsicher, was ich damit anfangen soll, betrachte ich sie, bis mir bewusst wird, um was es sich hierbei handelt.

»Du hast dich also wirklich dazu entschlossen, eine Therapie zu machen?«, frage ich.

Elias nickt. »Dreh die Karte um.« Gehorsam leiste ich seiner Anweisung Folge und auf der Rückseite der Visitenkarte der Psychologin ist handschriftlich ein Datum mit Uhrzeit notiert.

»Du hast sogar schon einen Termin ausgemacht?«

Elias nickt wieder und ich glaube, etwas wie Stolz in seinen Augen zu erkennen, und das ganz zu Recht, denn ich bin auch unglaublich stolz auf ihn. Erst vor ein paar Tagen hat er mir erzählt, dass er sogar überlegt, wieder sein Jurastudium aufzunehmen, immerhin war das Steuerrechtsstudium für ihn nur eine Möglichkeit, Würzburg und den Erinnerungen zu entkommen. Ich weiß zwar noch nicht genau, wie Elias' Zukunft aussehen wird und wie es bei ihm weitergeht, aber ich weiß, dass unsere Beziehung halten wird.

»Es war einfach an der Zeit, die Sache endlich anzugehen, damit ich mit meinen Gefühlen und dem Unfall besser umgehen kann. Danke, dass du mich zur Vernunft gebracht hast.« Er macht eine kurze Pause, als müsste er seine nächsten Worte mit Bedacht wählen, dann spricht er weiter. »Das war der Moment, in dem ich dir eigentlich sagen wollte, dass ich dich liebe. Ich hatte mir dir Worte sorgfältig zurechtgelegt und du hast mich mit deinem wunderschönen Geschenk dazu gebracht, dass es einfach aus mir rausgeplatzt ist. Aber ich glaube, das ist einer der Gründe, warum ich dich so sehr liebe. Nach dem Unfall war ich kalt und abgeschottet und wollte keine Gefühle mehr zulassen, aber du hast mir – ohne es zu ahnen – gezeigt, dass es so viel Schönes gibt. Du hast mir gezeigt, dass es sich lohnt, mit den negativen Dingen des Lebens umzugehen zu lernen, damit man auch die schönen

Momente genießen kann. Du hast mir gezeigt, dass auch ich die Möglichkeit habe, ein Phil zu sein. Danke.«

Er führt meine Hände an seine Lippen und übersät sie mit kleinen zarten Küssen. Dabei sieht er so unglaublich unschuldig und süß aus, dass ich nicht anders kann, als ihm auch meine Gefühle zu offenbaren.

Also nehme ich Anlauf und springe, denn Elias hat es verdient, dass ich für ihn springe. Ich ziehe meine Hände zurück, damit er mich ansehen muss, und als ich endlich seine Aufmerksamkeit habe, spreche ich die Sache aus, vor der ich seit Max so große Angst hatte.

»Ich liebe dich auch, Elias.« Ich hätte nicht gedacht, dass er noch breiter strahlen könnte, aber das Lächeln, das nun auf seinen Lippen liegt, reicht bis zu den Augen, die vor Freude strahlen. Dann beuge ich mich vor und lege meine Lippen auf die seinen …

Danksagung

Immer, wenn ich Danksagungen lese, stelle ich mir vor, wie meine Danksagung wohl lauten würde, denn das Schreiben eines Buches ist schon lange ein Traum von mir.

Und nun sitze ich hier am Frühstückstisch, während im Hintergrund die Waffeln backen, und bin zutiefst überfordert von dieser – meiner – Danksagung, denn mir fehlen schlicht und ergreifend die Worte!

Zuerst möchte ich meiner Freundin Julia danken, denn sie hat diese Geschichte gelesen und mich bestärkt, als sie (die Geschichte, nicht Julia) noch in den Kinderschuhen steckte und nur die ersten fünfzehn Seiten umfasste. Danke, dass du meine Geschichte von Anfang an begleitet und mir immer das Gefühl gegeben hast, dass sie es wert ist, zu Ende geschrieben zu werden.

Mein nächster Dank geht an meine Freundin Jenny, die das Buch zwar erst als Gesamtwerk lesen durfte, aber mir seitdem mit Rat und Tat zur Seite steht und sich mein ständiges Gerede über Verlage, Cover, Buchblogger und so viel mehr anhören musste und sich selbst dann nicht beschwert hat, wenn ich mich zum hundertsten Mal wiederholt habe.

Außerdem möchte ich drei wunderbaren Buchbloggerinnen danken:

@mrs.julias.bookshelves: Danke, Julia, dass du eine meiner ersten Testleserinnen warst, deine Gedanken mit mir geteilt und mir geholfen hast, die Geschichte zu dem zu machen, was sie heute ist.

@niflair.tintengold: Die Frankfurter Buchmesse und du sind in meinem Kopf unmittelbar miteinander verbunden. Danke, dass du die beste Messebegleitung warst und mich so gut von meiner Nervosität abgelenkt hast, dass ich meinen Termin fast vergessen hätte. Ohne dich wäre ich wahrscheinlich durchgedreht!

@lenisworldofbooks: Wenn ich an Bookstagram denke, muss ich automatisch auch immer an dich denken. Doch mittlerweile bist du viel mehr als nur ein Bookie für mich, denn du bist eine dieser Freundinnen, die ich nicht gesucht und doch gefunden habe. Du hast mir gezeigt, dass Bookstagram mehr als nur posten, liken und kommentieren ist, denn es ist ein Ort, an dem so viele wunderbare Freundschaften entstehen

(@helenaweberbooks, @rubyredbooks, @beccas_worldofbooks, @books.n.love, @nadjas.books und @reading.shadow – fühlt euch bitte angesprochen! Ich hoffe, ich habe niemanden vergessen und möchte an dieser Stelle noch betonen, dass es noch so viel mehr Bookies gibt, die Bookstagram für mich zu einem wunderbaren Ort machen, denn ich liebe den Austausch mit euch! Danke an euch alle!)

An dieser Stelle geht natürlich auch ein Dank an Veronika und das Team von Impress. Danke, dass ihr meinem Buch ein Zuhause gegeben habt! In diesem Zusammenhang möchte ich auch noch meine Lektorin Fam erwähnen: Danke, dass du mir geholfen hast, das Beste aus der Geschichte rauszuholen!

Und auch wenn du keine der oben aufgeführten Personen bist, möchte ich dir danken! Danke, dass du mein Buch liest (und das sogar bis zur Danksagung!), denn was wäre ein Buch ohne Leser?

Ich hoffe, dir hat Noras & Elias' Geschichte gefallen, und wenn du Lust hast, darfst du mir gerne auf Instagram schreiben – ich würde mich freuen!

Das wäre jetzt zwar ein schöner Abschluss gewesen, doch meine letzten Worte sollen an Yannic gehen: Du bist mein Herzensmensch, Mutmacher, Lieblingsspinner und ich hoffe inständig, dass du dieses Buch jetzt endlich mal gelesen hast! ;)

Sabrina

DIE MACHT DER GEFÜHLE
TAUCH EIN IN ROMANTISCH-FANTASTISCHE GESCHICHTEN.
IMPRESS
#IMPRESSBOOKS
ALLES VON IMPRESS HIER:
IMPRESSBOOKS.DE

GEFÜHLVOLLE LIEBESGESCHICHTEN

Viktoria Christians
ALLES UND NOCH MEHR. LOREEN & CARTER
ISBN 978-3-551-30272-4
Softcover
Auch als E-Book erhältlich

Nach dem Tod ihrer Mutter und der schmerzhaften Trennung von ihrem Ex-Freund hat Loreen die Liebe endgültig abgehakt. Niemand kann ihre Trauer nachvollziehen, dabei wünscht sie sich nichts sehnlicher, als die restliche Highschool-Zeit ohne weiteres Gefühlschaos zu überstehen. Doch bereits am ersten Schultag trifft sie auf den ebenso verschlossenen wie mysteriösen Carter.

Johanna Rau
WHERE THE HEART IS. NELLY UND FYNN
ISBN 978-3-551-30312-7
Softcover
Auch als E-Book erhältlich

Nach ihrem Abschluss beginnt Nelly ein Praktikum beim Magazin »Shiny« und freut sich auf das hippe Leben in der Großstadt. Doch anders als geplant soll sie ausgerechnet in der tiefsten Provinz für einen Artikel über das Landleben recherchieren. In Roseville angekommen, trifft sie auf den überheblichen Fynn – und kommt ihm zwischen Stallausmisten und Sternebeobachten unerwartet näher.

Sina Müller
ALMOST SPEECHLESS. DIE TIEFE DEINER WORTE
ISBN 978-3-551-30398-1
Softcover
Auch als E-Book erhältlich

Paulina liebt Worte – und doch ist sie nahezu stumm. Eine Kommunikationsstörung namens Selektiver Mutismus macht es der kreativen Studentin der Academy of Arts fast unmöglich, sich mit anderen auszutauschen. Zuflucht findet Paulina bei Adrian, dem rebellischen Sprayer. Wenn sie doch nur mit ihm sprechen könnte …

IMPRESS

WWW.IMPRESSBOOKS.DE

Impress
Die Macht der Gefühle

Wir produzieren nachhaltig
- Klimaneutrales Produkt
- Papiere aus nachhaltigen und kontrollierten Quellen
- Hergestellt in Europa

FSC
www.fsc.org
MIX
Papier aus verantwortungsvollen Quellen
FSC® C083411

Impress
Ein Imprint der Carlsen Verlag GmbH
November 2022

Lektorat: Fam Schaper
Umschlagbild und -gestaltung: bookcoverstore.com
ISBN 978-3-551-30530-5
www.impressbooks.de